福建故事

长篇小说福建故事系列

客从何处来

黄 宁 ◎ 著

海峡出版发行集团
THE STRAITS PUBLISHING & DISTRIBUTING GROUP | 海峡书局

图书在版编目（CIP）数据

客从何处来 / 黄宁著. —福州：海峡书局，2020.9
（2024.7 重印）
ISBN 978-7-5567-0748-5

Ⅰ．①客… Ⅱ．①黄… Ⅲ．①长篇小说－中国－当代
Ⅳ．①I247.5

中国版本图书馆 CIP 数据核字（2020）第 173274 号

责任编辑　刘晓闽
装帧设计　黄　丹

客从何处来
KE CONG HECHU LAI

著　　者	黄　宁	
出版发行	海峡书局	
地　　址	福州市台江区白马中路 15 号	
印　　刷	三河市兴博印务有限公司	
厂　　址	河北省三河市杨庄镇大窝头村西	
开　　本	787 毫米×1092 毫米　1/16	
印　　张	24.25	
字　　数	304 千字	
版　　次	2020 年 9 月第 1 版	
印　　次	2024 年 7 月第 2 次印刷	
书　　号	ISBN 978-7-5567-0748-5	
定　　价	98.80 元	

第一章

舞蹈学院？

郑家明又一次昂起头，看着头顶上硕大的霓虹灯。他觉得有些好笑，舞厅取什么名字不好，偏偏要加上个"学院"？学院是做学问用的，舞厅里灯红酒绿莺歌燕舞，哪里像个"学院"了？他笑着摇了摇头。雨突然而至，些些凉风打在他的身上，忽然胃里一阵翻滚，他赶紧跑到大门侧边吐了起来。吐完才好受一些。

那个，上海来的姑娘，叫什么名字来的？哦，小玉儿，舞跳得很好，敬酒的功夫也很厉害，生怕我花钱少了，拼了命要灌我酒。

郑家明从裤袋里掏出一张方巾，擦了擦嘴角。抬起手腕一看，已经快 12 点了，怎么还没出来？刚才跳舞的时候，小玉儿答应了晚上陪着回家的。

郑大少爷，您还在呢。我还担心您走了呢。

才念着，小玉儿就出现了，身边还跟着一个姐妹。小玉儿穿着开叉极高的缎面旗袍，盈盈笑着走来，顺势还将身边的姐妹往郑家明面前推了推。郑大少爷，真是万分抱歉，今儿晚上"见红"了，我给您安排了我的好姐妹，都是从上海来的。请您体谅体谅。菲菲，还不快去陪郑大少爷。

郑家明挡了挡手，又用方巾擦了擦嘴，那个"大"字，我可承受不起。怎么了，打发我？从上海来的，就都高人一等？小玉儿，刚才灌我酒，陪我跳舞，拿我小费，有说有笑的，现在就突然身体不舒服了？

郑大，郑少爷，您消消气。我们来这里，也就是教人跳跳舞，混口饭吃，您可千万别动气。

小玉儿赶紧贴上去，抚了抚郑家明的心口，又使了个眼色，一旁的菲菲也贴了上去。郑家明忽然觉得有些厌恶，这小玉儿的"吃相"太难看了。正要推开，一辆黑亮的轿车急停在门口。车门还没打开，就听见车里的声音传来：

二少爷，有您的加急电报！

他是谁？

郑家明面对着那个躺在病床上的人，心中忽然产生了巨大的困惑。与其说他是人，倒不如说更像一株树木——一株被剪去枝叶的棕榈树。他竖着躺在床上，已经被折磨过无数次的床单，有气无力地托着那株"树"。救世医院散发着迷人的乙醚味道，郑家明闭上眼，再一睁开，他看见了窗外的凤凰花。满枝头怒放的花，和这床上的躯体，形成了强烈的对比。

郑堂秋的身旁有章启智，还有马彼得医生，还有不知姓名的护士姑娘。他看看马医生，又看看章启智，两个人都默然摇头。这已经是濒死的人了，直到此刻，郑家明才确信那封急召他从新加坡赶至厦门的电报，内容所言不假。

家明，我们到外面说几句话。

郑家明跟着章启智到了医院走廊尽头，下意识想抽烟，但被章启智挡住了。章启智的西裤线笔直，一只手拄着文明棍，另一只手夹着白色的礼帽——电报是我让公司的先生发给你的，还好等到你回来，晚了就连最后一面也见不到了。

见与不见，有什么关系呢？郑家明在心底说。皮鞋尖在地板上画了一道线，而后抬头望向海的另一边。这座小岛干净，树木葱茏，空气里夹着属于南方的微尘。我都不记得有几年没见他了，以为自己将要忘了他的模样。我想象过和他再见时的场景，或者是如他一直梦想的那般，荣归南洋；又或者，他命令我回厦，让我见识他苦心经营的辉煌。独独没想到，再一次相见，他却已经要死了。

章启智将文明棍靠在护栏边。你好像不是太想见你的阿爸？

为什么要见他？他害得我们家……算了，和你说这些干吗？郑家明不耐烦了。他油光发亮的头发在夕阳映照下，散发出腻人的金光。我甚至不想和他再有什么关系。

哦，那你在"舞蹈学院"门口，搂着沪上来的摩登舞女时，也没想起他？你花的钱，不会不知道是谁给的吧？

郑家明听出了他话里的不满。起先他还想再争辩几句，譬如重复那句"害得我们家"，再添一些具体的事情。但转念一想就放弃了。何必呢，他不过是个外人。自己的悲痛或喜悦，和眼前这个见面还不到二十四小时，与自己父亲年纪相仿的男人，有什么关系？而自己，和这座叫作鼓浪屿的岛，还有海另一头的厦门，和这里的一切也没有多大关系。如果不是因为阿爸的病危，他没有任何的意愿来到此地。

尽快死吧，早死早超生。活着已经这样了，死了也就不要再给人添麻烦了。真的。

郑家明这样想，也这样热切期盼。他烦躁得要离开，哪怕暂时逃离这座教会医院也好。可他并不能走，章启智叫住了他。

有些情况，我想你还是要尽快知晓才好。

郑家明有种不祥的预感。跟着章启智下楼，路过病房的时候，他还往里面看了一眼，郑堂秋，这个自己口中的"阿爸"裹着被子。在初夏的南方，裹着被子，里面应该全湿透了吧？

章启智忽然停住脚步，郑家明差点撞上。他说，你连话都还没和他说？虽然他现在开不了口，但总要陪陪他吧，剩下时间也不多了。

郑家明迟疑了一下，还是朝着病床上那个人走去。

听完章启智的讲述，郑家明没有什么反应。看到桌上摆着的契纸，他还是没什么反应。等到孙和顺拿出一份《鹭声报》给他看后，他心里才有了隐隐的不安。孙和顺向章启智请示，老爷，我们是不是先离开一会儿，让郑先生好好想想。

孙和顺是章府的管家，他的话，章启智一般会听。如此，房间里的人就走了。郑家明被安排暂时住在了章家。郑家明手拿着报纸，身子在发抖。头版头条是这样写着：

华光戏院顶棚突坍塌　中外人士伤亡惨重

华光戏院，郑家明隐约知道，这戏院耗尽了郑堂秋的心血。自己的父亲究竟脑子出什么问题了，竟把一个戏院看得那么重？戏院出事，大概就是压垮骆驼的最后一根稻草。

郑家明忽然觉得有些凉意，他起身把窗户关上。在这个叫作"淑芬别墅"的房间里，他感到了一种从未有过的感觉——很陌生，却又觉得神交多年。为什么会如此？而章启智明明是个大男人，为什么给自己的别墅取了一个女人的名字？

还是回过头来想这乌七八糟的鸟事吧。郑家明烦闷得想抽烟，烟嘴都已经放在唇边了，但最后还是忍住了。毕竟是别人的房子，而且屋里清爽，贸然有烟味不妥。郑家明起身又落座，八仙椅是凉了又热。他给自己倒了一杯之前沏好的茶。他问自己，怎么办？

谁能有办法？章启智的话里很明白了，郑堂秋，也就是自己割不断血脉的阿爸，一身都是债：搞开元路一带房产开发借的钱，走的是中南银行；做华光戏院，自己的股份还是向另一个股东借的资金；戏院坍塌要赔给人家的钱，没有。

郑堂秋没钱，就算曾经有，那也都托人捎给了在南洋的郑家明，自己的儿子。郑家明十八岁以后的日子像灵魂突然开了"窍"，像风筝一样放飞自己。上舞厅，喝好酒，搂年轻漂亮的姑娘，他从槟榔屿到巴达维亚，陷在这样的生活里，无法自拔。但不唱歌跳舞，不哄着那些舞女，关键是不给钱，她们就会翻脸不认人。想到这层，忽然感到紧张。

到底会有什么东西留下来？郑堂秋不会是连一毫钱都不剩，光留下一屁股的债给我吧？凭什么我要替他背债？郑家明变得愤懑起来，他是他，我是我，我没这个责任替他背债！说什么"父债子偿"，这完全没道理，将来要闹到打官司我也不怕，我有理。

郑家明有些困乏了。一大早轮船进厦门港，自己上岸后被孙和顺接走，一直到现在就没停歇过。自己再年轻，也经不起这样折腾。他收起桌上的契纸，和衣靠在床头，想再细看下，可眼一闭上就再也睁不开。隐约中，有个人的名字一直跳在他的眼前，陈广利。这个名字好几次出现在契纸上，感觉和郑堂秋做了好大的生意。

好大？呵呵，"大"到最后只剩一家戏院。

这家戏院，能真正算是你阿爸的吗？

隔天上午，郑家明站在华光戏院的大门口，听章启智这样说。思明南北路上车水马龙，汽车喇叭声，脚踏车铃铛声，还有骑楼底下叫卖的声音，汇聚在一起，刺得郑家明耳膜有些生疼。

章启智一大早就让孙和顺叫郑家明起床，简单洗漱后没在家里用餐，而是乘着小汽轮赶往厦门。章启智带着他吃了花生汤，加了两根油条。看郑家明吃那么少，章启智摇头，你年纪轻轻，这样不行啊。郑家明笑了，章叔叔，我向来是不吃早的，在新加坡，头天晚上跳舞到舞厅关门，隔日哪有精神起来？章启智听后也笑了笑。郑家明以为他会板起面孔，教他做人的道理，要健健康康生活。还好，他并没有说什么，反倒是给了一个好像颇为理解的笑容。这让郑家明感觉极好。

章叔叔，你刚才那话是什么意思？

戏院大门紧闭着，一幅巨大的电影海报松松垮垮地挂在戏院外墙，隐约看见几个字：《故都春梦》，阮玲玉。阮玲玉，郑家明认得，这是他仅知的一个中国女明星。戏院原本是六层，顶棚坍塌了，看上去就像人被削掉了脑袋，一米八的个子变成了一米。

你昨晚没认真看契纸？章启智说，华光戏院股东是两个人，你父亲占四成，但其中二成是当作干股。换句话说，另一个人才是真正大股东，他实际出资占了八成。但戏院从头到尾都是你父亲在打理，对外也是由他一个人，为什么？因为你父亲没钱，但他热衷做戏院生意。

那他这么早来厦门，言之凿凿加入开市建设，最后竟然只选择做戏院？之前搞的房产、贸易等等，都没做了？

其他生意统共也没赚几个钱，赚了点钱，后来又投到戏院更新设备。到后来，生意陆陆续续都收了，房产开发公司那里还留了点股份，不过……

章启智话没说完，一阵急促的汽车喇叭声穿街而过。两辆乌黑的小轿车快速驶过眼前，开得太快，郑家明都没瞧见车里坐着的人长什么样。车开走就开走，郑家明看了并没有什么感觉，但章启智却看着车绝尘而去的方向若有所思。郑家明轻唤了一声，他才回过神。

不过，那房产的股份也是保不住，看来是要退出的。章启智叹了一声，为了这戏院，你阿爸是倾其所有了。

郑家明弄不明白了，这个自己称之为"阿爸"的男人，为什么在生命最后一段旅程中，这么在意"戏院"？在南洋，郑家是传统生意人，南北货品，互通有无，从来不会去碰"电影"这么虚的东西——郑堂秋究竟是为了什么？

章叔叔，戏院这事，估计要赔多少？

郑家明坐在兴盛公司章启智的办公室里，喝着冰镇汽水，小心地询问。章启智看了眼立在一旁的孙和顺，他会意地点了点头。事情发生后，郑堂秋在开元路的寓所被愤怒的死伤者家属包围，出入都不得。万不得已，他给章启智挂了电话，章启智安排人把他从后门接走，送到了鼓浪屿上的"淑芬别墅"。那时，郑堂秋的脸色已是极差，剧烈咳嗽，说几句话都费力。

警察厅及地方检察厅都找上门，说戏院顶棚坍塌发生在晚上，正巧是放电影的时候，当场就死了六个人，送医后不治四人，伤者二十余人。万幸的是什么？就是顶棚中央塌了，没连带着周围一起垮，否则当天戏院上座是三百人，死伤恐怕就要震惊中外了。地检厅初步估计，赔偿在二十万元上下——这等于是当时建戏院的整个造价了。

二十万！郑家明手里拿着的汽水瓶差点掉在地上。他不是在开元房产公司有些股份，变卖后能有多少？

那股份极少，卖了不过也就五六万。章启智说，转让股份也不是马上就能变现。你阿爸问我怎么办，那时他精神已近崩溃，我劝说自己不能乱，乱了就坏事了。我让和顺以郑堂秋的名义先登报，告知死伤者的家属，一定会尽所能赔付。可报纸刚一出街，你父亲就不行了，昏迷送进救世医院，我还拜托马彼得医生全力救治，但他判断是脑出血，之前其实就已经有病症，遗憾……

我有个地方不明白，戏院出事后好像所有责任都在我父亲身上，可我看了契纸，戏院还有一个股东，他不出面吗？他到现在都不出声。

明白的人知道戏院还有一个股东，不明白的，都把矛头指向了你阿爸。因为始终是他在台前经营戏院。章启智意味深长地叹了一声，他们陈家可厉害了……

话音刚落，电话铃声急促响起。孙和顺接起了电话——医院来电话，郑先生怕是不行了。郑家明听到这话，胃忽然一阵痉挛。他想，会不会是冰汽水喝多了的缘故。

马彼得戴着白口罩，肃然立在病床前。看见郑家明来了，摘下口罩说，午后护士姑娘准备给他输液，还没扎上针，郑先生忽然动了动嘴唇，护士以为他要说什么，但他抓了下护士的手，又马上松开。护士看情况不对，跑来叫我，我赶来一看……

郑家明脑子一片空白。他曾面对过阿妈的死，现在又面对阿爸的死，他好像应该哭上一场。但他无论如何也哭不出来，连一滴眼泪也没有。原来一个人的生死是这样简单，走就走了，挂在墙壁上的钟摆在摇晃，地球也照样转动，什么都不会改变。一个叫"郑堂秋"的人走了，这个在厦门出生，亲生阿妈死后又被带到新加坡，最后又回到厦门并死在此地的人，就这样走完了这一生。

章启智拍了拍他的肩膀，他像触电一样惊醒。把白被单拉上，盖住郑堂秋半闭上的眼。郑家明这个动作好像用尽了前半生的所有力气。

孙和顺料理白事很有一套。选了鼓浪屿公共墓地，请了道士做法事，出殡那天殓工杂役抬棺入地，一路白色纸花相送。之前，他问过郑家明，是否要给新加坡拍加急电报，让郑家派人来吊丧。郑家明说不用了，天气热，死人经不住熬。可实际是，他知道郑家不会来人的。阿公郑光元不会回来，没有白发人送黑发人的道理。大伯郑堂春也不会，不单他自己不会，他也不会让自己的孩子回来。三姑郑堂媛素来是听大哥的，就算她有心想回来，也回不成。

算了算了，人活一世，入土皆空，埋了就埋了。

民国十九年夏月，先考郑公堂秋之墓。孝男郑家明立。

也不知"孝"还是"不孝"。郑家明看着墓碑，心里有了种浮皮潦草的感觉。他一路都不曾哭。天说下雨就下雨，孙和顺撑了把伞给郑家明，说郑先生，我家老爷让我来劝你，还是回去吧。郑家明接过伞，说让我再待一会儿。孙和顺没再说什么，默默地转身离开。郑家明忽然觉得满身的疲惫，想找个地方坐，但都是水，没有一处可待。郑家明问自己，你还恨这个已经埋在地下的男人吗？按道理是应该恨的，不能因为他是自己的阿爸，就不恨了。如果不是他，阿妈也不会死。

那年郑家明刚过 14 岁生日，郑堂秋忽然提出要带他和阿妈回厦门，说许多南洋华侨回了国，在厦门组织市政会，开始建设这个开埠近百年的城市，誓要把它建成现代城市的样子。他还说，以前认识的一个陈姓朋友在厦门发了财，托人带口信，劝他一起回去做"事业"。他说到"事业"，眼神里放着光，阿妈不理解，说做事业可以留在南洋，你看那么多人从祖地过海下南洋，马来亚、新加坡，我们也都是从小被带到南洋，早已在此地多年，怎么还想着回去做"事业"？郑堂秋手一挥，南洋日头照耀下的脸浮现出红光，厦门在大陆，回去做事业完全不一样。究竟怎么个不一样，郑堂秋也不说个明白。郑家明已在新加坡华侨中学上了学，突然要走，他千百个不愿意。但他没有成年，仍然是个孩子，只得跟着离去。

从圣约翰码头登船离开的时候，郑家老小来相送。郑光元很难得向自己的儿子郑堂秋挥了挥手。这大概是他这个少小离家来南洋打拼的闽南男人，最强烈的感情外露了。郑堂春嘴角露出怪异的笑容，郑家明看见了，他相信郑堂秋也看见了。一个春，一个秋，同一个父亲不同母亲。郑堂媛抱了抱他，偷偷往他的口袋里塞了个红包。阿妈郑阮氏是他见过的最温柔的女子，轻轻拉着他的胳膊登上轮船甲板。即使她在厦门待了不到半年，就因身染恶疾而躺在床上时，说话也是轻声细语，就连叮嘱郑家明不要怨恨自己的阿爸也说得轻柔。话虽轻，却如千斤巨石压在郑家明心里。他陪着阿妈回新加坡治病，再半年目送她魂归西天。郑堂秋赶回来时，阿妈已下葬了。郑家明堵在家门口，郑光元命伙计拉住这位二少爷，他对着空气拳打脚踢，到后来实在近不了郑堂秋的身，就改为吐口水，一个口水接一个口水，吐在郑堂秋白色亚麻西服上。

郑堂秋不发一语。他转身回厦门后，只是定期给郑家明寄钱。越往后，寄越多钱。郑家明像是惩罚性地花钱，如流水一般。虽然他心底明白，这样的花钱毫无意义，但他想不出更好的办法来惩罚这个人。

好了，现在也无须再说什么惩罚或原谅了，他已经长眠于泥土之下。郑家明最后摸了摸墓碑，对不起，那天在病房里，你最后和我说的几句话，我难以做到。同时，也是我不想做。你现在已经死了，那我就要走了，你在这里的一切都与我无关。我有我的世界。

郑家明的肩膀已经完全被雨水打湿。他走到墓地大门口，裤管卷得老高，小牛皮做的鞋在雨水里发软，他急切想离开此地。

章启智想得很周到，告诉郑家明按照这里的风俗，出殡结束那晚是要办一场解秽酒，吃红糟肉，答谢送了吊唁帛金，还有出力帮忙的亲友。虽然来送郑堂秋的人很少，章启智起先还有些愤懑，泰戈兄生前待人挺好，朋友中有个难处的，他都乐意帮忙；如今他出事了，人走了，来送他的人竟然那么少，那些得到过帮助的，譬如得昌洋行孙总、乐天百货张总，竟然也没来，人心不古到这个地步。

郑家明听了倒没什么感觉，人少更好，省得费劲去招待。他觉得有些好玩的是，"泰戈"竟然当作了阿爸的字。那是他俩小时候开玩笑的话，阿爸教他英文，tiger，老虎，发"泰戈"的音。阿爸把这两个字写在纸上，七八岁年纪的郑家明笑得灿烂。在记忆中，那是父子俩难得的愉悦时光。在更广阔的记忆里，阿爸总是皱着眉头，尤其看华文报纸时，眉头皱得更深，叹息声也更长。

　　码头上，章启智和郑家明等着一起过海。一艘簇新的汽轮"突突突"驶来，看船身起码是能坐二十人。嚯，这么大，谁家买这汽轮？章家伙计在一旁嘀咕，孙和顺瞪了一眼。一个二十五六年纪的年轻男子上了岸，一旁有手下打着伞，而且不是一个，是两个，左右各一，生怕自家主子淋着雨。郑家明看了，觉得像在看滑稽戏，没忍住还笑了一声。章启智好像对来人早有心理准备，自言自语，该来的总会来。

　　你是郑家明吧？我叫陈锋，家父派我来送上帛金。

　　不用了，谢谢。他已经入土为安了。郑家明想要走，但被陈锋拦住了。依郑家明的性子，如果在新加坡就要发作了，但一想不是在南洋，于是忍住了。

　　收不收是你的事，人情我们总算是做到了。陈锋不由分说把帛金塞到了郑家明的口袋里。家父让我来找你谈谈，你不会想跑吧？

　　郑家明听了这话就要冲上去，但被章启智示意拦住了。你跟着去吧，有些事是逃不过的。你放心去，陈广利这个人好财，但一般不会为难年轻人。

　　陈锋狠狠瞪了章启智一眼。郑家明无奈，只好跟着上船。看汽轮开走，孙和顺忽然说，要是球仔在就好了，让他跟着郑先生去就不会出事。

　　要出事，早就出事了。家明到厦门第一天，才上码头，就被陈家知道了。章启智自言自语着，球仔被我派去"照顾"章慧，会不会是我多虑了？

第二章

刚上车的时候，郑家明忽然觉得有些眼熟，细细回想，才明白是那日在华光戏院门外看见的，疾驰而过的两辆黑色轿车之一。路过一座基本完工的公园，天黑看不清面貌，只依稀看见前大门横梁上刻着"中山"两个字。过不多久在一座看起来像是新建的别墅前下了车。

祥和别墅。郑家明看了一眼，笑出了声。

入门过了小花园，在假山和人造湖间穿行，陈锋指了指前方一栋南洋风格的三层小红楼说，你在里面等等吧，我阿爸还在见几个英国客商。别墅灯火通明，郑家明细细打量这红楼，又不能说是纯粹的南洋楼，虽门廊是骑脚，但用的却是红砖。郑家明走进去，客厅是用花纹砖铺就。一种熟悉的味道又涌上来了，像极了他在新加坡的家。他想回南洋了，心中做了决定，丧事处理完，赶紧走。

不急着走吧？没想到陈广利进来，第一句就是问这个。郑家明看着落地钟从八点走到十点。又是困乏疲累的一天。在喝过一杯又一杯的白咖啡后，他已经撑不住，想要走了。

你来了，我自然就不能走了。我是懂礼数的人，不会不辞而别，也不会让人空坐干等。郑家明的话带着讥讽，陈广利两撇浓黑的八字胡抖了抖。他看陈广利、陈锋父子俩还真是像，都壮实，脸上表情寡淡，皱成川字的眉毛像是全世界都欠他们钱。

陈先生有话就直接说了吧。郑家明身子顺着梨花木的椅子往下溜，双脚叉开，没等陈广利开口，自己倒把话接了。我说呢，郑堂秋的事，是他的事，跟我无关。我虽是他儿子，但我们好几年才见一次；我呢，是在新加坡，在南洋，他是在厦门，在大陆。他在这里出的事，没理由让我来背吧？

陈锋碎骂了一句，想冲上去踢郑家明的脚，但被陈广利拦住了。他打开茶几上放着的雪茄盒，拿起一支粗硕的雪茄，剪了头，洋火慢慢点着。陈广利抽着雪茄，显得并不着急。抽过瘾了，他才开口。刚才和几个英商谈事，累了，幸好有这个雪茄解乏。雪茄烟丝一定要好，哈瓦那的雪茄就好极了。我年轻的时候，喏，比你郑家明现在年纪还小一点，经常跑厦门港送同宗的乡亲下南洋。我有个要好的兄弟，他很少见地去了福州，然后又从福州去了南美，在哈瓦那开种植园最后发了财。他很多年后才回来，找到我的时候跟我谈人的好命和歹命，说要过"好命"，一呢不要走很多人走过的路，要赚独家的钱；二呢一定要肯吃苦，还要够狠，他头次去南美的那艘船，十个就死了三个，后来开种植园，卖的烟叶绝不许收购商欠钱，欠了钱不还的，就把脚拖在马身上，然后给马尾巴点鞭炮。

郑家明心里有些惊怕。但他还是嘴硬，冤有头债有主，是不是？你们要找，也是要找郑堂秋。

混账东西！陈广利忽然就震怒，一口一个"郑堂秋"，你连叫他"阿爸"都不愿意吗？他在戏院虽然搞出那么大摊事，但好歹我们也曾结拜过，我见了他也还是会称一声"泰戈兄"，你倒好，一点长幼尊卑都不分！

郑家明刚才还有些惊怕，但听陈广利这么训斥，反倒怒了——我怎么称呼郑堂秋，那是我的自由，与你无关！陈广利，戏院难道你没份的吗？戏院前前后后都是郑堂秋在打理，赚了钱就欢喜，出了人命就要把他推到"断头台"，所有责任都他背？真是岂有此理！你听清楚了陈广利，他留在这里的烂摊子跟我没有一点儿关系，不要再来找我！

郑家明的袖子已经捋得老高，皮鞋踩得噔噔响。陈锋想要追出去，但被陈广利叫住了。陈锋说，我们话都还没说开呢，他发的什么神经，竟然就敢走了！他也不去打听，我们是谁！陈广利倒不恼，抽着雪茄说，真是南洋来的憨儿，不懂规矩也就算了，连我找他来谈怎么解决郑堂秋的事，给他台阶下，他也不听。郑堂秋怎么生了个这样的儿子？

左等右等，都不见郑家明回来，孙和顺于是就劝章启智先回房休息。

老爷，按照您的吩咐，我派了人守在陈家别墅附近，万一有事他们会去接应郑先生。

我倒不是担心家明有事。章启智揉了揉腰，在书房里踱步。陈广利是有身份有地位的，不会轻易为难一个年轻人。他是要求财，家明要是答应了他的要求，什么都好说。但陈广利这个人架子很大，面子上的文章做得很足，让人在他家附近等着，时间晚了方便接家明回来。

就是不知道得等到什么时候。孙和顺袖着手，脸上隐约浮着一层担忧。

和顺，有什么话你就说吧，不用有什么忌讳。

老爷，在这件事上，您要不要稍微"旁观"一些？怕章启智不明白，于是又多加解释，郑堂秋在世的时候，和咱们兴盛只是偶尔有些生意往来，他和您的交情也是点到即止。您关心得多，怕是会把您拉下水，对咱们兴盛恐怕不利。

章启智停了脚步。我向来是认为"君子之交淡如水"，不独对郑堂秋，对其他人亦如此，你跟我那么多年，还不明白？郑堂秋和我都是自南洋回来，是趁着厦门市政开发热潮来的，这份情谊一直都在。他这个人，常常让我想起当年中山先生在南洋从事革命活动，围聚在他周边的同盟会员。革命者，理想主义者；郑堂秋，虽不是革命者，但身上同样有着理想主义的色彩——他立志要做东南一带最好的戏院，倾其所有，最后甚至献上生命。这个人，值得我敬重。

郑堂秋执迷于戏院究竟为何？最赚钱的并不是这个呀。

我没问过他原因，但我想，一个理想主义者，一定不会为了钱而去。

郑家明会明白他阿爸吗？我看他极不乐意留下来。他年轻气盛……

不说这些了。章启智起身往书房外走，到了门口又停住，球仔拍来电报说什么时候回来？

也就这两天，好说歹说，小姐同意跟着回来。孙和顺陪着章启智回了寝室，关上门，见里面灯灭了才离开。走了没几步，又回头看了一眼，嘴里轻轻叹息一声。回到自己屋里，时间已是零时，夜里起风汽轮横渡不安全，他料想手下的人应是接应了郑家明，陪他在厦门过夜了。于是就躺下，夜里也是睡得不踏实，迷迷糊糊间有在海上漂浮的感觉。天刚亮就起床了，在大门前向路口张望。一名伙计小跑着来，孙和顺迎上前去，听着伙计说的话，眉头慢慢皱了。

郑家明扎扎实实睡了一觉。

美丰客栈的大床，睡起来比在章家还舒适。窗外传来一声低沉的汽笛声，他走到窗台前，望着远处客轮缓缓地进港。前一晚从陈广利那儿出来，章家的伙计就走上前来接应。两人来到码头，小汽轮夜渡不安全，于是郑家明就让伙计找间附近的客栈先住下。客栈要舒服，花多少钱也没关系。伙计就找了鹭江道上的这间专接华侨客的美丰客栈。郑家明要了两个房间，伙计连忙说自己睡通铺就好了，郑家明说通铺能睡人吗？睡好觉了隔天才有精神。说完就不由分说将钥匙扔到了伙计手里。临睡前又拜托伙计，第二天过海去鼓浪屿，把自己留在章家的行李皮箱带来。他说要在厦门这里歇息几日。

风和日丽，鼓浪屿在海的那一头，一眼就能望见个概貌。葱茏绿郁，看着心里也舒坦，郑家明于是就慨叹，生活如此之美好。他点了根烟，转而又想，这里再好也不是我的家呀。

问过客栈前柜，寻了一家附近的饭馆，点了几道地方特色菜：醋肉、海蛎炸、酱油水黄花鱼，就着一碗白米饭，吃了个高兴。结账的时候，他还问老板，用的米是不是仰光米，老板说这位先生真是识货，会吃，因为家里有人在做仰光大米生意。郑家明听了就有些得意，什么美味我没吃过呢。已经走到门口了，回转身问老板，这附近有船务公司的售票点吗？老板说，靠近厦门港，大小船行多的是。不知先生是要走哪里？郑家明说去新加坡。老板回答，太古洋行、和源公司、渣华轮船，这些船行都走的是南洋线，你可去问问。郑家明道了声谢，踏出饭馆，拦下沿街叫卖卷烟的小孩儿，要了一包大前门，细细抽了一根。

从太古洋行出来，郑家明手里攥着一张船票。他回头望了望洋行大门，高鼻深眼的两个英国人在里头高谈阔论，人力黄包车拉着先生小姐从门前经过，撑着洋伞的年轻姑娘款款走着，黄口小孩嬉闹着蹦跳，一切看起来都是那么正常平静。他又看了看手上的船票，然后塞进了口袋。

不知不觉走到中山路口，忽然就热闹了起来。远远看见一群人围聚着，一个学生模样的男子站在 A 字梯上，手里挥舞着花花绿绿的传单，好像在对大家说些什么。他走近听了听，说的事和济南惨案有关。忽然想起在来厦门的轮船上，听船上的乘客议论，那天正好是五月三日，距离济南惨案过去了两年，南洋筹赈会还要做募捐，向当年遇难的同胞家属募捐。不过，海峡殖民地当局不太同意筹赈会的做法，放出风声要取缔，原因是不想得罪日本人。他那时听听也就过去了，日本人的行为确实残忍，但那些事好像与自己并没有多少关系。毕竟日本人没到新加坡呀。郑家明在人群外围听了个大概，也明白了这些人集会是控诉日本暴行，号召抵制日货。他听得兴致索然，低头就要走，却看见一个女大学生举着相机在拍照。他以为拍到了自己，于是恼怒走过去。

你在做什么？为什么要拍我！

女大学生穿着淡色的连衣裙，素素雅雅，但并不示弱。她瞪了一眼，你在胡说什么？我拍照是我的自由。再说了，我也没拍你！你穿着白西裤、白衬衫，以为自己很显眼吗？

我现在是好好和你说话啊，你倒好，语气这么冲。我和你说，我向来是和女孩子好好讲话的，但我今天就不客气了。郑家明说着就一把抢过相机，嘿，还是德国莱兹，相机是好相机，但落在你手里也是白费了。

你这个无赖流氓！女大学生气得要抢，但郑家明却把相机举高，好似故意要逗弄。郑家明也不是故意要刁难，刚才想着女大学生也不是要拍他，估计是拍那些集会的人群，逗一逗就想把相机还了。但手还没放下来，一阵急促的警哨声响了，一队黑衣警察冲了过来。为首的警察队长挥着手里的警棍，嚷道，非法集会，非法集会，赶紧解散。他眼见郑家明手里拿着相机，于是对准了他叫道，你拍什么照？谁让你拍照的？你给我过来！

两个警察推着他到了队长跟前。郑家明哪里遇到过这样的"待遇"，甩着胳膊说，你们给我放手！我就是看看，你们抓推我干什么！这相机不是我的，是那个小姐的。

笑话，不是你的你抓在手干吗？你赶紧把相机给我。

说了不是我的！郑家明说完把相机重新放回到了女大学生的手里。

他娘的，你是在逗我吗？

队长扬起警棍就要打女学生手里的相机，但一只粗壮的手抓住了警棍，一个皮肤黝黑，方正脸的年轻汉子站在了队长面前。刘队长，还请"手下留情"。这真是我家小姐的相机，她今天刚从上海回来，就是到处看看，拍一些风景。

是你，苏环球。刘队长认出了是章家的人，收起了警棍。他把苏环球拉到一边，你家小姐是不是在上海念书，把脑子读傻了？现在什么局势，上头不让宣传抵抗日本人，你家小姐这样拍照很容易就被当作是同伙，非法集会是要被抓起来的。对了，那个年轻小伙呢？看起来像是南洋客的那个，也是你们的人？

刘队长，那人我们不认识，今天也是头次遇上。苏环球朝郑家明看了一眼，见到他老神在在的样子，心里就觉得好笑。他的事，我们管不了。

这就好办了！

奇耻大辱，无妄之灾，含冤待雪！郑家明在心底把少年时在华文学校学会的这几个成语念了一遍又一遍。他觉得整件事真是荒唐透了，他不过是一个围观的群众，无端就被警察抓进了警察署里。他在审讯房里叫天天不应，叫地地不灵。那个姓刘的队长问完话，做了简单的姓名、年龄、籍贯记录后，人就走了。他没说郑家明犯了什么事，也不说到底要关多久。

郑家明愤怒到了极点。他不是小孩子，也不是才出社会，他好歹现在也二十二岁了，在南洋虽然没做什么正经事，但在社会上游荡也有两三年了吧，和警察也打过交道。在新加坡，那些英国警察虽然也是混账，但明面上的程序还是会做足：譬如告诉你犯了什么法，什么依据要拘人，是不是可以保释，等等。但厦门，这里的警察倒好，不分青红皂白就抓人，眼里好像没有法！

一个值更的警察敲着警棍过来，你不要再叫了，没把你关进拘役室就算优待你了。那些带头组织集会的，统统被关进了拘役室，那是什么地方？没有窗户，晚上没有灯，蟑螂老鼠满地走。我们队长也是另眼看你，见你是南洋客，看起来也是个公子哥。我说公子哥，这个东西你有吧？

值更警察手指捻了捻，郑家明明白过来，这是在向他要钱。没钱，我没钱，就算有钱也不给！郑家明是真没钱了。他暗自摸裤子口袋，交了客栈住宿费，买了船票，身上就只剩些碎钱——忽然想到阿爸死了，往后谁给自己钱？姑姑不可能一直给钱，郑家还有谁能给钱？阿公郑光元，还是大伯郑堂春，哎，统统不可能。这下糟了。

没钱？那你就关到死吧。

郑家明听了这话，心底后悔透了。那日接到加急电报时，他是有些犹豫的，并不想回厦门。郑光元看出了端倪，怒而将他赶到家门外。你身上流的还是不是郑家的血？他再怎么说也是你亲阿爸，现在人之将去，你竟是如此态度？你要不亲不孝，就不要再进郑家大门一步！说完不容分说就让郑家驹去买回厦门的轮船票。郑家驹冷冷地将船票丢到郑家明怀里。走时还说，我不会去码头送你，还有，我阿爸让我告诉你，你阿爸前度开戏院已经向家里预支了一万美金，是通过中南银行取现。此次回去要是再有你阿爸的债务，家里概不负责。

郑家明容不得这样的羞辱，硬气地说一个毫子都不会向家里要。但现在却明白，人穷志短是千古真理，虽然平白无故被抓了心中很是恼火，但如果给了钱就能出去，他还是愿意的，毕竟待在这叫天叫地都不应的地方，着实是很痛苦的。他想，在厦门举目无亲，不能自救，只能指望章家的人来救自己了。

郑先生是不知道现在的局势。

天方亮，苏环球就接郑家明出了警察署。一见是他，郑家明吃了一惊。路上聊了才知道，孙和顺昨日就去了美丰客栈找郑家明，但迟迟不见人归，怕他人生地不熟，生出意外，于是就让公司伙计在城里四处找寻。到了晚上，听苏环球无意说起刘队长抓人一事，细问之下感觉是郑家明，于是一面派人向章启智回报，一面差苏环球去警察署要人。说穿了，就是花钱让刘队长通融。找刘队长又花了点时间。警察厅下有四个警察署，苏环球原来只知刘队长是在第一警署，去了才知道已调到第二警署。

政府对抗日宣传管制很严，但凡有针对日本人的集会就很忌惮，生怕日本领事馆来施压。往深里说，日本人的军舰就在外海，他们最拿手的就是小题大做，动不动就扬言开进港保护侨民。

我来没多久，怎么会知道这些。但那位小姐，想来她也是不知道的呀。郑家明坐在车里，忽然意识到什么。那个小姐，女大学生样子的，该不会就是章先生的千金吧。

是啊，她就是大小姐，章慧。苏环球熟练地驾驶着一辆新款别克，从后视镜看了眼郑家明。昨天也是巧了，大小姐在上海复旦大学念书，我去接她回来，上岸后她听人谈起中山路有纪念济南惨案的集会，就想去看看。我记得老爷的嘱咐，想拦没拦住。

郑家明"哦"了一声，后座的皮套崭新得还带着浓烈的味道。临下车，他好像随意问起，章先生的嘱咐，是什么呢？这个时节，学校也还没放假吧？怎么就接回来了？

苏环球笑了笑，露出一口雪白的牙齿，这与他的皮肤形成了强烈的对比。估计，老爷是想让大小姐专心念书吧。

郑家明知道他没有把话讲透，有些话可能也不方便对自己说，于是也就作罢。车停在了美丰客栈门前，章启智和孙和顺已经等在门前了。郑家明见了他俩，有些不好意思，搓着手，章先生，我又给你们添麻烦了。章启智脸色倒是平静，示意他进客房去洗把脸，并让苏环球叫了地瓜粥和两三样小菜送到客房。郑家明想打破一下尴尬的气氛，于是就说，章先生，你们吃过了没有？没有吃的话，要不就一起吧？

章启智轻笑，和顺、球仔，你们先走吧，我在这里跟家明说几句话。球仔，你还是看好小姐。又叫住苏环球，改口说，那个，也不是"看好"，就是小姐要去哪里，你陪着吧。别再生出昨天的那些事来。

昨天那些事，确实是你家大小姐生出来的。要不是她昨天没事干跑去凑热闹，拍些什么照片，怎么会惹出这些风波，还连累我被警察抓。郑家明在心底碎碎念，这些话当然是不好讲出来，只好自己吞了下去。这一顿早饭郑家明吃得好辛苦，吃完已是满头大汗。他要收碗筷，但被章启智拦下了，我们去外面走走。

上午的阳光不太浓烈，海风在鹭江道上如波浪般前进。道路两旁仍在做着建设，加固堤岸、平整路面。章启智穿着短袖，但还觉得热，就把衬衣扣子松开了两个。他显得有些兴奋，鹭江道像是上海的外滩，你看这路上的邮政局、海关大楼、轮渡码头，多么气派。鹭江道建好后，厦门港一定会是东南沿海最好的港口。到时候，厦门将以港口贸易兴盛，一定能实现社会富强，百姓乐业。家明，你知道吗，唯有振兴实业，多做实业，才能拯救我们的民族和国家。

郑家明没有多大感觉，做实业很重要吗？

很重要！章启智说得坚定，我们被外国人欺辱，是因为什么？是因为我们力量太弱小，靠什么才能强大我们的力量？唯有依靠实业救国。有了实业，才能有我们的工厂、银行、铁路等等！你出生在南洋，不知你能否体会到中国积贫积弱的痛苦？章启智说着指了指不远处的地方，那里是海后滩，十年前英国人的太古洋行未经我们政府同意，就私自在那里兴建码头、飞桥，我们几番抗议都无效。为什么？因为我们没有实业，我们建不起好的码头，我们被人看低！那一年，我和你阿爸都来到厦门，目睹了事件发生，却能无能为力。

那年我大概才十二三岁吧。郑家明手插在口袋。他说这话，就表明自己对章启智说的那些都不感兴趣。或者说，只是表明一个态度，离自己有些遥远了。

章启智似乎也并不急于对郑家明进行"劝说"。总有一天，你会懂。和顺说你让人把行李都搬到了美丰客栈，你该不会是动了念头要回南洋吧？你这一走，你阿爸留下来的那些事要如何处理？我们始终是外人，能搭帮一下手，但真要起作用的，只能是你自己。如果连你都放弃了，那么，我想你阿爸会很伤心的。

他已经被埋在公共墓地，他还能伤什么心？郑家明说得有些冲了，章叔叔，我说过很多次了，厦门此地发生的事，都和我无关啊。

你以为一句"无关"，就可以一走了事？章启智扣紧了衣扣，陈广利会放过你？就算你在南洋，他们也一定会找上门。有些事，是命中注定的。

第三章

这没道理，这没道理啊！

在被陈锋压在身下，被打得鼻嘴流血的时候，郑家明一直在口中喊着这句话。但陈锋根本就没有兴趣听他的喊叫，陈广利更没有兴趣。他在码头自家货仓门前瞟了一眼，然后就坐上轿车走了。临走前还不无嘲笑地说，你阿爸虽然做生意不行，但好歹讲信用，做事情有始有终；但他生出你这么个儿子，没胆量，连留下来大家一起商量办法都不敢，孬种一个。

你们以多欺寡难道就是英雄好汉？郑家明讲一句，陈锋朝他脸上挥一记拳头。他忽然想起了小时候听郑堂秋讲过的水浒故事，鲁提辖拳打镇关西，自己大概就是那时镇关西的样子吧。但一想到镇关西死了，他就有些害怕了，难道自己今日就要死在此地此人的手上？他内心挣扎了许久，最后还是决定来码头乘船下南洋。他有些后悔，但没得退路了。太古洋行的船票都买好了，身上已无再多钱，而最根本的原因是，自己不想被牵绊于此地。他想，自己还有远大前程，美好未来，根本犯不着和什么戏院的烂事有纠缠。

他口头上答应了章启智不会偷溜走，说把行李放在美丰客栈，自己住客栈方便些。但实际上却是早已决定了要出逃。他一早醒来就匆匆赶往码头。太古洋行的"伊丽莎白"轮船犹如一座小山，早起的乘客已开始陆续检票上船。郑家明提着行李箱，特意戴了一顶绅士礼帽，压低帽檐就想登船，但没想到还没上甲板就被陈锋带人给拦住，并强行带到了自家的货仓。

什么叫作没道理？父债子还，天经地义。郑堂秋的事，不找你，找谁？陈锋已经起身，接过手下递来的手绢，擦了满头的汗水，又细细擦着手上的血迹。他脱去西服外套，勃朗宁手枪皮套夹在腋下。华光戏院顶棚坍塌，求偿二十万，我阿爸考虑了一下，这事他可以全承担下来，但条件是，你听好了：你阿爸原来在戏院的股份全数转给我们，这是其一；其二，开元路房产开发公司，你阿爸的股份也转给我们。

凭什么？华光戏院又不是郑堂秋一个人的，你家老头子也有份！

是，我们家也有份，但你别忘了，戏院整个对外都是你阿爸在经营。这是一开始就说好的，我们家只出钱分红，不插手日常经营。戏院事故，这是平时经营不力，没做检修，这个责任自然得你阿爸背。

那房产股份呢？跟戏院有什么关系？

房产股份变现，至多算你六万，但前期一笔两万股本投入，你阿爸是向中南银行贷出，本金利息归还，至少三万，算下来房产股份实际作价也就三万而已。就算把你阿爸的戏院股份还有房产股份加在一起，转卖给我们，也是远远未达到二十万赔偿款。但我阿爸不计较，他是念旧情的人，念在和你阿爸相识一场，把这些都签了……

陈锋从怀里掏出一张契纸，弯腰举着放在郑家明面前。郑家明只看了一眼，就将含在嘴里的血水吐在契纸，并发出了很大的响声。陈锋认为他这是公开的侮辱，于是扬起一脚又踢到了郑家明的脸上。郑家明惨叫一声。陈锋作势还要再踢一脚，但被人喝止住了。

你是想把人打死吗？苏环球急奔而来，陈锋以为他要对自己动手，于是后退两步，一只手还按在手枪皮套上。但苏环球显然并不在意这些。他扶起郑家明，不用担心，外面都是我们的人。郑先生这次也有些做过头了，偷偷走，也不跟老爷说一声。陈家在厦门可以"只手遮天"，有通天本事，你偷偷溜走他们自然会知道。

郑家明用力挤出一丝微笑，只手遮天，像佛祖五指山压着孙悟空？他以为自己就是孙悟空，想用力腾起一个十万八千里的筋斗云，但刚使上力，人却晕了。

一台钻石牌吊扇挂在天花板，在炎热的午后送来丝丝凉意。病房里开了一扇窗户，海风独有的咸腥一缕又一缕，附和着风扇的声音，飘在郑家明的脸上。他醒来时看见素白的墙壁，心下明白这是进了医院。周围看着有些熟悉，是不是郑堂秋曾住过的病房？嗯，好极了，父子俩都有一样的宿命。

郑家明在心底自我嘲讽。但又觉得哪里有些不适当。细想才发觉，他居然用了"父子"这个词，虽然只是在心底说，但还是感到一阵不适，或者说是厌恶。因为目前所遭受的一切都是拜这个人所"赐"，但不知是什么原因，他又无法生出更多的厌恶之情来了。

风扇还在转动着，病房里安静无声，这个三人病房目前只有他一个人。要是有个人能来说说话，解解闷也好。在南洋的时候，他也有一票朋友兄弟，黑黑瘦瘦的阿喜，一半马来血统的吉打峇峇，说话总喜欢"吹水"的广东仔，还有一个中西混血的利亚德——他的英语与其说是学校英文老师教的，倒不如说是和利亚德天天混在一起练就的。天知道是什么缘分让他们聚在了一起。陈嘉庚开小华文华侨中学，他们这些人或多或少都有华侨关系，于是就天然相聚。毕业后也没有各奔东西，都留在新加坡，只不过他们家境一般，需要干活赚钱。而郑家明则还是整天闲荡，中西洋行、花旗银行都工作过，但也是打鱼晒网的架势，没干多久就被辞退。辞退了也无所谓，反正是无人管，拿着钱四处玩乐。

一想到"钱"，心里又突然涌上莫名的痛。尽管不乐意，但郑家明必须承认，他花的钱都来自郑堂秋。直到他来厦门，才知晓郑堂秋在此地的困境。但话说回来，自己如今的遭遇，不也正是因郑堂秋而起？难道这就是自己的命吗？郑家明心下一阵悲凉，叹出声。

能叹气，说明身体没什么大碍了。一个有些熟悉的女声传来。我们来看看你，但不要误会，我不是来道歉，只是来看望。

郑家明听了心里真是觉得好气又好笑。章慧脸上倒是平静，她说得认真，不像是故意而言。郑家明慢慢坐起身，苏环球见了要帮忙扶着，但被他谢绝了。陈锋下手不够狠，我的骨头够硬，扛得起。陈广利、陈锋这两个人，狼狈为奸。

章慧这下笑出了声。你是在南洋待久了，国文都不行了吧？狼狈为奸怎么能形容父子俩呢？一个是狼，一个是狈，明显不是同个种类。你要这么形容，父子同心，其利断金。

把我给断了，断成两截，然后就近丢到海里喂鱼，是不是？郑家明没好气地说，大小姐还有其他事吗？没有的话，就请回，让我好好休息吧。

下逐客令？你住院的钱还是我们家垫付的呢。章慧梳着齐耳短发，嘴角浅浅一笑。我也是代表我阿爸来看你。阿爸要去香港见一位重要的客户，所以今早已经乘船走了。阿爸临走前交代了几件事，一是他亲自和陈广利交涉过，把你打伤这事陈锋必须要负责，上门道歉、登报道歉，同时还要赔偿人身伤害费；二是你阿爸遗留下来的问题，一并由陈广利解决，但要答应陈广利的要求，你阿爸在戏院的股份、开元路房产股份一并无偿转让给他。这第二点，孙管家已经去大正律师行联系律师草拟契约，就看你是否点头同意。

我不同意！郑家明忽然来气了，为什么是无偿？我阿爸辛苦打拼下来的产业，就这么干干净净交给别人？郑家明讲完这句，自己也吃了一惊——怎么"阿爸"这两个字如此轻易脱口而出？

你这么激动做什么？你不是一向嚷嚷着不想和你阿爸的事有关系？章慧很老到地说，从做生意的角度来看，陈广利并没有为难你，反而是变相帮了你。华光戏院事故赔款是二十万之巨，你阿爸留下的那些股份折合起来十万肯定是不到的呀……不过就是面子上，你可能挂不住。

戏院他陈广利也是有份的，而且还是大股东，戏院出事了什么责任都推在郑堂秋身上，二十万赔款都赖在他头上，这公平吗？郑家明气得捶床铺，被打伤的肋骨发出沉沉的痛。他还有没说出口的话，若是自己答应了陈广利，郑堂秋辛苦近十载等同于灰飞烟灭，而作为儿子，没有尽到保住自己父亲产业的责任，这无疑是有愧的。即使他郑家明再怎么否认、抗拒、厌恶，但有一点是改变不了的，那就是他是郑堂秋的儿子，亲生的儿子，唯一的血脉。他叫郑堂秋，是他的父、阿爸。章慧说得对，无论如何，自己面子上是挂不住的，传出去也是要让人耻笑的。虽然他口头上并不会承认。

所以呢？你就选择逃跑？可你哪里也逃不走。

郑家明的心在隐隐作痛。章慧离开病房时，回头望了望他。

隔天，孙和顺领着大正律师行的黄哈里律师来了医院。黄哈里是个英国人，他给自己取了这个中文名。黄哈里告诉郑家明，郑堂秋先生曾上律师楼立过遗嘱，你是他的唯一继承人。根据与陈广利先生协商的结果，请你签字同意将继承郑堂秋的产业无偿转至陈广利先生。他说完从牛皮公文包里取出了好几份契纸以及一支钢笔。

孙和顺低低叹了一声，郑先生，请签了吧。老爷让我告诉你一句话：山高水长，来日可追，少年总有出头天。

我是青年人了。郑家明笑了笑。签字的时候，手一直在抖。他记起第一次写下中文名字，是郑堂秋握着自己的手，一笔一画写好——家明，你要学会写自己的名字，还要会认中文字，他日回到中国你才不会觉得陌生。

郑先生，契纸都签好了。这是你阿爸寓所的钥匙，老爷说要给你，伤好了去清理一番，看看还有留下什么有用的物件。

你还有什么话要说？我不觉得我们还有话可以说。

你，赶回来了。

说实话，我不想回来。是阿公拿着棍子，把我打回来的。郑堂秋，我恨你，真的恨你。就算你是我的父，是我的"阿爸"，我也一样恨你。阿妈是怎么死的？你心里很清楚。如果不是你一意孤行，要回这地方，她不会死，而我也不会因为你不在，在家受尽白眼。我们原本一家三口在新加坡，虽然我们在整个家族里没有地位，但好歹我们在一起，南洋的风再大，雨再急，我们还有一片瓦遮天。现在呢？阿妈走了，你眼看着也不行了，我们这个家还存在吗？家破人亡，起因就是你非要回到这里，说什么实现理想，振兴家乡，但却是你自己的私心，是你抛弃了我们，抛弃了我们这个家。

现在，说什么都是枉然。我也不能奢求你能理解。

我理解不了，我也永远不想理解。总算我们父子一场，你安心上路，我会给你送终。

阿明，阿爸不能再要求你什么。只是拜托你，无论怎样都保住华光戏院。那里每张座位我都坐过，每一张电影海报我都设计过，每一部电影我都看过，每一寸地方我都走过……我真的不舍，我不甘心啊！老天怎么这样对待我，让我遭此劫难……

郑堂秋用尽全身力气，说完了今生最后一段话。此刻，他只剩下呼吸。郑家明闭上眼，努力平息自己。走出病房，他看见郑堂秋脸颊滚落两行清泪。他不敢回头，怕自己一不小心就动了情。

　　推开木门，久无人居住的霉腐气息扑面而来。郑家明掩住鼻口，但还是忍不住剧烈咳嗽。这是开元路的一处寓所，它在沿街骑楼的顶层。说是寓所，不过也就是一个居室，郑堂秋用屏风隔出了一个洗漱池，澡堂和卫厕是同一层楼共用。寓所里到处铺着书籍，其次就是电影的海报，从中到外，《火烧红莲寺》《摩登女郎》《战地黄花》《埃及艳后》等等。《埃及艳后》那张海报是1917年的电影，女星蒂达·巴拉主演，郑家明拿起海报，忆起年幼时在新加坡还和郑堂秋一起看过。郑堂秋很喜欢这部电影，特意留着海报。漂洋过海，他还把这张海报带了回来。墙壁上挂着一副对联，上面书着：

　　　　苟利国家生死以，岂因祸福避趋之。

　　他参与了开元路房产开发，但自己拥有的却是这么小一个寓所。和章启智的"淑芬别墅"，陈广利的"祥和别墅"比起来，简直就是两个世界。

　　屋外下起大雨，雨点密不透风洒在尘世，洗刷着污浊的空气。郑家明开了一扇窗户，雨将一股清新带给了他。窗台有张摇椅，他扫了扫上面的灰尘，默默坐下，想象着在无数个黑夜里，郑堂秋也坐在这张椅子上，轻轻摇晃。离家万里，独自一人。那些个夜晚，他在想什么呢？他想念南洋的家吗？还是，他已经把这里当作了"家"？

　　可如果他把此地当作家，又怎会将自己的住所弄得如此简陋？

郑家明摇摇头，点起一根烟。目光所及，堆满书的木桌上放着一个厚厚的记事簿，他停下了摇椅，盯着那个记事簿。

郑家明叫住街上的报童，买了一份《江声报》。在报缝一栏里，他看见了一则声明：

> 盖因理解偏差，误会迭生，前度与郑君家明肇生冲突，幸经地方贤达讲和，今冰释前嫌，重归于好。对冲突所致郑君困扰，本人致以诚挚歉意。
>
> 声明人：陈锋
> 民国十九年八月初一

郑家明粗粗瞄了一眼，嘴角冷笑，将报纸揉成团丢进了街边的废物筐。他想幸亏自己念的是华文学校，国学课程是一以贯之，否则就会被这则声明给欺骗了。他陈锋说得轻巧，什么叫"迭"生，从头到尾事实清楚，只不过是自己不愿去面对，何来"迭"的说法？再如"重归于好"，难道我和你陈锋之前就很熟吗？最后的最后，轻描淡写一个"困扰"，就把他打断肋骨，卧床月余的伤痛一笔带过。

这世上的事，哪有这么便宜。

黄包车载着他到了轮渡码头，花了两角钱买了船票，与一群乘客渡海到了彼岸的鼓浪屿。海域不宽，渡船十来分钟即可到。去往"淑芬别墅"的路他已很熟悉，沿龙头路、漳州路往上走，经番仔球埔，走不多远就可见茵茵绿树掩映下的别墅。郑家明一眼望去，只觉得这别墅和其他别墅风格不同，更加清新雅致。后来他才知道，命名为"淑芬"是纪念章启智的夫人，即章慧的阿妈。想来这位夫人在世时贤良淑静，章启智对这位夫人也是用情至深。

厅堂上的人还真不少。郑家明乍一看，暗吃一惊。他以为章启智、陈锋是必须在场的，其他人大可不必，最令他意外的是章慧。她居然也在。难道凡是跟章家有关的大小事，她都要参与？

章先生，我开门见山了？陈锋站得笔挺，不知情的还以为他是个行伍之人。今天我来，是为了兑现当日家父与您的约定，由我作代表向家明道歉。今天来就是登门道歉。《江声报》上的声明想必你都看到了吧，家明兄弟？

哎，话不能说得太快。兄弟不兄弟的，这话不好说。郑家明拍了拍身边的苏环球，球仔把我从你的铁拳底下救出来，我和他称兄道弟还有道理，和你就没有这个关系了吧？千万别自作多情。

章慧听了笑出声。陈锋却也不恼，拱拱手，随即把一个封好的红包放在桌上，这是我昨日差人从中南银行支取的新币，统共一千。但家父说你现今留在厦门，身无分文，所以多给了五百，作为生活之所用。我呢，也打听过了，听说你们这一房在南洋的大家族里也不遭人待见，你痛失双亲，回去也是徒增自己和家人烦扰，不如留在我们广利洋行，赚些钱？你熟悉南洋风土，和洋人打交道也方便。

南洋物产丰盛，什么也不缺，帮你们做些什么买卖呢？哦，对了，南洋乡亲每年拜天公、敬祖先、供奉妈祖娘娘什么的，烧纸钱烧得多。他们自己没法做那么多，要不我帮你从厦门多进些纸钱，运到南洋去？你家里缺不缺，敬祖宗的香火纸钱可不能少，否则祸害子孙。

郑家明话说得毒辣，这是憋了一肚子火。平素他顶多说些风凉话，但拿闽南人的祖先说事，那就是刻薄了。章启智听着屡次想打断，但郑家明话接话，密不透风。他说完，章启智眉头紧皱，果然，陈锋再不计较也被惹恼了。他一步跨去揪起郑家明的衣领，想要推倒在地，但好在苏环球在旁，一把扶住。

今天我是专程来道歉，又加之是在章先生家里，我放你一马。但日后再被我遇见，还是如此放肆，我就不会那么客气。我会加倍奉还。

郑家明心有不甘，挨打住院的是自己，而自己只不过是在口头上逞一时快意，却让陈锋如此受不了。他也怒了，你把人杀死了，然后对他说"抱歉"，这还有用吗？钱我不要了，你让我也照那日痛打一顿，可不可以？

矛盾眼看又要激化。章慧拉住了郑家明，口舌之争都是图一时之快，今天这是在我家，你们两个就不要再说了吧。家明，我阿爸为你的事已是费尽心气，不可再让他为难了吧？陈先生，这段时间你们里子占了，面子也没损多少，应该可以了吧？

章启智起身，站在了郑家明和陈锋之间，凡事都要有个了结，不能没完没了。从根底上来说，双方都无深仇大恨，只不过就是在"钱"上面有纠葛。钱如流水，去得快，来得也快，大家都不要再产生新的争执了。

陈锋抱拳，章先生说得是，晚辈先告辞了。家父嘱咐的事，我一早已经把话带到了，请您考虑是否采纳。

一早？郑家明听出了陈锋话里的重点，原来他今天来不单是为了要道歉，怕是还有其他目的。孙和顺急匆匆地走进厅堂，满头是汗，手里拿着好几封电报递给章启智，喘着气说，陈家那位大公子走了吧？这天真是热，我一早就在电报局和香港建源公司方面通电报，来来回回发了好几封。老爷，我把你的话都传到了，表达了我们兴盛公司的最大诚意，想要争取建源公司在国内的白砂糖代理权。

孙管家这汗流得，像是刚从蒸笼里出来。苏环球笑着将一块湿毛巾给孙和顺，还拿着蒲扇在他后背扇着。章慧则让用人端来一杯铁观音，难为孙管家了，电报局我是知道的，小方格间里填字，里头又闷又热，再加上电报是每个字算钱的，还不能多写，想必孙管家也是绞尽脑汁。陈广利耳风灵，让他家大公子一早来也是为了要代理建源公司的白砂糖。这就是"无利不起早"嘛。

厅堂里响起了会意的笑声。郑家明觉得自己再待下去就有些不适宜了，于是就提出告辞。原本一直埋头看电报的章启智忽然抬起了头，开口说，家明，我有一事相托，不知你是否肯帮忙？

南方的热总要持续到重阳节。但这样的热与南洋比起来又好了很多，至少不像南洋那样，热度不变，持久得让人绝望。章慧还是喜欢冬天，她爱天冷时的那股子激灵劲。她五岁就回到了厦门，南洋的事物很多已经模糊风化，但对那里的热却是记忆深刻。这十来年间偶有回去，总是待不上两三天就想离开。

你骨子里的热情呀，是天生天成。阿妈在世的时候，这样打趣地说她。又想起阿妈了，章慧摸着梳妆台上阿妈的相框，喉咙凝噎。章启智站在门口，看着章慧，一时默然。章慧觉察到身后的异样，转过身，见是父亲，于是抹了抹眼角，阿爸，您来很久了？

章启智摇了摇头，背着手，慢慢踱进屋里。他今天穿了薄绸长衫，老派而得体。他撩起前襟，搬来一张椅子，款款坐在章慧面前，笑了笑，都说"女大不中留"，你要真还想回上海，那就回吧。只不过再几日就是八月十五，是团圆日，也是你阿妈的忌日。等过了这日再走吧。

章慧点点头，又回头看了眼阿妈，她在相片里脸带浅笑。阿爸，阿妈在世时很鼓励我去外面的世界走一走，她是大家闺秀出身，思想却不保守。而您更是，年幼时上的是鼓浪屿养元小学，那是教会学校，自小就接触西方科学。您后来又远渡重洋去南洋，和洋人打交道做生意，您的思想理应更开放。怎么到今天，您反倒不让我去上海？

讲心底话，阿爸就你一个孩子，阿爸年纪越大，好似越离不开你。小的时候，是孩子依恋父母，长大了，反倒是做父母的依恋孩子。天底下，概莫如是呀。我呢，也算是"不争气的父母"。章启智自嘲一笑。但他自己知道，最大的担忧，是不愿章慧以所谓"进步思想"，裹卷进政治的争端。上海是远东第一城，各种社会思潮交汇，社会主义、无政府主义、改良主义、自由主义等等，各自争议，莫衷一是。尤以共产思想，他最为抗拒和害怕。四一二政变，就发生在章慧去上海求学前一年。那时他正好在上海，蒋介石不单连共产党，甚至国民党左派也杀。政治斗争何其残酷。

这些话章启智没有说出口，但章慧心中明白。她在复旦大学，阿爸写给她的信中多番叮嘱，要她"学习知识，强健自身，而后再有益社会，切不可接触政治"。但是，阿爸，以中国现状，我们每个人如何能脱离得开政治？中山先生推翻清朝，提出"三民主义"，及至"联俄、联共、扶助农工"，都是以政治为纲，力求改变国人，振兴国家。我们再多的实业努力，倘若因政治不良，不是又一切成空？"四一二"，不就是最好例证？而国民政府当局拒绝纪念济南惨案，不也正是政治不彰的体现？对外示弱、对内强横，又如何能感召国人齐心建设国家？

章启智一时有些接不上话。这两年在上海，女儿接触的东西多了，视野广了，思想认识上已非过去可言。而这也正是他最为担心的。苏环球去上海，名为照看小姐，实际上是因了济南惨案两周年，章启智不愿章慧参与或是卷入有关纪念活动。当局不许言抗日，集会更是被禁止，认为这是扰乱社会秩序。但他心里清楚，章慧虽人在此地，心却早已飘向了彼处。

从你小时候起，阿爸就主张我们家要讲民主，讲尊重。我现在若是要你"禁足"，不得再去上海，岂不是自打了嘴巴。章启智苦笑着说。你心意已定，阿爸也不会再拦你。但有个条件，不论你在上海要接触什么，至少要顺利毕业，学成而归。兴盛公司需要你，我们家需要你，阿爸更需要你。

　　章慧模糊答应了一声，但再看阿爸的目光，只好点下头。父女俩沉默了片刻，章慧把脸别到他处，章启智的目光里含着太多复杂的东西。床头边放着自己的行李箱，忽然想到了郑家明，那日刚回到厦门，行李还未放回家里就遇见了他。阿爸，你觉得郑家明能胜任？

　　章慧说得没头没尾，章启智一时有些不明白。当他明白章慧所指之后，这才起身，家明现在还有其他路可走吗？身无分文，无家可回，重回南洋可能一事无成，而且日子更加困窘——他阿爸是外室所生，他大伯向来排挤，回南洋是不会伸出援手。与其看他沉沦，不如我们发挥他的作用，让他做些正经事。我去香港和黄达民的代表谈过，建源公司始终不松口。我想郑家明在南洋出生长大，他阿公郑堂元和黄达民阿爸都是同安人，他英文也好，做生意无非就是打交道，让郑家明跑下代理权也许较为顺利。

　　建源公司提的两个条件其实挺苛刻，真正跑起来不会太顺。广利洋行提的合作，阿爸您不同意？陈锋开的条件看似不错，货运航班和上海货仓他们都有优势……

　　我信不过他们。章启智又重新落座，端正了身板。婉拒他们合作倒还好，就怕是他们心有不甘。

第四章

　　从厦门出发前往南洋的轮船，中途大都会在香港靠岸，因为有不少乘客到香港，同时香港一地也有不少人上船前往南洋。郑家明去过香港，但不是太熟悉，只记得太子道尽头有家新加坡餐厅，里面的南洋菜很地道。一转眼在厦门盘桓也小半年了，虽然厦门也有椰树林、红狮南洋餐厅，但总觉得不够地道。

　　幸好，那家新加坡餐厅还在。已经过了中午用餐时间，餐厅除了伙计再无其他客人。他要了一客麻油海南鸡饭、菠萝餐包，外加一杯白咖啡。填饱肚子后，郑家明才端起咖啡慢慢品。建源公司是印尼产糖的大公司，他们产的糖质量上乘，而且出货速度快，时间有保证。建源总经理黄达民有意开拓国内华东、华南市场，特意在香港设立办事处，有心找国内代理商。章启智得知消息后跑去香港，但只见到黄达民的代表，没能见到他本人。建源公司也是家族公司，黄达民一人说了算，找他代表谈是谈不出什么结果的，最后拍板的人还是黄达民。

　　但能如愿见上黄达民吗？郑家明放下咖啡，走出餐厅门外。餐厅正对着德隆大楼，建源公司在香港的办事处就在德隆大楼里头，这些情况郑家明出发前已经掌握了。他想了想，折返回餐厅，看着一名餐厅伙计蛮"醒目"的模样，于是叫住了他。这位小兄弟，向你打听个事。郑家明掏出大前门烟，给他散了一支，自己也点了一支。建源公司的黄达民，你可认得？

　　怎么不认得。餐厅伙计抽着烟，不无神气地说，他是公司的老板嘛。他爱吃我们餐厅的菜，只要是他在香港办公，中午休息十有八九来我们这里吃饭。怎么，有事？

餐厅伙计不再说下去，郑家明笑了笑，塞给了他一张十元港钞。小兄弟，不知道黄老板最近有否在你这里吃饭？

有有有。餐厅伙计眼睛本就小，一笑就连眼珠都看不见了。昨日还来吃饭。我上菜的时候听他和身边人说，过几日回南洋，要提前买船票呢。

郑家明点了点头。那日刚到香港，他就立马奔向了德隆大楼。按照章启智给的名片，想约黄达民的代表见一见。但那人只在办事处门口见了郑家明，连门都不给进。那人有些不耐烦，和你们章老板说过的，预交五十万代理费，先存交通银行；固定航线，我们老板属意的就是太古洋行，一家船运公司，固定时间出航；最后就是上海的货仓，要离岸近，方便卸货。郑家明向来是少爷做派，从来就不用看人眼色，也极其厌恶别人使脸色。他正要发作，但一想到章启智对自己的嘱托，只好生生把火压下去。他赔笑说能不能商量一下，代理费一下子拿那么多实在有些困难，或者请代表帮忙引荐一下，晚辈和黄达民先生有同乡情谊，我当面向他说情……他话还没说完，代表就冷笑，还想见我们黄老板，你"够秤"吗？

够秤，这是广东人的说法，郑家明在南洋时听四眼广东仔说过，意思就是说要足够有分量，有实力。说他不够秤，明显就是看不起他。他告诉自己不能灰心，广东人还有句话叫"莫欺少年穷"，闽南人讲"总有出头天"，他就不信了，会连个黄达民都见不着，而且还被人羞辱。

餐厅伙计的"指点"还是很有作用。隔日中午郑家明再来餐厅，就看见一个四五十岁的男子，穿着背带西裤，端坐着吃饭。餐厅伙计努努嘴，郑家明心中就清楚了。今天运气不错！黄达民果然在店里用餐，更好的是他没有带随从，就是自己一人。

黄先生，您好。郑家明坐在他的对面，用带着乡音的闽南话说。抱歉，我是兴盛公司的职员，名叫……

年轻人，不要再说了。黄达民用方巾擦擦嘴，要了一杯咖啡。我不喜欢你这样唐突的做法，你也不问问我是否同意你坐在我对面？另外，午餐时间是我一天中难得放松的时刻，最不喜欢别人打扰。你这样冒冒失失，只会徒增我的反感。要不是听你的口音像是同安来的，我会马上让餐厅老板把你赶走。

黄先生的耳力还是不错，我阿公是同安人，少年时从厦门出发，去往南洋。到我是第三代，口音上多少有点改变，不过你还是能一下子听出来。郑家明好似并不在意黄达民的态度，只管说自己的话。我阿公和黄先生的阿爸都是同乡呢。

你阿公叫什么名字？

郑光元。

黄达民听到这个名字，原本一直低着的头终于抬了起来，同时也愿意正眼看郑家明了。我听说过他，在新加坡同乡里算是个有名的人物。黄达民说完再认真打量了一下郑家明，这个小伙子不壮也不瘦，皮肤有着南方男人少有的白皙，眉目间不太老实，但又不是那种虚伪的感觉。看第一眼，还是很容易让人记住他。黄达民脸上表情有些缓和，你刚落座，我已经表明了厌恶，一般人就会打退堂鼓，但你还是坚持，就不怕我翻脸吗？

黄先生是印尼有名的"砂糖大王"，我不过是兴盛公司的一名职员，哪有大人物与小人物翻脸？再说了，我是带着老板章启智的托付而来，要把事做完结，就算明知是南墙我也得撞，不然我没更好选择。

黄达民听了心里在笑，但脸上却不表现出来。我听说了你们兴盛公司的事。对了，说说你怎么就找到这里来了。昨天我的代表说了，已经把你拒之门外了。你究竟使了什么办法？

郑家明不好意思笑了，实话说，我是要了点小聪明的。但讲出来，可能就让别人难做了。您心里若是有什么不高兴，对着我来就行，我都能承受。

黄达民起身看了看餐厅，目光落在了那位伙计的身上。他微微笑了，这些我都是随意问问，哪里会和你们计较。今天晚上我在富丽楼请吃饭，你也一起来吧。吃饭的时候，我会和你们定个"游戏规则"——你们厦门还有一家公司也想要拿代理权，我总不能一女两嫁吧。

陈锋看见郑家明，先打了招呼，还说了一句"有缘人哪里都能见到"。郑家明听着，浑身不自在。陈锋说话的口气很大，好像吃定了建源公司的白砂糖代理权会给自己——这次你恐怕会白跑一趟了，我和黄老板谈得已经七七八八了。说来也是可惜，早前我和你们兴盛公司谈合作，章先生硬是不同意。合作多好，合则两利。谈好合作了，你也不用白来香港一趟。

也不能算白来，香港山山水水看一看，心情也好很多。要不然在厦门岛上待着，整天见一些人像苍蝇一样在我眼前飞来飞去，聒噪。郑家明用了"聒噪"一词，自己心里先乐了。他以前听过闽南话讲古《水浒》，记住了这个北宋民间形容一个人烦不胜烦的词语。他为有机会用上这个词语而高兴。陈先生也不要把话说太满，黄老板邀我们吃饭，总有他的考量，代理权一事总要有个合理公平的竞争吧。

陈锋冷冷看了他一眼，拿起玻璃杯喝了一口冰镇柠檬水。他的脸色愈发黑沉，和郑家明的脸庞倒形成了有趣的对比。黄达民设的是家宴，他在香港的家坐落在港岛铜锣湾大坑道旁，周围有些零落的小别墅，平日里幽静清心。饭厅的吊顶灯像是盛开的莲花，光亮得如同白日。黄达民请的是西式餐宴，长桌两侧坐了邀请来的客人，华人、马来人、英国人都有。这真是个奇怪的宴会。郑家明心里想，黄达民大可把他和陈锋约到公司，当面说事，为何要约在家里吃饭呢？尴尬得要命，眼睛都不知道往哪里放。

左看右看还是看到了陈锋，他脸上突然笑开了花，郑家明以为自己看错了，顺着陈锋的目光看去，一位年轻女郎翩翩而来。陈锋起身接她到了身边，阿美，我还担心你找不着路，我说了要去接你的。那女子顶着新烫的头发，脸上略略有些妆容，身上穿着改良过的旗袍，开叉恰到好处，也许是香港天热的关系，领口开得比一般旗袍要略低。她微微一笑，我在香港待久了，比你还熟悉，再说了是坐车来，很方便。她说着坐到了陈锋的身旁。郑家明看女子多了，直觉感到她很是乖巧，家教不错。真是鲜花插在牛粪上了。但听到她叫陈锋一声"大哥"，心里却舒了一口气。

姓郑的，你看够了没有。陈锋突然冷冷看着郑家明。这是我的小妹，陈美。阿美。坐你对面的就是我和你提过的那人，郑家明。

陈美微微点头，算是打了招呼。郑家明笑了笑，陈美小姐和你大哥真是不一样，nice 多了。郑家明调侃地回了一句。他对乖巧的女子兴趣不大，感觉就像是自己的妹妹家瑛一样。他也有个妹妹，虽然是大伯的女儿，但因为年纪差不了多少，因此一直把她当作亲妹妹看待。她和自己的亲哥郑家驹可是差别大了。一想到家瑛，又不免抬头看陈美。她回了一笑，郑家明生怕她以为自己是故意看她，只好也笑了笑，望向别处。

抱歉，各位朋友，久等了。黄达民爽朗的笑声回荡在了饭厅。和总督贝璐先生约谈，他谈兴很高，他新上任，总想着要在任上做番事业出来。很多想法呀。大家坐，我们边吃边聊。

他说的是英文，怕是为了在场所有人都能听懂的缘故。郑家明听得懂，不过就是嫌弃他的口音重了些，但想他毕竟和自己的父亲差不多年纪，英文能说到这个地步也算是不错了。陈锋好像是听不懂，待黄达民说完之后，才听陈美翻译给他听。

用人陆续端上了冷菜、清汤、大块西冷牛排。西餐做得很正宗，郑家明尤其爱牛排，大口地吃着。余光里看见陈美，她吃得矜持，牛排放在碟子上，好像没有动过。真是可惜了。郑家明放下刀叉，喝了一口冰水。忽然听到一记声音，黄达民用叉子敲了敲高脚杯。

各位朋友，大家稍微静静。今天，在场的有两位从厦门远道而来的年轻朋友，请这两位年轻人站起身和大家打打招呼。他们来香港呢，主要是为了想争取建源公司的砂糖在大陆的代理权。这两个年轻人相争，那怎么办？我向他们提了几个条件，谁先全部实现，我就把代理权给谁。这是我制定的一个"游戏"规则，大家一起做个见证，好不好？

黄达民说完又发出一阵爽朗的笑声，场内众人也跟着笑了。郑家明和陈锋两人都站着，面对来自四面八方的笑声，竟都有些尴尬。陈美说了大概意思后，陈锋脸色瞬间一变，从尴尬变为愤怒。但这样的愤怒也只是在一秒之间，很快又消失，恢复成正常的神情，甚至嘴角还带了微笑。郑家明看着他，心里觉得吃惊，真觉得这个人不"简单"。

宴席结束后，黄达民请了一支西洋乐队在客厅演出。往昔，郑家明去舞厅多了，一边是西洋乐队弹唱，另一边是舞台下的人们如痴如醉地跳舞。他流连舞厅和舞女小姐，流连舞厅在夜晚笼罩下的暧昧迷离，如今想起来却恍如隔世，好像曾经发生过，但细细一想，又觉得不真实。他觉得有些闷，于是走出客厅，到前院花园抽了根烟。

你怎么不进去听歌曲？哦，现在好像还开始跳舞了。

郑家明身后有人，他回头一看，是陈美。郑家明抽着烟，过去跳多了，现在欲望不那么强烈。

你这个人真是有趣得很。你看起来也不老，不过是比我大哥小两三岁吧，怎么说话带着沧桑。况且你用了"欲望"这个词，有些过了。

每个人都有故事。郑家明并不想谈下去，和不熟的人谈过去，总是有些怪异。特别是她还是陈锋的小妹。他问陈美，你在家排行老三吗？你还有个二哥？

是呀，我二哥叫陈奇，他在上海拍电影。他很厉害，会写剧本，也当导演。天一公司、明星公司都想请他。

这么说来，他和你大哥倒是凑成了一对"文武双全"。你们兄妹三人，这是各在天涯。你又为何留在香港？

我过来陪我阿妈。她不愿回厦门，因为……

陈美欲言又止，郑家明识趣不再问。现在夜晚已经有了凉意，郑家明伸手感受空气，转过身说，我认识的华文作家不多，但他可以说是让我印象深刻。因为他写了一篇这样的小说……

《春风沉醉的夜晚》，郁达夫。陈美脸上有淡淡的笑容，香港这个时节，按照他们自己的话，晚上终于有些"冻"了，大概可以配上这篇小说的讲法了。

郑家明听了，不知为何也笑了。

回来有段时间了，但航线的问题迟迟得不到解决呀。郑家明站在兴盛公司二楼的阳台上，一边抽着烟，一边与苏环球说话。烟灰缸里的烟蒂已经快塞满了。郑家明要给苏环球递烟，但他摇了摇头。苏环球"嘿嘿"一笑，早前在上海的时候抽烟被大小姐嫌弃，她受不了烟味，所以我就下定决心要戒烟了。郑家明鼓掌，你这意志力真是令人钦佩。我在马六甲的时候，有次和当地朋友打斯诺克撞球，闲聊的时候那个朋友说，有一种男人要很警惕。我问是什么男人？他说，那种能把烟戒了的男人，你想，一个男人连烟都能戒了，他的内心得有多狠？苏环球听了不免有些局促，郑先生，这个，这个，我心不狠的啊，我只是不想抽了，担心又让大小姐闻到烟味。

郑家明见他憨憨的模样，笑出了声，我和你闹着玩的，你还当真了？不抽了最好，我每次烟抽多了，脸上也常常满是油光。不过，等哪天华光戏院收回来了……一时说不下去。苏环球宽慰他，郑先生，总有那么一天的，陈家主要是贸易生意，对戏院如果上心的话，当初也就不会只让令尊一个人负责了。郑家明感叹，我就怕他们把戏院给搞坏了。不说这些了，球仔，以后不要再叫我"先生"了，我和你一般也只是在公司里"讨生活"，你叫我家明就好。不知道章先生和那个英国人谈得怎样了？话音刚落，孙管家就打来了电话。

鲁道夫见到郑家明的第一句，就说你比我想象中的还年轻。他能说一口流利的闽南话，甚至说得比郑家明还顺。郑家明笑了笑，生活不容易，按照孔夫子说法，入世要早。鲁道夫不太确定他说的是真还是假，只是摸了摸自己的大白胡子，声音洪亮地说，我们打一局斯诺克吧。对了，我们用英文谈。

因为是白天，鼓浪屿海员俱乐部里人不多，只有一个华人侍应在旁候着，递热毛巾或是端茶水。鲁道夫先开白球，球面打开后，他先打红球打得颇为顺手。郑家明执杆在一旁等着，他是迷过一段时间撞球的，但自去年上了舞厅之后，每日昼夜颠倒，撞球也打得少了，不知球技荒废了多少。来打撞球，这是鲁道夫的主意。章启智和这位鼓浪屿工部局董事是老熟人，因他又是英商太古洋行的董事之一，所以章启智希望通过他帮忙，说通太古明确去上海的航线。鲁道夫知道了事情的原委，只说了见一见郑家明，并没有答应或是拒绝帮忙。

1916 年，英格兰举办了首届斯诺克业余锦标赛，我曾在现场观摩过，一下子就喜欢上了这个运动。它很好，运动量适中，但需要非常专注，还要讲战术。我比较喜欢动脑子。鲁道夫指了指自己的脑袋，我不喜欢和不聪明的人打交道。明，你用什么来说服我，让太古开辟固定航线？厦门往来南洋航线较多，北上中国沿海港口航线并不是太多。

鲁道夫胜了第一局，但在第二局郑家明做了一次"清杆"，将台面上剩下的球全部入袋。郑家明收杆，用壳粉擦着球杆杆头。鲁道夫先生，1873 年轮船招商局厦门分局就开辟了厦门至上海的航线，获利不少。从船运历史来看，北上航线不是没有，而是轮船公司走得不多，原因在于厦门与南洋贸易联系更为紧密。但时代总是在发展的。自北伐结束后，北方建设需求日益增多，上海作为远东第一大城，与南洋货物往来也日益频繁。太古洋行早已开辟南洋至厦门航线，如能借与兴源公司合作为契机，联通南洋至上海，这对贵公司而言也是极好的机会。

鲁道夫听了郑家明的话，向侍应要了一条热毛巾，擦拭了额头的汗。明，你说的这些，是你自己的想法吗？

自然是有"高人"在指点。在说到"高人"这两个字的时候，郑家明特意没有用英文。鲁道夫一下子没反应过来。于是郑家明笑笑，高人，talented person。我从南洋而来，在厦门时间还不到一年，中国很多情况我其实并不很了解。这些话是与章启智先生交谈的时候，我从他嘴里听到得知。我觉得他讲得很有道理。

你不说大话、假话。鲁道夫点点头。关于你的故事，我已经有所耳闻。我和你坦白说，陈锋也来找过我，而他的父亲陈广利，我们也曾有过合作。我做生意，不想沾惹是非，特别是你和陈家之间的恩怨。你明白我的意思吗？

做生意，大家都想的是好赚钱，没有人想惹祸上身。但我向你保证，我和你的合作，与陈家没有任何关系，也绝不会牵扯到你。其次，我想有个情况鲁道夫必定也是清楚的，兴源公司与建源公司谈砂糖代理权合作在先，章先生还专门跑去香港与黄达民进行了商谈。广利洋行的做法算什么呢？他们是见到有利可图，才想和我们竞争，同争代理权。他们没有商业道德。

哈哈哈。鲁道夫忽然大笑了起来。在商言商而已，你们中国人不是有句话叫作"人为财死，鸟为食亡"？道德这个词，太不实际了。

但是，中国人还有句话，盗亦有道。郑家明这句话是脱口而出，他不是很确定是否合适，只是蒙眬之间觉得应该这样说。

鲁道夫看了他一眼，没再说话。五局三胜的游戏规则，但打到第四局结束，鲁道夫就收杆了。明，我们就打到这里吧，打了四局，各胜两局。第五局是决胜局，但我并没有很强的获胜心。也许我会赢，因为我经验毕竟比你丰富，你在技术方面欠缺了一些；但也许会是你赢，因为你年轻，胜在有体力，我年纪较大，怕注意力没有那么集中了。我们互相"见好就收"。

郑家明觉得他话还没讲完，但也不追问，只是笑笑，跟着他走出了俱乐部大门。鲁道夫回过头看着他，运动竞技，可以看出一个男人的品性。你打撞球，不因讨好我而故意让球给我，这点我欣赏。这是你尊重游戏规则，尊重对手。你年轻，我愿意给你个机会，但前提是你要保证能在上海租到合适的货仓。

鲁道夫说完收收裤腰带，昂头走了。郑家明望着他离去的背影，心里想的不是什么航线、货仓，反而是刚才与他的那番话——"你们中国人"。鲁道夫说得那么顺溜，好似天然的，郑家明就是其中之一。可他毕竟生长在南洋，从来也没有去认真追问过自己的身份。我到底是何？

时间不等人，转眼间就是年底，天气也随之变凉。出发去上海前，厦门气温突降，郑家明站在轮船甲板，眺望着远方翻飞的海鸟，不禁裹紧了自己的大衣。章启智从自己的衣柜里拿出了一件褐色粗呢大衣，给郑家明穿。上海天气更冷，你在南洋习惯了天热，没感受过寒冷，这件大衣就送你了。郑家明想到章启智的这番话，心里有些异样的感觉。章启智说话平和，像父亲般关心自己。郑家明又忍不住想起了郑堂秋，自己的父亲。他对自己的温和，早已成为了一种记忆。现在，他所有遗留下来的，只剩那本记事簿了。它静静地躺在皮箱里，随着郑家明到处游走。

家明，这里海风大，要不要进船舱里休息？不知道什么时候，苏环球已经站在了郑家明的身边。我看你在这里已经站了很久了。

郑家明揉着已经瘪空的烟盒。球仔，你说此行去上海会顺利吗？

老爷请托了上海的那位好朋友帮忙，我看事情一定会顺利。他是上海滩的"闻人"，黑白两道都吃得开。两年前大小姐去上海求学，老爷也没开口，他就主动安排手下人前后都打理，大小姐上学一直也很顺利。苏环球想了想，才接着说，老爷做人做事不爱张扬，即使救人于危难，也不声张……我听孙管家说过，傅老板当年生意破产，又遇到青帮同门内斗，是老爷出手救了他。我十岁那年阿爸阿妈过世，在鼓浪屿上乞讨过活，差点饿死，也是老爷心慈，救了我，让我上学，还改名"环球"，意思是长大后让我走遍世界。但我对老爷讲，我哪里也不去，就跟在他身边！

郑家明听了笑出声，拍了拍苏环球的肩膀。他摸了摸放在内袋的那封信，叹了一声，章先生特意写了信，请傅老板帮忙寻得一间合用的货仓。这一路要是没有章先生，我真不知该怎么走下去。说来惭愧，我的能力尚小，说是要帮公司做事，但实际上是章先生在背后给我撑着，为我指点道路。

家明兄弟，此言差矣。苏环球开起玩笑，晃着脑袋，用闽南说书人"讲古"的口吻说，我听《西游记》，那里头的孙悟空就算是有七十二番变化，但前往西天路上遇到妖魔，打不过，最后也得靠菩萨帮忙。所以说呢，你刚才讲的就是泄气话了。你才从南洋回国内没多久，等你混熟了，自然就有办法了。

你这话说得对，我高度认同！郑家明听了高兴，还鼓起掌。

我受不了这海风了，你继续"吃"风吧，我得进船舱了。

郑家明看着苏环球走进舱门，而后转过身再望着无边无际的大海，忽然觉得自己内心苍老了很多。轮船北上，距离南洋越来越远。在汪洋中，就算这艘轮船有三层楼板，但依旧渺小得如同一片浮萍。轮船有目的地，但无根的浮萍，飘啊飘，究竟何时是个尽头。而自己，最终又将飘向哪里呢？

第五章

我是自己不愿进大学。郑家明很坦然地对章慧这样说。华文华侨学校老师教得认真，但我就是不想念了。我那时候有几个一起玩的朋友，阿喜，和我们是同乡，也是从同安来南洋。广东仔，虽然是讲白话，但家里也送他到我们学校念书。吉打峇峇、利亚德，一个是马来血统，一个是西洋，长得就和我们不一样，但不妨碍我们的友情。

不会是酒肉朋友吧？章慧喝了一口咖啡，不无调侃地说。她和郑家明坐在东亚饭店的一楼大堂，等着见傅老板。不进大学可惜了，因为在那里，你会认识许多优秀的人，接触到世界上许多新的思想。

所以，你这"进步"的思想，就让你选择念了复旦大学的新闻系，还拿着相机到处拍照，连集会声讨日本人你也去凑热闹。

章慧知道他指的是自己第一次和他见面的情景。她本来还想告诉他，自己见识得更多。她认识美联社、路透社驻沪的朋友，私底下交流时，他们都不无担心地提到，日本人大概很快就要全面入侵中国，国联对于日本人的约束现在几乎为零。章慧听到这些风声后，不仅经常参与那些抗日的演讲、讨论会，还常常拿起笔，在报纸上写一些坚决支持抗日的杂文。只不过，发表时会用上笔名。

郑家明在厦门时，苏环球曾将那些报纸拿给他看过，他很惊讶于一个女孩子，年纪不大，下笔却这么老辣。郑家明想到这里，身子往沙发上靠，章小姐，我真是没想到，令尊大人一心想的是实业救国，不问政治，而你却反而热衷政治。你这一腔热血是从何而来？

在中国当今的环境下，谁能离得了政治？但凡一个正常的中国人，都不会对现今的局势无动于衷。列强就在我们家里，为所欲为，难道我们不该有所作为吗？就算是我的阿爸，实业救国，不也是为了这个国家？章慧挺直了腰身。家明，你不知道的是，大阪船社的钟和夫找过阿爸，主动提出可以开辟至上海的航线，而且条件优惠，但阿爸还是拒绝了。为什么？就是不愿和日本人有往来。

哦，还有这么一回事。章启智从来没和郑家明提过，所以他第一次从章慧嘴里听到，还是有些意外。章先生为什么不和我说呢？郑家明想不明白。他看着章慧，为了今天见傅老板，她一改往日穿着的阴丹士林蓝大褂，改成穿着修裁合身的女西服，中高腰的裤子显得腿分外修长。脸上也还抹了些粉，嘴唇一抹红很是鲜艳。他看得有些入迷了，章慧似乎也觉察到了一些异样，眼睛瞪了他。郑家明有些尴尬，摸了摸下巴，眼睛看向别处。这几日在上海，我和球仔奔波在各大码头上，看了很多货仓，就是没有中意的。深水港轮船能直接靠岸的，货仓一般太大，而且收费高；浅水港码头上的货仓大小合适，收费也还行，但就是麻烦，太古行的轮船吃水深，进不得港只能泊在外海，靠小驳轮来回装货。他今天接着在码头上跑，希望能有所收获。

看来，我们章家上下都在为你，郑家明先生，忙碌着呢。

圣母玛利亚，谢天谢地，看来是我郑家明上辈子修来的福分。郑家明会意地笑了笑。他知道章慧指的是什么。因为担心他去找傅老板显得有些唐突，章启智给章慧发了长途电报，要她帮忙和傅老板联系。起初，章慧是抗拒的。原因在于她素来不愿与家里生意发生关系，至少目前是如此；再则是因为对郑家明还是不太认可，或者说与他只是浅显的认识关系，并未熟悉。郑家明原本也不指望章慧能同意出面，他是打定了主意，靠自己解决问题。苏环球劝过他，说虽然有老爷请托的信，但如有大小姐在中间搭桥，那事情会容易成功。郑家明觉得有道理，来上海后就去找了章慧。但出乎意料的是，章慧并没有推脱，反倒说她已与傅老板联系，约好过几日在东亚饭店见面。

电梯降到一楼，电梯 boy 拉开闸门，傅老板走出了电梯，身旁跟着一个日本人模样的男子，身子不高，戴着金丝边眼镜，梳着油头，脸上好像始终挂着微笑。他们身后还跟着几个手下。这群人把电梯都给包了。郑家明认得傅老板，这几日在上海，看沪上的报纸，不时会出现他的新闻。新近报道，《傅家声与日本商社合作，闸北办厂全力发展纺织》。新闻里有他的照片，个子不高，剪着平头，显得很精神，有着与他年纪不太相符的一股劲。他和那位日本人握手告别，而后就爽朗笑着朝郑家明他们走来。郑家明起身的时候，隐约感觉那个日本人好像在看自己。他想再深究，那日本人却已走出了大堂。

让两位久等啦。傅家声和郑家明、章慧握手。小慧，这就是你说的那个南洋有为青年，郑家明先生吧？

章慧笑着点点头。傅叔叔，我和家明今天打扰您了。我看您也是忙着生意，能抽出时间来见我们，非常感谢。

这说的就是见外的话了。我和令尊，那是什么关系？可说是生死之交呀。他的事，也就是我的事。你和我联系的时候，我大概明白了你们来的目的，就是要找一间合用的仓库，是不是？

郑家明听了傅家声的话，赶忙把章启智亲笔写的信交给了他。傅家声拆开信封，很快扫了一眼，然后将信收好。启智兄在信里说的话真是太客气了，这个忙我要是帮不了，那我还怎么在上海滩行走？这样，我公司名下在黄浦滩码头自用的货仓有四间，我将三号仓库给你们。因为公司还有其他股东，我不好免费给，但价格绝对是市面最低。你们以为如何？

傅老板真是爽快啊！郑家明忍不住叫了起来，一想又觉得似乎有些不礼貌，于是不好意思地搓着手，各位抱歉，我太激动，一时失态了。

你是真情流露，没有什么好抱歉的呀。傅家声摸了摸套在手指上的硕大金戒指，转而看章慧，小慧呀，至于你早前说的那件事，坦白说，公司内部有不同意见。我认为呢，也是急不得。

傅叔叔，可这事迟早得做，难道将来您眼看着日本人欺负我们的同胞？

傅家声听了章慧的话，正要开口，一名手下急匆匆跑来，对他耳语了几句。傅家声一听，眉毛微微一动，码头上打起来了？

在旅店吃过早餐，苏环球就和郑家明、章慧兵分两路。按照事先计划好的，郑家明去找傅家声，而他则去黄埔滩码头转一转。连日来的实地查看，他们见识到了上海滩各大码头的繁忙。以十六铺码头而言，这是上海最大的老码头，同时也是远东第一码头，客运货运往来不息，异常繁忙。他们看了现场，又找了熟悉的人询问，这里不单货仓难觅，而且轮船靠岸排期有时也得等，这就在时间上会拖延。上海滩码头大抵都如是。思来想去，如果请托傅家声，他出借自己名下的货仓是最为方便的。一来不用再到处去打探哪里有合用的货仓，二来租金方面也可控。

傅家声的货仓在黄埔滩码头。这码头原先是日商开发，且专为货运码头之用，无论从哪个方面来说，都比较符合要求。苏环球匆匆赶往黄埔滩码头，一番询问后找到了傅家声的货仓。共有四间，都统一挂在一家名叫青云公司下。之前打听到消息，郑家明还笑着说，穷且益坚，不坠青云之志，傅家声取这个名字，是自命不凡呀。但他傅大老板在上海滩呼风唤雨，也不致落入穷困之地呀。章慧听了不以为然，这你是不了解上海。上海是远东第一城，开埠以来就是冒险家的乐园，一时富贵，一时潦倒，这都是很有可能的。再说了，"青云"二字，可是别有用意。郑家明和苏环球想了想，这才一拍脑袋，青云青云，就是取"青帮"里的"青"字呀。

苏环球稍稍目测，四间货仓是连排在一起，每间货仓都是统一建设，足有三层楼高，合共占地约有二十亩。正要细看，忽然一号货仓门口响起了打闹声。他循声看去，一群码头工人似乎正与一名穿大衣的男子在争论什么。那名穿大衣的男子身后还跟着几名着和服的浪人。为首的工人是个壮实的中年男子，工友们叫他"阿大"。阿大指着穿大衣的男子痛骂，昨天还好好的，今早一来却要求我们多交管理费，这是什么道理？我们每个工友，扛一麻袋，只赚得三角钱，现在给你们两角，那我们每天还吃什么？那个穿大衣的男子把手一摊，我今天新上任，就要有新办法。你们要是不乐意，就去其他码头干活，悉听尊便。工友们听了大怒，纷纷指责，你个小瘪三，毛都没有长齐的小日本，凭什么听你的！而那几个浪人也不顾人数远少于码头工人，冲上前去嚷嚷着叫打排在前头的工人。其中一个浪人突然抽出了一柄匕首，眼看就对着阿大刺去，苏环球眼见了忙抓起旁边的小沙袋，奋力扔过去，将匕首打翻在地。

这下好了。日本浪人有了针对目标。他们一拥而上，对着苏环球动起拳脚。苏环球有一身本事，也难敌一通乱拳。眼看就要落下风，阿大一挥手，工人们也冲上前去，和浪人们打起来。打斗中间，阿大对苏环球说，小兄弟，谢谢你出手相助。苏环球高声说，路见不平，自然拔刀相助！一阵混斗过后，两方都有挂彩，那个穿大衣的男子领着一队巡警赶到了码头。巡警队长连吹哨子，但双方仍然没有停下来的意思，于是拔出枪，向天空连开了三枪。

阿大，你们赶快住手！巡警队长呵斥。统统都给我回警局去。

是他们动手在先，我们有兄弟受伤了，这些小日本也要一起回警局！

真是笑话，这是我们公司的码头，要走的是你们这些苦力。还有这个管闲事的外乡人，一并抓走。

山本先生，你看这样行不行？巡警队长将他拉到了一旁，这些工人都是傅家声老板的人，而傅老板和贵公司关系向来不错，我派人去把他找来，一起解决这个问题。要是强行带走人，我怕事情越闹越大。你看，工人越聚越多。

另一边，阿大安抚着手下，我们是给傅老板干活，和码头无关，傅老板会帮我们出面。他见苏环球衣裳被撕破，胳膊上还流着血，于是让人拿了绷带包扎。小兄弟，让你也跟着受苦了。苏环球摆摆手，不碍事，就是看他们日本人不顺眼，太霸道了！

在赶往码头的路上，傅家声叹了一声，我担心的事还是发生了。章慧坐在他的旁边，说工人们赚得微薄，码头上难免有纠纷。再说了，哪里有压迫，哪里就有反抗。傅家声看了眼章慧，你还年轻，不晓得我为了码头不闹事，私下做了多少努力。别的码头我不知道，但在黄埔滩，这些工人不用向日本人交人头管理费，这是我联合码头其他货仓公司一起和日本人谈判争取来的。我们多交一些租金，工人们就少出一点钱，也就避免了日本人直接为难工人。本来相安无事，但今天来了个大田，他是大连汽船株式会社总部新派来上任的，也没提前打个招呼就直接为难工人，这就是向我们挑明了，谁才是真正管事的。

中国人的地盘，应该中国人管事啊。郑家明忍不住开口。

车上的人都沉默。

到了码头，阿大要向傅家声说明，但他只摆摆手，说都知道了，先把受伤的兄弟带走吧。巡警队长见状也叫着，大家都散去吧，一上午就这么耗掉，什么活儿也干不了。郑家明见到苏环球，忙说要送他去就近的医院。苏环球说小事而已，从小习武这点伤还是能扛过去。说话间，郑家明发现在东亚饭店见到的那个日本人也出现了。大田用日语向他说些什么，他听着还向傅家声含笑点头，以示打了招呼。

这人是谁？一天之内竟然见了两次，而且好像他对我们很熟悉？郑家明心中充满了疑惑。那个日本人走过来，和傅家声交谈了几句，而后一辆道奇轿车驶来，载着他和大田离去。码头上的人群也逐渐散去，傅家声望着滚滚黄浊的江水，神情凝重。郑家明心想他大概是有难言之苦，于是示意章慧是否要先走。不待章慧开口，傅家声先转过身，诸位如果不急，陪我走一走，如何？

一路上，码头上的人不断与傅家声打招呼，他都一一点头回应。章慧想了想，试着开口说，傅叔叔，您看码头上不论是工人还是各家行号的经理，都认识您，他们看您的眼神没有惧怕，只有尊敬。我早前说的那事……

眼前发生的事，还敢再提？傅家声停下脚步，如真按你所说的，将码头工人，不论是哪个行号的，都组成统一的工会，那一旦和日本人闹起来，可不又是一起"五卅惨案"？工会能够让劳苦兄弟团结在一起，但真要和日本人斗起来，最后输的会是谁？码头是日本人的，政府不想争，也没办法和日本人争，我这里的公司能有多大作用？我傅家声能做到的，就是顶住其他股东的压力，不以帮会名义向工人收保护费。仅此而已。组建工会一事，再莫提了。

傅叔叔，您又不是没见过工人们的惨境！联合起来，力量一定大……

郑家明拦住了章慧，不让她再说下去。傅老板有自己的难处。不能强人所难。

傅家声叹了口气，日本人恨不得天天找机会，借以干涉我们。日军舰艇在外海游来游去，一旦内陆有事，他们就更是有了出兵的借口。政府能怎么办？也只能处处求和，不能激怒。连政府都这样，我们这些做生意的，更是只好委曲求全。刚才码头上那个日本人，名叫钟和夫，他是大连汽船株式会社的股东之一，他提出和我合办纺织厂，我能拒绝吗？我若拒绝了，公司在这黄浦滩码头上的生意还做不做？货仓还让不让租？

原来他就是钟和夫。郑家明和章慧互看了一眼。正是这个人向章启智提出，他控股的另一家公司大阪商社，与兴盛公司合作，开辟厦门至上海的航线。当时章启智担心此人不安好心，予以婉拒。但就傅家声所言，不和此人合作，以后是否有后患？郑家明想到这点，不禁有些担心。

小慧，有些事，我实在做不到。傅家声的司机把车开来，临上车前，他又忍不住回头说，我心里也同情码头那帮工人兄弟，但我也有自己的担忧，如真帮助他们组织统一工会，日后势力壮大，且不说日本人，会不会连我傅某人也一并抗争了？我不是慈善家，更不可能搬起石头砸自己的脚啊。

这才是他本来面目。章慧望着汽车绝尘而去，不由得说出口。不能指望资本家的觉悟。

郑家明差点笑出声。她父亲，章启智先生，难道就不是资本家了？就连他自己，从南洋而来的华侨，不也是出身资本家？闲聊的时候，章慧曾和他提过阶级、主义什么之类的，他听了一知半解，不是太明了。但有一点，他以为自己是明白的，那就是皇帝在金銮殿，乞儿流落街头，饭堂跑腿的不会去当老板，而他自己也不会在码头扛麻袋。

一群衣衫褴褛的流浪儿不知何时围了上来，纷纷伸出污黑的小手，向郑家明和章慧讨要钱。一个年纪较大的孩儿说着安徽话，先生小姐行行好，老家发大水，家里没得吃，外出讨碗饭吃。郑家明看了不忍，从口袋里掏出了一张五元纸币，放在了那个孩子的手里。他们大概没见过一出手就那么大方的，于是千感谢万感激地跑开。

他们怎么要跑开呢？郑家明忍不住问。

你太小看他们了，他们背后都有大人组织的。讨到一处赶紧跑下一处，找一个有钱的"老板"。苏环球笑了笑。

孩子也是无辜，是被那些坏了心的大人操控。章慧摇摇头，他们每天都有"任务"，讨的钱没够，就要受那些大人打的。

能帮就帮咯，难道眼见了，装作什么也看不见？

帮得了他们，可还有更多的苦命小孩，怎么办？能救人一命，但救不了苍生。

郑家明听出了章慧话中有话。他不是不明白，但他不愿往深了想。救苍生这样的事业太过伟大，让佛祖去救吧；他要救的，首先是自己。这次上海之行，总算有个较满意的结果了。建源公司的砂糖代理权应是可以拿下了，这不论对自己，还是对章启智而言，都算有个交代了。

至于明天，那就留待明天再说吧。

建源公司第一批砂糖出货已经是旧历年过完。太古洋行轮船从印尼三宝垄港出发，途经香港后抵达厦门。在厦门稍做休整，兴盛公司查验货品后，再启程前往上海。启程前，章启智特意约了鲁道夫来到码头。郑家明在验货单上签字，然后交给船长。一回头，看见了他们俩，急步走过去，嘴里说连夜验货，不敢耽搁一秒，查验无误就让船离港。章启智点点头，上海那里接收情况如何？郑家明回答，球仔早前已经去了上海，带了两个公司的伙计，已经准备好接货了。待一切都理顺后，他就回厦，那两个伙计就负责上海的业务。内陆的经销渠道也都提前铺好了，孙管家拟了合同，凡是拿货的经销商按合同办事就好了。鲁道夫听了竖起拇指，明，你做得好。你这个"世家子弟"办事还是很可靠。

咳，休再提什么"世家子弟"了。郑家明心里慨叹。我这个出身，名不正，言不顺，自去年到厦门，至今未回南洋。而那南洋的"家"，似乎也并不在意他在何方，甚至也不在乎他的生与死。不要说自己了，连阿爸的过世好像也不在意。不是好像，而是根本就是。至今，未见一个电报或一封来信询问境况。他中间写过信给阿公郑光元，信内容不多，无非是些问候的话。缘由在于，无论怎样，那是自己的阿公，血脉相连，从孝亲的角度而言，要关心问候。可结果呢？信似飞鸿南去，却如泥牛入海。

苏环球接到货，马上拍来电报，告知一切顺利。郑家明在公司，拿到电报赶回鼓浪屿，将电报拿给章启智看。孙和顺在旁边，也看了电报，笑着说，郑先生这是克服了九九八十一难，终于取得真经。郑家明连连摆手，要不是有大家帮忙，我如何能办成这事？我能有多大能耐，我自己是清楚的。再说了，九九八十一难是要降妖除魔，我这仅仅跑跑腿罢了，谈不上什么艰难。章启智笑了笑，我们帮忙，但也得你愿意为之辛劳努力呀。他又看了眼孙管家。孙管家拿出一张存款单，郑先生，按照老爷的意思，在中南银行以你的名义开了个人户，除了每月支付的薪酬，今天这个是额外的抽成。郑家明说这怎么好意思？才出第一批货而已，公司预付给建源公司的代理费已经是很大一笔了，经销商的货款也还没打来，怎么能让公司先给我这笔钱。章启智将存单交到郑家明手里，一分钱也会难倒英雄，你也无积蓄，接下来生意难免应酬，手头宽裕些好办事。郑家明还想推脱，但见章启智态度坚决，只好收下。郑家明想要言谢，章启智笑着说，这样就见外了，我们之间不必如此。再说，你也不是白拿钱，也是为公司赚了钱。郑家明说好像也是这样。走的时候，电报还放在桌上，郑家明折好收进口袋。按照公司的规定，和自己有关的往来电报都要保留好，以备日后查用。郑家明随口说，真是希望赶紧开通厦门至上海的电话呀，那样方便。电报都能跨海通达南洋了。章启智说电话不一样，铺设线路耗资巨大，黄奕住先生算是我们厦门首富，他筹资商办电话公司，省内电话联通到如今才实现。至于跨省，那牵涉面就更广了。再者内陆局势时有动荡，电话铺设就更难能保证了。

局势动荡。郑家明在心底默念。

孙管家问过郑家明，是否需要公司出面租个好一些的公寓，郑家明婉拒了。他还是选择继续住在阿爸曾经的寓所。因为这样，他好像才能安心。而这份安心的具体理由是什么，他一时难以回答。每日里，他就在公司与寓所两点之间来回。在厦门，他没有什么朋友。苏环球和章慧都在上海，如果有联系，那也只是靠写信。章慧的字写得漂亮，他的字就差远了，章慧嫌弃过，他受了点刺激后，有空就写写字。有时也看看杂志，章慧给他寄来一些上海的杂志，《时报》《良友》《进步思潮》等等，他爱看小说，对一些评论文章并不是太感兴趣。有一次，章慧还给他寄来了一本《资本论》，上海昆仑书店出版，第一卷第一册。望着那书，郑家明连忙作了个揖，然后把它摆在了书架上——

章慧，你也太看得起我了！

这日看到《江声报》上刊登了一则消息，厦禾路上的新世界舞厅重新装潢，全新迎客，每日还安排乐队演出不同摩登金曲，并有漂亮舞小姐伴舞。郑家明是知道新世界的，许多回国的华侨在厦逗留时都会去那儿游玩。他想一想，自己来厦门许久，居然再未踏足这些娱乐场所。看了报上的消息，心里又有些痒了，脚上好像已经蹬着皮鞋要跳爵士舞。他叫了一辆黄包车，沿途经过华光戏院，已是入夜时分，但戏院外霓虹灯却显得有些昏暗，门口也未打出"客满"的牌子。他久未经过，难道戏院生意已大不如前？莫非是陈锋没有用心经营？那当初他们一心想要整个拿回戏院，是为了什么目的？郑家明回头望了一眼，戏院已消失在视线。

上海有大世界，厦门则有新世界。新世界同样是综合性娱乐场所，里头有小戏院、游乐场、舞厅、咖啡室，各类娱乐设施齐全。有钱的，可以在小戏院包厢，看电影，或是听北下的戏班唱堂曲。还有台湾来的戏班，唱的是本地方言的歌仔戏。没钱的呢，则可以花个一两角，在一楼游乐场玩些打气枪、丢套环的游戏，也可买上一壶茶，和三五友人就着一张小茶桌聊天。本地人叫这个是"话仙"——说话聊天像做神仙一样。

舞厅设在三楼，一架经典德国克虏伯电梯载着红男绿女奔往欢快的舞林欢场。舞厅要买票进入，"是日周六夜，女子免票"，门口的告示牌上这样写着。郑家明看着几乎都是男女做伴而入，只有自己是单买一张票，和他人一比不免就是有些"寒酸"了。郑家明一乐，想起若是以前的自己来到这里，见到此情此景，不知会不会对现在的自己破口大骂，没用的家伙！舞厅门脸不大，但走进去却是别有一番天地，舞池异常开阔，舞台足够容纳十人一组的西洋乐队，舞厅内有开放式的卡座，也有独立的小隔间，大家各取所需。

司仪在舞台上介绍，接下来有请天堂乐队为大家演奏新编爵士乐曲——《夜迷离》，先生们，请伸出你们的手，邀请身旁美丽的小姐们一起舞动起来吧。一曲响起，舞池里顿时霓裳魅影，流光溢彩。郑家明左右张望，现场经理见了他的样子，脸上堆笑着向他介绍舞小姐，喏，先生，就在那头坐着呢，保证个个都美丽大方。郑家明往他手指的方向看了看，五六个舞小姐坐在舞池一端，像待售的商品等人问价。她们是那么年轻漂亮，郑家明有些动心了，刚要选其中一个颇有些异域风情的舞小姐，但冷不丁一只玉手横在自己面前。他一抬眼，竟然是陈美。

怎么是你？

　　怎么不会是我？陈美照例浅笑着，你是这样做绅士的吗？我已经主动邀请了，你还不接受？

　　接受，接受，荣幸之至。郑家明赶忙掐灭手中的烟。陈小姐不是在香港？何时回来的？今晚是一个人吗？

　　郑家明充满了好奇，但陈美似乎并不愿意回答问题。我们跳舞，好不好？她看着郑家明，眼神诚挚。郑家明知道自己话多了，来舞厅是为了跳舞，是为了乐趣，而不是为了谈话。要谈话，应该去咖啡厅。他这样说，陈美微笑回应。

　　一曲终了，郑家明和陈美回到了卡座。他向侍应再要了一杯朗姆酒，刚要递给陈美，忽然又收回酒杯，你应该成年了吧？陈美要过酒，阿妈在我这个年纪都要生大哥了。我和你们家章小姐是同龄。郑家明问，你认识她？

　　厦门说小不小，但说大也不大。我阿爸和章家早认识，早年还有来往，但后来关系就淡了。章叔叔曾说过，我阿爸做生意太"厉害"。他是不好把话说透，但我明白他的意思……

　　陈美虽然脸上总是挂着微笑，说话温柔可亲，但郑家明总感觉她心里有种隐约的苦。她喝完一杯，又叫了一杯。郑家明看四周，并没有陈家的人跟着来，估计着她是自己一个人出来的。时间不早了，担心她喝得多，于是就想让她早点回家。他问陈美意见，她并没有反对，于是走到她身后替她挪动椅子。还让侍应去取了她的外套来。才要披上，却被一个男的挡住了。

　　陈美小姐，夜生活才刚刚开始，你这就要离场了？多可惜呀。

　　说话的是一个油头粉面的男子，说话带着台湾口音，看年纪约莫也到了而立之年，但话语里流露着轻佻还有止不住的腻味。郑家明毫无保留地表示了自己的厌恶，他看陈美也并不想搭理此人。但她还是客气地回他，出来晚了，怕家里担心。她说话的时候，又往后退了一步，刻意保持和那个男子的距离。那个男子并没有放弃的意思，我陈三甲今天一个人，陈小姐我们一起跳个舞吧？跳个舞费不了多少时间嘛，活动活动，还可以增进咱们之间的友谊。

谢谢你的好意，但我还是得走了。再会。

再会？行行行，山水有相逢，佳人会有期。

陈美示意，郑家明跟在她身后，像保镖一样护着她。走了几步，郑家明回头看了一眼，陈三甲悠然地抽着烟，看着他们俩。他眯着眼睛，似乎并不是太在意，嘴角隐隐浮出冷笑。此人是什么来头？

他就是厦门这里俗称的"角头"。站在新世界门外，陈美告诉郑家明。我大哥和他相熟，生意上有来往……我回厦门第一天，他就来我们家，约我逛中山公园。

角头，有些像上海人说的地痞阿飞。不同的是，厦门岛上的这些角头，很多都是从台湾来，混在黑道，养了一帮手下，专事赌档、妓院、大烟馆等偏门生意。他们和上海滩的青帮洪门又不同，后者开公司，正当生意也做，而且讲道义；前者就差很多了，做的事都不入流。郑家明想起报上登过的消息，说是一名居岛内禾山的角头，强迫一个民女入妓院，民女不从被活活打死。角头吃了官司，但后来也不了了之。

陈锋怎么会和陈三甲这样的角头有往来？郑家明忍不住说，你大哥看起来也是做正当生意，而且生意做得那么大，何必和角头这些人来往？

大哥和阿爸一样，做生意"厉害"。做得厉害了，就什么都做了……

陈美一声苦笑。郑家明觉得她的话有些拗口，细细一想，好像陈家埋着许多巨大的、不可告人的隐秘。他心下有些微动，看着陈美又恢复甜美的样子，不忍再多问。陈小姐，黄包车来了，请上车吧。

新世界门童叫的黄包车来了。郑家明特别叮嘱要叫两辆，一辆是陈美坐，另一辆是他自己。为了安全，他打算跟在陈美的车后面，送她回家。正要上黄包车，一辆崭新而小巧的奥斯丁轿车驶来。这辆轿车就像一位灵动的年轻女孩，单排座，车身流畅而轻盈。陈美轻轻说，这是我哥给我买的新车，我不想开。

陈美，你怎么不开车出来？怎么能坐黄包车呢？陈锋开着车，把车停在她的面前。下午和台湾客人谈事情，晚了请他们吃饭，所以就没来得及赶过来。咱们上车吧。

陈锋说话的时候，瞪了一眼郑家明。郑家明装作没看见，微笑着和陈美挥手告别。自他从上海回来后，就没再见过陈锋。建源公司最后是和兴盛公司签约，广利洋行似乎并未在砂糖代理权一事上继续纠缠。有一次郑家明问过章启智，他们陈家就这么算了吗？此前，为了争代理权，他们那么急迫，盯得我们那么紧。隐隐有些担心，照理以陈广利的性格，没那么容易吞下这口气，就不知以后他们还会冲我们弄出些什么事。章启智淡淡地回应，兵来将挡，水来土掩。走一步，算一步。

郑家明望着奥斯丁轿车优雅的车身消失在夜幕中。他退了两辆黄包车，但还是给足了车夫车钱，车夫不住地说着谢谢。他笑了笑，耽误了你们的时间，自然也要给钱，我看马路对面有夜宵摊子，两位兄弟正好可以去买点扁食拌面吃。郑家明步行回家，到家后感觉有些疲惫，和衣躺在床上。闭上眼，却不时会浮现陈美温雅的笑容。睡梦之间，又忽然看见一位利落的女子向他走来。这个女子穿着一身改良后的英式猎装，手上还握着一柄双管猎枪，英气十足。那个女子居然把枪口对准了他，他吓得大叫，认真一看，竟然是章慧。

郑家明猛地醒来，摇着脑袋，问自己这是怎么了。这一夜再也睡不着，索性起来，找出阿爸的记事簿，又一页页翻看，直到东方大白。

第六章

苏环球从上海回来前，去市面上买了一大箱子和电影有关的杂志，诸如《文艺电影》《时代电影》《明星半月刊》《电声》等等。他不全认得这些杂志，生怕买回来不对，于是就向章慧请教，请她帮忙挑选，看看哪些是有用的。"有用"，郑家明在写来的信中如是说。章慧不明白他这么在意电影做什么，而且觉得他骨子里也并不是个文艺之人，看不出他如此热爱电影。苏环球就笑了，大小姐，家明在信里的意思不是很明白了吗？他要的是"有用"，就是要学习了解电影，他想知道当下电影的情况，他不是评论家，更不是电影家，就是拿电影有"用处"。苏环球这样一通解释，章慧更是不明白，觉得逻辑上怎样都说不通。苏环球毕竟和郑家明接触久些，知道他为何回来，回来后又经历的那些事，所以多少觉得能知道他心中想些什么。但他也只是"多少觉得"，并不是非常确定郑家明真正目的是为何。苏环球说，咱们也不用去打破砂锅问到底，他孤身一人回国内，自然经历了很多，他想要什么，咱们能帮就尽量帮，未必要知道真正原因。章慧忍不住笑了，你有"侠义"心肠，他郑家明前世修来的福分，结识了你这个好兄弟。

章慧话虽这样说，但还是尽可能地帮助郑家明。不单买杂志，还买了些西洋、国产电影海报。她也讲不出什么原因，只是觉得海报或许对他也有用处。她当时肯定也没预料到，有一天这些海报还真派上了用场。

　　公司业务还算平稳。有人告诉章启智，近来日本人大量收购钢材，不少台湾商人就利用地理优势，做起了南洋钢材中转的生意。生意场上历来都是如此，商人们是无利不起早，像游牧民族逐水草而居，哪里有好做的生意就往哪里去做。有一次在公司开会，孙和顺提到有曾经的生意伙伴找上门，提出公司和英商关系良好，看能否由公司出面向马来亚的英商收购钢材、锡矿，然后转卖给他们。章启智问要这些原材料有何用？孙和顺说他们也是转卖至台湾，然后运至日本。章启智皱起了眉头，这有点怪了。转而问郑家明怎么看？郑家明说他前日收到一封南洋来信，信是好兄弟阿喜寄来的，说自己在印尼苏哈钢厂，近来工厂夜以继日出货，也是中转台湾后运至日本。而吉打峇峇则在马六甲，大量出口锡矿给日本人。阿喜在信里提到了自己的疑惑，日本人的造钢能力很强，自产就很多了，怎么还要那么多钢材？是不是他们有什么其他目的？

　　章启智听了郑家明的介绍，点了点桌上的报纸，这是近日收到的《申报》，里面提到日本人目前在满洲大量开发，日本本土兵工厂也是开足马力……章启智话没讲下去，但郑家明觉得在场的人都应当明白了他话里的意思。章启智起身背着手，站在窗台前仰望天空，乌云不知何时爬了上来。

　　郑家明没事时就去看电影。他把厦门岛、鼓浪屿上的戏院都一一看了遍，约略统计了一下，市面上的新映电影八成都是西洋片。米高梅、派拉蒙、福克斯、华纳兄弟、雷电华、环球、哥伦比亚等公司垄断了西洋片的来源，他们还在国内设有办事处，举凡美国上映新片，国内也会跟进排期。至于剩下的二成，则基本是来自上海的明星、天一、联华三家公司拍的国片。郑家明一轮电影看下来，感觉国片较过去有了很大的改观，后来看了苏环球带回来的杂志，才明白是联华公司于去年打出了"国片复兴"的旗号，提出"提倡艺术、宣扬文化、启发明智、挽救影业"的方针，推出了《古都春梦》《野草闲花》《一剪梅》等叫好叫座的国片。

你要看国片？傍晚有一场你看不看？晚间都是排西洋片。华光戏院票务透过售票小窗口，爱理不理地说。票出窗口，还不忘丢一句，不吃晚饭来看电影，真是吃饱闲得。

郑家明听了一愣，本想和他理论，但那票务的脸马上又从小窗口缩了回去，同时还拉上了帘子，明显就是不想再搭理外面的人。郑家明非常恼火，从来没见人如此做生意卖票的。他左右瞧了瞧，戏院一楼外墙面空荡荡，不似其他家都挂满了最新影片的海报。至于电影排期表，则只是挂在售票窗旁，上面的字小得似乎得用显微镜才能瞧见。

哪有这样开戏院的？这样的戏院，会有人来看电影吗？

这场电影是《桃花泣血记》，开场时间是 18 时，时间快到了，他只得先进场。电影是号称影坛金童玉女的金焰和阮玲玉联袂出演，讲述了金焰扮演的富家子德恩和阮玲玉扮演的穷村姑琳姑青梅竹马，相爱却不能成婚，以至于玉女早逝，金童绝望的故事。阮玲玉虽说是默片女王，表演也不错，但郑家明隐约觉得人们应当还是喜欢看有声电影。默片的发展大概也到头了，像卓别林那样的默片巨星大概再也不会出现了。电影放映的时候，旁边还有个人当"说客"，用方言给观众解说。"说客"一般是用在西洋片，片里的人儿说英文，说客从旁进行翻译。像《桃花泣血记》这样的默片，一般观众都能看懂，大可不必配个说客，纯属浪费。再说，郑家明稍稍挺直身子，朝四周看，这个时间点除了自己根本就没其他观众，要说客有何用呢？

八百个座位的观影厅空空荡荡。

电影放到一半有中场休息。趁着空档，周围又没其他人，郑家明走到了那位说客的身边。他约莫有五十了，头发稀松，也许因为是久不在阳光底下的缘故，脸显得苍白而无血色。

阿伯，你好。郑家明说着递上了一支哈德门烟，并给点上火。阿伯在这里干多长时间了呀？

戏院开门就来咯。说长也不长，戏院 1927 年开建，1929 年初正式开门，头尾算上三年吧。说客长长吸了一口烟，那时节，是郑堂秋郑老板聘我来的，当初呢还有个小伙子，英文说得很好，我就说咱们闽南话，他说英文。后来他走了，就剩我一个人。我老了，也没地方去，就在这里混着。英文我也能说一些，早年在洋行里跑腿，但自然没有那个年轻人好，我有时瞎讲，来看戏的人也就瞎听呗。

说客乐得一笑，郑家明心底却有些波澜。尽管他明白这戏院现在与自己已毫无关系，但今日所见所闻却让他不由得要叹息一声。这哪里是正经办戏院的态度？郑家明把半支烟掐灭，用随意的语气问，阿伯，我看戏院上座不是很好呀？这个点，这种默片，也没必要配说客讲解呢，这不是让您"大材小用"吗？

我算哪个才？我打发过日子罢了。新老板，也不能说是新，这戏院原本他就有份。去年戏院出了事故，换了老板后，他都随便管管，而且规定死死地。这个时点不让我吃饭，硬是要我留下讲解，说是开了薪水就要干活，你说这是什么道理？

说客估计是平时很少有人跟他说话，郑家明才问个开头，他自己就滔滔不绝说开了。说到此，郑家明心里有数了，还是经营得不用心。那既然如此，陈广利、陈锋要这戏院何用？他们从不做不赚钱的买卖，把戏院空着，不是赔本？难道只是在赚个吆喝？他们这样做，不就是糟蹋了华光戏院，糟蹋了阿爸当初的一片心血？想到此，郑家明心里就更是气愤。

观影厅内灯光暗下，下半场要开始了，但郑家明已经没了看下去的欲望。要走的时候，阿伯忽然转过头问他，这位年轻人，你怎么称呼？

哦，阿伯，我姓郑。

山雨欲来风满楼呐。

从"淑芬别墅"出来后，郑家明脑海里一直浮现着章启智说的这句话。这天是端午节，章启智前几日就和他说来家里吃午饭。菜肴倒不复杂，炒面线、海蛎煎、清蒸石斑、清炒小白菜，外加端午节必吃的粽子。厦门此地的粽子是加了卤蛋和扣肉，但因为蒸法得当，所以吃起来口感不会油腻。郑家明连吃了两个，不住地说好吃。苏环球打趣说，和新加坡的粽子比起来如何？郑家明说就是同个味道呀，先人下南洋带去的就是闽南粽子的做法，只不过又因为南洋还有客家人和广东来客，所以粽子花样会多些，碱粽蘸白糖也是不错，清爽可口。章启智听了则笑笑，碱粽还清爽呀？我当年在南洋时，最吃不惯的就是碱粽，觉得没味道，看来你是什么口味的都行。郑家明抹了抹嘴，说那可不是，兼容并包，是不是这样说？咱们在南洋的乡亲，可不都是这样？就像沙茶酱一样，既有南洋的味道，又有闽南风味。

吃过午饭，众人在一起喝茶歇息。孙和顺提起近来日商在厦开办的公司行号又多了起来，钟和夫这个日本人将名下的大阪船社转让给了别人，自己在镇海路开了一间大和物产株式会社，规模颇大，也是做进出口——听说举凡国人日用物品，大到机具，小到剪刀、纽扣等等，他都将这些日货进口至我们国内。章启智叹了口气，一方面，这些日本人囤积矿产、钢材等重要资源，另一方面又将他们生产的商业货品大量销至我国内，赚取丰厚利润。关键是我们自己不行，积贫积弱啊。长此以往，不单军事上受他们压制，经济上也被钳制。日本人欲全面侵占我国的野心始终存在……

章启智说完这句话时，脸色沉重，甚至显得很痛苦。从"淑芬别墅"出来，在去往码头坐船的路上，郑家明始终一言不发。

走到一半时，郑家明忽然停下脚步，问同行的苏环球，你说我们不用日本货，可以吗？

不用日本货？苏环球摇摇头，办不到啊。最大问题是什么？是我们自己做不出来啊。就算不用日货，我们也得用美货、英货。我们没得选。老爷说过的，恨我们自己无能。

章先生不是说"实业救国"？他有资金，自己不能办工厂生产？

老爷他曾经试过的。他从南洋回厦门，第一年就开办了罐头厂。可结果呢？因为技术不过关，罐头漏气，全部作废。后来他不死心，又试着开了其他工厂，但收益都很微薄。赚不到钱啊。因为市面上都是日本人、美国人、英国人的东西，老爷说我们太弱毫无招架能力，他们卖东西叫作"倾销"。他们就算刚开始不赚钱，大量赔钱也要卖，目的就是为了把市场给占了。

我明白了。郑家明心里一沉，像章先生这样有想法的中国人，要实现自己的抱负，何其艰难。但章先生还是不放弃，是不是？我知道，就算不怎么赚钱，他还是维持着一两家工厂，像是洋火柴、酱料，利润微薄他也坚持做。公司赚钱，主要还是靠进出口贸易。

嗯，公司也是做得不容易，我们没有拿得出手的东西，只能替人买卖，赚些差价和费用。章先生一心也想扩大生意，想着大小姐能回来帮她。但她没这个想法呐。

对了，章慧也快毕业了吧？她不回来？

章慧说了，她要留在上海。她向来对继承家业不感兴趣。苏环球颇为无奈。老爷为此不知有多烦恼。

儿女长大了，就如同拥有翅膀的飞鸟，拦也拦不住。郑家明笑了笑，这也怨不得章慧。章先生本身就是开明人士，接受过西式教育，在章慧的教育问题上，从小也是提倡自由民主。所以她这样一个姑娘，独立有主见，像一匹不羁的野马。

　　还"野马"呢。脱了缰绳的马，总有一天要闹出大动静来。

　　苏环球说完，和郑家明互看了一眼，两个人都忍不住大笑。在码头等汽轮靠岸的时候，郑家明还是忍不住将华光戏院的现况和苏环球说了，提及了自己的疑惑之处。苏环球也只能摇头，对于陈家几近荒废戏院的做法表示不解。他又像是想到什么，转而问郑家明，你让我从上海带杂志，自己又将戏院都跑了一通，难道是有什么想法？

　　开始涨潮了。郑家明双手撑着围栏，看着海涛一波又一波拍打着岸边。再往远处眺望，碧波勾连起厦门与鼓浪屿，海面上汽轮、舢板船往来其中。而在更远的海上，两三艘千吨级以上的轮船正鸣笛出港。大海总是在往前奔流着，不是吗？郑家明有些自言自语，谁也挡不住时间往前走。球仔，华光戏院不应该沦落到这样的地步。它是我阿爸的心血，我虽曾怨恨阿爸为了他所谓的事业对我"不闻不问"，但戏院是他的生命，我不想看到它就此结束生命。

　　可陈家肯定不会同意再出让戏院啊。去年的事还历历在目，不过也就一年时间，他们如何肯放手？

　　郑家明转过身，掏出洋火，点了根烟。微风阵阵，烟头燃烧在一明一暗之间。

　　中南银行在鼓浪屿和中山路都设有办事处，要去那里办贷款业务并不费事。银行是黄奕住连同几位南洋华侨合办，也是唯一可发行货币的民间银行。郑家明在上海时见过它拨款投资兴建的国际饭店，楼高22层，号称是"远东第一高楼"，气势宏大。和国际饭店相比较，中南银行在厦门办事处则显得要秀气得多。尤其是在鼓浪屿的办事处，是座三层小楼，不张扬不显目。

　　直到进了中南银行鼓浪屿办事处的大门，章启智也没问郑家明，何以要办贷款，承租经营荣耀戏院。荣耀戏院老板是仰光华侨，前年回厦门兴办了这家戏院，但经营一直没起色，不温不火。荣耀戏院和华光戏院仅一街之隔，规模不大，观影厅座位有五百个左右。近来荣耀戏院老板因要专心仰光生意，无暇顾及戏院，所以在商会上放出了风声，提出以年金两万的价格将戏院出租经营。郑家明得到消息，于是就动了念要承租。

　　从情理上理解，章启智以为郑家明应当是在意华光戏院。但很快，他又推翻了这个想法，因为就算郑家明再怎么在意，陈家陈广利、陈锋也不会再将华光转给家明。而郑家明想要承租荣耀戏院，一定是有他自己的理由。在去中南银行前，章启智只对郑家明说，承租一家戏院不是小事，再者你之前并没有经验，遇到困难必不可少，所以我想确认，你是否能坚持下去？

　　君子一诺，驷马难追。郑家明笑着说。但其实他内心是清楚的，章启智对自己的信任，绝不能辜负。承租荣耀戏院，是他细细考虑过的，章启智没问他原因，他自己也就没再解释。他觉得时机还未到，等合适的时候，他自然会将想法向他一一道来。他找章启智帮忙，也是考虑了很久才开口。荣耀戏院承租年金是两万，公司给他派的薪水加奖励，他扣除必要支出，都存在银行，但即使这样统共也不过三千元，与年金相距太远。如没有人帮忙，实在难以凑齐。他又不想开口向章启智借款，于是就想到从银行进行商贷。可贷款必须要有抵押物，还要有担保人，所以他只能请章启智做担保人，以他在兴源公司三年的薪资为"抵押"，向银行申请贷款。但说起来，这"薪资"抵押也是不合常理，银行方面无非是看在章启智的面子上给郑家明放贷的。章先生经营的兴源公司生意向来不错，又与银行几位股东都相熟，所以实际上是以章启智的信誉做了"背书"。至于郑家明目下住在开元路上的寓所，实在抵不了几个钱。

　　中南银行鼓浪屿办事处的主任亲自出来接待，快速办好了贷款相关手续。那位主任并不讳言，这完全是冲着章先生的面子，兴源公司的现金流水也是放在中南，所以即使没有抵押物，我们也愿放款。那位主任还将他们送至门外，章启智待那人进去后才对郑家明说，我也以个人名义往你的户头上存进了五千，这是当作戏院经营启动资金。光给荣耀戏院承租年金，给完了，手头没钱，怎么把经营做下去？郑家明感激不已，正要开口言谢，章启智摆手示意他不用说。

你不必和我客气。但你决意做此事，我有几句话还是要叮嘱。开弓没有回头箭，做生意不是儿戏，我做生意以来见过太多赔了本钱，甚至倾家荡产的。戏院生意虽不大，但市面上戏院已有七八家，竞争激烈，所以要赚到钱也不易。你把握好两点，一是成本，一定要严控成本；二则要能吸引人光顾，这就要在销售上多做些考虑。

章先生，这些我都考虑过了。我大约计算过，一部西洋片若是和片商拆账，现在普遍是四六开，就是我四，片商六。若是遇到好片，则可能是三七、二八。所以，首要的我会和片商代理人谈好，年度内统一按四六拆账，比例一致，但一定保证片商有钱赚。其二呢，严控成本，人工费用可以降，片子时长尽量缩短，这样一天内可排的片数量就增加。

片子时长不是固定？如何缩短？

中场不休息，让观众朋友憋一下尿。郑家明笑了笑，自然，我们在票价上也会做减少。每张票价普遍减一角。

章启智也是一笑，做生意，有时得看实际境况，想得再好，准备得再好，遇上没料到的事也常有。

所以，这种时候我就只好来向您"求救"啦。郑家明拱了拱手，章先生您经验丰富，小生还得仰仗您呐。

你这小子，话说得不伦不类，不文不白。章启智笑得直摇头。临要分别时，章启智似乎还有话。郑家明也不急着走，等着他把话说完。家明，我有件事……也不知道该怎么开口。章慧呢，想留在上海，不愿回到厦门。这个怨不得人，她有自己的想法，自己的选择，这个是我素来鼓励的。但时过境迁，国内时局不平，而我又年纪渐长，总想着有人在身边。我就她一个孩子，身边再无亲人……

章启智有些讲不下去，郑家明跟着沉默了片刻，而后才说，章叔叔，我试着和章小姐联系沟通吧。但您知道的，我和她其实接触时间不长，我的话不知能否有用。

可我也再无合适之人可托。球仔是从小与章慧一起长大，向来是听她的话，听她差遣，她说做什么，球仔就屁颠屁颠做了。章启智有些无奈苦笑。你比章慧大不了多少，都是年轻人，有共同话语，总比我这做阿爸的唠叨有用。

嗯，章先生，您的意思我明白了，我尽力吧。郑家明口里是这样说，但一想到梦见章慧那利落短发、猎装打扮的样子，就觉得真如和苏环球谈起的，真似一匹"野马"啊。

章慧得知自己有厦门寄来的信，以为是阿爸写的，可拿到信才知道是郑家明寄来的。郑家明的字写得一般，但一笔一画写得端正，可见也是用了心。他在信里说话很客气，言必称"章小姐"，除问候毕业后在上海工作生活如何，还叙说了他在厦门承租了荣耀戏院之事。

"承租下荣耀戏院，因资金所限，没有做太大装潢，只将观影厅环境稍稍改良，增加了几台大功率吊扇，凡有破损座椅请师傅一一修整。主要目的是增加室内通风，厦门此地天热时间持续较长，若室内炎热观众必定不耐。座椅舒适，也让观众看得舒心。此外，新片必定要保证，我定下标准，国片、西洋片三七开，优良国片必定保证一定数量。我断不会如某些戏院，只上映西洋片。戏院重装，我想当你接到此信时，戏院已开业。如你回厦，我定邀请你来看戏。"

章慧读到这里，抬头看了下墙上的挂历，辛未年，九月十八日，旧历八月初七。她接着读下去。

"言及回厦，我们都对章小姐非常挂念。尤以章先生而言，更是常常挂念在心。每日里，他操忙公司事务，孙管家、球仔以及其他人都围着他，一刻不得闲。但每当日落月升时，淑芬别墅空寂无声，他一人在家中空坐无事。你知令尊为人，向来也不爱在推杯交盏间作乐应酬。所以，他只得听听留声机，看看报纸，写写字。好几次，我看他落寞背影，不觉甚是酸楚。但这些他自然不会和你提起，与你通信总是说些好玩有趣之事。章先生秉持'实业救国'，心心念国家振兴，我虽与你深交不多，但也知你立志为国做事，巾帼不让须眉。如此，父女俩实际心灵相通，我作为外人唐突一问，章小姐是否能回厦，以家中事业为念……"

章慧看到此不忍再读。眼前浮现阿爸孤寂的背影，眼眶早已湿润。她理解郑家明写此信的初衷，但他不明白的是，她和阿爸之间曾就此不知探讨过几回。阿爸向来秉持民主开放包容心态，从未强加过任何思想、意念给她。章慧并未从没考虑过阿爸的感受，她也动过念头，是否要接受阿爸的请求，回到厦门继承家业。但她在上海的所见所闻，却让她又否定了这样的念头——中国革命的胜利，不能指望民族资产阶级的完全觉醒与自我革命，它需要的是无产阶级革命来完成。

此刻，清风从里弄穿巷而过，将窗台边上的一叠杂志翻起。章慧小心地拿起其中一本，上面的封面是《少女怀春》，但翻开封面赫然出现的则是《布尔塞维克》。杂志的编辑部设在愚园路上的一条里弄，章慧曾去过那里，也就是在那里，她收到了组织给的这些秘密刊物。这些刊物都不能公开面世，她拿的时候特意用《申报》在外面包了一层，而后装进碎花帆布袋包里。她又一次翻开里面的一篇文章《中国革命的性质及其前途》，里面写着：

> "中国革命的根本任务不仅是反对地主阶级，消灭一切封建残余，而且是反对国际帝国主义，形成世界革命之一动力并且为世界革命的一部分。"

反对国际帝国主义，这也是中国革命的根本任务。如此，单靠阿爸所理解并坚持的"实业救国"，实在难以达成……人的意识都是在不断进步中，我已不是当年初到上海的那个小女孩了。

章慧不知为何默默叹了一口气。不要说无法向阿爸解释自己的想法，她加入共产党一事，恐怕更是不能向他开口。他是亲眼见识过蒋介石"四一二"在上海清党杀害共产党员的，他要知道自己已经入党，不知会如何担心。章慧心中有事，入夜后躺在床上，睡得不安生，而且隐隐觉得有什么重大事情要发生。

第二天一早，猛地听到急促的敲门声。她细细一听，连敲五下停顿一次，而后再敲。这是有紧急突发事情的约定信号。她跳下床，匆匆披了一件外衣。开门后，是一张熟悉的脸庞。

慈安姐，怎么了？出什么大事了？

昨晚，在日本关东军安排下，铁道"守备队"炸毁沈阳柳条湖附近的铁轨，并栽赃嫁祸东北军，炮轰沈阳大营。我收到消息就赶紧来找你。照这情形，日军是要在东北全线开战了……

狼子野心！章慧赶紧把女同学刘慈安拉进寓所，关好房门。照这个情形，我想组织上的安排可能会变。

观察了几日，郑家明发现戏院的票房还算稳定，并未有太大波动。他看过账房账目后，一面有些庆幸——九一八事变远在东北，看来对东南边陲之地的厦门而言，影响尚是较小；但另一面，又不觉对自己有这样的想法而羞赧。因为，毕竟那是日本人犯下的罪行，他们无缘无故地打响了入侵东北的第一枪。章启智得知此事后的反应则是愤怒到极点，他说日本人怎么是"无缘无故"呢？他们蓄谋已久。日俄战争，战场却是我辽东半岛，那时起，日本人就开始觊觎我东北大地。这"第一枪"实际上早已打响，只不过这次是对准东北军开枪，真正要在东北与我国作战！真是奇耻大辱，奇耻大辱！

郑家明看报纸听广播，以及遍布街头巷尾的议论，他能感受到那种对日本人痛恨的情绪。这种情绪一日甚于一日，不少团体也走上街头，抗议日本人的无耻和凶残。这次，政府许是见到群情汹涌，也未如以前加以严管，也不担心因游行而破坏与日本之间的关系。但就算周遭情绪已如此激昂，郑家明的内心却并没有太多的起伏。他也痛恨日本人的恶行，但这种好恶大概是出于善恶的同理性。像章启智、孙和顺、苏环球他们，对日本人有着切肤之恨，有着"杀父夺妻"般的仇怨，他自己似乎总是差了一点。好像隔着一层什么东西。这种东西，他一时也难以言明。

——难道是因为自己从小出生成长在南洋的缘故吗？

天色渐暗，郑家明站在戏院二层的露台，街上人群熙攘，"荣耀戏院"霓虹灯已经亮起。一切都改变了，一切似乎又都没有变。他一手拿着《电声》，一手点着洋火，抽起了烟。这晚，他特意安排了去年的默片《故都春梦》上映，主演是阮玲玉。这段时间，他减少了西洋片的排片，特意增加了国片。他意识到，"九一八"是一个信号，此时多增加国片，也许能在精神上多少抚慰中国人的心。他隐约觉得，这事件发生后，对中国未来发展影响深远。虽然他难以说清这些具体影响，但就电影方面而言，有些改变一定会发生。他打开《电声》，这是专门向上海订阅寄来的最新一期。

    "天一公司试制有声电影《歌唱春色》，为我国有声电影最新尝试，如反响达到预期，则势必引发我国电影业之深刻变革。"

郑家明再将这则报道默读了一遍，内心有些波澜。他收起杂志，正要进室内，忽然瞧见一个熟悉的身影出现，他认真看了看，竟是陈美。自那日在舞厅相遇之后，郑家明就再没单独遇见她。一来是他专注在承租荣耀戏院，没有过多空闲时间；二来，他在厦门交际应酬少了很多，就算有时出席活动，也是在众人间惊鸿一瞥。而且，往往她身边总是有陈锋陪着。他只得笑着和陈美点头示意，而她也含笑以示回应。像今日亲自上戏院，真是头一遭。观影厅人不多，郑家明看着她静静地看完戏后，才走上前去。

陈美小姐光临我这里，真是"蓬荜生辉"呢。

郑先生，说"蓬荜"是谦虚了，戏院已重新修葺一番，条件不错。

《故都春梦》是旧片了，而且这个时间点也不是晚上，怎么陈小姐会对此感兴趣？郑家明做了个请的手势，两人边走边说。

阿爸和大哥都不在家，我一个人闷得慌，所以就出来走走。

该不会是因为我在这里，所以才来的吧？郑家明自以为开了个轻松的玩笑，但见陈美并没有什么反应，反而瞪大眼睛看他，这让他不觉有些尴尬，自己有些轻佻了。那个，我不是那个意思……陈小姐，如不嫌弃，我请你吃饭，可好？

陈美浅笑着抬起手腕，看了眼欧米茄女装表，这个点早就过了饭点。再说了，我也没胃口，所以出来随意转转。我知道你在此处重开了戏院，但你没邀请，所以我就一直没来。今天见是阮小姐的旧片，所以就进来看看。

我怕邀请了，就显得唐突。郑家明笑着搓手，这样，本来是要我主动请看电影的，今天既然陈小姐来了，不吃饭，那就让我请你喝杯咖啡，可好？

荣耀戏院出来走不到二十米，就有一家咖啡厅，名字叫"享乐咖啡"。老板是个印度人，厦门人称是"马搭仔"。两人坐定，郑家明要了两杯白咖啡，外加一份奶油英式烤饼、一份白巧克力。陈美见到甜点，笑着说我们把下午茶当作晚上茶了。

我这也是托了陈小姐的"福"，这家咖啡厅据说生意不错，但我忙着一直无暇来坐坐。今天也是遇着了你，所以才有这个福气喝口咖啡。郑家明喝了口咖啡，我在家乡的时候，其实很爱喝咖啡。

这里，不是你的家乡？陈美搅动着杯子里的小汤匙，没抬头地问。

郑家明觉得自己好像说错话，但又似乎没有。如何界定"家乡"呢？我在新加坡讲英语，又讲闽南话，有时又说点马来话。我跟着家里人拜天公，来到厦门，我也拜天公。新加坡有天后宫，这里同样也有。但我是这里人吗？我不太确定哦。郑家明又喝了一口咖啡，然后抹抹嘴，笑着说，这都无所谓啦，哪里都一样，我现在，也只是混口饭罢了。

不一样的，人和人不一样，地方和地方也不一样。

郑家明隐约听出了陈美话外的意思，于是试探着说，陈小姐，大概是想念香港生活了吧？不知为什么会回来呢？当然，我只是这样问问，如有冒犯的，请尽管忽略我这个问题。

这无关冒犯，我也不是什么大人物。陈美嘴角尝到了一丝咖啡的苦涩。沉默了片刻，她才缓缓开口，我是舍不得离开香港的，但阿妈如果不在了，我好像也没有什么理由留下来。我回来前，送阿妈去了天堂……没关系，郑先生，我现在已经好多了。

况且，阿妈久病，我也早有这个思想准备。阿妈是去香港养病，她早年经阿公安排，嫁给了阿爸。阿爸对我很好，但对阿妈实在太过分，阿妈是受过西式教育的，她是为了我们才一直忍着，直到忍出病……

说到这里，陈美已经哽咽再不能言语。郑家明见着，心里万分不忍。她是这样的姑娘，脸上一直带着纯净的笑容，但此刻脸上却满是难过。他下意识地握住她的手，刚想安慰什么，但她像受到刺激，赶忙缩回了手。郑家明这才明白，自己这动作太过贸然。

陈小姐，不好意思，你不要误会，我只是见着你难过而不忍。

郑家明嘴里解释着，陈美似乎也回过神了，擦了擦眼角，笑着摇头表示自己不要紧。陈美刚要开口，忽然看见窗外有人招手，她问郑家明，外面是不是有人在找你？郑家明回过头看，原来是苏环球，他似乎很着急的样子。郑家明赶紧走了出去。片刻后，郑家明在桌上压了钱，嘴里抱歉说，陈小姐，我有些急事，不得不先走，我们改日再聚。他才走几步，犹豫了一下，又回过身，陈小姐，请问你是否方便，陪我去趟鼓浪屿？我的堂妹，她忽然从香港乘船来厦门找我。我想，她毕竟是个女孩子，有些事如她不方便说，有你在场，也许比较好？

陈美抓起小坤包，我们走吧。

郑家瑛对海上的长途航行还是缺乏充分的认识。在前往厦门之前，她乘船无非是往返马六甲之间，航线短，生理上的反应也不会那么强烈。但从圣约翰码头出发，一路驶向香港，抵达厦门的航行中，她的身体产生了巨大的不适。航线太过漫长，因为身上带的钱不多，她买的是慢船，所以更是煎熬。时间与汪洋一样，似乎总是看不见尽头。她还晕船，把肚子里的东西都吐光了之后，她只好躺在客舱的架子床上，感觉已是气若游丝。生理上还有更难言语的反应，她发现自己的经血怎样也止不住，一天、两天、四天，还在不停地流。这个境况她是没料到的，因此行李箱里的几片强生公司的摩黛丝卫生巾，很快就用完了。这款卫生巾是在药房买的，药房存货也不多，所以只买了几片。

那怎么办？只好自己硬撑着，去船上的医务室要了几块纱布，包裹上医药棉，勉强使用。生理上的反应是一方面，心理的活动又是另一方面。在航行中，她的内心随同轮船起起伏伏。无论如何是要离开家了！郑家瑛一遍又一遍对自己说，就像是在给自己打气，又像是对自己心理暗示：走下去，不要回头，也没得回头。出走，是偶然，但同样也是必然。终于到岸了，她给自己下了结论。

她在厦门，或者说在整个中国，唯一能联系的只有郑家明。她只有去找他。郑家明离开新加坡时，走得匆忙，而那时她又正和同学在槟榔屿度假散心，所以未能见到他。郑家明到厦门后，起先还有消息传来，郑家瑛也从家里人口中得知，他的阿爸，也就是自己的二叔已经过世。郑家瑛在为二叔之死悲伤之余，惊讶地发现家里竟无一人奔赴厦门，帮着料理后事。台面上的理由，是说二叔走得急，已经下葬，但内在原因，郑家瑛自然知晓，那就是自己的阿爸并不愿意搭理他这个所谓的兄弟。阿公年事已高，就算有心亦无力；三姑向来不能有自己的主意，所以郑家瑛也就眼睁睁看着郑家上下，对二叔的死不闻不问。

不单是对二叔，对郑家明更是如此。他一个人在厦门，无依无靠，如何处理二叔的后事？如何处置和二叔有关的纷争？又如何在举目无亲的境地下立足？没有人能回答郑家瑛的问题，也不敢回答。郑堂春在家里发了话，任是谁也不许和郑家明有联系，绝对不许。

"他这一房，本来就是来路不正生养出来的。该给他家的那份，也都给了，现在全家上下都靠我赚钱养着，公司赚的钱，一分钱也不会再给。"郑堂春说这话的时候，当着郑光元的面。尽管郑光元已经气得稀疏的胡须都已翘起，但郑堂春却仍然是不管不顾说下去，"郑堂秋除了向家里要钱，他对家里有过什么贡献？现在郑家明在厦门，他已经二十来岁了，早就要自己出来打拼。你们谁也不许和他联系，他发来的电报，写来的信件，托人带来的口信，一概都不能回。老头子，安心养老，其他都不要管。"

郑堂春说这些话的时候，郑家瑛就在场。虽然她从小和郑家明感情就很好，但她也不敢违抗自己的阿爸。她是见识过阿爸的厉害。家里上下都怕他，唯有郑家明不太听他的话。念小学的时候，郑家瑛被郑堂春关在家，不许她出去外面"野"。有一次，家附近来了个马戏班，郑家瑛心痒痒非常想看。她央求自己的亲哥郑家驹带她去，但他说阿爸没同意，无论怎样央求都不答应。郑家明知道了，看她可怜，就偷偷带她去看。后来郑堂春知道了，勃然大怒，要鞭打郑家瑛，但郑家明却独自承担责任，说是自己硬拖着郑家瑛去看的，要打就打自己。郑堂春也不顾郑家明仍只是个少年，扬起马鞭狠狠抽打他的手臂。郑堂秋远在厦门，全家上下没人敢出手相救，最后若不是郑光元硬抢过鞭子，也许郑家明的手已经废了。

在"淑芬别墅"等待郑家明时，郑家瑛又回想起了这段往事。客厅里的吊灯放着光，用人端上的铁观音冒着温热的气，周围无一人，在空寂中她似乎听见另一个自己说，想不到，你真是勇敢。所以，当郑家明已经出现在她的面前，连声感叹"想不到"时，郑家瑛回说，不用说你，连我自己都想不到。坐在这里，我仍感觉像是在做梦一样，像是在看一场电影。

看的是冒险电影。你从小就喜欢看电影，终于在生活里上演了一出真实戏。郑家明笑了，你不远千里而来，想来你阿爸在家里早已暴跳如雷。你好大的胆子，怎么就敢违背父命，偷偷来找我？

我实在是无法待下去了。郑家瑛说着停顿了一下，看了眼他身边的女子。

哦哦，你瞧我，都忘介绍了。这是陈美小姐。郑家明脑子里飞快"计算"，应该怎么定义他和陈美的关系。嗯，是我的"好朋友"。球仔来找我时，我正好和陈小姐在喝咖啡，所以就请她一起来了。你们都是女的，有些话比较好说。

陈美微笑着牵起郑家瑛的手，郑小姐有什么需要，尽管可以和我说。

郑家瑛果真面露难色，有些不好意思地把陈美拉到了一边，小声说，陈美姐，我身体有些不适……

她的身材高挑，脸很小，五官却很立体，有种东方女子少有的冷峻。纵使这样，但她在说出这句话时，眉目已经完全软下来，藏不住的累乏已经满溢而出。陈美看着她的神色，当下就明白了，我去给你做安排。她转而对家明说，家瑛是累极了，今晚就先住下吧？洗澡间的热水可用吧？我去找鼓浪屿上的朋友，向她们要点东西，待会儿就回来。

苏环球接话说，房间老爷一早就安排好了，就在大小姐的房里休息，热水嘛随时可用。我这就领郑小姐去房间。说着他提起了大行李箱，引着郑家瑛步出客厅。郑家明看着郑家瑛憔悴的脸庞，嘴里说着，先好好休息吧，其他的事先不去想。郑家瑛用力点了点头。见到郑家明的那刻，她的心就平静了许多。

客厅的挂钟已经指向十，郑家明连抽了好几根烟。

第七章

　　就像郑家明预料的那样，郑家瑛离家出走，而且是这么决绝地走，实在是不得已的选择。准确地说，是在郑堂春的逼迫下最无奈、但也最有效的办法。郑家瑛原本已打算远赴英国，继续大学学业。英属海峡殖民地执业医师联合会的会长与郑家相熟，早已答应写推荐信让家瑛入读伦敦大学学院。郑家瑛一开始还庆幸自己能离开家，她为此已经盼望了很久。阿妈明白女儿的心意，很早就准备好了充足的费用。但就在启程前几日，郑堂春突然要郑家瑛中断学业，留在新加坡，不得去英国。郑家瑛为此非常错愕，阿妈苦苦相劝也无果——阿妈向来就软弱，阿爸怎么会听她的话呢？

　　郑家明陪着郑家瑛在鼓浪屿海边散步。郑家瑛停下脚步，寻了一个平坦的礁石，慢慢坐下。休息了两日，她的精神好了很多。海风吹来，她将刘海往后拨了拨。二哥，你知道我们的悲剧是什么？就是生在了郑家。

　　郑家明弯腰捡起了海滩上的一粒石子，用力抛向了大海，激起浪花又随即消失。

　　阿爸要我嫁给殖民地局总督的一位亲戚。完全没有商量，就是拦下我，告诉我要嫁给那个英国人。他是总督的亲戚，在英国、马来亚都开办有钢材厂，他在一次舞会上见过我，疯狂追求我。我非常厌恶这个人，但没想到阿爸，他竟然要我嫁给这个人！

你阿爸这样做肯定有他的目的。郑家明坐在她的身边。如果我没猜错，你阿爸是想做英国人的钢材生意。他想干什么？他要把钢材出口卖给日本人。

二哥，阿爸这样，是不是太过分了？嫁人，这是关系一辈子的大事，他就这样决定？他问过我的意见吗？我难道是一件商品，那我还是她的女儿吗？

郑家瑛的眼角已有泪花，郑家明掏出手帕，轻轻放在她的手里。

阿妈不让他这样做，但他根本不理会，还说我是他养大，父母做媒是天经地义。我去求大哥，他的话，阿爸好歹能听一些。但大哥，郑家瑛冷笑了一声，他算什么大哥！关系到我的幸福，他不是躲着我，就是支支吾吾，从来不肯正面回答我。我失眠了好几个晚上，时间越近，我越是害怕。我不能把自己毁在了这件事上。所以，我就下定决心离开，一定要离开。

郑家明点了点头。他明白，郑家瑛无论如何是会离开的，因为对她这样的女子而言，出逃是必然的选择。

二哥，对不起，我知道自己来找你唐突了。我在家时偷偷看了章先生拍给你的电报，知道你回厦门后会去找他。后来再无你的音讯，我就大着胆子按电报上的地址来找你。

万一，找不到我呢？如果，我和章先生没联系了呢？毕竟过了快两年了。

那这就是我的命了吧。

傻妹妹，什么命啊命的，和你开玩笑呢。命都在自己手里。

二哥，我就担心阿爸，还有大哥找上门……

不用担心，以后的事以后再说。在这里，有我呢。郑家明拍了拍胸膛，这里不是南洋。不过，今后你有什么打算呢？不再继续学业？

英国我是去不了了，推荐信、费用统统都没有。经过这些事，我想做一些自己内心真正想做的。我，想学表演。郑家瑛说着有些不好意思低下头，你知道我从小就喜欢看戏。我想拍电影，而要拍电影，就一定要去上海。我想，自己总有一天会实现这个愿望。

拍电影成大明星了，可别忘了你的二哥啊。

东北战事的消息传到南方，总是会滞后两三天。南京政府电令东北军要抵住关东军的进攻，但张少帅却选择了不抵抗。黑土地一片又一片地失去。章启智拍着报纸，暗自长叹，照此发展，过不了多久，东北就会全境沦陷啊。说完，就长时间的默然。郑家明陪着他沉默。能怎么办呢？除了捐钱赈济难民，还能做些什么？总不可能亲上战场吧？他看了一眼章启智，不知该说什么才好。

"九一八"之后，章启智似乎老了不少。孙和顺有些担心，怕老爷再这样下去，再无心管理公司。郑家明说公司不是还有两个襄理？再加上你，公司一般事务都能处理。孙和顺有些无奈，其中一位襄理才提出辞呈，不日就要离开公司。郑先生知道他去哪里吗？是被广利洋行高薪聘用了，成了陈锋的襄理。一般的事务还好，老的关系还保持着，这么多年来公司信誉也良好，我们稍稍维持就可。难的是公司要开拓的新业务，现有人手不够，包括我在内，确实能力有限，管不过来。郑家明知道他意有所指，建源公司砂糖代理就是新业务，当初代理权是他帮着跑下来。这块业务，随着他专心于经营荣耀戏院，所以也就放下了。章启智明白他另有所志，所以并未强求他分心兼顾砂糖代理业务。听了孙和顺的话，郑家明心中有数，章启智如此有恩于自己，他有困难，无论如何自己都要帮着兼顾。于是，他在经营戏院之余，就往兴盛公司跑，帮着查看账目。又或者每月有新货入港，他也到码头，清点货物，而后再签字确认，安排轮船继续出港驶往上海。

家明，你最近瘦很多了。章启智忽然抬起头，说出这句话。

瘦了好，显得精神。郑家明笑笑说，章叔叔不用担心，公司这里我兼顾着帮忙，这也是我应该做的。至于国家大事，我们这些平头百姓，实在出不了什么力。那是南京政府要关心的。

南京政府？他们所有人都关心吗？曾经的革命者，一旦成为执政者，还有多少人能如当初所愿，为天下生民为念？念的更多的，怕是自己的位子稳不稳吧。以东北局势而言，蒋中正、张少帅都各有自己的算计，蒋中正是要东北军御敌在前，损耗张少帅实力；张少帅固然也不傻，东北易帜，表面是听令中央，但他知道没有军队就没有实力，所以也不愿自己的人送死。

可如此一来，就是谁也不想吃亏。如果不齐心一致，又怎能共同对日作战？

所以啊，都抱有私心。我归国后就没看见有一个政党、一支军队是完全为民，毫无私心。大家都无私心，中国的事就好办了。章启智起身，走到会议室阳台门口，凭栏而立，忽然发出感慨。厦门地处东南之滨，暂未受战乱，又有南洋侨商资助建设，所以才有这欣欣向荣之景。但这也只是暂时，战事要是全面开启，所有繁荣都将化为乌有。

郑家明跟着走到章启智身边，章叔叔，过一天是一天了，眼皮底下的事还多着，需要操心的地方也多着呢。

章启智会意一笑，你要操心的事确实不少，公司、戏院，还有私事。家瑛去了陈美家里，一切都还习惯吧？

习惯着呢，她俩年纪相仿，无话不说。家瑛久住鼓浪屿，或是跟着我，都不方便。陈美提出和她一起住，正好合适。陈美也是闷得慌，两人正好结伴。平日里她俩都喜欢看电影，没事就喝喝咖啡。家瑛呢看了喜欢的电影，还表演给陈美看。陈美知道她喜欢表演，还开了一些书单，让她增补些中文知识。特别是近来的文学小说，从韩邦庆到鲁迅到张恨水，都有。

这个跨度还是很大呀。章启智笑出了声。又有些担心，问郑家明，陈家对郑家瑛入住没有意见？她毕竟是你堂妹，陈锋不会有意见？

我问过陈美，她说陈锋不会气量小到要和家瑛一个女孩子计较。再说，陈锋对这个妹妹很是疼爱，几乎是事事顺着她。陈广利硬要陈美待在厦门，陈锋大概觉得自己做大哥的也有亏欠，所以对家瑛和陈美住在一起也没有反对。

那新加坡家里可有人来找家瑛？

迟早会吧，我等着呢。郑家明耸耸肩，现在我也做不了什么。

对了，有件事也想和你说一下。章启智回到了室内，踱了几步，章慧来信，说她过段时间就要回厦门，暂时不在上海待了。她说得有些突然，我一方面是高兴，但另一面又怕是出了什么事。

郑家明也点了点头。心想之前苦劝她无果，如今却自己主动提出要回厦门，这里面不知道会不会有什么文章？刚要问些详情，苏环球匆匆走了进来。郑家明看他的神情，大概明白了几分。章启智也明白了，说你们先去处理，陈三甲就是角头烂人，他本身不足惧，就是要弄清楚他背后可有其他势力在撑腰。

荣耀戏院开张已有三个月，虽还不能和大世界游乐场、思明戏院相比，但经营得当，票房收入整体尚可。原本戏院半死不活，没多少"油水"，陈三甲大概觉得捞不到什么好处，所以也就不来滋扰。但眼见如今生意有所好转了，有一日他带了一帮烂仔来戏院要收"保护费"。郑家明是最看不惯这类捞偏门的黑道，他在南洋时出入舞厅、戏院、赛马会等等娱乐场所，也是见识过此类人等，就觉得他们是欺软怕硬之流，你若软了，他们就骑到你头上。开门做生意的，有时觉得麻烦，就打发些钱算是息事宁人，不想沾惹麻烦。但遇到不怕麻烦，硬得起来的，那些地痞烂仔也没办法，只好灰溜溜走人。

郑家明就属于后者。承租戏院前苏环球就告知了有"角头"带烂仔收保护费的事，但他也说无须怕他们，一来兴源公司人多有实力，在厦门多年，他们若知道郑家明与章启智的关系，轻易不敢来捣乱。二来，他和警察的关系也不错，真要有事，请警察出面一般也能摆平。所以，当陈三甲第一次找上门时，郑家明除了不予理睬，关门把他们堵住之外，心里也是有些奇怪，陈三甲不会不知道他的底细，还敢找上门来，这是为何？

陈三甲吃了两次闭门羹，我就觉得事情不会那么简单，他不会善罢甘休。我打探到的消息，他扬言说今晚要来闹事。说什么事不过三，你郑家明不给他面子，他也就不客气了。苏环球握紧拳头，骂道，干他娘的！这是什么世道？收保护费是"给面子"，是正常，而不给保护费反倒是不正常，要来闹场。

郑家明站在戏院门口，今日上映的是卓别林的电影《城市之光》。他心想这片子真是"应景"，陈三甲这样的"角头"，黑道帮派，成了这座城市的"光"。他摇摇头，陈三甲这样做有些奇怪。收保护费，一般也是暗地里进行，没人像他这样事先张扬，而且还公开说要闹场，这不是明摆着要把事情闹大？我们硬是不答应，他闹事又如何？对他有何好处？

反正他敢来，我们就敢打！还怕了他不成！苏环球挽起了袖子，我叫上了码头上的兄弟们，平日里公司的货都是由他们搬，一听有事，争着要过来。还有我练武馆的师兄弟，他们也会来。

警署那里呢？郑家明点了根烟，事情要闹大，警察肯定得出来。但陈三甲跟警察的关系肯定也不浅，到时他们会出警？

我和刘队长打过招呼，他说会见机行事。他是两边都不想得罪，但他答应了，要是陈三甲先动手，他定会抓人。

说不出来，我只觉得没那么简单，这刘队长也不是什么"好鸟"。郑家明皱了皱眉。

你放心好了。老爷和警署的厅长熟悉，真要闹大，老爷会出面找厅长。不过，我想陈三甲也没这个胆。再说了，今晚我们的人明显多，他陈三甲手下顶多二三十号人，敢乱来？苏环球满不在乎地说，不用怕他！你尽管放心开门做生意，其他的事我来安排。

郑家明点了点头，目送苏环球离去。他想想也是，自己"一身正气"，还怕了陈三甲这个宵小不成。自己拘役所也进过，人也被暴打过，上海滩的"闻人"也见识过，从南洋来中国后，经历跌宕起伏，真是精彩万分。他笑了一声，点根烟，靠在戏院门口。票房的老吴走了过来，郑家明随口问他今日卖票情况如何，老吴回说看《城市之光》的人不少，很多人都是提前来买票。郑家明本担心陈三甲来闹场，想把夜场的票退了，但售出的票再退就费事多了，况且这对戏院声誉也有损。不明就里的观众以为戏院出什么事了，传开了日后就不好做生意。不过，为防万一，他已经提前叮嘱戏院的票房、放映师、杂工，要他们打起精神，做好分内的事。又吩咐杂工在戏院后门守着，真有事发生，观影厅里的人就可从后门离开。他自己守着戏院大门，绝不让陈三甲他们进入影厅。戏院的人有些议论，郑家明"大事化小"，没有说实情，只说《城市之光》是好片，第一天在戏院上映，所以得做好本职，让大家看得舒服。

老吴要走，又想起一事，于是顺口说，郑先生，陈小姐和郑小姐今天也来看戏，买的是前一场票，已经进去看一半了。

事后回想，郑家明后背不免冒出冷汗。陈三甲扬言闹事，明显是有备而来。他和苏环球原来以为，陈三甲不过是虚张声势，但从实际来看，显然不是如此。他们还以为，仗着自己人多，足以镇住陈三甲。但陈三甲显然是不吃这套，那天晚上，如果不是自己提前让人去和陈锋打了招呼，那真要闹起来，自己肯定还是要吃亏的。

因为，毕竟陈三甲带的是铮亮的驳壳枪。

陈三甲带着二十来号人到了戏院。他斜眼看了看郑家明，这是什么意思？亲自迎接我们？客套的那些我们就不玩了，痛快点就把保护费交了。我给你算好账了，戏院一天流水就算五百，一个月下来就是一万五，我们也不要多，一个月就抽个两成，三千。陈三甲说着伸出手，给还是不给？给的话，我这就带兄弟们走。

从这里往下走，过两个路口，就是中南银行。附近也还有交通银行、中国银行。银行比米铺还多，你干脆带你的手下去那里要钱，更多。十几二十万，随便你拿。郑家明笑了笑，你们都来三次了，看来要钱的毅力可嘉，比街头乞丐强。

陈三甲忽然脸色一变，一脚将门口立着的电影海报板踢飞，"卓别林"在地上连续翻滚了好几下。把这些东西都给我砸了！

陈三甲一挥手，手下的烂仔们就开始扬着手里的棍棒，打杂戏院外墙的宣传海报、售票窗，甚至还有人朝墙上的霓虹灯砸去。这一切发生太快，有点像说书人那里经常用到的一句话——一言不合，大打出手。郑家明根本连拦都来不及。但苏环球很快就领着人来了。足足有一百多人，将陈三甲他们围在了里头。苏环球一个飞脚将砸得最凶的烂仔踢倒，那人抱着肚子痛苦地打滚。陈三甲叫了声"停"，正在打砸的烂仔这才停下手。

里面的观众怎么办？苏环球此时贴着郑家明，轻声问。

我已安排人把后门打开，让他们提前走。郑家明又补充一句，陈美和家瑛都在里头看戏。

苏环球闻言，愣了一下。然后才说，刚才刘队长让人托话，说陈三甲后面有日本领事馆的人，今晚的事他们警察就不来了。

什么意思？让我们自己解决？郑家明忍骂道，他娘的，陈三甲那么大本事？

我可什么都听见了。怎么，郑先生对我有意见，可以冲着我来啊。陈三甲摇摇摆摆走到他跟前，忽然从腰间拔出一把驳壳枪，打开保险，对着天空连开三枪。周边围观的群众，不免发出惊叫声。陈三甲放下枪，用枪管拍打着郑家明的脸颊，你不是很有想法，很有个性？有本事冲着我这枪来，来啊！

郑家明的脸颊感到灼痛，他只得强忍着，手握得青筋暴起。望过去，陈三甲带来的烂仔们都撩起了外衣，露出了腰间别的枪。他们竟然都带着枪而来！郑家明心中一惊，不过是收保护费，就算闹事，有必要动到枪吗？这是什么意思？今晚陈三甲是要把戏院掀翻？

二哥，二哥。啊，他们都有枪！

郑家瑛不知什么时候到了郑家明的身边，她拉着他的衣袖，神色有些紧张。郑家明稍微扭头看了看，陈美也跟在后面。郑家明心里急了，她们来凑什么热闹，不是更添危险么。他丢了个眼色给苏环球，苏环球会意挡在了她俩的身前。

哎哟，陈美大小姐。陈三甲嬉笑着，收回手枪。别怕，我这枪专对付不听话的人，听话懂事的，从来不去找麻烦。您身边这位小姐姐又是谁呀？我见过几次了，她都跟在你身旁，别有一番味道呀。

郑家明火了，使力用肩膀撞向陈三甲。陈三甲有点功夫，虽然躲过了一些，但胸口还是着了力，趔趄着要跌倒。围观的群众发出一阵笑声。陈三甲努力站稳，骂了一句，重新拔出枪对准郑家明。面对黑洞洞的枪口，郑家明心中还是有些害怕——陈三甲这个疯狗，不知道会做出什么事来。就在此时，传来一阵急促的汽车喇叭声，人群让开一条道，三辆轿车驶来停住。

大哥！陈美喊了一声。

　　陈锋从车里出来，其他手下也纷纷下车。跟在陈锋左右的两名手下肩挎着一柄卡宾枪。陈三甲见了下意识往后退了一步。陈锋对他说，三甲，有些事差不多就好了，别把人逼得太紧。这个郑家明我也不喜欢，但他好歹是开门做生意，不偷不抢，你们大剌剌找上门闹事，说到哪里去都是讲不通。

　　这事和你有什么关系？难道你要插上一脚？陈三甲还要嘴硬，别以为你仗着和警备司令的关系，我就会怕了你。你要知道我背后是谁……

　　是谁？陈锋忽然笑出了声，三甲兄如果方便，不妨帮我引荐一下，我也想认识你背后的"大人物"。这里人越来越多，打扰了老百姓生活，第二天报纸就有话说了，我看，你还是带着人散了吧。

　　陈三甲低头绕着陈锋走了一圈，而后又走到郑家明面前，后生仔，慢慢等着。郑家明没明白，等什么呢？陈三甲话只说到一半就走了，好像留下了无比巨大的想象空间。但他没有时间去多想，安排苏环球带着人离开，又叫戏院的杂工把门前收拾好。陈锋看了一眼郑家明，好像要开口说什么，但嘴唇只动了动。他转而叫上陈美，但她摇了摇头，大哥，你先走吧，我和家瑛待会儿就走。你放心，司机在路口等着我们。

　　你自己多注意些。陈锋又看了眼郑家明，有些人天生就容易招惹事，不要靠得太近。

　　郑家明点了根烟，吹灭了火柴，笑着说，只听过中医说人有湿热体质、阴虚体质，还是第一次听你说有"易惹事"体质。

　　陈锋冷笑了一声，关上车门绝尘而去。郑家明这时才要掏烟点上，但忽然感到肩膀一阵麻痛，想是刚才顶撞陈三甲太过用力。他不禁"哎哟"了一声，手上夹的烟掉落在地。

　　家明，你怎样？要不要送你去医院？

　　陈美扶着郑家明的胳膊，郑家明摇摇头，刚才没"热身"，伤到了肌肉，不碍事。和去年你大哥打得我住院比起来，这算不得什么。

郑家明嘴上越是说得轻松，陈美似乎越加担心，想说些什么，却又不知是否妥当。郑家瑛靠在郑家明的身边，二哥，你正大光明开门做生意，他陈三甲为什么弄这么大阵仗来闹事？他如果不甘心，再来闹事怎么办？我还是留下来，帮着你做些事吧？

我有球仔，还有兴盛公司的一帮伙计，没事。你留下我倒是要多个担心，和陈三甲的事看来没完了，你跟着陈美，至少她大哥是个"好靠山"。郑家明笑笑说着话，忽然脸色一沉，扭头望向街道的另一侧，这位小哥，你站在那儿看我们很久了。看热闹的人早就散了，你是打算站着看我们到天亮吗？

陈美和郑家瑛听了有些诧异，顺着郑家明的视线看去，那里站着一个穿着短风衣，身材颀长的年轻男子。他戴着一副黑边眼镜，脸上带着温润的笑，不急不缓地向郑家明走来。站到跟前，他颇为恭敬地半弯了腰，并递上一张名片，郑先生你好，我是《全闽日报》的记者，黄玉郎。

对于章慧回到厦门，郑家明虽听章启智提起，已有心理准备，但真正见到她时，内心还是有种说不出的感觉。章慧看上去和以前一般，爽朗干净，似乎并没有什么改变。但郑家明却隐约觉得，她好像有些故事，是他并不知道的。她毕业后留在上海的大半年里，究竟经历了什么？当初坚决要留在上海，如今又为何要回来呢？章慧不说，他自然也不会去问。他转念一想，什么原因也不重要，重要的是章慧回来了。而且，章启智也是高兴的。

章启智见着章慧，眼神里都是藏不住的关心。从码头接她回到鼓浪屿的"淑芬别墅"，他的目光似乎都没从自己女儿的身上移走。吃饭的时候，章启智给她夹卤鸡腿，又亲自剥了蟹腿肉给她，满满地放在她碗里。章慧有些不好意思了，阿爸，你都快把碗撑破了，光给我夹菜，其他人也要吃呀。

大小姐就尽管吃吧，老爷这是开心。苏环球喝了一杯酒，你来信说要回来，老爷天天巴望着呢。这下好了，一家人团聚了。

孙和顺也附和说，是啊大小姐，你回来，最高兴的就是老爷了。公司近来事务多，老爷操心劳神，你回来正好可以帮着老爷解忧。

章慧只笑了笑，并没有接他的话。章启智见了，心中明白了几分，岔开话说，今天晚上只是吃饭，一来给慧儿接风洗尘，二来我也想着大家好久没聚了，前阵子也缠上些麻烦事，大家没心情相聚。以后的事，以后再说吧。

章慧本想问是什么"麻烦事"，但看见郑家明席间多数时候只笑笑地听她讲些上海的"奇闻异事"，其余时间就是默默吃饭，心想大概"麻烦事"是与他有关，于是就不再询问。饭后，章慧陪着阿爸聊了会儿天，像是随口说起，问起郑家明的境况。章启智听了微微一笑，我看你吃饭中间就留意着家明，若是想知道，应该自己去问他。章慧会意，走到小花园的凉亭，见家明与苏环球在聊着什么。两人说到兴起，章慧来了，反而不吭声了。

你们两个大男人，说话还遮遮掩掩，对我也这么神秘？章慧佯怒，说来听听，让我也知晓一下你们在厦门闹出了什么"惊天动地"的大事来。

苏环球看着郑家明，这我可不敢说，我都听他的。郑家明想了想，也无不可说的，而且早晚她都得知道，于是就将开戏院以来遇到的事大致说了一遍，尤其说了陈三甲屡次上门收保护费，并来闹事的经过。只不过，他并没有提及"陈美"的名字，有心略去。他也并不清楚为何要这样做。他在心里嘲弄了自己一番，想在章慧面前表示什么呢？自作多情。

事情的经过大概就是如此。那天来闹事后，我们一直有些担心，以为陈三甲还会找上门。但奇怪的是，过了快一个月了，我们连他的影子都没见着。

苏环球猛地拍了下凉亭柱子，这陈三甲不过就是个"角头"。所谓"角头"，不过就是占城市一个角落，欺行霸市，捞偏门，做些刀口上讨生活的营生。可他现在倒好，大摇大摆，到处收保护费。普通商铺，米店、当铺、五金行，他去收些保护费，别人不敢吭声也就算了；但我们是兴盛公司呀，说起来在厦门，甚至在东南一带都是有头有脸，他也敢再三骚扰，真是岂有此理。

哪里是骚扰了。那天的阵势，还带着驳壳枪来，明显是要拿命来搏了。郑家明有些疲惫地打了个哈欠，他也没个说法，我这心里也是悬着。戏院照开，但球仔在戏院周围加派了很多兄弟，暗地里轮流保护，就怕哪天这陈三甲又像疯狗一般……

你们去报官了没有？章慧刚说完这句就觉得自己有些犯傻了，吞吞吐吐说，我的意思是，官府里面有没有人出面……

大小姐，你又不是不知道，厦门的地盘上，浪人横行，角头霸道，收保护费是大家心知肚明的规矩，官府对此从来就是睁一只闭一只眼。我和家明去找警署刘队长，他把手一摊，两边最后还是没人死伤，是不是？所以呢，警察也就不插手了。他还说，真要解决，就去找上面，最好是找政府里的人说话。为此，老爷还带着我们去找了政府自治处的官老爷，他把门一关，说他也为难，陈三甲后面是日本人，是日本领事馆。他不好得罪。

这是什么混账话！章慧愤怒不平，一个地痞流氓，政府还不能得罪了？真是天方夜谭，匪夷所思。

你到现在还觉得意外？郑家明忽然起身，裹紧了衣服。一月的风，带着海边独有的凛冽，穿衣而入，直贴肌肤。他继续说，这不就是中国如今之现状？你在上海还见得少吗？

见得多了，所以就麻木了吗？章慧也起身，直视着郑家明，正因为有这许多的社会不公和黑暗，所以更加需要我们站起来，打破这黑暗的夜。

郑家明忽然笑出声，而后摸了摸自己额头，装作出了一身的汗。我说大小姐，这没有别的人，不用对我们做街头演讲。现在要紧的，是要想出个可行的办法，防着陈三甲。最好是能让他收手。

如果借助舆论呢？章慧眼睛一亮，市面上那么多的报纸，大可以反映给记者，让记者这个"无冕之王"来报道，让大家都认清陈三甲的嘴脸，知道收保护费的陋习。我们明天就去找报馆……

记者也是有选择地报道，他们也害怕报道出街后惹出麻烦，被陈三甲算账。郑家明从口袋里摸了摸，找出一张名片，倒是这个记者，黄玉郎，是《全闽日报》的新记者，对收保护费一事想了解情况，做些新闻，呼吁大家来关注。

我们还约着这两天见面呢。苏环球接话，这小子大概是新记者的缘故，不清楚里面的深浅。

当初见了他，我以为他怕是坚持不了多久，很快就打"退堂鼓"。郑家明笑了笑，但没想到他还挺有毅力，今天在电话里还跟我说，调查有了大发现，约着我们见面详聊。你没来之前我才和球仔说，倒要看看他是不是像孙大圣有个"三头六臂"。

有的时候，郑家明会对中国古人的智慧深深折服。一些复杂的大道理或是大事件，一句简短话就能概括说清，而且令人印象深刻。譬如，所谓的"好事不出门，坏事传千里"，还有"纸包不住火"。于前者，很明显的，自陈三甲大闹荣耀戏院后，生意直落了很多，许多熟客就不来光顾。而口耳相传的结果，就是造成一些新的顾客也不来看戏了，即使他已经很努力地从八大制片公司拿到最新最好的西洋片，也吸引不了人。陈美和郑家瑛倒是还常来，她俩见没有什么观众买票入场，还宽慰郑家明，说这是暂时现象，过了这阵就没事。郑家明心里笑了，他倒不在意这一时的生意好坏，而是忌惮着陈三甲后面还要"出什么招"。

至于"纸包不住火"，这个是黄玉郎对他说起的话。站在戏院后街的路面上，他还问道，你们看出什么问题了？你们呀，总是关心眼前发生的事，却没有去事情的背后看一看，这个"世界"发生了什么变化。

章慧细细看着后街，骑楼下的三四间小店铺都是关紧门，好像过春节时休市一般。她自言自语，这没有道理，大白天不开门做生意？我记得这里都是做些老手艺，扎灯笼、提马灯、打锡壶，生意不大。老板都是本城老居民，店铺也是开在自家，不求大富大贵，只是安稳过日子。这些老手艺可以做一辈子，怎么都关了？

苏环球也觉得意外，我平日里出入的也是各大公司行号，对这些小店倒是没留意。大小姐说得有道理，这些小店没理由关门的呀。

黄玉郎背着手笑而不语，看着郑家明，像是在等着他回答，是否能"参透"这里面的玄机。后街并不长，也就五十来米，宽也不过可以通两架黄包车，因在戏院后头，所以他从未在意过这里的变化。今天被黄玉郎拉到这里，他开始还有些奇怪，待听了章慧和苏环球说的话后，心里似乎隐约有了些模糊的感觉。

收保护费这个陈规陋习，凡是有码头开埠的地方，大都暗自流行。官府向来是对此睁一只闭一只眼。一来每家收的钱不多，地痞流氓也不干杀鸡取卵的事，收保护费太凶，店家关门，到头来什么钱也收不到。二来收来的保护费，黑道中人还会拿一些给官府，当作"孝敬"，如此两方相安无事。我在新加坡，那里更是以港口兴业，华人去了后这陋习也带了过去，保护费暗地里都是有的。

郑家明说到此顿了顿，陈三甲是"角头"，他的势力范围就在中山路这一带，后街的店铺难不成是他收钱收得厉害，逼得店铺关门？他说到一半，又自我否定。这不合常理呀，这不是自断财路？黄记者，就不用卖关子啦，要不请你帮我们解开这个"谜题"？

黄玉郎扶了扶眼镜，我是去年 9 月入职报馆，也就是贵戏院重新营业之际，那时我陆续接到线报，称陈三甲在戏院后街收保护费太狠，店老板叫苦连天，向官府申诉不应，于是就投书到报馆，希望报馆能有所反映。报馆以此事乃常态，所以并未在意。但我留了个心眼，走访了几位店老板，这才得知陈三甲由每月收取费用五十元，猛增至两百，足足提高了四倍。他这么做必定有问题！待后来，我知晓戏院开门不足三个月，陈三甲也屡次找上门，并在年末大闹了一场，我敢肯定，这背后的事情更加重大。

郑家明像是忽然明白了什么，前后又快速绕着走了一圈，而后才重新站在众人面前——陈三甲这是要逼走大家！

章启智听了郑家明的陈述后，沉默了片刻，反问他，逼走大家之后，陈三甲目的何在？郑家明说，为这事，大家也是一筹莫展。黄玉郎的调查也仅限于此，他也不晓得真实意图。章启智点了点头，我已让孙管家跑一趟市政筹备处，要一份戏院周边的规划蓝图，等他拿回来再说。

书房内又安静了下来。郑家明细细看着屋内，两面书柜都摆满了书籍，中文、英文皆有。墙壁上挂着一幅字，"革命尚未成功，同志仍需努力"。那是孙中山遗言中的一句话，章启智自己手写并请人装裱起来。郑家明问了一句，章叔叔，您认为的"革命"，最后成功了会是什么样？

孙先生早已明确表示过，三民主义。我也希望这一愿望能实现。

革命的道路是否有许多种？郑家明忍不住追问，每种道路都有人在探索，条条大道通罗马，革命成功是否只有一种道路？

　　章启智笑了。你的问题，章慧也曾提过，而且她还提出了自己理想中的革命之路。我们有过争吵，谁也说服不了谁。他说着，目光看着桌上摆放的相框——他抱着儿时的章慧，一位娴静美丽的女子依偎着他。章慧的阿妈走后，我最放心不下的，就是章慧。

　　章慧和我提起，她回来后要入职博爱中学，当英语教员。博爱中学的校长原来教过她，是校长邀请她回来任教。

　　真实情况是如此吗？章启智淡淡一笑，她也长大了，很多事由得她吧。

　　郑家明从他的语气里听出了无奈，略一低头，想转个话题。上海的情况，最近看报纸，似乎不太好。日本人把军舰开到了外港，公开宣扬要开战。南京方面据说吸取"九一八"的教训，没有单单指望国联调停，调派十九路军准备抵抗。但国军装备不行吧？如果仗真打起来，那公司和建源的砂糖生意怎么办？势必会受影响。

　　我和建源黄老板通过气，战事开启我们毫无办法，这是"不可抗力"。黄老板也谅解，他表态战事停了后生意照做。幸好我已做了投保，保险公司会赔付战事期间停运的损失。诸如人工、仓库租金、航线费用等等。但问题是，如果战事继续呢？十天半个月，还是一年，乃至一直打下去？

　　章启智闭上眼，深深叹了口气。郑家明也只得在心里叹息，在战争面前，纵使你富可敌国，一样无能为力。战火该燃烧的就会燃烧，该毁灭的就会毁灭。于此，郑家明又不免想到自己当下所做的事，就算把戏院做活了，一场战争来临，不是什么都没了？郑家明不敢再想下去。两个人都各自想着心事，以致孙和顺走进书房都没发觉。

　　老爷，我把规划蓝图借出来了。家明，你的戏院在这里，后街的店铺实则是连在一起，也就是说，当初做规划时，此片区域是统一开发。

1920年林尔嘉先生发起市政会，联合众多南洋归侨乡亲，共同规划城市建设。当时规划就是冲着百年立城而去，轻易不会改变建设蓝图。章启智陷入对往事的回忆，接着说，现在陈三甲把后街老店都赶走了，下一步就是要赶走荣耀戏院。此区域是连成一体，又是靠近中山路的繁荣之地，所以他的目的必定是要对此片进行重新开发建设。

但就他一个陈三甲可能办成此事？郑家明认同章启智的分析，但陈三甲毕竟只是个"角头"罢了。"角头"说白也不过是打手啊，他背后必定是有更大的"金主"替他撑腰。否则，他那些浪人流氓，哪里有这么大本事还搞什么城市建设？

陈三甲是台湾来的，台湾现在被日本人占了……

听了孙和顺的话，郑家明忽然明白了什么。他再看了眼蓝图，在图纸上用手掌丈量着从戏院到鹭江道的距离，嘴里自言自语，从戏院往西走，一路通达鹭江道，往来港口便利。黄玉郎也是从台湾来，他还是闽南台湾同学会的成员，同学会的目的是联合抗日。他说通过同学会打听的消息，陈三甲出生在基隆，从小是个孤儿，被一对日本夫妇领养。长大后到台北讨生活。后来跟着一个日本人来到厦门，这个日本人就是现在的领事，丰臣秀明。

章启智手指着蓝图上与厦门隔海相望的鼓浪屿，日本领事馆就设在这里，离我们家并不远。从日本领事馆到厦门，就得乘坐汽轮。日本人的军舰巡游在外港，时时都有可能进来，泊在厦门港。章启智又看了眼蓝图上的戏院区域，脸上忽然浮现恍然大悟的表情。郑家明以为他猜到了什么，正打算追问，忽然书房的门被猛地推开，众人都望向门口。

阿爸，你们还躲在屋里，都不知道外面发生了什么大事！章慧急忙走进来，日本人昨天晚上在上海开枪了！南京政府要十九路军拼死抵抗，但日本人火力太强大，又加上准备充分，十九路军未必守得住啊！

听到这，郑家明倒没有很为上海担心，他的第一反应则是：上海战火一旦延烧，厦门自然不能幸免，那戏院怎么办？陈三甲知道日本人在上海打赢了，还不更加要反了天？

一月二十八日晚，上海打了起来，十九路军顽强抵抗日军。日本人的军力强大如斯，航空母舰"加贺号"和"凤翔号"搭载第一航空队约30架飞机开战前就抵达上海，停泊于上海以东约130公里的马鞍列岛海面；巡洋舰"那珂号""由良号"和"阿武隈"号3艘及水雷舰4艘抵沪，并载陆战队2000多人，分批登陆；如此等等，就算日军不断投入军力，但国军还是抵制住了一波又一波的攻击。

中正下野后再度复出，国民党中央委任其为军事委员会委员长，负责调度军队，全力以赴上海之战。

郑家明看着《全闽日报》，嘴里默念有词。章慧敲了敲办公室的门，他这才抬起头。章慧走过去，郑家明起身并将手里的报纸递给了她。

你怎么看蒋中正的表态？

日本人是民族的共同敌人，抗击日寇是大是大非的问题。蒋中正的声明很好，但我想，前车之鉴并不遥远吧？当年"四一二"事变，他是怎么清党，杀害那些曾经肩并肩的革命同志？誓同生死，能做到吗？不要到最后又是以他人的死，成全自己的活吧？

郑家明收好报纸，不说这些了，上海的仗还在打，国联同意出面调停，大概"和平"就不远了吧。你今天怎么来了？年早就过完了，你也入博爱中学教书了，可得认真些，不能偷懒吧。

下午没课，我就过来找找你。也是"无事不登三宝殿"，今天来还真是有事想请你帮忙。

你说得那么严肃，好像是很"严重"的问题。郑家明笑了笑，而后忽然变脸，一脸严肃的样子。章慧，但有句话我得说清楚，向我借钱我暂时没有，戏院每天都需要现金，你也知道现在的市面，来看戏的人少了很多。

放心好了，若我真是向你借钱，现在还会大声和你说话，还不得赔着小心，生怕得罪你了。章慧嘴上不饶郑家明，但脸上却是带着笑意。待笑得差不多了，她这才细心地将办公室房门关上，继续说，有件事想请你帮忙，就是你在戏院里能否多安排些国片？特别是能凝聚大家精神的电影，这样的电影对我们大家才有益处呀。

上海在打仗，明星、天一、联华公司都暂时不拍片了。早前他们也不敢直接拍和抵抗日本有关的电影，顶多就是拍些反映现实一二的电影，像是《桃花泣血记》《野草闲花》这样的片子。不似《火烧红莲寺》那样怪力乱神，也不是《花花公子》般只谈情说爱。如今日本人打到上海，"一·二八"事变爆发，确实要凝聚大家精神，眼下的电影距离这个要求还远了些。

那中国的电影就永远是这样，不痛不痒，无法提振国人精神？

从"九一八"到"一·二八"，接二连三的事件早已刺痛中国人的心。中国的导演并不比别的国家差，演员也优秀，我想等战事稍稍安定了，反映当下的电影肯定会越来越多，提振人心的电影也一定会出现。直接讲抗战故事的电影，我想也可能会出现。《电影》杂志自前年就陆续刊登文章，有一篇题目就是《中国应该有中国的新兴电影》。郑家明给章慧倒了一杯茶，微笑着说，我相信这样的日子很快就到了。

那上海发生战事，我们远在厦门就什么也做不了？章慧着急地喝了口茶，不能亲自上前线，好歹我们得做些事，声援上海同胞吧？

郑家明看着章慧，嘴角轻扬，双脚架在桌子边沿。我们难道不能做点什么吗？你单看近日本地出的几份报纸，社论一篇又一篇，无不是抗议日本人蛮横无理，对十九路军蒋光鼐、蔡廷锴将军赞誉有加，全市各大团体都号召要起来抗敌。我看《全闽日报》，黄玉郎化名"玉郎"也写了评论，说是要抵抗日货，还要号召台湾同学会一起抗敌。

这时，外面忽然传来一阵阵高昂的抗议声，郑家明从戏院三楼往下看，一支声势浩大的游行队伍行进而来。队伍里打着各类旗号，"厦门学生声援上海同胞坚决反抗日本侵略者""码头工人联合会严正抗议日本无理侵略""手工同业公会抗议日军无耻行径""商会支援前线抗敌大联盟"。郑家明指给章慧看，之前报纸有刊登全市会举行大游行，今天游行就正式登场了。这不就是厦门的声援行动？

游行队伍里有人高喊"抵制日货"的口号，章慧你听一听。郑家明又朝游行队伍里看一眼，忽然有个熟悉的身影跃入视线。他抓起挂在椅背上外套，我们也跟着游行队伍走一走，今天有场"好戏"要看了。章慧不明所以，但听了他的话，也只好跟着起身。他俩步出戏院，跟在游行队伍的后面。郑家明看见刘队长带了不少警察也在后面跟着，只是和游行队伍保持了一定距离。刘队长似乎也看见了郑家明，还朝他顶了顶警帽，以示打了招呼。章慧问说难道他要抓游行的人？郑家明笑着摇头，他敢吗？这么多人，每人踢一脚，还不把他和他的兄弟们踢到海里去。让这些"黑狗子"也上前线打日本人去。上海之战是主动迎战，政府现在不压制抗日，他们这些人自然也不敢硬来。他们跟着，大概是怕出事吧。

　　这个局面，要不出事也难啊。等到他俩走到了大同路，看见路中央堆积得像小山一样的日本商品，并且有人要拿火把烧了时，不免同时有些吃惊。游行的队伍一路西行，过了中山路，到了思北路头的时候，就开始有些分化了。有的留在中山路口聚集演讲，有的前行去往鹭江道上的码头，还有的则拐进了大同路。郑家明带着章慧跟着其中一支队伍就去往大同路。大同路上有好几家大的百货商店，大中华、先施、永安等行号。他俩到了那里，才发现早已有人组织将百货店里有关的日本商品都汇集在了一起。

　　要把日本人的商品都烧了？郑家明有些吃惊，像小山一样高，得烧多久。有些日本货，不像钢材大米等物资那么重要，只是一些如医用纱布等日常品，那也得烧了？有点可惜吧。专做日本商品的行号，今天不是亏了很多？

　　做生意有亏有赚，这个早就要有准备。章慧倒是冷静了下来，眼下这个情势，总要有宣泄的出口。不能上前线冲锋打仗，烧了日本人的东西，表达抗议，这样做也许不值得，但却有必要。

　　也是没得办法的办法。郑家明不免叹了一口气，日本人的东西精良，很多商品也就只有他们能做得出来，中国生产不出来。这才使得这些商品倾销到我们这里。还是你阿爸说得对，实业兴邦。没有工业，无法自立啊。

　　政治不稳，实业兴邦最终也只是一句空话啊。

　　郑家明听了章慧说这句话，转头看了看她。路中央的日本商品已经被点着，燃起的熊熊大火几乎遮住了郑家明的视线。但在火光中，他还是看见了对面一个人在拍照。章慧脱口而出，黄玉郎。郑家明点了点头，他在戏院楼上就已见到了黄玉郎夹在游行队伍中，心想这样的场合，他作为记者势必会在的。黄玉郎也看见了他，两人挥手示意。郑家明正想走过去，后背忽然被人拍了一下，他转过身一看，是郑家瑛，旁边还跟着陈美。

　　是你们俩呀。郑家明笑了笑。不用他介绍，章慧也猜到了是谁。她听家明提起过好几次，只是一直没遇见。没想到今天遇上了，还是个烈火"熊熊燃烧"的场合。章慧的观察总是很仔细，不用提示，她就已经发现陈美的目光，似乎就一直没从郑家明的脸上移开过。

　　他的脸是金子做的吗？章慧暗地里忽然有些不舒服。

第八章

　　你们不觉得陈三甲过于安静吗？全市罢工罢学大游行，焚烧日货，抗议日本人，但好像陈三甲都没点声响？郑家明说出了自己的疑惑。陈三甲背后一直有日本领事馆在撑腰，这次全市抗议声浪这么大，他们似乎没有什么反应。

　　这往往才是最令人担心的。就怕他们在酝酿什么更大的阴谋。章慧回答郑家明，而后又看着黄玉郎，黄大记者，你的消息灵通，是否知道日本人下一步会做些什么？

　　黄玉郎笑了笑，摇头说不知道。我虽是记者，但终究不是特务。日本鼎鼎有名的特务机构是特高课，他们派出的特务才是"包打听"，上至达官贵人，下至贩夫走卒，凡是关于中国大地上的消息，他们都打听得一清二楚。陈三甲有没有动作，归根到底还是看他背后的"老板"。他的老板不发话，他自然也不会有动作。

　　听了黄玉郎的话，大家都暂时安静下来。郑家明掏出烟，要给黄玉郎递上一根，但他笑着婉拒，郑家明也就把烟先收起。忽然问他，玉郎兄为何会从台湾来厦门？从台湾来无非为了三件事，求学、发财、逃难，但玉郎兄看起来都不像。

　　我其实是受了家父的影响，虽然他已不在世了……家明、章慧，前两年台湾发生的"雾社事件"，两位不知是否清楚？事件起因是原住民不满日本人的统治，愤而抗暴。再往前，马关条约签订后，清廷要割让台湾给日本人，但抗法"黑旗军"刘永福、林朝栋等将军不从命，带领台湾人抗敌。日本人在台湾实行殖民统治，推行奴化教育，一部分人成为像陈三甲那样的，但很多人并没有变。我刚才说的两个事件，就是例证。我现在也是闽南台湾学生会成员，刚才家明兄漏说了一点，从台湾来的，还为了一件事，那就是反抗日本人。

郑家明和章慧不约而同互相看了一眼。黄玉郎虽然有些话没有说白，但郑家明却已听明白了，他的目的其实已经很清楚。只是，和黄玉郎接触其实并不久，他却几乎如实说出自己的立场，这既让郑家明觉得深受信任，同时也为他的赤诚而慨叹。

这是全市抗议大游行后的第一个周末，郑家明约了大家喝咖啡。地点还是选了戏院附近的享乐咖啡厅，他提前预订了咖啡厅唯一的包间。郑家明抬手腕看了下表，已是下午四时。怎么陈美和家瑛还没到？他朝门外张望了一下，章慧微笑着说，要不你到门外去迎接她们吧？郑家明觉得她话里有种奇怪的味道，但一时又无法辨别，只好含糊着带过。陈美说了会来的，总是会来。话音刚落，门梁上悬挂的铃铛响起清脆的声音，陈美和家瑛施施然进来。

我们迟到了，抱歉各位。郑家明起身拉开了椅子，陈美笑盈盈地落座。谢谢家明。不过我们带来了好吃的东西。

二哥，你怎么不帮我也拉下椅子？郑家瑛强烈抑制住嘴角的笑，但还是没忍住。哈，二哥，你怎么脸忽然红了？好了好了，不和你闹了。陈美大小姐听说你邀请我们喝咖啡，说咖啡厅的点心不好吃，无论如何要排队买了这家老字号的点心。

红光橘红糕。郑家明笑了，陈美小姐有创意，喝咖啡配中式点心。

咖啡厅的西点不是不好吃，而是有些甜得发腻。我选的这款橘红糕，很多人买呢，不甜不腻，吃起来爽口，配上咖啡，也是不一般的感觉。陈美感觉似乎都是自己在说话，于是略微抱歉地对章慧、黄玉郎说，两位不好意思，让你们干坐着听我讲些零零落落的话。

黄玉郎依旧温润地一笑，不碍事，听你讲话很有趣。

章慧也笑了笑，陈小姐这样讲话就显得客气了，大家不用那么见外。好几次听家明提起你，今天终于能好好聊上几句了。

章慧姐，那二哥有没提起我呀？他可不能偏心。郑家瑛取笑说着，这个时候的她完全没有平时所表现的冷傲。章慧姐，我听二哥也提起过你，还说你那时在上海念书而后又在那里工作。上海可是个大都市，那里有文学，有电影，更有自由呼吸的空气。

如果你爱一个人，就送他去上海；如果你恨一个人，也送他去上海。章慧问她，这句话，不知你是否听过？成也上海，败也上海。上海在一些人的眼里是"海上花"，但一些人又把上海视作"食人花"，所有事物都不能一概而论。

这个我自然明白，但我以为到了新的地方，总会有新的活路。就像我，如果我还留在新加坡，我无法想象自己的命运将会变得怎样。

郑家明让侍应倒了一杯热咖啡，他轻轻推到郑家瑛的面前。你喝口咖啡，定定神。他转而对其他人说，家瑛呢一直有个心愿，她喜欢看影戏，喜欢表演。她一心念着想去上海学表演拍戏。她自去年来厦门找我后，我就一直想着此事，但总是没有合适的机会，寻不着合适的人帮她在上海滩引路。现在上海又打仗，快的话恐怕也得到三月间才能停火，所以她去上海的愿望看来又得拖一拖。大家也帮忙想想，看看停战后再去上海，有没什么好的办法。

章慧想了想，上海大大小小电影公司不少，但很多是"七天公司"，什么意思呢？就是公司花七天拍一部电影，拍完了就关门倒闭。有实力的国片公司只有三家，联华、天一、明星，尤以明星实力最强。家瑛要是想在电影上有发展，起点务必要高，要能进入这三家大公司才是最佳。

我请教过我二哥陈奇，他也是这样的看法。他正好在明星公司当编剧，如果家瑛去上海，他答应会帮着照顾。

单纯学表演只在片厂打转，可能还是单薄些，还是要学习些文化知识。如果家瑛乐意，我可以给上海的师兄写介绍信，他开办了夜校，家瑛可以晚上去上些课程，多学习些书本知识。

你们都说了那么多，那我也得表态咯？黄玉郎擦了擦镜片，重新戴上。家瑛小姐新片若是上映了，我一定发动记者同仁，多加报道宣传。《全闽日报》乃至可以效仿《明星》杂志，组织"电影皇后"评选，家瑛一定拔得头筹。

郑家明笑出声，黄大记者，你想得真是长远。你这个饼画得，家瑛，你听了以后肚子里的明星梦是否已经饱了？

只要家瑛能把新片拍出来，我肯定能做到。黄玉郎说得认真，众人都忍不住笑了。咖啡厅里荡漾着他们的笑意，郑家明端起咖啡，让我们以此代酒，预祝家瑛早日实现梦想。郑家瑛见了，不无玩笑地问，二哥，咖啡代酒怕是不习惯吧？还是酒好吧，你在新加坡时不是曾和我说，会须一饮三百杯，与尔同销万古愁。现在怎么不喝酒了？

郑家明放下咖啡，深深笑了一声，而后才说，我的愁都被消解在了这里。况且，我如今也没时间有愁呀。

章慧和陈美听了，都看了一眼郑家明。他的话里好像包含了很多，但细细回想，又好像他不过是开个玩笑，对发生在自己身上的事似乎并没有在意。究竟是何种意味，也只有郑家明自己清楚了。郑家明似乎并不太习惯被两个女子同时关注的感觉，生怕往深了去想，又勾起对不堪过往的回忆，于是他借口要去洗手间。在洗手间里洗了把脸，这时，两名警察夹着帽子骂骂咧咧地走进来。其中一个矮胖的警察骂说，我以为烧日本人东西都已经过去了，没想到又有一起，而且还是烧的镇海路上的大和物产会社。下午为这事，可把我累坏了。另一个脸上长着麻子的警察接话说，就是，你说把自己买的日本商品拿出来烧也就算了，你还跑到日本人的公司，把人家的货品抢出来，这不是犯法吗？你说日本人能饶得了这些人？大和物产会社，那可是大名鼎鼎的钟和夫开办的啊。

待两个警察解手完出来后，郑家明殷勤地掏出一包烟散了两根。两位老总，打听一下，镇海路烧日本人的东西，陈三甲在不？麻子警察颇有些惊讶，你是料事如神呀！陈三甲在啊，有人从大和物产会社抢东西烧，陈三甲带人去护场，双方打了起来，所以我们才出警的。

隔日，街头巷尾都在议论大和物产会社被抢，并当街焚烧日货之事。各大报纸也纷纷报道此事，只简单说事的也有，大肆渲染鼓动人心的也有，但更多的是对此事质疑。《全闽日报》登载了一篇评论，一方面对这种强抢商品行为提出谴责，另一方面也提出疑问，这些冲进大和物产会社仓库抢东西的人，到底来自哪个群体？那日参加全市大游行的群体，学生联合会、工人工会、同业公会等等，都否认所属成员参与了此次行为。他们还统一驳斥，强抢行为，形同匪盗；而日本悍然发动事变，其状即如同匪盗，他们反对抗议的正是这种匪盗行为，如何自己还会犯此类的错误？大游行当日焚烧的日货，乃是商家或个人提供，是自发自愿，绝无强迫之理。

郑家明看到报纸时，正与苏环球在一起。兴盛公司设在码头的仓库被人蓄意破坏，幸亏值更发现及时，喝止了破坏行为。上海有战事，甲字号仓库是专门腾空用来囤放建源公司运来的砂糖，只待局势稍稳后再转运至上海。有人在仓库周围泼了汽油，铺上了易燃的干稻草，一旦被点着火，仓库瞬间就燃烧起来。如此一来，兴盛公司损失就大了。郑家明听苏环球说了此事，赶忙去往仓库现场查看。

章先生来看过了吗？他怎么说？

老爷一早就渡海过来看了，表面上看起来似乎平静，但我知道他心里难受得很。做生意这么久，还从未遇到这种事。因为没有损失，他也没心情细细查看，就交代我来料理。孙管家私下和我说，平白无故被人放火，即使没烧起来，也不可忽视，其中必有原故。他让我找到你，和你商量看怎么办。

郑家明绕着甲字号仓库走了一圈。四千平方米的仓库，分为上下两层，通风极好，是兴盛公司唯一自买自建的仓库。他心想，章启智会和谁结仇呢？面上看来，他不结交权贵，也不热衷场面交际，照理不会与人结私仇。那么就只有一种可能。郑家明在仓库门口立足，对苏环球说，只有一种可能，因为公司生意，和别人有了矛盾。矛盾怎么产生？无非就是同业竞争，有了冲突。

郑家明和苏环球心中似乎都想到了某个人。但旋即郑家明又摇了摇头，广利洋行按说不会出那么下三烂的招数，而且这么做现在没有任何意义。建源公司砂糖代理权早就被我们拿下来，那是去年的事，没有道理现在再来泄愤。陈广利和陈锋，这父子俩虽然不好说话，为人也霸道，但好歹也是有身份的，不是市面上那些地痞流氓，像是陈三甲……

说到这里，郑家明忽然顿了顿。他看了眼苏环球，说出了两人心中同样的疑惑：难不成，是陈三甲使的那么下作的做法？那目的是什么？郑家明想了想，继续说，他又要弄出什么大事来？在戏院闹的那么一出，没什么效果，所以就转向兴盛公司，弄出事来让我们屈就？苏环球点了点头，有这个可能。但烧仓库不是小事啊，弄不好要出人命的，陈三甲哪来这么大胆子敢这么做？他不是疯了，就是背后的老板给了他熊心、豹子胆！

郑家明轻叹了一声，他想不明白，荣耀戏院真有那么重要吗？

对了，章慧知道这事吗？

苏环球摇头，老爷说没有造成损失，我们自己处理就好。再来大小姐这几日要忙着新小学开学之事，老爷说不要让她分心了。

哦，下次见了她，要改口叫"章校长"了。这下她就彻底成为"孩子王"了。

章慧回来后原本是要入职博爱中学。但刘云来校长和她谈话，言及一个上海毕业的大学生，学识涵养俱佳，又见识过大世面，屈就当一个英语教员实在是可惜，再次向她确定，是否真正下定决心回到厦门，会否半路又离开？章慧自己清楚，回来绝不单是做个教员，这同时也是组织上的安排——临走前，组织上特意交代，厦门此地是东南沿海重镇，北上及南下的都很多，鱼龙混杂，今后任务不单艰巨而且还有危险，问她是否有心理准备。

这种心理准备，她早有了。干革命工作，又不是娱乐交际，哪有太平顺利的？但饶是如此，回厦后遇到的境况一个接一个，她的心里也不免遇到了冲击。即以原本要在博爱中学当英语教员一事而言，刘云来却有了另一个提议。博爱中学校董事会决定在厦门港设立博爱小学，形成连贯教育。刘云来暂时兼任校长，他想要章慧去就任副校长，协助处理校务工作。他以为这是好意，能够让章慧更好发挥所长，但于她本身而言，却是个不可说的苦衷。当副校长，不单工作增加，更麻烦的是，她抛头露面的时候也相应多了，而她本意却是要低调再低调。太过引人注目不是一件好事。

但刘云来已经这样说了，她不好推辞。否则，就要离开博爱。但离开博爱，也不是个好选择。离开之后，她要去哪？去兴盛公司？这不是她所愿。而在她内心深处，实则是有隐隐的担忧：她不愿因自己所从事的革命工作，影响到家里，确切说，是影响自己的阿爸。

博爱小学没有新建校舍，而是对原有的复兴小学进行了翻修。复兴小学原本是一位马来亚华侨归国后捐资所设，后来这位华侨因经营失利，无法继续开办，所以就转交给博爱董事会。

博爱小学新学期开学式定在了 3 月 1 日，这天刚好是周一。章慧早早就来到了学校，大红的条幅横挂在大门口，"私立博爱小学新校开学典礼"。陆陆续续有些可爱的孩童进到学校，在门口见了她，大家都弯腰鞠躬，她也微笑着点头示意。孩童们背着书包，蹦蹦跳跳地进入校园。望着他们活泼的身影，章慧在心里慨叹，真正是少年不识愁滋味，国土之上战事一波又一波，倘若哪天战火也延烧到了此地，那这些孩童该何去何从？而已身处战火之中的孩童，他们的生活又将是怎样糟糕的境地？

她轻轻摇了摇头，一转身撞见了一个高健壮实的男子。他佩戴着"嘉宾"的胸花，脸上瞧不出是什么表情。他清了清嗓子，章校长，今天是新学校开学第一天，应该是欢喜开心，怎么脸上有愁容，还摇起头来？

你是？章慧心中隐约有点印象，好似很多年前曾经见过，但一下子又模糊起来，记忆深处只闪过一个点，很快又消失。

我是陈锋。他好像是硬挤出了一丝笑容。家父是校董，他今日有事无法出席，我代表他来。

哦，原来是陈广利……陈叔叔的儿子！章慧有些不好意思。以前见过你，但你长得更高，更壮实了。不过脸上表情没变，还是挺严肃。章慧笑了笑，心底想起过去，那时她还小，阿爸与陈广利的关系尚可，偶尔参加商会举办的赈灾游园活动，他带上章慧，就与同样年少的陈锋见过面。只是，陈锋毕竟年长几岁，所以初见了面，还会叫他一声"陈锋哥哥"。但是现在，无论如何也叫不出口了。

陈董，请主席台上就座吧。

陈董？这个称呼也有些怪异吧。你还是直接叫我的名字好了。

嗯，陈锋，会不会不礼貌？你若无意见，我直呼其名倒无所谓。章慧露出一口洁白的牙齿，中国人讲究尊卑长幼，称呼是见面顶重要的事，直呼其名是西洋人的做派。但你喜欢，我也就悉听尊便。今天开学式上的致辞，你可准备好了？

陈锋微笑着点点头，迈步正要走，但又停了下来。想了想后压低声音说，你们兴盛公司仓库被人纵火未遂的事情，不是我们做的。我们不做这样无意义的事情。

仓库被纵火？章慧吃了一惊，还没来得及细问，陈锋已走进了校园内。开学式即将举行，她只好放下担忧，默默坐在了主席台上。刘云来这个曾经留学英国的文学硕士，今天穿了一身剪裁得体的西服，站立在主席台中央，开始致辞：

> 各位乡贤、各位来宾，诸位好。今日老少咸集，共同庆祝博爱小学的胜利开学，刘某谨代表学校对诸位的到来表示感谢。国人自古以来就尊师重教，遵从"有教无类"之原则，厦门位于东海之滨，兴学之风自开埠以来长盛不衰。博爱中学乃美利坚基督教圣公会列侬传教士亲手创办，数十年来不断发展，及今日已设立专门董事会，目的就在于促进国人教育，开民智、长见识，振兴我族！经多方酝酿，董事会又动议设置小学，贯彻一体教学之目的。博爱小学于今成立，日后教学进步端赖社会各界继续予以支持。

刘云来在台上的致辞热情澎湃，章慧内心却颇不平静。但因在主席台上，又不得流露焦虑之情，于是只得暗自忍受。她发觉好似有人在注意自己，抬起头朝左侧看去，陈锋又把目光望向他处，好像什么也没发生。她在心里苦笑，双手紧紧握在了一起。刘云来致辞完毕，正要落座，忽然从远处传来阵阵沉闷的炮击声。会场上有些骚动，听声音像是从外海传来，难道有战事发生？可是事先并未有任何有关打仗的消息呀。大家都站了起来，循声往轮渡方向望去。有些家长还准备护着孩子离开，只是过了一阵后，炮击声消失了，会场上才又平静下来。

章慧心里渐渐有种不祥的预感。这种无预警就开启战端的事，还少吗？

"日军两艘阳炎级驱逐舰自台湾马公港出发，一路西进，越过厦门沿海十二海里界内，并于龟屿海面停泊，施行所谓护侨行动之演练。事后，日方更无视厦门政府及驻军之抗议，继续停泊，并妄称不排除厦门发生抗议日侨事件，登陆以保护侨民。"

郑家明低声读完《全闽日报》上的这则报道。他的办公桌上，还放着《江声报》《鹭江报》等报纸，均在头版显著位置报道了日军借口保护侨民，在十二海里界内举行演练之事。他看完报纸，点了根烟，慢慢理清最近发生的一系列情况。保护侨民，事因是在于大和物产会社商品被焚烧，日军借口市内可能发生对侨民暴乱事件，故将军舰开进十二海里。这实质上是一种威胁之举。不单说所谓暴乱事件子虚乌有，就算是大和商品被焚烧，这里也存在极大问题。从黄玉郎得到的消息来看，从未有市内组织声称对此事负责，也并无证据表明这是由国人组织的抵制日货行为。另一方面，兴盛公司仓库被纵火未遂，苏环球了解到的情况，唆使人都指向了陈三甲。

又是陈三甲！大和商品被焚烧，这事里头也有他的身影。郑家明把烟头掐灭。他到底想要做什么？郑家明隐约有种感觉，这些事情背后都不简单，连在一起，似乎都有关系。他想不出什么头绪，起身想要下楼找老吴，问一问近来票房的情况。上次陈三甲带人来闹过之后，票房受了一些影响，但又渐渐恢复常态。这多少有些出乎郑家明的预料。局势并不算太平，尤其北方战事不断，南方虽有地理距离，但人心受影响也是难免。他以为人们无心情看电影，但奇怪的是观戏的人并未减少多少。

这是什么原因？在售票厅，郑家明一边看着票房账目，一边问老吴。老吴，你在戏院待得久，听得多看得多，能不能为我指点迷津一二？

郑先生客气了。老吴笑了笑，不是恭维的话，郑先生对经营戏院也是颇为上手，西洋片这块和八大电影公司关系好，排的都是新片；国片这块，也适时推出精良之作，特别能引起大家共鸣。

哦，这话怎么说？

日本人在北方开战，国人心态必然受到影响。上海三大国片公司近来推出的片子，写实的居多，贴近百姓，大家看了心底舒服。再者，面对如此乱世，形势不稳之际，大家更是想找到一个精神寄托。郑先生不妨想想是不是这个缘由？

郑家明一时没明白，待细细想了，才体悟到里面的因果。戏院个什么？把落地窗帘拉上，灯光一灭，放映机投射出跳跃的影像，场内的观众跟着银幕上的人物或哭或笑，那短短一个小时的时间里，大家暂且可以抛弃戏院外面的俗世，只是沉浸在影戏之中。一个小时过后，灯光一亮，窗帘卷起，大家走出戏院又要重复一日又一日的生活。电影改变了什么？好像什么也没改变。但又似乎改变了很多。毕竟，至少在戏院里头的那段时间里，观众什么也不用想不用顾忌，只要在意自己感受。

"躲进"戏院，哪管春夏秋冬。郑家明熟悉鲁迅的原话，"改编"了一下说出口。不过，老吴的那番话令他对老吴有些"另眼相看"，想不到他的体会如此深刻，给了他拨云见雾之感。老吴摇头笑了笑，我也没什么文化，只不过一直在戏院干活，待得久了，自然也就了解得多一些。郑家明递给他一支烟，两人走到戏院门口抽烟。他咂吧了几口，又说，"躲"终究也不是个办法，看电影多了，我们戏院生意看起来也不错，但实际上却是无奈之举。有什么更好办法呢？郑先生，你看看，日本人的军舰说开进来就开进来。再往前了说，闹义和团那年，日本领事就要逼着道台割让虎头山，以作专管租界。我是老厦门人了，那时我不过十岁，街面上都在罢市抗议，最后才使日本人没割让成。今天日本人又来了，怕是要再演这么一出？但现在是民国了啊。

有用吗？没用啊。郑家明摇摇头。日本人现在还要割让租界？他们直接就明抢了！东三省沦陷，听说还要建满洲国，这是公然占领了。但老吴的话还是点醒了他，日本人来者不善，大和商品被焚烧，最后是否也会闹得"罢市"？真到这步，厦门岂不成为"死港"？郑家明倒吸了一口冷气。

正欲和老吴聊下去，戏院外传来阵阵叫喊声。郑家明赶紧踩灭烟头，和老吴小跑着出去。才到门口，就见陈三甲带着一帮手下，手里拿着棍棒，朝戏院里叫嚷着。郑家明暗自叫了声不好，低声要老吴马上跑去找苏环球，同时向警察报告。他整了整衣裳，冷静地走出门口。见他出来，陈三甲扬手暂停了手下的叫喊，"保护侨民，严惩不法"的声音这才停止。

我今天带着兄弟们来，是要抗议的。抗议你们强抢侨民商品，同时还包藏凶徒。经过我们四处打听，证明带头闹事，焚烧大和物产商品的凶徒，就藏在你们荣耀戏院里头。陈三甲表现得很严肃，煞有介事。我们先抗议，你郑家明如果不交人，那就别怪我们不客气了。

世道变了啊，你陈三甲也来"抗议"？从来都是中国人抗议你的主子，现在轮到你来"抗议"我们？你的主子知道了，不是很没面子？郑家明笑了笑。

话音才落，围观的人都笑了。陈三甲倒也不恼，什么我的主子，你的主子，日后都会成为大家的"主子"。你要不要再仔细听一听？你再不交人，我们就要进去搜了！

天大的笑话，我又不是魔术师，大变活人给你吗？你们摆明了今天要来闹事，什么保护侨民之类的，都是借口罢了。

郑家明说完往身后瞥了一眼，戏院的员工都走了出来。他示意他们都往后退。陈三甲这次显然是准备充分，有意无意，都会露出腰间插的两柄"盒子炮"驳壳枪。郑家明转身压低声交代戏院的人待一会儿别强出头。交代完这句，他就往前站一步，直视陈三甲，你不是一心想着坏我戏院的生意？我拦也拦不住，你要搜尽管搜。但有句话我要警告你，今日你种下多少恶果，来日我必定加倍返还！

你们还有来日吗？陈三甲哈哈大笑，一把推开郑家明。他带着手下大踏步走进戏院。郑家明不忍回头看，只渐渐听见戏院内传来阵阵打砸声。沉闷、尖锐。声声入耳。郑家明的心在滴血，他毫无办法，只得闭上双眼。

陈三甲动作很快，待苏环球带着人赶来时，他已经扬长而去。刘队长也来了，一帮警察带着警械，好似要对付重大的事件。走吧，走吧。郑家明摆手，让刘队长离去。走前，他又想起了什么，转而嘱咐老吴去财务支些钱，趁人不注意的时候塞给了刘队长。刘队长可能也觉得不好意思，拍着郑家明的肩膀，称兄道弟说，家明老弟，我们已经尽量赶过来了，但听得情形，兄弟们怕闹出大事，所以弄好装备费了些时间。但我说句明白的话，就算陈三甲还在，我也顶多是制止他砸，还不能起冲突。上头长官交代过了，现在日本人军舰就在外头，这段时间都不要跟日本人发生冲突，不然又让人家多了口实……

　　陈三甲也算是日本人？郑家明忽然反问。

　　老弟，你这不是明知故问？他虽是台湾人，但入了日籍呐。再说了，他背后的老板，不就是日本领事馆的那些人？台湾人，有闽南台湾学生联合会，专门抗日的；也有像陈三甲这样的。哎，我们做警察的，只能听从上级长官。

　　刘队长要走，苏环球拉住他，那就这么算了？荣耀戏院被砸成这个地步，警察也不做点事？

　　笑话，球仔，你是第一天混江湖吗？你以为我们警察能做什么？刘队长冷笑。我们立案，然后去抓人，关起来。然后呢？日本人可能巴不得我抓他陈三甲。我只要一到他的"老巢"，日本领事馆就必定来人，他们私设的警察署也跟着来。我们要是不放人，再然后呢？那两艘日本人的军舰是干吗的？直接就派军队上岸了！

　　美其名曰：保护侨民。郑家明把手一摊，陈三甲一早就料到这个。他都是算计好了。苏环球还要再争，郑家明摆手示意作罢。刘队长带着手下走了，郑家明也让苏环球带着兄弟们离开，让老吴和你说带些人来，是担心起了冲突，戏院的人受伤。但陈三甲看来都安排好了，只砸戏院，不动人。伤人了，事情闹大对他也不利。

　　我们就这样不明不白让他砸？他说我们窝藏烧日货的带头人，这简直是胡说八道。他搜出什么了？什么也没有啊！

　　他就是来闹事，目的达到了。后面你看着吧，他必定会提出具体要求。如果我没猜错，他大概也是逼我如后街那些老店铺一样，退出戏院。

　　退出戏院？我们只是租的呀，他要找也是找业主才是。他要戏院干吗？

　　再等等。很快会有人找上门了。郑家明忽然换了副轻松的表情，至少人没事对不对？那驱逐舰一个炮弹打过来，不要说人了，戏院都化成灰。

苏环球直摇头，也不知该说什么才好。安慰也不是，愤怒也不是。戏院被砸，扯烂的窗帘，砸坏的椅子，走廊掀翻的花盆，等等，这些怎么赔？不明不白。但他转念一想，当今的社会，不都是这样不明不白？哪一刻，哪一时，是清醒的？他再看郑家明，他已和老吴在说话，安排清理戏院。老吴听后，从售票厅拿出一面告示牌，上面写着：今日停映，已售票可退。告示牌摆放在戏院大门口，郑家明走过去，轻轻摸着，无声无语。苏环球从未见过这样的他。沉重一下子就落在他的身上。苏环球轻咳了几声，掩饰着自己内心的难过。日头慢慢西沉，他想不能再待下去了，于是拉着郑家明去吃晚饭。

找了间离戏院近的"美再来"小吃店，点上两碗虾面，配上刚炸好的油条。小吃店老板和郑家明也熟悉，心里也知戏院发生的事，想宽慰两句。郑家明喝了一口汤，一抹嘴，开门做生意嘛，南来北往的客，三教九流的人，什么事都会有。我没事，给我和球仔碗里再各加个卤蛋。老板叫了声"好"，麻利地加了卤蛋。吃完虾面，郑家明站在店外抽烟，苏环球也要了一根。郑家明开始有些意外，但也没多说，抽了根烟给他。两个人默默抽着烟。

一架黄包车拉着章慧来到了他俩面前。章慧脚跟刚落地，就急忙问，你们没事吧？还悠闲地抽着烟？戏院都被糟蹋成那样了。

苏环球笑了，大小姐，我没事，陈三甲来的时候我都不在场。你该问的是郑家明。

刚吃了碗虾面，出了身汗，浑身通透舒服了。郑家明看了眼章慧，你怎么知道我们在这里？

陈三甲来闹事，球仔让人来告诉我了。才放课，我就急匆匆赶来。戏院的人说你们不在，我一猜到饭点了，你们可能就在这里解决肚子。

郑家明"哦"了一声，变得饶有兴致，你回厦门也不算太久，我好像从未告诉过你，我常来这家小吃店？

你不说，球仔会说呀。他提过一次，我记住了。章慧指了指头，我的记性很好。做什么事，都要用脑子。

这说明你观察很仔细，做老师有点亏了，倒是很适合做个其他工作……

做什么工作？我就是个小学老师，博爱小学副校长。章慧截住郑家明的话头，不想在关于自己的话题上继续深入下去。她问苏环球，这次陈三甲来闹事，比前次他带人上门收保护费，事情严重多了吧？

嗯，厉害多了。最让我们不服的是，我们只能眼睁睁看着他砸场。

真和陈三甲硬碰硬，反倒满足了他的目的。保护侨民啊。日本兵也许连夜就上岸了，把沈阳干过的事照做一次。郑家明自嘲，我算是为政府做了件好事，不让事态恶化。

挡得了一时，挡得了一世？章慧不由得皱起眉。眼下的局势，只会越来越紧张，国土上下，哪里还有一片安宁之地？

郑家明看着章慧，不由得一笑。心想，那忧国忧民的表情又来了。若是过去，他也许会宽慰几句，并认为此地之乱，与自己并无太切身关系。但经今日一事，他忽然有些感慨，只要生活在同一片天空，头顶同一个太阳，谁又能独善其身？他又有些想念南洋的好来。倘若在新加坡，虽是英国人殖民地所在，好歹不用遇上日本人吧？战争，那是遥远又遥远。

但他也明白，自己暂时是无法回去了。

苏环球先走，回公司处理些事。郑家明和章慧走在回戏院的路上，华灯渐次亮起，将他俩的身影拉得长又细。郑家明本想开玩笑，如果两个人抱在一起，影子是不是会变胖些？但话还没说出口，章慧忽然停下脚步，指了指前方。

喏，有人在等着你呢。

郑家明抬头一看，陈美站在戏院门口。她也看到了郑家明，正要走来，却又见着一旁的章慧，不免有些尴尬，犹豫是否要再往前。路旁一条流浪狗忽然叫起声，郑家明半开玩笑地说，柴门闻犬吠，风雪夜归人。章慧甩了甩头发，国文学得不好，就不要乱用古诗！

郑家明一愣，觉得她好像又剪短了头发。

戏院连着两天没有开门。章启智去戏院看过，也没有人陪，自己一个人去的。虽然收拾过，但有些毁坏的物件还没来得及搬出去，堆在前院子里。章启智看了摇头叹息。戏院里没其他人，就只有老吴在做些清点。他见着章启智，忙上前打招呼。章启智问说戏院里的人都去哪了？老吴说郑先生看戏院暂时没法恢复对外营业，所以就给大家放了假，有从乡下来的，不想继续留下来干的，他也给了路费盘缠。郑先生今天一早就出门去了，说是去找钱，想办法把戏院重新修好。

真是欺人太甚！章启智忍着一肚子的火，直到回了兴盛公司，当着孙和顺的面，这才重重拍了下桌子。不明不白被砸了，索赔也不得，还要受害的一方自己去想办法找钱维修，你说这是什么道理？

陈三甲向来如此，霸道惯了。老爷您也不是不知道。孙和顺给章启智沏了一杯茶。我们一直做正当生意，又加上老爷和政府、军队关系向来不错，所以我们和陈三甲之流没打过交道。但他欺行霸市的行径多了，我们之前只是未曾遇到过。但由上门要保护费，再到这次公然砸戏院，陈三甲做得毫无忌惮，好像也当我们兴盛公司是空气，这表明他得到了背后"老板"的绝对支持，他也是下定了狠心。

下了什么狠心？章启智不解。郑家明，他也不是什么大人物，有必要做到这个地步？

孙和顺也只得摇头。办公室传来敲门声，他起身去开门，前台职员递上一张名帖和请柬，并说是刚才一位叫钟和夫的先生送来的，他想邀请老爷和郑家明先生一聚。章启智示意孙和顺将请柬打开，上面写着：

> 章公启智、郑先生家明：
>
> 　　某略备薄酒，诚邀于明晚六时于八洲庵菜馆一聚，畅叙情谊，把酒言欢，以解近来纷扰。
> 　　钟和夫敬上。

以解近来纷扰？章启智忍不住笑了。

章启智让司机拐到开元路，接郑家明上车。郑家明修剪了胡子，也穿上正装，脸上有些严肃。章启智见了，微微一笑，见机行事，看看对方葫芦里卖的到底是什么药。

钟和夫把八洲庵整间都包了下来。他身材瘦削，脸上虽无几两肉，但却很精神，发蜡将头发服服帖帖地梳成大背头。陈三甲也在一旁，郑家明见了，马上露出不快。他直言说，钟先生如要谈，这个人一定不能在这里。钟和夫见了，笑着点头，他在这里喝点清酒，我原来以为不碍事，但既然郑先生不喜欢，那我就让他走好了。钟和夫朝陈三甲示意。陈三甲冷笑一声，经过郑家明时，还有意用肩膀顶撞了一下。

章启智把这些都看在眼里，心下明白，钟和夫刚一见面就精心演了一出"戏"给他和郑家明看。钟和夫让陈三甲在场，说明他并不介意别人知道他与陈三甲之间的关系，甚至菜馆没有其他人，唯有陈三甲陪着，以示两人关系之紧密。而另一方面，当郑家明表示厌恶陈三甲时，钟和夫让他离开他就离开，以此又说明，陈三甲完全就是听命于他钟和夫。

陈三甲那么个难对付的人，钟和夫竟能将其像吊傀儡一样轻松掌控，不是反衬着钟和夫之能耐？显然，持有同样看法的不单是章启智，郑家明也明白了。落座的时候，他俩不约而同地看了一眼。钟和夫让菜馆女服务生斟酒，手作日料师傅在娴熟地切着鱼生。他还安排了"舞子"表演。两名舞子不过十六七岁的年纪，在留声机传来的日文歌声中，跳着传统的日本舞蹈。钟和夫笑着问，两位先生可喜欢？厦门地理有些遥远，暂时无法请到京都的正宗艺伎表演，这两位是"舞子"，用的是你们中国人。她俩是我在上海时，特意去保济院选的，从十岁出头开始带着，一直培养到现在。我一直带在身边。

郑家明听到此言，对此人感到无比厌恶。保济院是收留孤儿的慈善机构，钟和夫去"挑选"，好像是把孤儿当作了商品。而他把两个孤儿从小就带在身边，及至养大，谁知道会做出什么龌龊无耻之事来？郑家明望着榻榻米上的那两位"舞子"，脸上涂着厚重的白粉，嘴唇一抹艳红，但双眼却是无光的。郑家明不忍再看下去。

两位都不喜欢看？好吧，好吧，那就让她俩下去。钟和夫敬了一杯酒，我这个人向来是从善如流。我的父亲是日本前进东北垦荒团的一员，我从小就出生在你们中国，后来做生意，这才日本、中国两地跑。从心底说，我是很喜欢你们中国的，地方大，人口也多，到处都是赚钱的机会。

是你们赚钱的机会多吧。章启智不冷不热地回了一句。

你们中国人有一句话，和气生财。我想大家只要和和气气，好好商量，都是有机会赚钱的。章先生，我在厦门开设大和会社时，就提出与贵公司合作。当时你们是拒绝的，但我想时机总会慢慢成熟，兴盛与我大和，必定能一起赚钱。

　　钟先生，不必绕圈子，章启智有些淡漠地说，你今天邀请我们，不就是要谈一谈陈三甲的企图？或者，换句话说，是你们一起的企图？

　　用"企图"一词太过难听，言重了，言重了。

　　那么就用"阴谋"？郑家明笑出了声。陈三甲从去年就开始了操作，逼走后街老店铺乡亲，上戏院收保护费，及后又闹出烧日货，打着抓人旗号公然砸戏院。哦，我忘了，最重要一条，你们日本人军舰也开来了。试问钟先生，今天要是不欢而散，你们的军舰是不是要对着我的戏院来一发炮弹？

　　郑先生的心情，我能理解。我自诩是了解中国人的……就像我的名字里有个"和"，大家都讲究一团和气。和气才能生财嘛。陈三甲和你之间的恩怨，我想大家应该做个了断。我呢，今天当个"和事佬"——陈三甲砸坏戏院的损失，我照单全赔给你，另外我再赔给你一年的承租金，你承租戏院到今也不过半年时间。

　　怎么是你赔我承租金？郑家明觉得不可思议，这和我租戏院有什么关系？

　　郑先生，事实不是很清楚了吗？钟和夫忽然笑出了声，油滑的声音听起来是那么刺耳。他转而面对章启智，章先生，你在生意场上多年，见的世面也多，有些事应该一点就破了吧？

　　章启智慢慢起身，盘腿坐久了，人就麻木了。他站在钟和夫身边，钟和夫没有抬头看，嘴角带着淡淡笑意，怡然自得喝着清酒。章启智叫了声"家明"，郑家明也站起身，跟着往门口走去。两人走到拉门处，钟和夫的声音从后面传来：

　　郑先生，你想一想，荣耀戏院还能经营下去？荣耀戏院老板宽水先生远在仰光，我们和他联系，他推说和你签了协议，又加上与章先生有旧情，不好半路毁约。我们做事向来是公道的，不会硬逼着你把戏院退了，还给你开了条件。但要是郑先生一意孤行，有什么后果，我们也无法预料。

第九章

　　家明，事情到这个地步，已经很清楚了。章启智这样说。

　　四月初，深夜的风吹来，仍带着凉意。郑家明穿着单衣，身子却不觉得凉。在八洲庵与钟和夫见面之后，又过了几日，事情愈来愈明朗。陈三甲也不再遮掩自己的目的，反而是大刺刺地对外公开宣扬：他逼走郑家明，让荣耀戏院停业，目的是要将戏院连同后街的一整片，推翻后建设新地。戏院老板金宽水答应，只要郑家明退租，就出让戏院的所有权。陈三甲自然没有那么大的资本购置新地，出资的是大和株式会社，也就是钟和夫。

　　看起来，我没得其他选择了，大家好像等着我"揭盅"。郑家明笑了，我在新加坡时下过赌档，玩过一种"押大小"的游戏。这个玩法是广东人带来的，赌档庄家摇盅，让大家猜里面的骰子是大是小，然后下注。我这一局，看来结果都是个"小"了。

　　黄玉郎在报社当记者，又和你算是关系不错，他所言大概不会假了。

　　郑家明点点头。玉郎听我说了那晚情况后，马上就去探听消息。陈三甲还是有点保留，新地最终要用来建什么，他没有说明。钟和夫自然也不会说。但玉郎通过在厦台湾人的关系，隐约得知，钟和夫要把这块地留给日本领事馆，做日本以后设置东南联络总部之用。

　　设置联络总部，这么荒唐的事竟然都会出现。我们这个国家还有什么前途？章启智竟然有些哽咽。接管厦门，接管闽南，进而接管整个东南？可悲，可叹，可恨！前前后后，钟和夫为此策划了多久？他自来厦门后，大概就在琢磨这个事。这也见得他真是不简单，一步一步，渐渐达到目的。日本人大概都是这个习性吧。我听说十数年前，就有所谓"田中奏折"之说，称日本早就有准备全面并吞中国计划。他们的每一步都是计划好的，而我们，实在有些被动。

被动……郑家明忽然笑了，章叔叔，是不是有句话叫作"人为刀俎，我为鱼肉"？我念华文课的时候，那个教书的先生说，要想不变成"鱼肉"，唯一的办法，就是把自己变成"刀俎"。

章启智看着他，不知道这个年轻的"南洋来客"，心底有何主意。

黄玉郎从《全闽日报》报馆走出来，递给郑家明一份报纸大样。就着昏暗的路灯，郑家明将大样看了一遍。他看完还给黄玉郎，明天真的就要出街了？黄玉郎听了觉得奇怪，这还用问吗？主编签了意见，大样都已经出来了，很快就下厂印刷了，都到这个地步了，报纸明天铁定是要上市的。

你就不担心，因为刊出这篇报道，日本人要来找你算账？

黄玉郎笑了笑，我还怕他们没反应呢。陈三甲要是找上报馆，那我就更有文章做了。

玉郎，你写的这篇报道把来龙去脉都说清楚了，社会各界自然会有自己的判断。他们日本人硬生生逼着我们走，栽赃嫁祸给我们，又把军舰开到港外，一再恐吓威胁，早已被大家痛恨。郑家明双手插在口袋里，靠在电线杆上，报道一出去，凡是有良知的人，必定会站出来抗议日本人的蛮横狡诈，到时候在全市上下的影响就大了。

我还怕影响不够呢。我们大家，不分行业，不分男女，不分彼此，若都能站出来，必定会引起社会上下震动。

只是，玉郎，我有个担心，这篇报道必然会引起日本人的极大不满。你这样做，就怕到头来影响了你。郑家明真诚地看着黄玉郎。

我做这条报道，总编夏志烈先生是答应的。他应承所有责任有他来担，社长那里他会顶着，如果社长要开除我，他说他也一并辞职。家明兄，你心里很清楚，日本人这样野蛮不讲道理，受苦的不光是你一个人、一家戏院，是全体中国人！

郑家明点了点头，再看了眼报纸，头版标题写着：

《日人颟顸乱市，谁是下一个"荣耀戏院"?》

《全闽日报》脱销，报馆不得不再一次加印。日本领事馆派人向市政当局抗议《全闽日报》报道失实，消息传回报馆，夏志烈当即写下社评，予以反击——如果报道中有失实之处，相关日人敢不敢站出来，面对全市人民进行解释？夏志烈早年供职于上海《申报》，笔锋辛辣，句句直抵要害。黄玉郎也相应刊出报道，因报道出街后，激起市民极大愤怒，码头工会率先罢工抗争，厦门港几近瘫痪。后续，将有其他协会团体投入抗争行列，在厦各类学生团体、小手工业者联合会、教育界联合会等等，都将挺身而出。黄玉郎最后写道：

"如日人以为国人好欺负，再以军舰巡游炮击为威胁，迫使国人低头吞下苦果，则完全低估国人坚强之决心。如事态继续发展，则不排除全市出现大罢工、大罢课，直至大罢市。事若至此，则责任完全在日方！"

大罢市？那厦门岂不是成了一座"死城"？章启智看完报道

后，忍不住摇了摇头。但除此之路，还有何法？民意沸腾，民意亦可用，但就怕民意过头，被不法分子利用，酿成城市暴乱，则最终损害的还是大家啊。国计民生，大家无非是想过好日子……

阿爸，我们已经没得选择了。如果国家强盛，外无敌人，内无恶斗，世上太平，那该有多好。可是，日本人这样做，是逼得我们做出这样的选择。不得已为之。章慧原本坐着的，说到此也站起了身。她再一次打量着阿爸的书房，而后又看了眼另一边坐着的郑家明。倘若真是大罢市，则民生也成了大问题。可日本军舰就在海上，政府不能提出抗议，那就只得由我们自发组织发动抗争了。

章叔叔，陈三甲、钟和夫，他们逼得我们这样做。郑家明也起身说，我们当然也知道，"一·二八"事变殷鉴不远，日本人借口侨民失踪，以保护侨民为借口，发动上海之战。我们也担心厦门此地，因抗争而引发日本军队登陆。但不这样做，无以表达我们的愤慨！而发动大家的力量，更有可能让日本人有所忌惮。况且，我们也及时将实情披露给在厦的外国领事，鼓浪屿上有欧美多国领事，他们已然知晓。玉郎还通过报社，扩大消息至北平、上海、广州等地，同时诉诸"国联"。

国联？不过是洋人互相包庇的组织罢了。关键时刻，他们能起多大作用？沈阳事变，南京政府指望国联调查调停，但结果还不是日本人说了算？章启智苦笑，但聊胜于无，此地事件，让更多人知道，声援的力量也许会更多。这样做也无不可。说到此，章启智忽然用手指敲了放在桌上的报纸，看着章慧，报道上说教育界也要有所表示，罢课罢学？你刚就任博爱小学副校长，学校的老师什么态度？你又是何态度？

私底下我和学校的老师交流过，他们认为此事件重大，任其发展必将损害自身。政府如无作为，老师们也愿意站出来。章慧又补充一句，刘云来校长对此事不置可否，校务会议时既不反对也不鼓励，只是要大家关注情势发展，注意安全。特别是要维护校园安全。

云来邀请你来就任，你不要让他太为难。章启智话点到为止，他相信女儿心里已明白。章慧已长大，她有自己的理念信仰，他身为父亲，虽不太能认同，特别是从安全角度着想，更是担心。但思想已扎根在一个人头脑里，很难改变。我有些累了，你们先走吧，我在书房再坐一坐。章启智抿了一口茶，忽然叫住了郑家明，事件真正肇始于荣耀戏院，全城戏院不下十间，如真发生大罢市，其他戏院该如何表示？就目前看，似乎未有其他戏院表态跟进抗争？

郑家明站在书房门口，心底明白章启智所指为何。

站在陈家别墅门口，郑家明忽然心生感慨，恍若隔世。不过是两年时间，但他却觉得已经过了一个世纪。或者说，两年前与今日，自己身处在两个不同世界。陈美和郑家瑛早早就站在门口迎候着。和陈锋约好的时间是上午，他也没给个具体时间，只推说公司有会，会后回到家里再说。郑家明收到这样的答复也不以为意，管他几点，只要他肯见就好了。

这多亏了你，陈美。如不是你做安排，恐怕我也见不到你大哥。

我哥哥也不是有着三头六臂的妖怪，见他好像是要登天一样。陈美笑了笑，他不过就是严肃些，平时板着个脸，对大家都是这样。

对你可不是这样，我的陈大小姐。郑家瑛挽住了陈美的胳膊，你说什么他几乎都是有求必应。只是二哥要见陈锋哥之事，确实让他头疼了。他一开始直推说不见的。也不知道你们之前发生过什么。

刚到厦门时与陈家发生的事，郑家明并未对郑家瑛细说。一来是觉得一件归一件，家瑛和自己不同，她既已和陈美做朋友，也就没必要知道过去发生的每件事；二来，郑家明也觉得这件事过去了。日子一久，人一忙，很多事情都会遗忘。不然呢？抱着过去不放？那怎么活下去？

陈美是知道详细过往的。她拉了拉家瑛的手，都过去的事了，不用再提。我们该关心的是当下。坐在别墅客厅里，用人给沏上了西湖龙井，陈美说这是大哥的浙江朋友送的，幽香清甘，值得回味。桌上还放了些点心果脯，橘红糕、千层雪片、蒜蓉花生、橄榄等，郑家明喜欢花生，剥了几颗，边吃边说，闽地的花生确实不错，特别是离厦门近的龙岩，那里的特产就是花生。

二哥，看来你对闽地的风俗世情已然很有了解。

做生意，难免多认识一些朋友。龙岩客商很早就来厦门开百货店，大同路一带很多百货店都是他们开的，一个带一个，都出来做百货生意。郑家明忽然想到了什么，这像极了先辈下南洋，也是从家乡出发，其中一个赚钱了，就回到家乡把家族里另一个带上。一个接一个，绵延不断。

当时下南洋，是在家乡找不到活路。去南洋，那也是九死一生，能活下来已是大幸。陈美不由得感叹。她虽没去过南洋，但从小生活的环境里，常听人提起下南洋的不易，所以能感同身受。

时钟敲响十下，随着钟声落下，郑家明见到了陈锋。原以为会耗上一段时间，没想到陈锋倒是出现得比预计的要早。陈美见陈锋来了，拉上郑家瑛先自离开，留下他俩在客厅。陈锋坐在郑家明的对面，腰板笔直，轻轻喝了一口茶。也不看郑家明，似乎沉浸在龙井的茶香中。郑家明笑了笑，递上了几份《全闽日报》，嘴里说着，这是我第二次来府上。无事不登三宝殿……

不用啰唆了，你今日来的目的，我心中自然清楚得很。陈锋截了郑家明的话，直视着他，报纸我有留意，市面上的情势我自然也晓得。照这情势发展，全市极有可能爆发大罢市，百业停摆，市面萧条，这些都能预见到。你们没想到这样的结果有多坏？

难道我们还有更好的选择？郑家明觉得大家都是明白人，有些话也不用说尽，点到即可。大罢工、大罢课、大罢市，几乎都是各行各业自发行为。你说我一个开戏院的，哪有那么大能量发动？

你不行，但你周围有一帮"好兄弟"帮你嘛。陈锋略带嘲讽地说，好兄弟个个都是能人，能量大着呢，大到要翻天了。

郑家明听得刺耳，觉得有些话已经讲不下去了。他起身，落落大方地拍了拍身上的灰尘，陈先生如无意，则我们谈话可就此结束。但我以为，华光戏院在你手上，而你在全市之影响又举足轻重，其他戏院皆看着你的作为。华光戏院不声援我们荣耀戏院，不上映电影，我们也能理解；但是，"唇亡齿寒"的道理，陈先生应该知晓。况且，陈先生也是个硬朗有骨气的人，断不会坐看陈三甲之流为非作歹吧？

告辞。郑家明拱手，作势离去。

陈锋一直低着的头抬了起来，瞄了郑家明一眼。戏院加入罢市的事，我会考虑。你身上还有件事，我想提醒你——家瑛一个姑娘家，远从南洋逃跑而来，你作为她二哥，该替她认真安排往后的路。近日有南洋的朋友来，提起一个人，郑家驹。他准备来厦门设办事处做生意，同时，还托人在找寻一个人的下落。

哦。郑家明心里说，终于有人要来找家瑛了。

大清早，郑家明就从开元路上的公寓楼前出发，一路往西步行。

连着好几天，他都无法好好睡觉，章慧见他的样子，嘲笑他眼袋肿得都快成老人家了。郑家明倒不以为意，甚至还开玩笑说，长夜漫漫，寤寐思服，辗转反侧。章慧自然知道他引用了《诗经》里的话，思念谁？思念哪个"窈窕淑女"？说话那么轻浮！章慧看起来有些愠怒，但郑家明却觉得有趣，"关关雎鸠，在河之洲"这样的话很美，章小姐不这样认为吗？章慧白了他一眼，我怎么认为，和你有何关系？

郑家明听了一笑，但笑过之后，自己内心却是清楚的。他之所以睡不着，是有着巨大压力。当看到市面上一间又一间店铺关门不营业时，他甚感惶恐。暂且不提日本人霸蛮威胁之说，从表面上看，所有肇始似乎都是由荣耀戏院而起，由自己的不屈服不退让而起。因自己，而使他人受到连累，这并不是郑家明所愿意见到的。和黄玉郎有过一次交谈，他开始还没明白，后来知道了郑家明内心的隐忧，连连摇头，我一开始做的报道标题怎么说的，谁是下一个"荣耀戏院"。大家罢工罢市，除了是对你的遭遇感到激愤之外，更大的原因，还在于联想到了这样的事也可能发生在自己身上，如果任由日本人胡作非为的话。郑家明回说，这些道理和逻辑，我都懂。但看到市面冷清下来，心里念着的，还是大家的活路怎么办？不工作，不开门做生意，赚不到钱，这日子怎么过得下去啊。

黄玉郎听了不说话，只是莞尔一笑。他看着郑家明，过了一阵才说，你这番话和我印象里的郑家明可不太一样。担心忧虑过头了，就是软弱。此外，此次全城大罢市，都是自发行为，没有人是被强迫的。郑家明点了点头，他心底自然是明白现时的境地。夏志烈还在报纸上连发社论，一再强调"罢市"背后是自发自愿，也绝不用道德绑架——并不是要求每个市民都必须如此，不能以是否参加"罢市"来评断此人是否具有爱国之情操。郑家明对此观点很是认同。

路上清净，郑家明一边走着，一边回想着这些过往。沿街店铺都闭着门，有些还贴着绿色标语：不屈从不服软不低头、不当没有骨气的中国人、无人愿做亡国奴。这些标语透露出蓬勃之气。街上飘来普通人家做早饭的味道，有人煎了荷包蛋。郑家明觉得肚子有些饿，要走上戏院那条路时，忽然拐到了另一条小道上，稍走了一段就摸到了老吴家。老吴家大门开着，厨房里飘出白米粥的香气，郑家明喊了一声，大大咧咧地坐在了饭桌前。

老吴，我是不客气了，早饭没吃，寻到你这里讨一碗粥喝。

郑先生说这话就太客气了，哪里是"讨"，你来我心里欢喜得很。但又担心我这里破破烂烂的，没什么好招待你。老吴在狭小的厨房里转着，摸东摸西。郑先生稍坐，我找些酱瓜，豆腐乳，还有，我去做个煎蛋。

好好好，简单些就行，我对吃向来不讲究。跟着我这些日子，想必你也知道。郑家明喝着老吴盛好的粥，连连说好吃。放下碗筷，郑家明又说，老吴，这段时间辛苦你了，戏院被损坏，重新修复让你跑前跑后盯着，多有劳累。

郑先生见外了，我对戏院是有感情的。倒是你既要维系和片商关系，想着法子先借款修好戏院，又要担心市面上的情势，劳心劳神得多。我反正"孤家寡人"一个，老伴早走，唯一的儿子做船员在南洋四处飘荡，我不动一动身体还长病。老吴淡淡一笑。倒是罢市到现在，有个说法了没有？这事情怎么解决？

几家报馆联合起来，拟了份声明，交给政府，以政府名义出面转递给日本领事馆。声明写了，务必让陈三甲之流不得再骚扰我们戏院，不得骚扰城内正常经营其他业者。必须赔偿荣耀戏院的损失，包括损毁物和停业损失。郑家明顿了顿，还提了两个要求，不得再寻机在城内设立东南联络总部，不得未经许可将军舰开进来。

后两个要求，怕是提了也白提，日本人无论怎样都不会同意吧。老吴苦笑了一下，我是大清末年出生，辛亥年间因为家里穷，早早就出来挣活路。原以为民国了，世道会不一样，但转过头一看，一切又都没变。西洋鬼子、东洋鬼子，一个都没有少；有钱照样吃香喝辣，没钱的还是十米九糠……郑先生，你看我这个人，话就是多，说过头了，不要往心里去。

郑家明笑了笑，递给老吴一根烟，两人抽了起来。除了后两样，前面的条件，日本领事馆代表算是同意了。他表态说会稍微约束在厦日本人的行为。你看他的话就很不老实，说"稍微"，那就是还有可能什么都不管；另一个，"在厦日本人"，他不明明白白说是陈三甲或是钟和夫，只是笼统说。这摆明了是包庇，又为他们自己开了个口，在厦日本人都是他们要保护的"侨民"，万一日后有事，他们照样会以保护侨民为借口，借机生事。

都说是"鬼子"，道理就在这里啊。老吴无奈叹气。

阎王专治大小鬼，鬼子也没什么好怕的。郑家明宽慰老吴，不用担心，以后的事以后再说。眼下，日本领事馆答应，陈三甲赔偿戏院的损失，将强占的后街店铺也退回给原主人。当然，这钱我看最后还是钟和夫出的，从头到尾，起心动念，都是他在背后使的坏。陈三甲不过是个"打手"。

日本人真答应了？不会反悔？

事情真闹大了，他们也担心。全城都罢市了，连过路船都没法靠岸，那些做生意的日本人也赚不到钱，自然也会有怨言。至于日本人的军舰，鼓浪屿上还有各国领事馆，日本人也得顾忌。若真是派军舰进港，那就是等于宣战了。

早晚都得打，不过是现在日本人还没做好准备。

老吴起身收拾碗筷，郑家明看着老吴的背影，厨房里光线不好，看起来背似乎有些驼了，郑家明心里别有一番滋味。忽然听老吴像是随口说起，郑先生，家瑛小姐真是爱电影呢。之前经常和陈家大小姐结伴来看影戏，后来戏院停业，没得影戏上映，她有时就去仓库，抽出那些旧的电影海报，一个人看了好久。

郑家明笑了，她呀，热爱着电影呢。

没想到，郑家驹来的时间比预想的要早。原来，郑家明打算安排家瑛过完端午再去上海，因陈美帮着联系了她在上海的二哥陈奇，看能否让家瑛进明星公司做事。前阵因"一·二八"，国军和日军在打仗，上海局势不稳。三月后签了停火协议，局势慢慢恢复。陈奇回信说，家瑛没有经验，不知哪个岗位合适。她喜欢演戏，莫若先在公司学习一段时间。端午过后，公司举办新一期的表演学习班，上午学知识，下午学表演，晚上排演。遇到周末还能在公司片厂跟片，现场观摩。郑家明说这样安排极好，但他也提醒家瑛，此去学习必然艰苦。毕竟家瑛从小生活优渥，诸事不愁，更不曾有人为难过她。郑家明半开玩笑说，你不像我，从小吃尽冷眼白眼青光眼，脸皮早就厚成砖块。虽说你是我们郑家大小姐，在片厂别人可不会那么顺着你，导演说骂就骂，我看电影杂志，新人在片厂，被吆喝来吆喝去，都是很正常的。这些，你可受得了？

郑家瑛眉眼一如惯常的傲冷，二哥，你不可小瞧我。

不小瞧你，我一直很肯定你。郑家明心中笑笑，家瑛可以说是新女性中的新女性了。得知郑家驹会提早到达厦门后，郑家瑛赶忙来找郑家明，让他帮忙安排最快的一艘船去上海。最好是现在，连夜走都行。她近乎要哭了，大哥要是把我抓住，无论如何是要将我带回南洋的……

别急，去上海的事一早就定了，只不过现在提前，不用慌张。慌慌张张，可不像平时的郑家瑛。郑家明一边宽慰家瑛，一边让老吴去找苏环球，让他查一查最快一班往上海的船。

陪着郑家瑛来的陈美也在一旁说，不用急，我二哥那里已经说好了，你现在去，也不会显得唐突。要是顺利的话，你第一天到上海，第二天就可以去公司找他。他自然会照应你。

章慧也拉住了郑家瑛的手，妹妹不用担心，之前家明说了你的事，我在上海也有些熟人。你到上海，下船之后就会有人来接你。我和你二哥都认识上海的一位"闻人"，他关系广，我们说一声，如有何问题，他都会帮忙。

章慧这天本来是到戏院和郑家明谈给学校孩子放专场动画电影之事。孩童年纪小，虽然还不理解外面世界的纷扰，但内心却是敏感的，不安的情绪总是会有。章慧就想到放场电影给他们看，排解一下内心的不良情绪，多增加一些欢乐的笑声。她在上海时看过大光明戏院上映《疯狂飞机》一片，是美国华特迪斯尼制作的动画片，深受大人小孩喜欢。于是就向郑家明提议，是否能通过代理商，引进此片。郑家明回说可以考虑，并到观影厅看环境，商量着一场安排多少孩子为宜。

郑家明接过章慧的话，对郑家瑛说，那位"闻人"叫傅家声，心中有忠义，请托他帮忙，我们是放心的。转而又问陈美，不是听说家驹六月底才来开设办事处？

也是中午时分才听到的消息。大哥中午在公司，接待了上午刚从香港来的一位朋友。因为认识郑家驹，那位朋友聊天的时候提起，前几日建源公司的老板黄达民请福建乡亲吃饭，两人吃饭时遇见。郑家驹说自己过几日就要回厦门，因为要开拓日本市场，经人介绍去会一个日本人；如果顺利，就马上开设办事处。时间虽然紧，但因为准备久了，也是信心十足。那位朋友听郑家驹一说，刚好和他回厦门的日期是同一天，只不过一个是上午到达，另一个是傍晚。大哥听到那位朋友这么说，待送他走了之后，就往家里挂了电话，告诉家瑛。

陈美嘴里说的是与郑家瑛有关的事，眼睛却没离开过郑家明。章慧在一旁瞧见了，心里不知为何有些波动，脸上却不表露。她自己也觉得不可理喻，生出那些波动是为了什么呢？

家驹早来，那么家瑛就得早走。既然已经定了要去大上海闯世界，实现大明星梦想，那么早走晚走都是一个样。郑家明故意说得轻松，我们也是早有准备，不是临时抱佛脚。走吧，你和陈美先回去，把该收拾的东西都收拾好了，待我这里有了球仔的消息，就和你们联系。

苏环球后来赶到戏院，告诉郑家明各大轮船公司的客票都没有了，但刚巧傍晚太古有艘货轮去上海。这是载了建源公司的砂糖而去，自上海战事爆发停运后，这是复航的第一趟。苏环球问说，家瑛小姐坐这班货轮去合适吗？郑家明想了想，一般货轮坐着不舒服，又加上船上是男人的世界，女孩子坐这种货轮自然是不合适。但太古这趟船他是熟悉的，专门跑建源公司的砂糖，从船长到船员都认识。郑家明说，请船上的人多帮忙、照顾一下家瑛，目前也只有这个办法了。

定下之后，苏环球马上跑去太古找船长说情。这时章慧提醒说，郑家驹是傍晚到，太古货轮也是傍晚出发，家瑛若是在码头与他遇着就不好办了。郑家明点头认为章慧说得有道理，于是又给陈美家里挂了电话，让家瑛收拾好东西就立马到码头汇合，先上船，不能等到傍晚。

约莫四点钟光景，众人都在码头上汇合了。苏环球说已经和船长说好了，一路上会好好照顾郑小姐。郑家明笑了笑，小妹不用担心，出外靠朋友，你这一路去是朋友遍天下，这么多人帮你，你就广结善缘，多交朋友。你看你，怎么眼睛还湿了？这不过是暂别，又不是再也不能相见。送君千里，终须一别，你上船吧。

郑家瑛终是没忍住，和陈美拥抱时，眼泪无声无息掉落下来，轻声说，谢谢你。陈美也动了感情，眼眸湿润。郑家瑛上了轮船甲板，向岸上挥手，郑家明望着她，脸上忽然浮现了无比舒畅的微笑。

从码头出来，大家各自离去。郑家明先回了戏院，待夜深了，才拖着有些疲乏的身体回到公寓。才到公寓楼下，就听见有人喊他的名字，他不用回头也知道，这个人是谁。

你怎么住在这种房子里？郑家驹毫不掩饰地表达了他的厌恶。

我怎么会不疼爱唯一的妹妹呢？郑家驹一次又一次地在心里反问自己。但这样的话，他从不对外人说。郑家瑛离家出走，外人有意无意提起，似乎都想问他，怎么会弄得自己的妹妹要出走？当她孤身一人走了后，作为亲哥哥也不去找回来？每当这个时候，郑家驹总是很想反问，但他都忍了下来。一来，争辩反而于事无补；二来，他心里还是有些气的。她怎么能不辞而别呢？连他也不打一声招呼。她纵使有再多不满，也不能忤逆阿爸，也不能落到与整个家族为敌呀。

郑家瑛是他的亲妹妹，在他的认知里，也是唯一有血缘连接的关系。郑家明不算，郑家驹从来就没把他放在眼里，他无论如何都无法生出对他的认可，更不要说那种亲人间的感觉。从小到大，他作为兄长，凡是自己能做到的，他总是满足妹妹的要求。但有个前提条件是，阿爸不反对。

郑家瑛哀求过好几次，郑家驹看见她眼含的泪水，心底何其不舍。但他能做什么？什么也做不了，只能转过身去，默默闭上双眼。阿爸好不容易搭上了与殖民地局总督的关系，并且已经答应了要家瑛嫁给总督的亲戚。所有人都知道，成婚只是个名义，背后是要通过联姻，有利于郑家的钢材生意。钢材进出口，获利巨大，但投资风险也很大，这笔生意必须做成。郑家驹本想宽慰家瑛，说就当是昭君出塞，家里养你这么大，也该为家里付出一些。但后来一想，这话也太过冰冷和虚伪，好似家瑛就是个物品，可以在市场上交换；再说，昭君出的是塞外，天寒地冻，孤身一人，不知忍受了多少苦楚。而家瑛嫁给那个已经结过一次婚的英国人，往后的日子会遭遇什么，谁都无法去想象。

郑家驹只能选择沉默，他不能违逆阿爸的意思。钢材生意做成了，日本进口量巨大，钱就会源源不断。但他又不能面对郑家瑛，无法面对她直视的目光，于是只能躲起来，像个缩头乌龟一样，借口跑生意去了印尼爪哇，以为时间拖久了，家瑛自然会接受这个现实，所有的怨恨、愤怒都会消弭。他跑到爪哇，那里有他喜爱的情人，马来人、印尼人、华人、英国人四种血统，造就了那个风情万种的尤物。他在她的身体里寻找暂时得以休息的港湾，在床上，他表现得异常勇猛。激情过后，他把头埋在她饱满隆起的双峰里。她问他，驹，你这是怎么了？郑家驹咬了一口她的乳头，她尖叫一声。郑家驹就笑了笑，笑过之后，他自己都无法确定，这笑是真还是假。

当得知郑家瑛离家出走的消息后，郑家驹的嘴角竟然动了动，好像是带着笑意。是为家瑛可以解脱枷锁，不用履行婚约而高兴吗？但旋即他又打掉了这个想法。他知道麻烦和棘手的事会接续而来。怎么向英国人解释"悔婚"？怎么和总督交代？最关键的，钢材生意肯定是没法做下去了。英国人不卖钢材，郑家驹拿什么去和日本人做出口？钢材出口，实际上本来就可以由英国人直接卖给日本人，只不过是因为有了所谓"联姻"，郑家驹插上一脚，分得一杯羹，赚些贸易差价。

郑堂春对郑家瑛的出走，大为光火。他觉得颜面尽失，作为一家之长，没有管好自己的女儿。家瑛的阿妈苦求郑堂春，要紧的是先把家瑛找回来。但郑堂春反而责骂，就是平时太宠惯，所以让这个女儿无法无天。家瑛阿妈只好暗自垂泪，家驹回到家，一边安慰说家瑛不会有事，一边派人去四处打听，看看她去了哪里。得知家瑛买船票去了厦门的消息，郑家驹心中就明白了三四分，家瑛谁都不认识，只有投靠远在厦门的郑家明。他稍微宽了心，对阿妈说家瑛去找家明，至少是有个照应。但阿妈还是担心得紧，说厦门那里也没有回个信，不知道家瑛好不好。郑家驹就说，定是妹妹不让和家里联系的，所以郑家明也就没有来信来电。但郑家驹心里也清楚，家明阿爸过世前后，郑家明受尽了冷遇，他也许早已不想和南洋的家有何联系了吧。

现在不急着找家瑛。就算找着了，她愿意回来？人是回来了，但心不在这里呀。而且妹妹的脾性，我是知道的，不能强迫着她做不乐意的事。我找她回来，她和阿爸，不知又要闹多少矛盾。郑家驹这样对阿妈说。他也只能暂时这样说，这样做。他一面要为家瑛操心，一面又要应付阿爸。和总督这条线看起来是彻底断了，但钢材生意必须要做下去。于是，郑家驹就在南洋四处找人，找好新的钢铁厂。同时，又要和日本人搞好关系，确保钢材能顺利卖出去。

最后，郑家驹寻到了一位在马来亚彭亨州关丹投资生产的侨商。这位侨商有一座中等规模的钢材厂，郑家驹一盘算，干脆自己也入股，共同扩大钢材厂。关丹有深水港，生产出来的钢材适宜大吨位的货轮运输。郑家驹一边忙着钢铁生产，一边又维系着和日本人的往来。日本人对钢材的需求，好似个永远不知肚子饿的壮汉，尽管往肚子里填就是了。当郑家驹当作开玩笑的话，和郑堂春提起时，郑堂春露出了久违的笑意。郑堂春说，钢材出货速度要快，但也要保证质量，我们是做长久生意。郑家驹说，这个自然是明白的。日后要是更稳定些了，我们也想效仿陈嘉庚做法，从厂里铺设一条简便铁轨直接到码头。这样出货速度更快，还节省人力费用。

郑家驹心里一直有着蓬勃的"野心"，他立志要让家族事业在自己手里壮大。那么多华侨下南洋打拼，事业有成者，不少像是流星一闪，兴起快，落得也快。而他自己发愿，郑家定要成为南洋首屈一指的家族。为此，就是要一心一意坚持做生意，扩大，再扩大。他只谈生意，对其他事物不放在心里。对陈嘉庚回中国耗尽家财办学，他不以为然。而对本地侨社活动，更是不热心，至多捐些钱帮扶困难同乡，但涉及捐钱以支持中国抗日，他是绝不会参与的。更遑论如陈嘉庚等特别发起募款侨团投身于抗日之中。

你们不捐钱捐物也就算了，这下还和日本人做生意，家驹，你摸摸自己良心，还在不在？郑光元拖着老迈的身子，走进里屋。他听闻同乡会正在组织募款，支援国军在上海作战，于是一大早就出门去了同乡会。他捐了些钱，坐下来喝杯茶，却听见同乡会理事长隐晦地说，你们郑家好像在做日本人的生意，转卖钢材给日本。这样做，似乎不太好吧。郑光元一时还不明白，就追问是怎么回事，他才恍然大悟。

日本人自己国内制钢水平就很高，现时还要那么多钢材干什么？有人就告诉我，那是他们在囤积，是要造更多的枪炮军舰！郑光元举起拐杖，指着郑堂春和郑家驹，你们这是要坏了良心啊！

郑家驹急忙起身，给郑光元搬来一张椅子让他坐，但他一把推开。郑堂春也起身，慢慢走到郑光元跟前，我们做生意的，只问能不能赚钱，这是首义。发财的机会在哪里，我们自然往哪里去。我们只是卖钢材，枪炮坦克舰艇，那是日本人自己的本事，他们自己在造，我们既没这个本事，也不能帮着造。再说了，现在多少人在做这个生意？今日我们不做，自然还有其他人争着做。

你们这样做，就是帮凶，就是从犯！你和堂秋比一比，你差了他多少？

你少在我面前提起这个人！郑堂春忽然拉下脸，郑堂秋决定回厦门那年，家里公司已经是负债累累，你让我接手一个烂摊子，我忍气吞声，足足花了三年时间才把债务全部还清。到现在，我们郑家生意越做越大，这里的功劳是谁的？他郑堂秋会做什么？放放电影，发发白日梦？我们现在已经安家在南洋，这里才是我们的家！中国被日本人打，被英国人打，被美国人打，和我们有何关系？

郑光元一屁股坐在了椅子上，胸口剧烈地起伏。郑家驹知道他又是心痛了，于是喊来女仆赶紧去拿救心丸。郑堂春冷冷看了眼，转身离开。喂郑光元吃过救心丸之后，郑家驹又让女仆端来一杯温开水。郑光元慢慢喝着水，身子有了些平复。他抬头看着郑家驹，似乎在问他，你也是这样昧着良心吗？郑家驹略过头，嘴里只说，阿公您年纪大了，身体也不好，生气伤身。家里的事，您就不用管了……眼不见，心不烦吧。

哎。郑光元长叹一声，我真是老了，不中用了。家驹，无论如何，你要记住，我们是从中国来，那里是我们的根脉啊。

郑家驹不置可否，并没有点头。他自小受郑堂春的教育，也信奉"商人无国界"，他抱定自己不亲手杀人放火即可，余者不管。

由得你，由得你了。郑光元知道自己现在基本是个废人，无力再做些什么。祖孙两人沉默了片刻，郑光元才说，听你阿妈提起，说你要回厦门。这样也好，小妹走了那么久，也该去找找了。家明那里，已经两年多未见了，你要是可以，也帮他一把手。他，也不容易。

郑家驹一下子不知该如何回应。

第十章

随他去了，他怎么想怎么说，我哪里管得了？他要厌烦就厌烦，要恨就恨好了，他就从未对我有好脸色。郑家明不以为然地对章慧说。

过去在南洋是一回事，但现在都在厦门，恐怕又是另一回事。他自设立办事处起，到现在也快一年了。这一年里，他虽不久待在厦门，上海、台湾、香港、南洋四处跑，但此地的办事处他也是下了一番心血。这一年里，但凡我们有见到、听到的，都是有关他与钟和夫来往密切。生意做得顺，听说郑家驹还要专门成立贸易公司呢。

这些我都知道，不如你讲些重点的吧。郑家明靠在施施百货公司电梯口，笑着说。章启智过几日就是五十大寿，大家提议做个寿热闹热闹，但他坚决不要。他说自己本来就不喜热闹的场面，再来现时国家社会艰困，他个人做寿摆宴有什么意义。郑家明就开玩笑对章慧说，你阿爸忧国忧民，大概可以和古代圣贤相媲美了。章慧白了他一眼，他自有自己的坚持，这有何不可？郑家明想了想说，不做寿，送个礼表示下心意可以吧？章慧也赞同，于是两人选了个闲暇的周日，一起去挑选送给章启智的生辰礼物。

章慧扫了一眼柜台。厦门究竟是比不得上海，挑个礼物送给阿爸也有点困难，他好像什么也不缺呢。四楼有男鞋专柜，待会儿上去看看，是否有小牛皮革做的，挑一双好的送给阿爸。对了，你究竟想好送什么了吗？

你送皮鞋，我来付款。就当是我们一起送的。

真不要脸，谁跟你是"我们"。章慧脸微红，碎骂了一句。

郑家明笑了笑，电梯到了之后，他贴心地拉开铁门，让章慧先进。他与章慧之间的关系，如一条静静的河流，表面看上去没有什么波澜，但在河面下却早已蠢蠢欲动。他们俩彼此应该都清楚，也都能感受到那种异样的目光，但大家又很克制。他俩都分外清楚，现时，他们都不能，也无法冲破这层情感。

进到电梯里，没有外人，章慧这才说，刚才担心人多嘴杂，所以我不便说。你提到"讲些重点"，我担心的是郑家驹和钟和夫他们走得近，日后你不免也受到牵连。我们和钟和夫、陈三甲之间的事，虽然已过去年余，但以他们的做派，必定是怀恨在心，尤其陈三甲，必定会再找机会对付我们。他现时和郑家驹走得近，难保他不会借家驹的手，来对付你……

章慧话音才落，电梯也刚好到了。郑家明迟疑了几秒，才拉开铁门。他笑了一声，不是有句话么，木秀于林，风必摧之。像我这样优秀的青年贤达，他们看不顺眼那是自然。我没什么可担心的，因为我不是一个人在往前走，我还有你们支持。

郑家明说完这句，手很自然地搭在章慧肩膀上。章慧肩上一抖，本想说些什么，但最后还是选择了不说话。两人仿佛达成默契，都不言语，徐徐往前走着。走到皮鞋专柜前，他们停下脚步。郑家明俯腰看着透明玻璃框内的皮鞋。章慧忽然觉得有人在看着自己，她一转头，一个形似陈锋的男子一晃而过。她再细看，已经没了影子。

难道是自己的错觉？章慧摇了摇头。

和建源公司签订的两年砂糖代理权已经到期了。为了续签，到期日前两个月，章启智就让公司方面和建源公司联系，为商定续签条件谈一谈。但建源公司一直说不急，还回复说老板黄达民忙着在南洋四处奔波，无暇顾及。在公司召开的砂糖经营会上，孙和顺详细说了这两年来砂糖获利情况，虽从报表上看总收入不错，但实际损耗也颇多，各类费用成本不低。再加之遇上"一·二八"上海之战，停运多月，其中损失更是不少。孙和顺说本来想着续签协议的时候，向建源公司提议能否将货款一月一结，改为季度一结，以利于公司现金流顺畅。但没想到非但没谈成，连想约黄达民见面都不成。

章启智听了孙和顺的话，隐约有些担心。他本决定亲自前往香港一趟，见一见黄达民。但没想到却等来了建源公司的一纸解约函。章启智大为惊诧，事前毫无征兆，如何说解约就解约？他还是想再去一趟香港，无论如何要找到黄达民，问个说法。但临出发前，章启智却不慎在"淑芬别墅"摔倒，小腿骨折。所以，最后只得由郑家明代为前往，苏环球也陪着同去。

因了父亲行动不便，章慧不在学校时便前往鼓浪屿，回到家中照顾。连日阴雨，章启智因不能行走，所以常常坐在门廊外，看雨水顺着屋檐滚落。章慧看着父亲，觉得他的身影越发苍老，心中涌上难以言说的复杂情绪。为了给章启智解闷，章慧就说些学校孩童的趣事，又拿来了许多报纸，挑些他感兴趣的报道，一字一句念给他听。

　　南京专电，自前年"九一八"战事爆发以来，日军仍不断向关内挺进。国军奋力抵抗，终仍不抵日军强悍进攻。政府有意协停战事，当局决定由国民政府军事委员会北平分会代理委员长何应钦委任全权代表陆军中将熊斌，与日军关东军副参谋长冈村宁次于塘沽签署停战协定。协议签订初商定于六月一日……

　　章慧没有把报道念完就将报纸放下。章启智沉默不语，章慧只得继续说，所谓停战协议，大概又是如同大清王朝一般吧，要对日本人让步。

　　能有什么办法？这近百年以来，我们敌不过外强，不都是这个结局？若是塘沽协议签订，那东三省一带看来终难保，必定落入日本人势力范围啊。

　　现在中国面临最大的危险就是日本。我四万万同胞，终有一日要成为日本人刀俎上的鱼肉。南京政府抗日不彻底坚决，又不信任其他国内政治势力，特别是对共产党不信任。国难当头之际，理应联合大家共同抵御外敌才是啊！

　　听了章慧的话，章启智苦笑了一声，现在哪里是不信任共产党的问题，政府内部互相都不信任。上海之战，十九路军顽强抗敌，但事后还不是遭到整肃并调入福建，总指挥蒋光鼐调任福建省主席，军长蔡廷锴任绥靖公署主任，蒋介石对党内自己人都不信任，何况是党外？说到这里，章启智偏过头，看了眼章慧，你私下进行的活动要小心了，现阶段政府虽未必再次发动清党运动，但共产党始终是政府的"眼中钉"。听闻鼓浪屿近来有共产党活动？你不要以为鼓浪屿上有各国领事馆，政府不敢上来抓人。前年，在你未回厦门之前，中共省委机关就遭国民党军警突袭，抓走了不少共产党。

　　阿爸，我自然会有分寸。章慧犹豫着是否继续说下去。组织安排她回厦门，主要目的在于以学校为依托联络各方，特别是教育界。同时做好长期潜伏，并未直接参与机关党务。但这些，只有她自己清楚，哪能与外说？

　　章启智见女儿欲言又止的样子，也没有再交谈的欲望，于是要章慧扶他进屋。刚要起身，就见孙和顺撑了把黑伞匆匆而来。原来是陈广利、陈锋父子来造访，两人已经在门口等着了。章启智颇为意外，和陈家交集素来甚少，如今天这样不打招呼登门拜访，更是从未有过。难道他们有什么重要的事？

请他们进来吧。章启智看了眼章慧，微微一笑，怕不是什么好事吧。

片刻后，陈广利、陈锋父子俩走了进来。远远地，陈广利就拱手示意，唇上的两撇浓黑胡子分外显眼。走到门廊外，陈锋将一大件礼盒放了小方桌上。陈广利落座后，拍了拍礼盒，听闻启智兄伤了腿脚，我心里一直挂念着。正好有关外的朋友来看我，带了些参茸补品，我想这些东西吃了可活血，于是就带来看望。启智兄伤的是哪只脚？左脚？哦，看这样子，应不会有大碍，再歇息歇息，很快就好了。

谢谢广利兄关心。天下着雨，广利兄不辞辛苦而来，劳烦了劳烦了。

章启智淡淡一笑，转过头让孙和顺将礼盒带了下去。孙和顺又让用人端来了两杯新茶，接着就退了出去。章启智请陈广利和陈锋品茶，两人端起茶抿了一口，连说好茶。雨仍下个不停，落在门廊外石阶上，发出清脆的响声。章慧见了此景，忽然心里发笑，现在不是好生尴尬？

广利兄，有什么话不妨直说。我们认识多年了，互相间也知道彼此脾性，这里也没外人，不用遮掩着。

陈广利笑了笑，端起茶杯又喝了一口，捋了捋两撇胡子。启智兄是明白人，我陈广利也不喜欢躲躲藏藏，我就把话明说了。不知启智兄近来是否有关心时事？南京政府已经着手要让何应钦与日本人签协议。南京政府自有他的考虑，敌强我弱也是事实，但此举必定会惹怒政府中的抵抗派。消息传出，我就已得知蒋光鼐、蔡廷锴将军大为不满。他们十九路军去年还在上海苦战日军，后来被撤退到我省，现如今又听说要签所谓"和平协议"。两位将军主政福建，必定会有所动作……

陈锋接着陈广利的话说，蒋、蔡两位将军想要寻求省内支持。阿爸向来与两位将军交好，同时心底也是认同抗日的。如将军需要钱粮支持，阿爸定会协助。

广利兄，你们太看得起我了吧。章启智淡淡回应，我章某始终抱持的是"实业救国"，与政府来往不多，与当权者更无私交。捐钱抗日我会赞成，至于省府要做何对抗中央的事，我哪有能力插手？

不用启智兄费心费神。我是受蒋、蔡两位将军之托，与信得过的社会贤达私下沟通，如省府有举动，烦请提供支持。

支持，这个范围就很广。出钱出力是一回事，不起来反对也算是支持。章启智心里明白了。他笑了笑说，这是要求我们这类"良民"不出头反对就是。这是小事，还劳烦广利兄亲自上门，这个担不起。

陈广利也跟着笑了，见章启智要送客了，于是也就起身。你我若说有共同的敌人，那就只能是外敌。其余，我看都是家里关起门的"风波"，是小事吧。

小事？章慧也起身，准备送客。"家里"意见统一，才能一致对外吧。

陈广利看了章慧一眼，没作声，向章启智拱手致意后离去。章慧送两位客人到了门口，岛上不通汽车，黄包车已经备好了。陈广利上了前面一辆，陈锋才抬脚，又缩了回来。他高过章慧一个头，微微低头说，建源公司的代理权一事，不再和你们续约，这和我们无关。我们无心再涉足此事。前几日见到了你和郑家明在一起，听说他去了香港找人？那没有用的。他又稍微想了想，而后才说，代理权最后将落在郑家驹手里。而他背后是谁支持，我想不用说，你也知道了吧。

陈锋说完就走了。章慧看着两辆黄包车消失在雨帘中，心中忽然一跳，不是为着什么砂糖代理权而心焦，而是想到了郑家明。

不知他如何了？

　　当在香港德隆大厦前见到黄达民的代表时，郑家明心里就已经明白了，此去是"落花有意，流水无情"，挽回不了什么。这个结果其实自厦门启航时就已预见到，但郑家明自认还能延续当初的运气，争取见到黄达民，动之以情，晓之以理，大概能挽回他的心意，保留砂糖的代理权。但很可惜，几次三番约见都推说忙于公务，最后一次实在拗不过，只得派了这位代表出来见面。

　　那位代表说得很明确，砂糖代理权不能再续签了。苏环球在一旁着急了，还没待郑家明开口，就追问为什么。代表干笑了两声，郑先生，得好好管管你的手下，这么不懂规矩，主人不说话，底下的人却抢着说。郑家明回说，他是我的兄弟，跟我一起做事，不是我的手下。代表"哼"了一声，转身要走，郑家明抢前一步拉住他，晚上小弟在石塘咀畅仙阁设宴，感谢代表长久以来支持，还请代表赏脸一聚。

　　石塘咀是香港有名的风月场所聚集之地，鼎盛时期约莫上百间戏院。香港第一间戏院太平戏院也坐落在此地。经过太平戏院时，郑家明还驻足看了下。苏环球问起，是不是想到了荣耀戏院？郑家明点点头，戏院经陈三甲他们闹过几次后，这一年来经营不温不火，他虽然没再来闹事，但说不准什么时候就神经错乱又来闹。老百姓看戏呢，也是求个安静，之前的事都有影响，这阴影很难消除。苏环球点点头，又叹了一声，近来你的"好"堂兄又和钟和夫、陈三甲走得近，难保不出什么事来。我看这次，建源公司不和我们续签代理权，八成是和他有关。

　　郑家明约莫也猜到，而实情也果真如此。在畅仙阁的如玉包间里，酒酣耳热时，黄达民的代表搂着郑家明说，兄弟啊，我看你上下九流都吃得开，佩服你，敬你是个好英雄，我就说实话——砂糖代理确实是个好营生，你想要，你的那位堂兄弟郑家驹也想要。他生意场上行走多年，在香港时也经常和我往来，我们也熟悉。他想代理权，黄老板一开始是不同意的，但后来没办法，只得答应了。为什么？一是因为他有钱啊，代理费用提得比你高三成。钱当然不是主因，我们黄老板也不缺那点钱，他一直对你这个小兄弟赞誉有加。主要原因是什么？是这个郑家驹拉来了日本人，公司其他贸易，走台湾线、日本线，甚至走南美的，日本人的舰队在海上，你说我们要不要担心？

没办法，谁叫我们中国不强？

我们？中国？郑家明琢磨着这位代表醉倒前说的最后一句话，心好似被一把刀刮过。

回到厦门，郑家明将情况告诉了章启智。对这一结果，大家心中其实都有了准备。章启智也只能无奈摇头，砂糖代理，这事强求不来；少了这块营生，后续的处理工作仍要做，在上海租的货仓，和太古公司谈的航线都要重做安排。和顺、球仔，你们辛苦一下，把这些都处理妥当吧。家明，公司的事你也一直费心劳神，自己戏院的生意反倒耽误了。接下去还是专心做好戏院吧，公司的事慢慢再想办法。郑家明本想说些什么宽慰的话，但话到嘴边又打住了。

出了兴盛公司，章慧拉住郑家明，简略告诉了他有关陈广利、陈锋父子登门拜访一事。郑家明听了，说此事非同小可，蒋、蔡两位将军究竟要做什么？章慧压低了声音，对抗南京政府，宣布福建独立，成立共和国。郑家明听后一惊，能这么顺利吗？十九路军在闽，但福建周边可都是国军呀。章慧也只能摇头，局势如何发展，谁也不清楚。这是无法预见之事。郑家明忽然问，那么，对此事，共产党方面什么意见？章慧坚定地回说，我们从来是只要有利抗敌，有利中华民族的事，都支持。

郑家明看着章慧，嘴角又流露出了惯常的笑意。你说得太严肃了，而且你这不就暴露了自己"身份"？不怕我告密？章慧白了他一眼，不想理你这个油嘴滑舌的家伙。章慧自顾往前走，郑家明赶忙又追上了，对了，我不在的这段日子，有什么好玩的事没？

有，陈美过生日，要办大 party，邀请我们都参加。章慧回过身，这个事不是正合你心意？

郑家明好似听出了章慧话里别的味道，想要再琢磨一下，却发现她已经自顾往前走了。郑家明无奈地摇头，心想女人的心思真是不好猜，有时看她面上欢喜实则心里气愤，有时不言语但实际上言外之意甚多。这层体会到了陈美生日聚会那天又更加深了。陈美生日聚会是在新世界举办的，陈锋大手笔包下了三楼舞厅，邀请了众多客人参加。聚会上似乎陈锋的朋友更多，反倒是陈美自己认识的较少。而真正算得上好朋友的，大概也就是郑家明他们几位了。

今晚真是"高朋满座"，大概把大半个城里的先生小姐都邀请来了吧？黄玉郎说着话，举起相机还拍了一张。明天的报纸可有的写了。

你可不能把这事登报纸上。陈美抓住了黄玉郎的胳膊，你要真这么做了，我就不当你是朋友了。

黄玉郎扶正了眼镜，也不说话，只是微笑着看陈美。郑家明笑出了声，陈小姐，玉郎这是和你开玩笑呢。他这是头次看见那么大场面的生日聚会，拍照做留念。哎，玉郎，好像你家里洗了不少照片，都是拍的陈美。今天陈美生日，你其实应该做个相册集送给人家的嘛。哎哟，你还真做了啊。

只见黄玉郎从挎包里拿出一本墨绿封面的相册集，端端正正地摆在陈美面前。

陈美看着相册，反倒有些不知所措，接来也不是，不接也不是。章慧在一旁"扑哧"一声，打趣黄玉郎，看你一副读书人的样子，小心思倒挺多呀，这礼物送到陈美心里去了。章慧边说边翻开相册，里面照片都是以陈美为主角，有专门为她拍摄的，也有一群人聚会游玩时，黄玉郎抓拍的。

玉郎，你对我就没这么认真仔细了。郑家明一本正经说，如果我是女人，收到这相册，定会喜欢得不得了。

收下吧，收下吧，我替你收下了。章慧收好相册，交给舞厅里专门负责收礼物的侍应。黄玉郎看着有些不好意思的陈美，章慧碰了下她的手肘，还不谢谢人家。陈美只好回应，谢谢你，玉郎。章慧笑着拉起陈美的手，这礼物可比我们送的什么小坤包好多了，郑家明，你说是不是？郑家明猛听到章慧点他的名，只好傻笑点头。他尴尬笑着，忽然余光见到陈锋似乎在招手。他正心想，该不会是叫我吧。陈锋倒走了过来，对陈美说，我有些客人，想见见今晚的主角，你跟我过来一下。陈美只得"哦"了一声，有些不愿离开。陈锋又对章慧说，章校长，那几位客人是南洋来的侨商，有意捐资助学，你也跟着一起来？陈美听了这话顿时放松了许多，赶紧牵着章慧的手一起走。

郑家明看着陈锋他们在舞厅前头和客人们寒暄，想到晚上章慧和陈美之间亲密的模样，忍不住发起感慨，女人的心思真是难懂，也不知哪是真，哪是假。

他转回头，瞥见黄玉郎有些心不在焉，坐在卡座里，举着酒杯却不喝。酒杯里是威士忌，郑家明往他杯子里投了一块冰，他这才被惊醒。

喝威士忌不加冰，口感就稍微弱了些，不顺滑。你今天这是怎么了？好像总有心事的样子。我前段时间帮着忙兴盛公司的事，和你联系少了，也不知你近况如何。

黄玉郎一仰脖子，把杯子里的威士忌喝光。家明，我问你，你诚诚实实地回答我一个问题，究竟我和陈美之间，有没有可能？

　　这个问题有些突然，虽然郑家明知道黄玉郎一直对陈美有意思，只差没有挑破这层关系。但听黄玉郎的口气，好像是受了什么挫折。他端正了身子，玉郎，你该不会是已经向陈美表白了吧？

　　黄玉郎摇头，没有直白地说出口。但随即又说，都已经如此明显了，她还不懂吗？时间过得很快，这一年来，我围着她身边转得次数还少？但她好像总是对我像一般朋友，我有时忍不住想说些"过头"的话，她立马就转了话头。家明，你知道这是什么原因吗？有人跟我说了原因啦——一个是千金大小姐，家里富甲一方；而你黄玉郎呢？不过是个从台湾远道而来，家无父母依靠，一介穷酸记者。

　　郑家明听了颇为惊讶。黄玉郎今天怎么了？从认识第一天开始，家明总觉得玉郎虽然年轻，但身上颇有风骨。像是夫子曾说过的颜回，一箪食，一瓢饮，居陋巷，不改其志。怎么如今却这样气短？那个和他说起所谓"原因"的人又是谁？看似说出实情，实质却要磨去黄玉郎的信心。

　　郑家明原想鼓励几句，黄玉郎却似乎并不想继续说下去，也不愿说出那个人是谁。感情的事最是无法明说，郑家明也不想强求，只当黄玉郎是一时的灰心，心想过段时间再创造机会让他和陈美有发展的可能。不料后续的发展却完全超出了家明的预想。

　　我们报社经营遇到困难了。黄玉郎欠过身子，忽然又冒出了这句。天下本没有常做常有的"生意"，我自然也知道。但《全闽日报》倒了，对我便是大事，一下子没了活路。

　　黄玉郎说得轻松，脸上还带着笑，但郑家明却觉察出他嘴角的苦涩。郑家明拍了他的肩膀，要找份事来做，这还不容易。你要不嫌弃，我的戏院，还有兴盛公司，都欢迎你加入。

　　谢了，谢了。黄玉郎笑着拱手，有家明兄这句话，我心里已十分宽慰。但我素来不爱坐办公室，喜欢当记者跑来跑去，写些自由的文章，但愿报社不要倒。临了，他又像是自言自语说，报社倒了也就算了，怕的是报社被别人拿了去……

舞厅乐池里响起萨克斯风音乐声，郑家明一时没听明白，问了一句，黄玉郎没再说什么，于是也就作罢。陈锋在生日会上还是用了些心思，花不少钱做了场热闹繁盛的 party。聚会上除了跳舞喝酒，还有专人表演，中西混杂，各取所需：有唱西洋歌曲的，也有平素唱堂会的京戏唱段；有大街上的杂耍，也有穿一身黑西服表演的西洋魔术，更有邀请了一队白俄舞女大跳康康舞，掀起裙子时引来在场来宾的大声惊呼。郑家明在南洋时也见过，明晃晃的大腿他也见得多了，于是并不以为意。其时章慧正在他身旁，见他的样子，就调侃说，估计郑少爷见过比这更香艳的场景吧？郑家明听了只是苦笑。

待到生日会结束，时间将近夜里十二点。郑家明和黄玉郎先下了楼，陈美还在楼上——送走来宾，章慧也陪在一旁。郑家明点了根烟，黄玉郎拦着他的手，从烟盒里也抽出一根。郑家明有些意外，但也没多说，还是给他点上了火。

什么时候抽上的？不是说要做新式的青年，过新式的生活？

近来抽上，总有人递烟，一直推脱也不好，就顺着抽上了。抽了也发觉有好处，好似心里不那么烦。

抽刀断水水更流，举杯消愁愁更愁。抽了烟，该心烦的还是会心烦。

嗯。沉默了片刻，黄玉郎踩灭了烟头。郑家驹的事我听说了。他能拿下建源公司砂糖代理权，没有日本人帮助哪里行。确切说，是靠钟和夫。

这个我知道。

还有你不知道的。他已经下了决心要拿下你的荣耀戏院。

哦？郑家明皱了下眉头。身后传来两位小姐悦耳的笑声，他微微转过身。还不死心？陈三甲、钟和夫试了，最后以引发大罢市为终，不了了之。他觉得前两位做得不过瘾，还要再试？图的是什么？

手足相残，自古以来还少？黄玉郎笑了笑，你的这位兄弟，好似跟你有深仇大恨，见不得你好。

郑家明无奈地一摊手，真是无妄之灾。

还是太想当然了，怎么可能是"无妄"呢？前因后果，这个"因"早就埋下了。只是郑家明以为，手足一场，说再大也是家内事，他既不挡郑家驹的财路，更不会加害他，无论如何不至于招来那么大的怨恨。

可事实就摆在眼前。

何宽水从遥远的仰光赶回来，一落脚就约了郑家明，还送上请折子到"淑芬别墅"邀章启智。他和章启智早就相识，年轻时候就熟悉，而且来往还频密。也是因了这层关系，当初将荣耀戏院租给郑家明时，也没设什么额外条件；后来陈三甲闹事，他也是不为所动，打着哈哈把事情给化了。但这次不同了。

在清香楼的包间里，何宽水先干为敬，然后放下杯子直摇头。我那戏院本来是想放手的生意，哪想到这两年间，出了这么大动静。好像是个美人儿，大家都想要，这真是奇怪了。

郑家明着急，想问他究竟是怎么回事，但被章启智使了个眼色止住了。意思是，他自然会说，不用打断。

果然，何宽水一拱手，继续说，对不住两位了。这戏院，我是彻底不想再要了，不租，卖了。家明小兄弟，你听我一句苦衷，就算你有心想盘下来，我也不能转给你。原因呢，这里没有外人，我千里迢迢赶回来，也是为了把话说明白，也因此没什么顾忌——有人找上了我在泉州的老家，家里宗亲族戚，少说有三十几号人，特别是还有我快八十的老母亲啊。留下话，要我把戏院转给人。

一年前陈三甲闹事，我也没当回事，因念着旧情，再加上我宽水做人也是有原则的，做生意向来就是讲究个"信"字，所以他那时联系上我，我左右推了，没和你断约。但这次实在不行了。何宽水拍着桌子，我自己是无所谓，可我不能不顾老家的人啊。两位说，是不是？

郑家明起身，举着杯子对何宽水说，何老板，你这戏院，要转卖给的人，和我有很大关系吧？

说完这句，郑家明先自喝光了杯中的酒。

何宽水也举起酒杯，没有言语，一饮而尽。

从清香楼出来，两辆黑色轿车已停在门口。郑家明替何宽水开了车门，他钻进车内，摆了摆手。郑家明目送轿车离去，松开了自己衬衫的两个扣子。章启智掏出怀表看了看，这顿饭吃得快，还不到八点，我们走一走吧。郑家明说好，并让司机先把车开回兴盛公司。

清香楼在思明北路上，沿着路往北走就是浮屿，过了浮屿就是另一条大道，厦禾路。章启智边走边摸着肚子，郑家明见了，问是不是身体不适？章启智略微放慢了脚步，原本的老毛病了，胃不太好，不知是不是年纪大了，近来胃疼得频繁。不碍事，过一阵就好了。倒是你呢，荣耀看来是保不住了。今晚我在席上，也帮不上什么忙，想说卖个面子，但何老板的心意已定。

章叔叔说这话反倒让我担当不起。这一路来，受您的照顾还少？就是这戏院，当初如不是您担保，我哪里能承租下来？何老板也是没有其他选择，若是换作我，大概也只能如此。

郑家驹，这是第二回了。章启智叹气，他针对你，针对我们，能得来什么好处？如今又和日本人走在一起，往后不知还要折腾出什么事来。家明，是不是找个机会和他谈一谈，能不能寻着一个可以好好相处的方式来？

估计很难。郑家明笑着摇头。他看我不顺眼，也不是近来的事，从小如此。

既然是这样，那也没得办法，由他去吧。戏院不做了，还有其他生意。

郑家明原本想说还真是一心想做戏院呢，这是为了圆阿爸的"梦"。但深入解释起来又多了，一时半会儿哪里说得清楚。于是，他又笑了笑，做不做生意都难说，也许我不做了，也许我回南洋了，这都不一定。现在国内形势，章叔叔您比我更清楚，这个打来那个打去，没几天太平日子过。我们在这里，不过是暂且偷得一时的安静。

就快走到浮屿，远远望去，那里有一家新设的戏院。"金安戏院"的霓虹灯招牌挂在外墙上，在夜空中闪烁着令人费解的意味。郑家明不禁慨叹，章叔叔，这世道真是弄不明白。按理说世道不稳，人心不安，没有闲情看影戏才是，怎么这戏院又新开了一间？

章启智停下脚步，稍做歇息。而后才笑着说，你开戏院的，怎么连这个道理还不明白？你看美国《时代》杂志上的介绍，民国 18 年开始美国经济陷入"大萧条"，但看电影的人不减反增。记者去采访，得出结论，因为票价不贵，大家荷包虽然紧了，但买一张票的钱还是有的；另一个原因，就是看电影能暂时让大家脱离日常生活压力，排解烦闷心情。

郑家明听了禁不住拍手，这个现象真是合情合理，看来电影的功用大着呢。我开这戏院，下是做生意赚钱，上则是可以平定社会民心，这贡献可是不小呢。

才说完，他和章启智都忍不住笑出了声。两人继续前行。临近七月十五中元节，郑家明一路看过去，沿街的不少人家开始准备中元节那天晚上要烧的纸锭。他嘴里说着，中元节要到了，在南洋，这是我们闽南华侨隆重的节日。这一天得拜祖先，祭亡灵。

嗯，也是鬼节要到了。章启智脸色忽然变得凝重。陈广利上次来说的事看来要成真了，蒋光鼐将军要举事，成立共和国。将将军不满南京政府抗日不彻底，没有联合国内其他政治势力，他爱国用心是很好。但就怕事发仓促，又加之社会上妖魔鬼怪横行，举事未必能成。

听了这话，郑家明忽然有些心慌。政局变动，眼看就要发生在自己眼皮底下，这将意味着什么呢？

离租约到期不到一个月，但何宽水还是按足一个月返还了租金。心里又觉得对不起郑家明，跟他说可在租期到了后延缓半个月，以方便他处理一些后续事宜。何宽水回仰光前特意又补充了一句，我已经和郑家驹说好了，他也答应了。

但到租的那天，郑家驹还是找上门了。不单他一个人，身后还跟着陈三甲。陈三甲双手插在口袋里，眼睛直盯着郑家明，嘴角还挂着一丝诡异的笑。郑家明没去理会他，朝家驹点了点头，里面请吧。郑家驹"嗯"了一声，径直往戏院里面走去。

楼上还设有咖啡室？

嗯，原本是看电影前给观众休息用的。现在有不少不看戏的客人，也会到楼上咖啡室坐坐。特别是南洋回来探亲的华侨，常约了亲人朋友在此小聚。

看来你还是挺有想法。这是跟你阿爸学的呢，还是遗传？哦，你阿爸过世后，你才开始做戏院，看来是遗传了——一心做些不赚钱的生意。

郑家驹故意这么说，郑家明听出了他话里的冷嘲热讽，他没有往心里去，只在嘴角一笑。陈三甲跟在后头，不阴不阳地说，楼上咖啡室我还没到过呢，郑老板这是用了什么特殊方法，吸引很多南洋华侨都来你这里喝咖啡？听说，城里的漂亮小姐也爱到你这儿的咖啡室？陈美小姐来的次数挺多吧？

咖啡室哪里都一样，要说不同，就是我这里是戏院，看戏喝咖啡两者都行。郑家明站在咖啡室门口，回过身看着陈三甲，你陈三甲应该比我更知道哪里漂亮小姐更多吧？妓院、舞厅、赌档、烟馆，哪个不是你熟悉的？

陈三甲笑了笑，挽起绸布衫的袖子，抖了抖。我看你这戏院风水就不错，我改一改，开个风月场所，比你卖电影票赚钱多了。

哦，不再改建成大日本帝国联络部了？郑家明微微一笑，双手插在口袋里。荣耀戏院看来是个宝地，原来闹得动静太大，全城都知晓。但现在容易多了，家驹出马，一下子就把事情办好。你的能力，不行；以后得多跟人家学。

陈三甲迈进咖啡室，拉开一条靠背椅，一屁股坐上去，跷起二郎腿。看了郑家明一眼，又瞥了一眼郑家驹，而后慢慢地说，我原以为你聪明，看人看得明白，没想到也是个草包，中看不中用。我跟他学？他从南洋来这里做生意，到底是靠他自己，还是要靠别人？

听了陈三甲的话，郑家驹脸上有些挂不住，神色变得分外阴郁。他穿着笔挺的西装裤，两条腿绷得笔直，一动也不动。郑家明看着他的样子，心下也明白了。在这生意场上，谁为主，谁为次，分外明显。他也不好表露出来，只得在心底暗自叹了一声。

别说那么多废话了，赶紧把事情办了吧。陈三甲掏出洋火，点了根烟。

郑家驹做了个手势，站立在一旁的跟班打开公文包，从里面拿出了一张地契。这是荣耀戏院的地契，上面有何宽水的签字。地契上写明了，此戏院已经作价十万元转让给了我。你看清楚了，上面清清楚楚写明了现在业主已是我。下个礼拜你就搬走，逾期不走就别怪我不客气了。

郑家明笑了笑，心里想，你什么时候对我"客气"过？他把地契推了回去，顺势坐在椅子上，也架起了脚，既然赶着要我们走人，我们也不会赖着不走。说完，他掏出了一盒未开封的骆驼烟，弹出一根，悠悠地点了起来。

这不就简单了？之前还害得我这么费事！陈三甲大剌剌起身，毫不顾忌，信口说起，没想到你自家兄弟这么好用，六亲不认，该办的事一点不含糊。早知道这样，就不用我费那么大劲，收保护费，绞尽脑汁编理由上门抓人，闹出那么大动静。

陈三甲走到咖啡室门口，将烟掐灭在花盆里，回头冷冷地盯了郑家明一眼。那目光像一把刀刺来，郑家明心里暗暗有些吃惊，但他尽量不动声色，只淡淡一笑回应。陈三甲藏起了目光，碎着步子下楼去了。郑家驹也欲带着跟班离开，但被郑家明叫住了。

家驹，留下来说几句话？

郑家驹往前走了几步，而后才停下，让跟班先下楼等着。他站着问郑家明，说吧，还有什么话？郑家明笑了笑，我看你站得那么直，又站了那么久，不会累？说着他拖过一把椅子，喏，坐一坐吧，就算有天大的买卖，也不着急这一会儿的工夫吧？你来厦门这么久了，包括今天我俩也就见了两次。上次还是你刚到，连夜在我家公寓楼下拦着我……

你还好意思提这个？郑家驹原本坐在椅子上了，又"腾"地一下起身。要不是因为你，我会来厦门？要不是因为你，小妹家瑛会离开南洋，又独自跑去上海？我去上海，通过各种关系找到她，劝她回来，她怎么和我说？她说她要追求自由民主新生活，她说她是自由新女性。我说什么都不听。软得不行，我想硬下心拉她走。可结果呢？你郑家明好大能量，说得动上海滩的"闻人"出面，家瑛周围竟然有人保护！我是她亲哥哥，我竟然都不得和她接触？这是什么道理？这一切都是由你而起，拜你所赐！

郑家驹一口气说了这许多话，估计是这些日子来受的气都快溢出胸口了，而今天终于遇着了机会，全都吐了出来。郑家明也不言语，听着他把话说完。

大上海，十里洋场，花花世界。家瑛一个女孩子在那里，又要做着什么演戏的营生，万一遇到歹人坏事，你说怎么办？我要她回来，是为了她好……

听到这话，郑家明终于受不了，他直视着郑家驹，为了她好？那请问你，她被逼着要嫁给不喜欢、不认识的洋人时，你在哪里？她一人在南洋孤独无助的时候，你又在哪里？你嘴里为着她好，不过是为了自己好吧？为了你们家的生意好，多赚钱吧？

郑家驹沉下脸，握拳打向郑家明，但被郑家明一晃身躲过。郑家驹回过身又是一拳，但这下被郑家明接住了。郑家明紧紧掐住他的手腕，硬生生地给压了下去。郑家驹涨红了脸，异常恼怒。郑家明松开了手，轻轻一推，将郑家驹往后推了几步。郑家驹盯着郑家明，深深吸了一口气，很快恢复了正常神色。他整了整自己的衣裤。

好，好得很。郑家明，你给我记住了。

说完这句，郑家驹头也不回地走了。郑家明想了想，赶了出去，对着走到楼梯口的郑家驹喊，陈三甲那些人都不是什么好东西。

郑家驹没有回应，径直往下走。郑家明看着螺旋下沉的楼梯，不免生出长长的叹息。

第十一章

遣散大家，实在是不得已，我给大家先鞠个躬。吃散伙饭的那天，郑家明实实在在地给戏院工人躬身道歉。虽然最根本的原因，并不是他造成的，但他以为自己有这个责任。开戏院两年来，这些工人跟着自己，钱没赚到多少，苦头却吃了不少。他曾夸下豪言，说尽管放心跟着自己干，一口干饭一口热汤总是有的。但今时今日，豪言落空，自身都难保，更遑论担保手底下这些人了。

郑先生，这不怪你，我们心中都有数。老吴不忍，开了口。你为荣耀戏院也是费尽了心力。当初要不是你接手承租，这戏院怕是早就倒了，哪里撑得了这么久？也让我们这些人有了个吃饭的地方。

老吴一番话，顿时引得大家伤感，席间还有了哽咽声。郑家明看着一个大圆桌，正好坐满十二个人，两年间朝夕相处，彼此熟悉，感情还是有的。他也酸了鼻子，但又想世间事就是如此，好聚也好散吧。人生如泛海，如若不死，总有相逢时。他这样自我安慰，又转念一想，世道艰难，人生飘零，也许见了今天这一面，以后再不得见。越想越糟，散伙饭吃得心情沉重，这不是他想要的局面。于是，他端起了酒，来，一起喝了这杯，今朝有酒今朝醉，大家相识一场就是缘分，日后一定能再相逢！

他先一饮而尽，其他人跟着也喝光了杯中的酒。喝完酒还有人喊道，郑先生，以后要是再开戏院，我们还跟着你！郑家明听了备受感动，又举起酒喝了一杯。他放下杯子说，过去的就过去了，再不要去想，明天定会升起新的太阳！大家听了纷纷鼓掌叫好，那掌声和笑声久久飘在戏院。这桌散伙饭摆在了戏院后院的天井，酒菜都是让清香楼安排送来的。

喝得尽兴，但没有喝过头。散伙饭终了，郑家明还记得要给每个人发遣散费。包遣散费的时候，账房一清点，两年来开支和收入基本持平。也就是说，忙忙碌碌一场，也没赚到钱。为了这个，他还和章慧提起，自我嘲笑说是个不成器的商人。章慧倒不以为然，还肯定他，认为这说明他还不是个"诚心"的资本家，不唯利是图。郑家明头一次听到有人用"诚心"来形容资本家，心想那诚心的有谁呢？郑家驹、陈锋、章启智，都算是吧。好还是不好？章慧说，看目的。

她没有把话说明白，郑家明也没去深究。吃完散伙饭，郑家明婉拒了老吴的好意，坚持自己一个人回家。走在深夜的街头，平日平坦的路，不知为何踩下去，有了高高低低的感觉。看来是有些醉了。郑家明笑出了声，走到中山路上，靠在一处骑楼墙柱底下。他回味章慧的那句话，看目的。郑家明心想，自己经营戏院，到底是为了什么？是不是像阿爸在记事簿上说的那样，为了那个"梦"？这个"梦"如此崇高，以致那么不真实。难道我郑家明有一日，也会如阿爸那样，为了此"梦"而献身？

可这"梦"哦，尚未圆满，却已在半途惊醒。荣耀戏院的停业，不就如此？郑家明撑着墙柱重新站起身，无奈地摇了摇头。他踏着细碎的夜色，摇晃着身子继续走着。这夜已深透，空荡荡的路面见不着人影，也许有孤魂野鬼在飘荡。这茫茫世间，仿佛只有他一个人，他感到前所未有的孤独。能去哪里？找谁去？章慧、陈美，还是球仔、玉郎？找他们做什么呢？他们早已安睡了吧。

先生要去哪里呀？一个人孤零零的，何不找个人陪一陪？

　　身后忽然传来沙哑的女声，郑家明一回头，是个妆容浓艳的中年女子。他又看了看四周，怎么不知不觉间走到了水仙宫？前头沿街的铺子挂着红色灯笼，嘤嘤笑笑的声音不时传到街上。他再看了一眼她的模样，心中就明白了，笑着摇头，你还是早点休息吧，大姐。

　　那女子又贴了上来，先生不要急，听我说嘛。请跟我到我的店里，多水嫩的女子都有，保管让先生解闷，不孤单。

　　郑家明不是没有见识过。在新加坡红灯坊芽笼，风月场所在独门独户中，喝酒清谈陪睡都可。芽笼那些风月女子，多是下南洋来谋生计的，若非迫不得已，没有人想操持这个营生。他当时是应朋友所邀，去过几次，意兴索然。在对待女人方面，他宁愿选择与舞女交往，因为和舞女之间至少还能有些精神交流；而与那些挂牌出卖身体的风月女子，则仅仅只是解衣开怀。于他，对这些女子都无轻贱的意思，只是逢场作戏也分高低。

　　但这所谓"高低"其实是自欺欺人吧。郑家明笑自己太过道德，还在南洋时，自己流连风花雪月温柔之乡还少吗？只是回到中国，脱离南洋，遇上家庭巨变，早已没了当年游戏人间的心态，所以也就绝少再涉足风月场所。

　　他还是想走，但不知何时又冒出了一个同样浓妆的中年女子，两个女子拉住郑家明。这位小兄弟，为什么今晚这么寂寞？这么晚了，你一个人在街头，又醉了酒，想必是心里有苦水。那就进我们店里来吧，让美人儿好好伺候你，听你吐苦水，快快乐乐享乐一晚上，忘掉忧愁，岂不是美事？

　　两个女子一言又一语，说得郑家明都开不了口，再加上确实有些累乏，半推半就间就进了店里。在二楼的包间里，早有一个女孩子在等着。郑家明抬眼一看，年纪轻得很，顶多十六七岁吧。看着她的样子，好似看见了小妹家瑛，他原本迷糊的神智顿时醒了大半。那个女孩子还有些怯生生，自报家门说名叫"小晴"后就要上前来给郑家明脱衣服。郑家明这时已完全醒了，赶忙把"小晴"推开，说今晚不要了，你好好休息吧。

这话才说出口，郑家明就觉得有些傻气。但也管不了那么多了，他就要推开门出去，那女孩子却"扑通"一声跪在了地上。郑家明吓了一跳，再看一眼，发现她脸上已满是泪水。

这位先生，请你行行好，今晚就留下来吧。你是我今晚的第一个客人，前面几个都嫌我来了经血。我看你面善，今晚就要了我吧。今晚要是再没接到客，没钱收，鸨母就要用藤条打我了……先生，我是被打怕了……

这一天是过了中秋节后的礼拜日，有客人从香港给陈美家里带来了莲蓉月饼，陈美觉得好吃，于是就提前约了大家聚一聚，品尝月饼。陈美给章慧挂电话说起这事，章慧问带来的月饼可多？陈美笑出了声，说那个客人真是实在，估计是要讨好大哥，足足带了一百盒月饼来，说是给公司每人一盒。我哥听了烦得很，骂那个人真是没脑子，每逢过节公司都会给大家备好月饼，大家吃个意思就好了，难道还当成饭吃不成？况且公司两百号人呢，这一百盒也不够啊。章慧说那好，我倒有个提议，不如就当作善事，把月饼送给我们学校那些贫寒子弟？陈美说自己没意见，就看大哥。章慧胸有成竹地去找陈锋，他很爽快就同意了，而且还派人把月饼送到了学校里。

大家都到了学校，分着吃了一盒月饼后，就帮着章慧把每盒月饼装进纸袋，同时里面还放了一本崭新的写字簿。大家干得起劲，郑家明却沉着一张脸，好像心里有很大的愤怒。苏环球见了，就开玩笑说，是不是嫌月饼没吃够？你早说，我的那份也留给你。章慧接着打趣，请你们干活，我也不能小气呀。再出一盒月饼还是可以的，大不了就不吃莲蓉月饼，街上的白月饼也行呀。大家哄笑着，郑家明却突然站起了身，生气地说，我们还有月饼吃，还能笑闹，你们知道光天化日之下，在我们这城里有着怎样龌龊吃人的事？

郑家明说得没头没尾，大家都不明白。章慧要他说清楚，天下的苦又不是一天两天了，怎么今天突然那么大的愤怒？郑家明这才将那晚遇见小晴的事说了一遍。

鸨母怎么打人？用那种浸了水的藤条，打在小晴的身上。她怎么会进妓院？鸨母到泉州乡下去，骗她家里人说厦门有招工，好赚钱。小晴才几岁？她说自己什么都不懂，也不想去。但家里怎么同意！阿爸本来就嫌她是个赔本货，盼她早早就离家，不要吃家里。鸨母就像是来买人，给了她阿爸一点钱，说是当作预发的工钱，她阿爸乐得赶紧打发走人。小晴哪里敢不从！从小就被打，打到她怕阿爸就像老鼠见到猫。

郑家明说到这里气得身子在发抖，抓着茶杯，狠狠拍在了教师办公桌上。那一声太响，章慧和陈美心里都跳了一下。

郑家明敲着桌子，小晴太惨了。她跟我说，不单是她一个人，那妓院里头多的是像她这样的女孩。乡下太苦了，活不下去，听说厦门有钱赚，都想着来。可一来就入了火坑！她们太可怜了，必须要救一救她们！

这也不是一天两天了。苏环球叹了一声，妓院烟馆，那些陪客人的女子，有谁是自愿的？都是不得已，走投无路了。我还听过一个更悲惨的事。一个从龙海乡下来的女子，被卖进妓院里。她家里大哥有病，需要钱治病，于是就每天拼命接客。她不认识字，就请妓院里的龟公帮忙写信，并把钱寄回去。但家里回信总说不够，她又只好更加卖力接客。到最后落得一身病，奄奄一息被龟公送到医院里等死。她死后，龟公才得意扬扬说，他哪里有把信和钱寄回去，都是自己独吞了。而所谓老家来信，也是他自己胡乱写的。

听了这事，大家都非常震惊。郑家明追问这是真的吗？苏环球苦笑，这还有假？今天玉郎不在，不然可以问他，报馆接到这样的线报还少？只是太多了，偶尔当作"花边"新闻报了，更多的时候甚至不报。先生小姐们平日是不关注这些的，就算有心想关注，又有什么办法？

苏环球这番话让大家陷入沉默，陈美的眼里泛着泪花，她自言自语说，那些女子，有些还是孩子啊。更可怜的是球仔刚才说的那个女子，到死都不知道，原来自己一直受着骗。

这吃人的社会！章慧又是愤怒，又是伤心。她早早就读过鲁迅的《狂人日记》，在复旦的第二年，还听过他的讲演，在内山书店买了许多先生的著作。按照厦门方言的讲法，她深知这社会吃人"够够"，也由此她才会坚定自己的信仰追求。但今日听球仔的这番话，又觉得自己对这社会"吃人"还是体会不够深入——原来，悲惨没有止境，没有最悲，只有更悲。而所谓"吃人"，不单是大吃小，强吃弱，弱与弱之间，也有吃与被吃的关系。

哎，这什么时候是个尽头呢？章慧悲从心来，在心底重重叹了一声。

水仙宫一带的妓院，经营也不是一天两天了，生意看起来不错，单靠每间店的鸨母，我看怕是不够，这背后定是有人保护的吧？郑家明冷静下来，平复了心中的愤怒，说出了心中的疑惑。

这背后的老板，你我都认识，而且算是老熟人了。苏环球卷起袖子，握着拳打在桌上。妓院赌档烟馆这类黑钱，来得快，利润高得吓人。原来城里好几个"角头大哥"都在做，一般不直接出面，躲在后面当保护。但陈三甲这人不一样，和日本领事馆靠得最近，联系日本侨民最勤快，于是就仗着他们的势，一个角头一个角头地斗，把一些势力较弱的小角头斗得不是跑路，就是被暗害投进海里。慢慢地做大，城里一大半妓院都被他控制了。他这个时候就舒舒服服躲在背后，跷着脚指挥鸨母给他赚钱。

落入陈三甲的魔爪，那还了得？那些穷苦女子，哪里还有活路？

家明，你说得是啊。苏环球无奈地摇头，那陈三甲为了控制那些女子，又靠着自己经营的烟馆，给她们吃大烟。这大烟一吃还得了？彻彻底底就废了。

这陈三甲太可恶了！郑家明掏出一根烟，点起火，陷入沉思，直到火柴快熄灭，才想起将烟点着。

你该不会是有什么想法吧？章慧像是意识到什么，意味深长地问。

我现在能有什么想法？郑家明深吸了一口烟，笑了笑。近的，戏院没了；远的，蔗糖代理权也被人抢走了。能赚钱的营生一个都没了。我远离故土，漂泊海外，无依无靠……

远离故土？难道这里还不是你的家？

面对章慧的突然发问，郑家明一时不知怎么回答才好。身份的归属，这个一下子哪里说得清。他不想说下去，转而看着陈美。她虽然平日话也不多，但今日却是安静得过头了。于是就问，陈美，近来有什么好事没有？那日生日 party 后，玉郎和你走得更勤快了些吧？

我不知道。陈美回答得没有头绪，好像又分明带着情绪。过了一会儿，许是自己也觉得不好意思，于是接着说，他，不知道怎么回事。有一两次约了，要逛公园，或是去看电影，我都已经答应了，临了他又挂电话到家里，说报馆有事没空。他有这么忙吗？况且，是他约我在先。我能答应下来已经不容易了，可他竟失约，这让我哪里有脸面？

陈美绝少生气，众人听了这些话，反倒觉得有趣。章慧打趣她，听说一个女子对一个男子生气，那就是表示她在意了？这是不是说……

不是！什么都不是！我就是觉得闷，也没有什么事做就答应他。我和他什么都没有。

郑家明几乎笑出声，但又明白陈美是极爱面子的，于是赶忙捂住了嘴巴。陈美见此，狠狠瞪了他一眼。他压下笑意，灭了烟头，又问，你阿爸和陈锋那里还好吧？我是说，对于省城要举事政变，成立新政府的事？

隐约听他们提起，好像挺在意的。陈美脸色忽然变得郑重。不论我阿爸和大哥平日里表现如何，他们爱国家，支持抗日是一定的。

郑家明默默点了点头。

第十二章

家明吾兄：

见信好。这是我寄给你的第二十四封信，几乎做到了一个月两封，基本完成了当初前往上海之前，答应你的承诺。如之前曾说过的，我在上海一切都很好。陈奇哥每日里照顾我，使我未曾有过在异乡为异客的感觉。他带我在不同片厂学习，又极力推荐我出演一些电影。虽暂时是小角色，但我已高兴得很了。近来又被他推荐上了《明星周刊》画报封面，实在满足了我小小的"虚荣心"。我最近又迷上了好莱坞刘别谦导演的电影，像《璇宫艳史》《天堂里的烦恼》，他的喜剧惯有出乎意料的效果。欧美电影人称之为，Lubitsch touch，刘别谦笔触。我想能够以个人之名字，命名一种电影表现手法，是莫大的褒扬。我有个心愿，有一天，电影杂志里会这样描述我，家瑛表演方法。这个话有些夸大，权当我开了个小玩笑。此话不可向陈美、章慧两位姐姐提起，不然下次见到会被她们笑话了。

此信到此搁笔。祝家明兄安好。妹家瑛匆笔。

郑家明看完信，轻轻地把信折好，收入衬衫口袋里。郑家瑛的信里，从来只是报平安，报告好消息，不说自己在上海遇到的难处。郑家明知道，这条从艺之路不会轻松。就说郑家驹跑去上海找过她好几次了，每次都"无功而返"。郑家明猜得到，郑家瑛必是用尽了各种方法才躲开郑家驹。可这些，郑家瑛从未在信里提起，好似不想让郑家明担心。

郑家明摇了摇头，她不提，难道自己就不会知道？郑家驹必定也是因屡次赴上海无果而迁怒于自己，所以才会一心想要阻断自己的事业。但自己所谓的"事业"其实也是小事，本来就是空手而来，像是平地起楼房，倒了也就倒了，大不了又回到"空空如也"。反倒是家瑛，她能追逐梦想，没有比这个更令人高兴了。郑家明想到此，就觉得再怎样艰辛也是值得的，心中就释然多了。

天微微有些雨丝，人力车夫停在路边，一边拉起遮雨帆布包一边自言自语，都十月份了，天还热得像八月，现在又下起太阳雨。郑家明心想，这时间确实过得快。从各方听来的消息，福州举事大约就在最近了。章启智是支持抗日的，但拿不准此次举事成功胜算有几何？创党元老李济深将军也入闽了，他与蒋光鼐、蔡廷锴将军联手，是否能抵得过蒋中正？另外，最让人看不懂的是，日本人方面究竟是何态度？

按理，蒋、蔡将军领导的十九路军，在上海顽强抗日，如今入闽，福州举事几乎已是摆在台面上的消息了。一旦举事成功，组成新政府强力抗日，那日本人岂不得着急才是？但目前既不见日本人有什么破坏动作，舆论发声也很少，这是为什么？

在《全闽日报》报馆里，郑家明坐在已空无一人的编辑室里，问起黄玉郎。黄玉郎听了郑家明的话，点起一根烟。郑家明扫了一眼，烟灰缸已满是烟蒂。他暗吃了一惊，没想到黄玉郎的烟瘾已如此之大。初见他时，白面俊朗，像个大学生，今天却像是老了十岁。

玉郎，这段时间你还好吧？我们很长时间没见了。约了你，总说在忙。今天若不是我早早就给你挂了电话，并且堵在你们报馆门口，怕是又见不着你了吧？郑家明说的是实情。他原以为黄玉郎是因了陈美不冷不热的态度，而在躲着她；但后来却发现，他原来是在躲着大家。就连请他关注妓院那些受尽虐待的女子，他在电话里说着"好好好"后，也没了下文。

我挺好，不用太过担心。黄玉郎笑了笑，将烟扬了扬。我能有什么担心的？不过就是我刚升了报社副主编，老板却说不干了，要结业。但是我得安排记者采访，又要想着怎么来钱，给他们发薪水。

老板都走了，那报社怎么还有钱给员工"出粮"？这钱从哪里来？

从……另一个老板那里来。黄玉郎似乎有些欲言又止，他低下头顺着把烟给掐灭了。说回你刚才提的那个问题，为什么日本人不担心？因为日本人的战舰就摆在那里，他的海军陆战队半天时间就能登陆，他们认为所谓"举事"是徒劳无功吧。再者说了，成立新政府，蒋委员长会同意？他"攘外必先安内"，不待日本人出手，南京就已坐不住了。

你就这么看轻此次举事？十九路军不行，李济深不行，蒋光鼐不行？

不是我看轻，而是事实就在那里。黄玉郎笑了笑，从办公桌抽屉里取出一面镜子，又拿出一罐麦克斯发蜡，抹了半个手掌的发蜡，对着镜子整理自己凌乱的头发。他从镜子里看郑家明，你现在没开戏院了，是不是整天关在家里，市面上什么情况也不了解？南京来的戴笠，你是否知晓？

听说过这个人，好像是给蒋介石做些秘密工作。

他是特务头子。这几个月来，他来福建几多次了？他上鼓浪屿，你以为是来度假？他也是收到情报，福建事变将要发生。为了不让福建新政府成立，他专程来做策反工作。黄玉郎忽然压低了声音，十九路军看来是蒋光鼐将军说了算，但以我收到的线报，戴笠正在做十九路军参谋长的工作，目的就是为了不让事变成功。

那你以为戴笠能策反成事？

黄玉郎笑着摇了摇头，对我们而言，不过是做看客罢了……

未必都是"看客"。郑家明终于点上了一根烟，深深吸了几口。陈美阿爸、大哥对此事都较为上心。一来，他们是与蒋、蔡两位将军认识，有世交情谊；二来，他们虽未必是良善好人，特别是对我而言，把我打得够惨……但对日本人的态度却很明确——他们有抗日的决心。

光有"决心"有何用？有的时候，打不过，就是打不过。

玉郎，你这话就有些不入耳了，你好似变了个人，怎么会说出如此丧气的话？

郑家明不明白黄玉郎究竟遇到了什么事，他不愿明说，自己作为朋友，使不上劲，只能干着急。再细问，黄玉郎却摆起了手，不用再追问下去了，就当我一时嘴快。

这哪里是"嘴快"的问题。郑家明心中有些不舒服，往后一挺，站起了身。黄玉郎看了他一眼，从桌子底下抽出几张用稿单递给了郑家明。这用稿单上，是我让其他同仁走访搜集来的资料……对市面上的大小妓院都做了摸底，每间妓院都有"吃人"的现象，怎么查也查不详尽。这就是现在世道。

那你还打算在报上登消息吗？

登一个吧。不然没法对你交差。黄玉郎勉强笑了一下，我可以说，这效果有限，绝对无法达到当初荣耀戏院遇到的境况。现在大家都关心大局势了，哪里还有人关心妓院？她们是那么微不足道……

因为渺小，所以就不关注了吗？我们现时的社会，不都是由所谓的"渺小"而构成？郑家明脸上没有什么表情，如果，连我们都不去关心，那她们的自生自灭就更无人知晓了。

从报馆出来，地上满是积水，行人小心地走着，以免打滑。黄玉郎提议下馆子，郑家明打趣说，报馆现在"出粮"都困难，你还领得到薪水？省点钱和陈美去约会吧。黄玉郎苦笑着摇头，省再多钱，恐怕都顶不上她身上的一件首饰。郑家明听了这话顿时就皱了眉头，黄玉郎的话颇为怪异。但究竟是哪里怪了，自己又说不出来。他和玉郎告别，自己下楼，又在报馆骑楼下的一间烧饼店买了几个刚出炉的"北仔饼"充饥。北方的烧饼在本地很少见到，比不得他去上海时，见到不少烧饼店，多的是安徽、河南来的在做此营生。而本地也很有意思，但凡出了本岛、闽省以外，都算是从北方来的，并把北方来人称呼为"北仔"。而他们做的饼，自然就叫作"北仔饼"了。

吃完"北仔饼"，郑家明觉得有些口渴，一想离章慧的博爱小学不远，就决定去那里寻口茶喝。他知道逢周一、三、五，博爱小学都会开工人夜校，章慧组织了几位热心的教员，免费给那些没有上过学的工人授课。初时，郑家明觉得这个夜校立意很好，但不一定能长久。一来是工人们白天都忙着生计，手脚不停，到了晚上哪里还有精神头去上课？像码头上的搬运工，货轮一班接一班靠岸，他们一刻都不得闲。再像纺织厂的女工，忙完了白天的活，晚上回到家还要操持家务，也没有时间。二来，很多工人完全没有文化基础，大字不识一个，给他们上课，他们能够坐得住，听得进去？

章慧并不和他多争论，只说给工人兄弟上夜校，这是她在上海时就做过的。不要小看了工人兄弟，只要是真心诚意想教知识，他们自然会来。而实际情况也果真如她所言，起先夜校人数不多，偌大一座城也就来了十几个，但后来一传十、十传百，知道夜校教认字，教算数，甚至更高阶的，还有教授英文，慢慢地来学习的人也就多了。

高峰的时候，有过一百多号人呢。满满当当，教室都坐满了。章慧意味深长地说，家明，你以为他们不想学吗？只是生来就在贫穷家里，哪里能像我们一样，还能上学堂学习知识？他们吃过没有知识的苦头，只要条件允许都想来学。

郑家明笑了笑，他心里明白，要有工人的学习欲望，更要有章慧和其他老师的付出。试想，如果不是章慧有耐心、有毅力去发动、组织，在短时间内又怎么会有那么多人响应？所以，此刻，郑家明进到博爱小学，倚靠在一间教室的后门，看着在黑板上认真写板书的章慧，心想她真是个善于做群众工作、走群众路线的"好手"。

你嘴角含着笑，究竟有什么可乐的呢？已经下课了，等工人兄弟们都走了，章慧才一边收拾着讲台上的教案，一边头也不抬地问站在跟前的郑家明。

见到你就开心了，没什么特殊的原因，也不需要原因。郑家明一本正经地说。章慧又好笑又好气地站直身子，瞪了他一眼。郑家明笑嘻嘻地不回应，帮着她擦黑板上的板书。擦完板书，他没注意猛地一个转身，恰好章慧也转过身，两人就这样碰在了一起。郑家明高过章慧一个头，章慧的脸就这样贴在了他的胸膛上。章慧吓得马上弹开，郑家明起先也是有些发蒙，但很快就回过神，大方地说，没关系，多碰几次面就习惯了。

什么？臭流氓！

郑家明抑制不住嘴角的笑意，撑着伞走出学校的时候，还意犹未尽地看了章慧一眼。章慧跳到伞外，站在细雨帘幕里，赌气说你要再这样无理，我就自己走了。郑家明赶忙把她拉进雨伞底下，嘴里说着道歉，但又一转念，真是奇怪，有什么好道歉的呢？

细雨，慢慢转为小雨。郑家明把伞倾向章慧一边，自己的肩膀几乎湿透了。他很自然地搂过她的肩，轻声说怕你淋着雨，不是在要流氓。章慧红着脸，又像想起什么，不客气地回他，看你的手那么自然，怕是搂过许多的女子吧？我这是第几个？

第一个。郑家明站住了脚步，第一个走进我心底的。

也不知是真还是假。章慧低头不语。

郑家明终是忍不住，将她拥在怀里，并在她额上亲了一口。章慧起先有些紧张，身子有些硬，但慢慢又软了下来。她只觉得自己脸颊在发热，不，确切说是全身在发烫。过了好一会儿，她的内心才平复，而郑家明也很有分寸地松开了手。

雨又不下了。章慧伸出手试了试。现在我们要去哪儿？

我想去水仙宫。郑家明指了指西边，我想去看一下小晴——这才将自己上报馆见了黄玉郎的事说与章慧——我担心着她。自上次见了她，临走前给了她一些钱，之后就再未见过。这中间整理戏院退租后的杂物，帮着你阿爸在公司做些事，也没顾上，但我心里一直有些不安，总感觉会出什么事。

小晴她们真是落入泥潭，低到不能再低了。章慧叹了口气，这些境况也不是一天两天了，听我阿爸说，这就好比民国初年，有些富裕人家蓄养奴婢，百般虐待，致残致死，就因为是买来的，当成自家牲畜，根本不放在眼里。那时有良心的社会贤达联合起来，专门为废止蓄养残害奴婢而奔走相告。

有效果吗？

阿爸说效果还是有的，至少官府介入查办，明面上再无人家敢这样做了。

可是小晴又比那些奴婢更加低贱。世人又往往带着偏见，愿意伸手帮她们的，少之又少。玉郎说此类事早就存在了，报上呼吁关注也寥寥，起不了作用啊。

世上从来没有救世主，靠别人，不如靠我们自己。

章慧笑了笑，给了郑家明一个自信的眼神。郑家明点点头，叫了两辆路过的人力车，拉着他们去往水仙宫。怕章慧进去不方便，郑家明先自进到店里寻小晴，可店里的跑堂伙计却回说小晴不在。郑家明塞了张票子给伙计，他接钱后眉开眼笑，说鸨妈领着小晴和其他几个十七八的姑娘去别人的府上了。

去谁府上了？

还能有谁，自家老板那里呗。伙计压低声，陈老板要请日本人吃家宴，特意叫了店里的"美人儿"。还特别点名小晴呢，说她最嫩，水灵灵的……

郑家明强忍着，差点儿就扬起一脚踢了伙计。他走到店门外，看着店檐上挂着的红灯笼，忽然觉得那股红色就像鲜血一般骇人。

死了，怎么就死了呢？郑家明先是震惊，而后是心痛与内疚。球仔，你的消息可靠？

苏环球点了点头，前天晚上小晴就快不行了，身下一直在流血，店里的人见了也怕，不敢送去医院，就任由着她流血，到了隔日天未亮她就闭了眼，那鸨母更是可恶，想着趁大家都还未醒来，叫了店里的伙计用独轮车推着，就要往大生里山上的乱坟岗埋了。好在老天有眼，那店伙计估计是心里害怕，推到半路时独轮车忽然散架了，小晴的尸体就这么暴露在马路上。早晨巡班的警察路过，店伙计见了要逃，一把就被抓住了。

既然警察抓住了，那就得查明死因啊。郑家明急得搓着手，抬头又看了一眼警察署，想要往里面走，但被苏环球拦住了。刘队长那里，你真的问清楚了？

家明，我在里面都已经打听清楚了，刘队长前几日刚升的分署副署长。他说刚升迁就遇上这档子命案，实在够倒霉……

这怎么能算是"倒霉"？郑家明又急了，小晴是一个人，是一条活生生的人命啊。她才多大？连十八岁都不到！

那个姓刘的原话是这样，就不用管他了。我当时也急了，看他的样子不想追查下去，就说难道小晴就这样死得不明不白？刘署长说局里面压的陈年命案一堆，都还来不及处理，更何况是一个"妓女"了。她是被家里人卖到这里的，当时鸨母和她家里签了"生死契"，死生不管。刘署长把我拉到办公室里，单独和我说，让我们别管这件事了——局里的老仵作才告老还乡，新派来的验尸官是个医学科刚毕业的大学生，验了尸体，称是她自己身体原因死的。还有更关键的，刘署长告诉我，陈三甲已经和上头说好了，估计是花了钱……

　　钱钱钱，难道钱可以买回一个人的性命？难道穷人就该死，连个说理的地方都没有？

　　郑家明语气已渐渐从怒火中烧转为心灰意冷，说到后来已像是自说自话。那晚和章慧在水仙宫寻小晴不着，他心里就一直担心着。他怕自己再去店里引起怀疑，所以就找苏环球帮着打探消息。他初时听说小晴不见了，心中就像敲响一记闷鼓，但还抱着一丝侥幸，至少人应该还在吧？可没想到等了两天，却等来了这个结果，这让他如何能接受？

　　苏环球拉着他上了公司的车，赶往轮渡码头，准备坐船去鼓浪屿。郑家明看着车窗外发呆，路上的行人匆匆闪过，一张张陌生又模糊的脸庞，看不清他们的表情。他摇着头，那晚小晴求我救救她，我以为给了她钱，让她能"交差"就算是救她了，可那只是解一时的急难，还想着一辈子很长，以后会有机会再帮她。可没想到，却一下子就天人永隔了……球仔啊，我现在回想起她跪在我的面前，她那双泪眼啊……

　　苏环球坐在副驾驶座，不敢回头看他，只是从后视镜里看见一个疲惫的身躯。

　　上了鼓浪屿，他俩到了淑芬别墅，章启智和章慧已在等着。桌上摆着中午的饭菜，但众人都没什么胃口。章启智父女才见着郑家明的脸色，心里就已明白了大概。章慧看着郑家明有心无力的模样，心里一阵紧张又不忍。

席间，众人默默吃着饭，没人言语。章启智看着郑家明只吃着白饭，想了想后说，家明，你在国内也多年了，乱世草民如蝼蚁，我想你也应当有体会。只不过，小晴这次的死，让你更加震动了。而这也是我经常思考的，自推翻清朝，大家口口声声喊着民主共和，至今也二十二年了，我们的国家理当更进步，社会更好，但为什么仍发生"吃人"的事？一个小晴死了，如蝼蚁身灭，后面不知道还有多少个"小晴"。家明，有些事我们不得不接受……

章启智说完起身，背着手离开了饭厅。走了几步，又转过身对苏环球说，福州举事约莫就在下个月了，公司如有走水路发往北方的货，务必要抓紧安排。我担心，事变不论最终成败，期间震荡肯定少不了，一旦受战事影响无法按时出货，对我们公司大为不利。听说，蒋介石已派中央军行动起来了。

我明白，老爷，您放心。苏环球也站起身，待章启智离开后，他才说出了自己的担心，你们有没有觉得老爷近来身子又更瘦了？他思虑多，有时在公司什么事也没做，自己在办公室一坐就是一个上午。大小姐，您可能还得再多费点心……

不是我不关心，而是阿爸他……他不让别人走进他的心里。章慧无奈地苦笑，他忧国忧民，总是希望国家能进步，能更好。却事与愿违。所以，他才越来越忧虑。就像听闻蒋、蔡两位将军要在福州举事反对南京，他就想不通，为什么大家不能放下成见，一致对抗外敌？

提出"攘外必先安内"的人，又怎么会听得进别人的意见，甚至联合其他人？郑家明冷不丁插了一句，嘴角带着冷笑。

章慧默默摇了摇头，喊来用人收拾好桌上的碗筷，而后摆上三个白瓷杯，倒上茶水。苏环球想要伸手接过茶壶，但章慧微笑着摇了摇头。倒好茶水后，章慧才又说，今天听到小晴的死，阿爸心里想必是更加难过了。只不过他都是把这些苦，往自己心里倒，不愿轻易向别人说起。就算对我，阿爸很多话也不愿说。

想想小晴，真是可怜。苏环球喝了一口茶水说，我要离开警察局的时候，刘署长可能良心发现了，竟也有些不忍地说，小晴还是个孩子，现在孤零零放在停尸间，明天一早就得送到乱坟岗埋了，她家里人都没法见她最后一面……

她家里人怕是也不愿来见最后一面吧。她就像那些无人养的野猫野狗，在人间走了一遭，死了也就死了，再不会有人惦记。郑家明忽然睁大眼睛，看着章慧和苏环球，小晴绝不能这样不明不白地走！去找救世医院的马彼得医生，再验一次尸体——要知道，那天晚上她是被接去陈三甲家里！

警察局殓房条件很简陋，虽节气已入秋，但白天的温度还是有些高，小晴的尸体放置在一块木板上，已散发出难闻的味道。郑家明跟着马彼得医生进入殓房，一开始没做好准备，尸臭扑面而来，熏得鼻涕眼泪俱流，差点要呕吐。在一旁的刘署长见了，招手让苏环球赶紧带郑家明出去——郑少爷哪里受得了这个，回家烧些艾叶草水，加白醋，洗洗身子。

马彼得戴着口罩，神态倒是正常。他示意大家都不要待在殓房，他一个人查验就好了。苏环球半扶着郑家明离开了殓房，径直走到了警局大院。郑家明喘了几口大气，然后拧开院子里的水龙头，狠狠洗了把脸。苏环球想要开口说些什么，但见郑家明又坐在院子台阶上，若有所思地点了根烟，也就不说话了。安静了片刻，郑家明先开了口。他看见一队蚂蚁在地板上走着，一只接一只，它们钻进蚂蚁洞里，那里住着肥硕的蚁后。

蚂蚁，蝼蚁，死了也就死了，谁会去可怜？郑家明捻起一只蚂蚁，看着它在自己的手指肚上手脚乱蹬。小晴下午就要下葬了。球仔，我们要是不关注，她就会像这只蚂蚁，被碾碎、吹散。没有人在意她生或死。

多亏你下了决心要讨个"说法"。苏环球看着郑家明将捻起的蚂蚁重新放回地上。彼得医生也是你去努力争取来的，要不然，他那救世医院，活人都救不过来，更何况是……

苏环球讲到一半就停住了，怕又让郑家明心里难受。郑家明苦笑着摇摇头，中国人很讲个"命"字，但我有时就不那么相信，难道小晴就注定一生这么惨？活着受尽屈辱折磨，死了也无法瞑目？我向来不信邪，也不信"命"，我要讨个说法。不单是为了小晴，也是让自己稍微心安，否则我过不了自己这关。

过不了什么关？玉门关还是鬼门关？刘署长不知何时走了过来。苏环球给他递了根烟，他摇了摇头，从口袋里掏出了一盒"骆驼"。你的烟太淡，这是一个美国商人送的，送了我十条，我慢慢抽。你们啊，说你们什么好呢？年轻，爱闹？这么爱管闲事干吗？

人人都不"管闲事"，只管扫自家门前雪，那还有什么希望？

郑先生不用冲着我来，现在是什么境况，你是在装糊涂吗？刘署长很坦然地说，城外海面上，日本人的、美国人的、英国人的军舰，每天都环绕着，听说省城还要举事，市面上人心惶惶，谁不是只顾自己？你伟大高尚，我们都势利自私，这样满意了？

刘署长抬举我了，我就是个从南洋来讨生活的落魄小生，混口饭吃，但也不想把做人的原则给丢了。郑家明笑了笑，和刘署长对视。我也不是个喜欢惹事的，但有些事是到了跟前，逼得我没办法了。

照你说的，你还可怜了？刘署长冷笑。自你从南洋来后，这三年来，因你而起的事件还少？为了你那个破烂戏院，还曾一度搞得全城大罢工，你真厉害。但你也别忘了，大家闹开了，口口声声说反对日本人，我们做警察的要背负多大压力？一面受日本人气，一面又因为要维护市政稳定，和市民有冲突，遭到自己人的辱骂。我们两边不讨好，谁又考虑过我们？

刘署长说完摘下警帽，额头上已满是汗水。郑家明看他的样子，一时也不知该如何回应。刘署长擦了汗，又重新戴上帽子。球仔来找我，说要重验小晴。我开始坚决不答应，但后来实在拗不过。我顺你们的意，做个有良心的警察，但结果是什么呢？什么也改变不了。难道知道小晴死和陈三甲有关，还上门去抓人……哦，马医生来了。

马彼得边走，边脱下手套、口罩和白帽子。他抹着肥皂，冲着水，脸色显得有些凝重。洗完手后，马彼得又张开嘴对着水龙头。刘署长见了，开玩笑说，马医生要小心了，喝了凉水拉肚子，我这警局里的蹲坑可是有限的。马彼得并不在意，饿了就吃，困了就睡，渴了就喝水，哪里有那么多讲究。再说了，我们城里的水质可是相当好，你没看报纸么，那些远洋的航船，都爱靠岸补水，还说我们的水是"远东第一水"。所以呢，喝了没问题。

马医生，检查结果怎样了？郑家明有些心急了，马彼得话音刚落，他就追着问。

小晴是受外力致死的。马彼得叹了一口气，难以想象她在那一晚，遭受了多么惨无人道的虐待。她的外阴遭到暴力撕裂，阴道有伤口，导致大量流血。这说明什么？说明她死前遭遇了多人强奸……还有更难令人接受的，在轮奸过程中，不同的男子一边强奸她，一边还紧掐她的脖子，造成她的缺氧……

陈三甲，我要杀了他！郑家明气得浑身发抖。苏环球见他欲往外冲，赶紧拉住了他。郑家明转而朝着刘署长怒吼，这不是杀人，那什么才是杀人？这么明显的证据，你却什么都看不见，什么都装作没看见吗？

刘署长抱着胸，冷冷地看着郑家明。过了片刻，他才背着手，绕着郑家明走了一圈。走完才站到郑家明的面前，我看看你是不是有三头六臂。你没有吧？不是我装作没看见，是有人不让我看见。你要找谁来指认？证人在哪里？谁会替小晴作证？是你，还是球仔，还是马医生？你在警局里嚷嚷，还说要杀了陈三甲。你不知道到处是他的耳目吗？传出去，他会怎么对付你？你在追查小晴的死，难道他不会听到风声？到时候，不是你杀他，而是他杀了你吧！

　　郑家明心里忽然隐约明白了一些什么。他不再像刚才那么冲动，而是冷静下来。有些事，必须要去做了。他默念着。

第十三章

中国各地之人民代表，在以蒋中正为灵魂之国民党南京政府，公然积极勾结日本帝国主义出卖国家，残杀人民，已彻底变成帝国主义者统治中国的工具之时，痛民族的危亡，已至最后的关头，为救护国家，保障人权起见，乃临时集会于福州。大会一致认定，中国革命之中断与年来中国殖民地位之加深以及人民的种种痛苦，皆蒋中正媚外残民之结果，为求中国之自由独立起见，大会一致作下列之基本决议……

章启智默念至此，缓缓放下了《江声报》。蔡将军和李主席终是在福州举事，成立中华共和国新政府了。他将报纸递给了坐在一旁的章慧，揉了揉眼睛。章慧快速浏览了一下，新政府11月20日宣告成立，第二天报纸就全文刊登了新政府发表的《中国全国人民临时代表大会人民权利宣言》。

别克掀背黑壳轿车行驶在路上。苏环球稳稳地开着车，不经意地抬眼看了下后视镜，见章启智正望向车窗外。街上，一队身穿和服的日本人和台湾人与一队身穿黑制服的警察相遇，浪人们腰间别着武士刀，故意朝警察炫耀着，并发出猖狂的笑声。章启智拉上车窗帘子，叹了声，日本人借口要保护侨民，外海上又开来了两艘驱逐舰，日本领事馆又组织了一批人马，所谓要保护日货。

都是陈三甲的人罢了。章慧也望了眼窗外，日本领事馆警署不好出面，人手也不够，都由陈三甲派出他养的那帮"烂仔"——万一这保护的过程中出了事，责任就都推给陈三甲，领事馆拍拍身说和自己无关，是"民间自发保护"。

新政府成立，未来对时局的影响，你有何意见？

章慧听阿爸问起这么严肃的问题，脸色也不禁凝重起来。蒋、蔡将军举事，地方上很多知名人士、贤达支持，像陈广利、陈锋父子，还一一拜请大家支持。陈广利素来是重生意，不怎么介入政治，但此次他们如此"卖力"，我看除了陈家与蒋、蔡将军的私交之外，大约也是想寻着些别的政治力量，能够在目前乱局中走出一条道路来。往大了说，是为抗击外辱，特别是抵御日本人的狼子野心；往私了说，在中国做生意，不碰政治是不可能，陈家再怎么回避也是回避不了的，不如索性找个可靠的政治靠山。

章启智闻言，嘴角有些不易察觉的微笑。但旋即，又觉得这样的笑意并不应该出现。一个女孩子，对时局、对政治有着自己的见解，这是好还是坏呢？这似乎又回到了事情的最开始，他曾经问过自己无数次的问题——那年让她背井离乡前往上海，这个决定正确吗？他动了动身子，有些不愿面对这个问题。

章慧显然无法体会他的心理。她接着说，蒋、蔡将军手里有十九路军，他们历经淞沪抗战，对日军自然是同仇敌忾，而南京政府消极抗日，这看在蒋、蔡将军眼里，自然不能接受。更何况还被蒋介石派往咱们福建，要针对共产党的红军，这明显是不放心十九路军。所以，他们起事，成立新政府，反蒋抗日联共，这可以说是必然。只是……章慧有些欲言又止。章启智没追问，也没装作不愿听，只是静静等着。章慧犹豫了下才说，只是，我担心这样的起事未来结局，未必如愿——起事虽有酝酿，但仍有些仓促，地方上各方势力意见恐怕也难统一。今天我们去商会，想必就是陈会长想多争取大家支持吧。

　　章启智点了点头，陈广利是会长，他的意图还是很明显。虽然嘴上不愿承认，但章启智心里清楚，章慧对于政治，有热情又有着自己的观察。她从何得来的呢？言传身教吗？显然不是，他素来秉持的是"实业救国"。那么，原因只能在她自己身上找。他像是随口问起，最近你们的活动多吗？这问得有些突然，章慧有些意外，章启智笑了笑接着说，目前看来你行事还算低调，但很多事做久了明眼人还是看得清楚。

　　一直在开车，没有说话的苏环球也跟着笑了，按照乡亲们的讲法，大小姐是在做"功德"呢。

　　做功德是要图回报，我可不要什么"报答"。章慧也笑了起来，阿爸是说我开办夜校那些事？共产党人为的是什么？不就是为了老百姓能幸福。那些穷苦劳工，我教他们多认些字，学习些进步思想，就是为了让他们睁眼看看这个世道，并且让他们知道，他们并不是生来就要受苦受穷的。

　　如果是宣扬共产主义思想，你可要多留点心了。抓共产党人的事你也不是不知道。而且，政府的密探密布，一不小心就会被抓住把柄——你看鼓浪屿上虽有那么多外国领事馆，但南京派来的特务不仅多，而且照样抓人。此次蒋、蔡将军发动事变，听闻蒋介石派了心腹戴笠，安插特务在鼓浪屿上，随时准备策反厦门地方势力。

　　阿爸说的是实情？章慧有些担忧，堡垒往往从内部瓦解。策反一旦成功，那就前功尽弃了。

　　这个事，只能到商会和一个人确认了。

　　商会是一座三层楼的巴洛克式建筑。在周边一片灰朴的民居群里，它显得分外独特，甚至有些扎眼。不单因为它是一座意大利风格的外国建筑，更因为"巴洛克式"的反古典传统而形成了浓烈的富丽风格。以入门而言，两侧是两根西式爱奥尼柱头与中式鼓座式柱础相结合的双倚柱，精美华丽。

陈广利是商会会长，章启智虽是商会理事，但对商会一应事务并不热心。做生意不入商会，恐怕会格格不入，不利经营；但入会后举凡大事决议，又是会长定了，理事们只是开开会，举举手，然后吃吃饭，那对章启智而言，就不必参加了。况且，很多理事是冲着多认识人，扩展交际人的商会，这于章启智而言，更是没有必要。

陈广利主持商会理事专门会，会议首先是陈锋介绍当前闽省时局，蒋、蔡将军在福州发动事变是重点。其次是商会针对现况，各理事讨论，并草拟出一份商会声明。最后针对声明，一致讨论通过。商会理事讨论的时候，陈广利说大家自由讨论，也可趁此时间去上洗手间，时间为二十分钟。章启智从座位上起身，来到了门外。章慧和苏环球在门外的停车场等着。咦，家明也来了。章启智并没有叫他来，他怎么也出现了？

章慧见章启智出来，先迎上前去，有些奇怪为何这么快就结束。

政府事变，事关地方福祉，商会这么快就开完会了？

里面在讨论，还要拟出一个商会的声明。就像我来前预想的，声明必然是陈广利事先准备好的。我们这些理事们还讨论什么？声明一早就内定了。

章兄这话说得绝对了，商会声明事关重要，当然允许大家讨论。声明不定是今天要出，可以是明天，也可以是后天，时间内容都好说。陈广利背着手走了过来，陈锋跟在他的身后。章兄，我们借一步说话？

陈广利脸色淡然，读不出什么情绪。章启智看了他一眼，而后微微点头。

要谈些什么呢？章慧蹙眉，而后又眉头一展，朝着陈锋说，你阿爸不会又是要搞什么阴谋诡计吧？

她这话一出，陈锋忽然就有些尴尬，脸上有些挂不住。憋了半天才吐出一句，是"阳谋"——联合像你阿爸这样的社会贤达，为新政府出钱出力。

钱，我们没有，你们陈家多的是；至于出力，你看我们这三个人谁力气最大？我肯定不行，家明虽然个子高，但瘦瘦的，估计也没什么力气，看来那就只有球仔了。球仔，你问问陈先生，是要替商会扛包还是抬箱子？

扛包抬箱子那好说，码头上的兄弟多的是，一招呼，大家伙儿都来。

章慧伶牙俐齿，苏环球许是跟着大小姐久了，接应她的话也说得很顺口，陈锋杵在那里，哭笑不得。新政府"反蒋抗日联共"，这么严肃而重大的事，章慧却好像与己无关。但一转念，又觉得章慧这样说话又无什么大碍——毕竟，她不过是个小学女副校长，顶多平时在夜校给所谓"劳工兄弟"上上课，社会影响仅此而已吧。

球仔，阿水家是不是在前面？

是啊，他一家五口，租了人家透天厝的一间小屋子。苏环球不禁叹了口气，阿水是家里顶梁柱，都指望着他在码头扛包赚辛苦钱过活，却不想被车撞了……

走吧，我们去他家里看看，顺带着将夜校兄弟姐妹们捐的钱给带去。

苏环球在前头带路，和章慧离开了商会。郑家明点了根烟，笑着对陈锋说，陈先生最近在忙着国家大事，咱们就算在同个城里，也是很久没见了。别来无恙？

你看我气色不好吗？陈锋挺着腰杆，望着章慧离去的方向。章小姐刚才说的阿水，出什么事了？被车撞了，得找肇事司机赔钱，怎么还要别人捐钱？

陈先生不食人间烟火吧？码头工人被撞，肇事司机逃之夭天。这事报纸也登过，你没留意？郑家明点了根烟，眯起眼。哦，对了，你们是关心政局大事的，这点民间小事如何会放在心头。如果我说，撞人的，是陈三甲的司机，估计你更不会在意了吧？

又是陈三甲？

就是他。上周一傍晚永深号货轮到港，阿水和工友们忙着卸货直到深夜。他最后一个收工，结束后走鹭江道，往厦禾路走，准备回家。就在两条道的交会路口，陈三甲新买的轿车撞上了阿水。撞了人，他们连下车看一看都没有，开着车扬长而去。

后来是怎么发现的？

那会儿已是深夜，路上没人，阿水自然也不清楚是谁的车子，所以警察来问了个话后就不理了。后来还是陈三甲的司机在打麻将的时候，赢了钱一得意自己说出来的。原来那晚陈三甲他们都喝了酒，司机开新车还不怎么上手，所以就撞了人。这话传开了，我们自然要去找陈三甲算账。可一到他府上，大门紧闭。我早上又去了一趟，门口还有浪人守着，说福州正值举事，他们要保护侨民安全。

杀人赔命，撞人赔钱，天经地义，怎么能不认账！陈锋显得有些动怒，但忽然看见郑家明脸上的表情，细微有些变化，于是马上在心里又"回味"了一番。他收回了之前的情绪，淡淡笑了，我说怎么又是陈三甲呢？你该不会是挖了坑要我跳吧？

这话怎么说？我怎么觉得有些难听了。郑家明深吸了一口烟，饶有兴致地看着陈锋。

我听陈美说过了，你近来似乎为着那个小晴四处奔走，想要为她讨个公道？向谁讨公道？陈三甲吗？陈锋背起手，绕着郑家明走了两圈。你今天不会是"碰巧"出现在这里的吧？除了小晴，阿水的事，也是你们故意要提起的吧？

你这个人呢，就是生意做多了，疑心病太重，好像大家都有着什么目的。郑家明苦笑着摇头。章慧一早就定了要去看阿水，今天商会开会，她就陪着章叔叔来了。至于我，倒还真是冲着你来的。

郑家明咧开嘴笑了，陈锋冷眼看着他，嘴里说，我就知道你没有那么简单。句句都指向陈三甲，你郑大公子的肚子里到底藏着什么道？

郑大公子不是我，是近来和你们广利洋行竞逐内陆生意的郑家驹。他才是大公子。

郑家驹和陈三甲关系可不简单，你又绕回到陈三甲这个人了。

郑家明笑了笑，聪明。陈锋兄，我们借一步说话？

入夜后，天气有些微凉了。月光被浮云遮掩，时显又时隐。淑芬别墅在夜色中分外宁静，其实，这整座的鼓浪屿都是静谧的。隔着海，岛屿的静谧与对岸灯火通明的繁盛形成了反差。

章启智和郑家明慢慢走在淑芬别墅的院子中。月光暂时露出了她的真容，洒在人间，却将他俩的影子拉得很长。郑家明稍微跟在章启智的后面，见着那变形的影子，嘴角有了笑意。章启智觉察到了些微异样，于是转头问他在笑些什么。郑家明说看见影子变形有些好笑，章启智见了也觉得滑稽，笑着说，月光下，人都不是原来的样子了。如今世道之上，谁又能活得本真呢？

郑家明想了想，开口问，章叔叔，陈广利和您说的事，您同意了？

陈广利号召抗日，单就这个目的，我就不太好拒绝。但是……

但是，您心里还是对此事有疑虑。站在您的立场，您是觉得国内再无分裂的资本，现阶段务必要联合起来，一致抗日。

是啊，南京政府消极抗日，这个我也很气愤。但福州事变，和南京分庭抗礼，这又不是我所乐见，本来就体弱，如今又要闹分裂，这正好给了日本人钻空子的机会。

可我想，蒋、蔡两位将军也是不得不这样吧。十九路军被蒋介石派去打红军，这必定不是两位将军所乐意的。而且，蒋介石没有积极抗战，这无论如何也无法向国民交代。所以，福州事变，成立新政府，是箭在弦上，不得不发。

章启智看着郑家明，微微一笑。看来你和章慧相处久了，也受她影响。

那我还远远不如她。

章启智笑过，继续往前走，慢慢收起脸上笑容。我答应了陈广利，同意联署声明，并在国内各大报刊上登载。同时，资助新政府十万元，但我讲明了，这是拿做抗战之用。对于事变，我能做的也就到这个地步。当下境况你也知道，个人之见政治立场、抱负差距甚大，断难实现一致。就连一个家里，我和章慧间，都是差别甚大——她是坚定支持福州举事。

只要为国家前途着想，大概都是有利之事。

章启智轻哼了一声，以示回应。沉默了片刻之后，他忽然转过身，脸色严肃地问，家明，你和陈锋谈妥了？真下定决心要对陈三甲动手？

郑家明挽起衬衣袖子，双手插在口袋里，嘴角露出了轻松的笑容——

章叔叔，我和他"纠缠"这么多年了，到如今这个地步，总得有个收场了吧？

第十四章

　　福州电讯，11 月 20 日李济深、陈铭枢、蒋光鼐、蔡廷锴等宣告成立中华共和国人民革命政府，其"反蒋抗日联共"之目的公开于世。新政府方面，蒋、蔡历来积极宣扬抗战，淞沪抗战期间率领十九路军抵抗日军；然此次福建事变仓促形成，导致中央与地方矛盾，统一之局面备受打击，蒋委员长予以激烈指责。受新政府成立影响，闽省内不少人士闻风而动，尤以厦门一地，经济商会联合声明，支持福州之事变⋯⋯

　　钟和夫关上了收音机，看了一眼郑家驹。他在书房走了一圈，本已坐下，但又站起了身。他拿起书桌上放着的望远镜，推开书房窗户，端着望远镜朝鹭江方向眺望。英国人、美国人、意大利人，他们的军舰都靠岸补给。但在外海，你望去，我们大日本的军舰有几艘？三艘。而且，如果有需要再多的军舰，从基隆港直航而来也很快。

　　钟和夫说着将望远镜递给了郑家驹。郑家驹看了看又放下，脸上神色却不轻松。

　　郑君，是不是又在担心你的生意了？钟和夫瞥了一眼郑家驹，生意不用担心，我们是"捆绑"在一起了。而且，有时生意也不是那么重要。如果将为国家、为政府出力，与做生意比较起来，我宁愿放弃后者。为国家效力才是我赚钱目的。郑家驹嘴上说是，心里却并不认同。公司是他自己的，盈亏都要自己担责，钟和夫财大气粗，普通的损失自然不会在意。况且，他和日本政府、军方关系密切，无论如何也不会遭受重大损失。

我给你吃个定心丸。钟和夫重新坐回椅子上，端起桌上一杯才冲泡好的咖啡。此次福建事变对时局并不会有太大影响，皇军军舰增援是为了盯紧新政府，防止损害日侨利益。但你放心好了，新政府成立得快，倒得也快。从我所得情报分析，蒋中正非常容不得福州成立新政府，不用我们介入，南京方面自然就赶往剿灭了。

南京要是派中央军前来，与在闽十九路军发生冲突，厦门不是也会遭到战火？我刚建了丙字号码头，又准备将南洋木材运往大阪，打起仗就不好办了。

郑老板不是向太平洋保险公司买了保险？听说保额还很大啊，担心什么。陈三甲的声音从书房门口传来，口气里满是对郑家驹的不屑。我以为自己算是爱财的，但没想到郑老板比我更加厉害。我多少还有些其他喜好，譬如女色啦、打打牌九，郑老板却通通不好，一心只想着怎么多赚钱。

多赚钱没有什么错呀。钟和夫笑了笑，从桌子上挑起一根雪茄，给了陈三甲。陈三甲拿起喷枪，点着了雪茄。钟和夫拍了拍郑家驹的肩膀，郑君年纪也不算太大，但做生意很有眼光。如果不是靠他，公司在华南及南洋的生意怎么做得起来？靠你陈三甲吗？

我保平安啊。陈三甲猛吸了一口雪茄烟。郑老板也不是经常在本地，他在香港、南洋、台湾等地的时候，厦门这里的生意怎么保平安？还不是要靠我？

说完，他猛吸了一口雪茄烟，烟头烧得烫红。嘴里含着一口浓烟，朝近在咫尺的郑家驹喷了过去。霎时，郑家驹的脸被烟雾笼罩，烟雾消散后，他的脸色变得铁青，甚至有些吓人。陈三甲却毫不在意，仍要继续抽雪茄，郑家驹却忽然扇了他一个耳光，他嘴里的雪茄烟也被顺带打在地上。陈三甲完全没有预料到会如此，再加之平素跋扈惯了，哪里受得了这个清脆的耳光。他骂了一句"干你娘"，一跃而起伸出双手要夹住郑家驹的脖子。郑家驹一个侧身，躲了过去。陈三甲还要再扑来，但被砸向地上的烟灰缸绊住了。

钟和夫冷着脸，站在陈三甲和郑家驹中间。平时总是挂着的微笑在他脸上全然消失，鼻梁上架着的金丝边眼镜在室内不甚明亮的光线里，闪耀着阴冷。他背着手，两边各看了一眼。你们这是在做什么？如今的局势你们还不清楚吗？福州事变，成立新政府，看起来好似走不远，但中国的事谁又能说得准？十二年前，中共在上海成立，后来被军警追捕，还被迫跑到嘉兴南湖的一条船上开党大会。但现在呢？中共人数翻了几番？蒋中正也被迫说，攘外要先安内，这"安内"就是冲着中共而去的。我说这些的目的是什么？就是告诉你们，面对中国局势，不能轻视了任何一方势力，我们首先不能不团结。

和这种人团结？他在此地闹事还少吗？近来呢，更加离谱，撞人逃逸、迫害小妓女致死，还有其他我不知道的吧？郑家驹指着陈三甲，并不打算给他任何面子。如非不得已，我会和你这样的人一起？我来中国就是为了做生意，为了赚钱，不是来一天到晚生事。迟早，我会被你拖入烂泥塘里。

陈三甲恼羞成怒，待要骂回去，却被钟和夫使了个眼色。钟和夫低头想了想，抬起头时嘴角竟又有了些笑意。他眯着眼看郑家驹，郑君，什么叫作"烂泥塘"？照你的意思，我们都烂透了？你原在南洋做生意，就不需要和三教九流打交道？三甲的习惯向来如此，若不是依靠他，替我们摆平了本地的其他"角头"势力，我们的生意会那么顺利？我说一句实在的话，我们日本军队是厉害，但那是用来对付中国正规军和共产党，城市里那些边边角角，"藏污纳垢"的地方，军队的手怎么伸得进来？还不是要靠三甲。

陈三甲抖了抖肩，先看了看钟和夫，你这是在夸我呢，还是在骂我？我怎么没觉出一点儿的好？藏污纳垢？钟先生不要忘了，每次你来厦门，最喜的是我带女人来吧。而且女人越多越好。那个小晴，在我家喝完酒后，你指定要她继续留下来。这后面出了什么事，你最清楚，我现在是替你背锅。还有你郑家驹，要当婊子就不要立贞节牌坊。在中国现在的世道，要想赚钱，手上干净可能吗？你说一心只想赚钱，但你心有多黑自己不清楚？我就问你一句，是谁硬要抢荣耀戏院，连自己的兄弟都不念？

郑家驹双手插在口袋，我的家事，不需要你来关心。说完慢慢坐在了椅子上，架起二郎腿，你是嫌弃我一心只在意赚钱吗？但钱这个东西，你陈三甲不是一样很热爱。我就问你一句，这两年来，举凡大宗贸易，棉花、钢材、木材、砂糖等等，你从中赚了多少钱？我钱少给你了吗？

那是我应得的！陈三甲说完朝钟和夫一拱手，我先走了，你们慢慢谈。

陈三甲说完甩门而出。书房内一时安静了下来，钟和夫与郑家驹面对面坐着，各自怀着心事。过了一阵，钟和夫按电铃叫用人，提来一桶冰块。他从酒柜中拿出一瓶威士忌，取出两个玻璃杯，倒了一些酒，加了两个冰块。一杯给郑家驹，一杯自己喝了。

对陈三甲呢，你要有点耐心。他现在是城里最大的"角头"，黑白两道都吃得开，很多事情我们不便出面，他都替我们做了。这个，我们是需要的。钟和夫正了正身子，也架起了二郎腿，手里则把玩着已经喝完的玻璃杯。他家里穷，早早就自己谋生混口饭吃。十二岁那年一个日本领事收留了他，带他到台北。读了两年书后心太野，又从学堂跑了出来。后来就混迹艋舺、大稻埕，按照中国人的说法，贩夫走卒、三教九流都混熟了。

后来怎么到了中国？

那个日本领事让他离开台湾，说中国大陆好赚钱，他就自己渡海来了。来了后在杭州、广州、上海都待过，最后落脚在厦门，说是语言相通，日本、台湾来的浪人也多——他带着一帮浪人弄出了名堂，在厦门基本是吃得开的。

我就是怕他太吃得开。郑家驹深吸了一口气。太吃得开，就会得意忘形，就会没有顾忌。发财要闷声，不要生出太多是是非非。就像那个小妓女的死，弄出人命了，我听说郑家明要讨个说法。

郑家驹说到此特意看了钟和夫一眼。钟和夫脸色微变，扶了扶金丝边眼镜，以遮掩自己的尴尬。他略微笑了笑，你的那位兄弟太认真，警察署都结案了，她家里人甚至都没有来认领尸体，这个事很快就会过去。

郑家明这个人，平日里多嬉皮笑脸，但认真起来也很麻烦。郑家驹忽然笑了。不管这个了，他要讨说法，也是找陈三甲，跟我们无关。倒是福州事变，不知道蒋、蔡两位将军联合那么多民国元老，会闹出多大的动静？会不会起了势，断了海上的航路？

那怎么可能？郑君对他们中国人太过乐观，他们大都是窝里斗罢了。钟和夫笑出声，我得到的消息，南京的特务已经在闽省活动，特别是厦门，特务头子戴笠亲自带人来，目的是策反十九路军的副参谋长。不用担心，郑君。再说了，仗真打起来才好呢，钢材需求量必定猛增，武器火药也要增补，这个是发财的大好机会，而且利润远高过出口棉花之类。你说是不是，郑君？

郑家驹将杯中的威士忌一饮而尽，而后才点了点头。他回味着钟和夫话里的"中国人"这三个字。他们是中国人，他们是日本人，他们是西洋人，那么，自己呢？又是哪里来的？

郑君手里一直握着杯子不放，心里在想什么大事呢？钟和夫推了推金丝眼镜，看了郑家驹一眼。该不会是，还在想着陈三甲？我看出来了，你对他很不喜欢。

我喜欢的人，向来不多。郑家驹将杯子放下，而后用随意的口气问，陈三甲背地里吃卖大烟赚的钱，听说不少。这烟怎么运来的，想必钟老板很清楚吧。

钟和夫掏出怀表看了看，忽然对着郑家驹笑了起来。

陈三甲抬脚迈出了寓所大门，掏出怀表看了下，已经是五点光景。他自言了一句，天就要黑了。轿车驶来，停在了他的跟前。司机臭头替他打开车门，他要钻进车里时，回头看了一眼三楼的飘窗，窗户已经被关上了。

不知道他俩还在说些什么。陈三甲关上车门。轿车驶出海后路口，直到再也见不到钟和夫的寓所，他这才把目光收回。钟和夫这个老狐狸！陈三甲忍不住啐骂了一句。钱他是最贪，从关外到上海再到我们这里，从北到南，哪里都有他的产业。干他娘的！这个老家伙，就跟拉屎一样，到处都搞公司赚钱。他妈的又想赚钱，又不想我惹事，他算计得真好！

臭头从后视镜里瞄了一眼，忍不住说，那个郑老板，好像也不是太搭理我们。我上次按大哥你的意思，找他底下的人要进口阿司匹林，囤点货，可底下的人竟然给我脸色，这个推，那个推。干他娘的，他们老板的生意，我们前面不知道做过多少，怕闹事罢工帮他摆平了仓库工人，又去搭桥说通了警备区海上巡逻队，这些郑老板都不念情面……

陈三甲打断了臭头的话，语速飞快地说，他靠什么？还不是靠他家里那些关系人脉，来中国做生意，钟和夫也得靠近他。要不然，南洋的好东西怎么卖给他？但你等着瞧吧，钟和夫这个人翻脸比翻书还快。

大哥，你的意思是，钟先生也会和郑老……那个姓郑的闹翻？

陈三甲阴笑了一声，让臭头丢过来一盒骆驼香烟，摇下车窗后点着了烟。他舒服地往车后座一靠，沉浸在香烟的味道里。臭头，我跟你说，大烟少抽，那是卖给中国人的，我们抽抽这个骆驼烟就好了。美国佬就是会弄新玩意，这个雷诺兹烟草公司出品的烟确实好抽。

大哥，我看他们郑家两兄弟也真是两个样子，一个爱财如命，但又要装得很高级；另一个看来整天也没个正经样子，做些不靠谱的生意，干些不靠谱的事。

郑家明这个人，干的事才不会不靠谱，他心机深得很呢。陈三甲又是一声冷笑。我们的车撞死的那个码头工人，就章慧那个女的去他家里看了，姓郑的没有出现？关于小晴的事，你还听到什么风声没有？姓郑的要讨个说法？

听到陈三甲的问话，臭头脸上有着些微的变化，但因为在开着车，陈三甲没有注意到。他有些吞吐地说，听说，章慧带着苏环球去看过那个人。小晴，她死那么久了，警察署、她家里人都交代过了，要讨说法，也讨不出个什么来吧。

陈三甲点了点头，将烟头扔向窗外，又将车窗摇了上来。这天估计要开始变凉了，天热得太长了。陈三甲手指在车座上敲着，家里香烛纸钱都备好了吧？又到忌日了，得给我家阿爸阿妈烧香了。那年我才十岁，阿弟也不过七岁，基隆家里着了大火，阿爸阿妈把我和阿弟救了出来，他们却倒下了。他们走了，我们怎么办？我又带着阿弟……

陈三甲说到这里就停了，声音也稍微变得颤抖。臭头知道，凡是提到家里，陈三甲就会变得这样。他岔开话，二哥一直在台湾，这几年也做得不错，要不要请他过来帮帮咱们？

不用。他留在台湾最好，不要过海来这里。留在台湾安全。

臭头不再说话。车还在继续开着，车内沉默了一阵。臭头似乎想了很久，这才开口说，大哥，台北艋舺的"欢喜佛"要带几个小兄弟来拜码头，后天就到厦门港。

嗯，后天晚上就安排在清香楼，给他们接风洗尘。

走进清香楼，就会发现里面别有洞天。清香楼大门朝南开着，门脸儿并不大，但一进去就会看见东、西两条长廊，中间天井甚为开阔，天井中央还做了个池塘，里头修葺着假山，游鱼穿梭于群山之中。沿着东西两条长廊走去，透过两边黄木做的窗棂，可以看见食客在散座里惬意吃菜喝酒。

这一楼的散座，估摸可以坐上百人了吧？

郑家明边问苏环球，边推了推架在自己鼻梁上的黑边圆框眼镜。第一次戴眼镜，他还有些不习惯。更不习惯的，是自己唇上黏着的两撇假胡子，痒痒的，总想在胡子上挠一挠。苏环球则是留着络腮胡子，头上戴着礼帽，身上还穿着南洋侨客惯穿的白西服。他向来是大喇喇的，穿着这身剪裁得当的西服，感觉像是被绳索束缚住了，全身不自在。但他又不能显露出来，只能硬忍着。

傍晚时分，郑家明和苏环球进了清香楼，绕着东西长廊走了一圈后，他说了这一句。其实不用苏环球回答，郑家明也知道这答案是肯定的。一楼是散座，二楼全是包间。店小二见了他俩，赶忙奔来招应。苏环球说已经定好了二楼的包间，满园春。店小二赶忙弯腰，两位请上楼，满园春在靠东边最里头的那间。郑家明和苏环球随即上了楼，楼梯的扶手显然是做旧了的，看起来有着别样的古意。

两位先生，要点些什么？

前面已经打过电话订了，干煎丙洲蟹、清蒸石斑、土龙汤、酱卤猪手那些。

苏环球将包间的门关上，将手里一直提着的一个蓝布包袱放在了圆桌上。郑家明绕着包间走了一圈。这个包间不大，摆着六张椅子。两面墙上各挂着一幅仿宋人的山水画，墙角边还立着仿制的官窑立瓶。郑家明笑了笑，口中说挂上山水画装装风雅还行，但立着个假的官窑大瓷就显得不伦不类了。一来瓷器本来就是假的，二来这立瓶明显比原样大了一些。清香楼的主人原意可能是怕瓶子小了，显不出气质来。可他没想到，宋瓷本就雅淡，弄得大了就显得拙笨。

看来你对这些还挺在行，但我见你平时也没把玩古董什么的呀。苏环球一边说着，一边推开了南面的窗户，朝底下望去。底下是一条小巷子，人要是扒着窗台边沿往巷子里跳，问题不大。巷子对面是一排连着的民居，但民居门面开口朝南，所以平日小巷子里绝少有人经过。

你看我身无分文，哪有闲工夫玩古董？我了解些古董，是因为少年时在南洋，阿公喜欢收藏一些古董字画，尤其是爱宋瓷，官窑存世数量还行，汝窑就少多了，存世也许不过百件吧。郑家明说着也走到了窗户边，探出身子往底下看。这条小巷子倒是给我们提供了方便，一入夜，巷子里头乌黑，就更是什么人都没有了。这也是个对比，这一头，清香楼里夜夜笙歌，吃好喝好，另一边呢，冷冷清清，普通人家过的都是清苦日子。这多像如今中国形势——一边是不甘做亡国奴的爱国者，用各种方式抵抗日本人；另一边呢，则是沉默的大多数，甚至有些人甘为亡国奴，和外敌沆瀣一气。

家明兄，你认为自己是哪一类？

苏环球冷不丁地这样发问，让郑家明有些意外。他看苏环球严肃的样子，知道他是认真的。他心里想了想，觉得自己自然是从不愿屈服在任何人、任何势力之下的，但这个"国"，中国，在自己心中分量有多重？她是我的国吗？我爱她，她以及她的人民是否也爱我呢？

郑家明在心里反复思考着，没有将这些话说出。苏环球则大咧咧拍了下桌子，家明兄，这还有什么好想？铁定是爱国的嘛，如若不是，咱们今晚怎么会在这里？

在这里的原因，主要是针对陈三甲这个人。我最看不惯和不能忍受的，就是那些无法无天，自以为老子天下第一的那号人物。况且，我们不针对他，他处处针对我们，怎能不除了这一害？

我以前听老先生"讲古"，说起梁山好汉是"路见不平，拔刀相助"，咱们今天这拔刀，是为民除害，也是为了咱们自己。苏环球笑着说，抬头看了眼墙上挂的摆钟。臭头说晚上七点开席，这时间也差不多了。

臭头说的话应该是真的吧？

他说的话，要正的反着来，反的正着来。没喝酒，清醒的时候说的话，要大打折扣；但要是喝多了酒，又加上酒后扎金花赌博，那说的话就可以当真了。他这个人好酒又嗜赌，最喜去他家附近的沙坡尾赌档，他自己打牌的时候吹牛，说台湾有个大"角头"要来见陈三甲。赌档里有我们可信赖的兄弟，他听臭头这么说，说得有鼻子有眼，应是没有问题。

郑家明点点头，今晚要见机行事，更要小心谨慎。我是第一次做这样的事，成败都有风险。章慧、玉郎他们都不知情，就算出了事，就咱们担着，球仔，你不会有意见吧？

我怎么会有意见？你想做的，也是我一直想干的。我是不会在意的，我这条命是章先生给的，我幼年时死过一次了，能活到现在算是赚到了。不就是一条命么，这有什么。苏环球提起桌子底下的开水瓶，往水壶里倒开水。水壶里有些水枞，冲了些水后，散发出了茶香。他倒了两杯。再说了，想想陈三甲做的那些恶，远的不说，小晴、小蔡兄弟，他们都是枉死。总要给他们讨个公道，要个说法吧？

郑家明听了，没有说话，重重地按了下苏环球的肩膀。苏环球拍了拍他的手，笑了笑。洁白的牙齿，在黝黑的面容下显得更加醒目。郑家明抬起手腕看了时间，七点一刻，又听见门外有些动静。他小心地走到门口，贴着门细细听了一阵。门外的高声里混杂着闽南话和日本话，隐约还有陈三甲的说笑声。郑家明朝苏环球微微点了点头，苏环球下意识地摸了摸自己的腰间。

隔壁包间是花中魁。耳听得他们进了包间，渐渐地里面觥筹交错，猜拳喝酒之声鼎沸于室内。郑家明搬来一张椅子，靠墙而坐。苏环球轻轻推开了沿走廊的一扇窗，留了一条缝隙。透过缝隙，可以看见走廊上的动静。郑家明又看了手表，而后闭上双眼。他的腰间也别了一把比利时袖珍勃朗宁。这把枪还是去年初章启智让苏环球给他带上的，那时日本人借口保护侨民，陈三甲又带人在戏院闹事，章启智让他配上枪，以防万一。但闹得最厉害的时候，他也没把枪带在身上。但这次不一样了。郑家明从腰间取出手枪，拉了保险栓，又擦拭了一遍枪身。

在南洋的时候，用过枪吗？苏环球一边瞄着走廊外，一边问。

用过。打猎用过，南洋不是山地丛林多么。郑家明笑了笑。你又不是不知道，华人在外求财，和气生财最重要，绝少动刀动枪。

可在中国就不一样了。这个世道，你不用枪，别人会用。十三岁的时候，老爷让我拜师学艺，拳脚师傅教了一阵，说单靠些拳脚功夫不行，还得练枪法。拳脚师傅的师傅，就是我师公原是京城里最后的那批镖师，八国联军时洋人的火炮打进城里，他和其他师兄弟们受不了洋人的欺负，想拼个你死我活，但才踢出一个飞脚，洋人的火枪队一梭子弹扫来……我的拳脚师傅就告诉我，再厉害的拳脚，也敌不过一发子弹。他让我跟着练枪法，他双枪用得很好，早些年还被称作"闽南双枪"。

那这么说来，你尽得他的真传，"闽南双枪"可不得了，他的徒弟也是"冠绝全城"了。

城里有人枪法比我好——陈锋，我在打靶场见过他，那枪法……苏环球正要说下去，门外走廊上传来了动静。他赶忙趋近了看，隐约能听见陈三甲正和什么人说着话，两个人看来兴致很高，说一些"合作，大烟生意"的话。两个人走过春满园包间，往走廊尽头走去。

估计是去"五谷轮回之地"了。郑家明笑了笑，很快又收起了笑容，并朝苏环球点了点头。这是合适的机会。

苏环球答应了一声，推开了包间门。两个人神色自若地也朝走廊尽头走去。推开半扇木门，见到陈三甲和一位矮胖的中年男人站立着解手。那位矮胖男子脖子上挂着蜜蜡佛珠，脖子胖得都起褶子了，佛珠挂着分外扎眼。苏环球正要往前一步，但郑家明已经抢了先，站在了陈三甲的身后。他拍了拍陈三甲的肩膀，嘴角一笑。

喂，你尿到裤子上了。

陈三甲被人一拍，先是觉得奇怪，但听了这句又下意识地低头看裤子。刹那间，后脑勺已经被手枪顶着了。旁边的矮胖男子见状要叫，但苏环球一把捂住了他的嘴巴，同时拔出枪对准了他的太阳穴。陈三甲先是一惊，但很快就平静了。

你们俩真是够胆！花中魁包间里都是我的人，整个城里也到处是我陈三甲的人马，你们敢开枪？

你死了，再多的人马也没用呀。

郑家明枪口稍往后退了退，三秒之后扣响了扳机。一枪过后又一枪响起，苏环球补了一枪。勃朗宁虽是袖珍，但还是发出了沉闷的枪声。郑家明和苏环球没有久待，赶紧返回春满园包间。花中魁里已经有人出来了。郑家明一看，是臭头。看他的样子，似乎也要去卫生间。郑家明和他擦肩而过，他稍微愣了愣，但郑家明神色正常地推开了春满园的包间门。苏环球跟着进去，关上了门。他细细听了门外，臭头好像停留了片刻，而后才走开。郑家明已经解开原本放在桌上的蓝布包袱，扔给苏环球一套黑色长衫，自己也脱去原来的西服外套，套上黑色开司米毛衫。两个人赶紧换好衣裳，推开南面的窗户，扒着窗台，"嗖"地往下跳。

落地后，两人快速地往巷口方向跑去。巷外连着的就是大道，在就要进入大道时，两个人放下了脚步，撕去了脸上的假胡子。路灯下，郑家明和苏环球相视一笑，而后分别往不同方向离去。

第十五章

再过几日就要圣诞节了，天气好似一夜之间变冷。南国的厦门往往没有秋天，从夏天到冬天只需一个晚上。前一天还穿着短袖衫，隔了一夜，黄玉郎上班路上却觉得冷了。他出门多带了一件外套，但走在路上，还是禁不住北风吹来，裹紧了外套，也加快了步子。

但到了报馆后，记者送来样稿，等待他这个刚上任的主编签发的时候，他觉得有些热了。不安、焦虑，甚而还有些害怕。报纸已经改名为《全闽新日报》，钟和夫出钱收购了整间报馆，"救"报馆于不倒，也算是没有让黄玉郎失业。不单没有让他失业，还给他升了职。钟和夫是报社社长，但他生意做到五湖四海，哪里管得了报纸的日常。因此，他从上海请来了《申江》杂志原副主编到报馆，担任主编，管理报纸发稿等诸多事宜。但这个主编名叫朱文侯，人长得肥头大耳，想来是在大上海养尊处优惯了，所以并不太爱管事。他又知道钟和夫私底下赏识黄玉郎，即使他是前任老板手下的人，但还是升了职，由此可见一斑。因此，朱文侯充分发挥了上海人的精明识相，《全闽新日报》记者都归到黄玉郎名下，审核发稿都由得他来定。至于朱文侯自己，则管管财务。虽说，钟和夫有钱，但钱也不能白花，不是做慈善事业。

你以为钟和夫是吃素的呀。

朱文侯神不知鬼不觉突然出现在了黄玉郎的身后，指着他正在看的稿，冷不丁地冒出了这么句。黄玉郎起先不明白，看着朱文侯坐在了他对面的沙发上，跷起了二郎腿。朱文侯优哉地点了根烟，对着黄玉郎说，你是犯愁该不该发这篇稿子呢，还是担忧其他什么？

朱文侯看起来老神在在的样子，好似看穿了什么。黄玉郎一惊，难道自己心里想什么他会知道？但随即又自我否定，他一个外来的上海人，阿拉阿拉的，懂得什么。黄玉郎不想让朱文侯看轻自己，于是就拿起样稿，装作在看稿子的样子说，陈三甲的案子，警察署已经结案了，牢房里关着的两个北方人，都承认是他们犯的事。现在又收到小林送来的样稿，提出疑问说凶手可能另有其人。这通篇也没有明确的实证，也无法得知究竟谁是真凶，都只是小林调查后的推论。这消息要是登出来，首先警察署就有意见，另外……

另外，你是怕钟老板那里无法交差？朱文侯往沙发里陷得更深了。大家都知道陈三甲和钟老板关系不一般，但出了事情后，钟老板也就开始时暴怒，但接着又很快接受了陈三甲的暴毙。他对警察署的结论也没有过多的疑问——陈三甲的家属也就剩在台湾的弟弟——他也没跨海来讨说法。"欢喜佛"那头也是出了奇，他手下的那帮兄弟也没嚷着要追究到底，没过几日就选出了个新"头家"。整个事嘛，疑点很多，小林的调查很详尽。但也正因为如此，这消息要是出街了，很多方面都交代不清楚。尤其是对钟老板。你怎么跟他解释？

黄玉郎手里紧紧握着样稿，良久，才松开手，将样稿轻轻放下。朱文侯有些艰难地起身，走两步站在黄玉郎办公桌前，用手指点了点样稿。黄玉郎又举起样稿，将原本写就的三页钢笔字纸撕碎了。撕碎后又揉成团，丢在废纸篓里。

朱文侯用手将着打过厚厚发蜡的头发，我们呢，只是领个薪水，做一份工作。有些事，还是要弄清楚，上海话叫作"拎得清"。我们得晓得老板的意思。他说着又用他厚厚的肉手按在了黄玉郎的肩膀上，我没来报馆前，听说你和广利洋行的人很熟？那些名字我记不来，大概都是像你这样的年轻人。你们关系不错？

关系不错，但近来走动少了。大家各自有各自的事。

  ……某连日来在城内四处走访，以图还原曾鼎鼎有名的"角头"陈三甲之全貌。三甲号称全城最大"角头"，与来访之台北艋舺有名角头"欢喜佛"者，不意竟同时被人近距离击杀于清香楼卫厕之内，实大为惊奇。本案细细观之，又存有不少疑点。盖因从凶嫌作案步骤观察，实为久已预谋，清楚掌握三甲平日之行踪。某走访清香楼当日跑堂伙计，言及那日来了两个陌生面孔，但却操本地方言。其中一位较为俊秀者，口音中甚而带着南洋番味。此一细节与警察署定案凶嫌为北方者，大相径庭。某又得知，三甲暴毙之前，其所占有妓女小晴突然死亡，被疑嫌疑最大；又一晚，鹭江道有劳工被车撞身亡，据闻，此事又似与三甲之司机臭头有关……

又是新的一年了。走在通往雅伦咖啡室的路上，章慧的脸庞感到了一阵冷意。道路两旁去岁才植的凤凰树已经成长，骑楼底下有新开的店铺，也有停业关张的。

时过境迁，很多事都在发生变化。

陪在她身边的郑家明听言，心里微微有些触动。今天是新历的第一天，不知不觉间他自南洋来到厦门，已经是第五个年头了。他有时回望，这么些日子，自己究竟是怎么度过的；这么些难走的路，自己又是怎么咬着牙硬走过来的。他侧过脸看了看章慧，因为走得有些急，她的鼻尖有些红润，看起来就像是水嫩的红萝卜。他笑了，自己若是兔子，定会咬她鼻子一口。

你在傻笑什么呢？天冷了，汽车你不想坐，黄包车也不愿意，偏要走路。

走一走多好，这样才能多和你待一会儿。

啊，你日日往公司里跑，往我家里去，往我学校里找，见得还不够吗？

那不一样。那些时候，周围的人总是太多。和你独处的时间，分外珍贵。郑家明说着就牵起了章慧的手。章慧听了他的话，脸绯红起来，嘴里嗔骂他油嘴滑舌。郑家明不依不饶，摸着胸口说天地良心，说的都是真心话。他又见路上行人寥寥，分外清静，于是冷不丁就凑上去亲了她的脸颊。章慧没防备，脸更红了。她有些恼了，掐了郑家明的胳膊。郑家明隔着厚实的风衣都感觉到疼痛。章慧往前快走了几步，郑家明追上去要再牵她的手。章慧起先不乐意，但看见他脸上的微笑，在冬日的阳光下显得格外生动，心里好似被什么触摸了一下。郑家明好似也察觉到了些异样，再次牵起章慧的手。这次，她没有拒绝。

雅伦咖啡室就在前面浮屿路口。雅伦也是有意思，一楼供人滑旱冰，二楼供人喝咖啡，城里开的咖啡室不少，雅伦新开业，看来是想多些花样吸引客人。

玉郎会来吗？章慧停下脚步。我打电话给陈美，她说会来。我让她和玉郎说一声，她怎么也不乐意，还说很久没见着他了。

我挂了电话给玉郎，他答应了来。福州事变前，他接了报馆主编，事务多了很多。郑家明走得有些热了，于是将风衣脱了，挽在胳膊里。又顺手多解开了衬衫的一粒扣子。起先，我们以为报馆都要关张了，没想到不单活了过来，而且看来越做越好了。

那是因为，报馆换了老板。章慧的语气变得有些冷。钟和夫做了什么事，大家心里都清楚得很。黄玉郎更是应当懂的。他过去对钟和夫、陈三甲多有披露，现在却甘心留在报馆，还在钟和夫手下干事？他究竟是如何想的？

　　我问过玉郎，他说钟和夫并不干预正常报道，相反还对报馆抱注甚多，添购不少设备，购买通讯社消息。玉郎有做新闻的理想，他不想换行……

　　这些我都不关心！章慧忽然变得有些激动。我在意的是你！我一直觉得，清香楼的事，没有那么简单就完结。陈三甲和那个什么"欢喜佛"都不是随便的人物，他们死了，钟和夫咽得下这口气？那些浪人们不会起疑心，继续追查？阿爸知道后，认为你们太过冒险，给自己招惹了太大的麻烦。球仔被公司派往上海，实际就是躲开一阵，而你呢？

　　天涯海角，无处可藏。我好像没有更好的地方可去。郑家明笑着说，最危险的地方就是最安全的地方。事后，我们找过陈锋，这也是章叔叔建议的。陈锋是怎么说动钟和夫的，我不知道。但我确信，至少现在是安全的，你不用担心。

　　我怎么不担心？章慧无奈苦笑。现在安全，那么以后呢？

　　别再说这些。

　　郑家明又牵着章慧的手，两人肩并肩走着。快接近浮屿路口，人渐渐多了。

　　城里新近开了几家咖啡室，许是竞争激烈，为了吸引客人，咖啡室的老板就专门辟了旱冰场，来喝咖啡的，可以免费在旱冰场玩儿。据说，这个新鲜的玩意儿是从新加坡学来的。

　　大家坐在二楼的散座，侍应端上各人要的咖啡。陈美抿了一口美式咖啡，觉得味道一般，于是就打趣说，看来大家喝咖啡是假，来滑冰才是真。章慧接过后，瞥了一眼郑家明，这个喝咖啡的"好办法"，你在南洋时是不是就已玩过了？你早知道这样的咖啡不好，就提前说，我们从家里自带咖啡豆，让店里现磨现喝。郑家明苦笑摇头，我离开南洋这么多年了，现在那里流行什么我哪里知道，反正我离开前没见过这种喝咖啡的玩法。大家就老老实实进咖啡室，喝咖啡抽雪茄。

章慧和陈美听了，都微微笑了。郑家明端起咖啡杯喝了一口，余光看了看一旁的黄玉郎。自他进来，除了回答侍应要点的咖啡之外，没再说一句话。鼻梁上架着的眼镜，好似遮住了他的双眼，让外人很难看清他的情绪。他的双颊刮得干净，头发上抹着锃亮的发蜡，但郑家明却觉得他很疲惫。外表的光鲜掩不住内里的疲惫不堪。

郑家明叫了黄玉郎一声，在看什么呢？楼下滑冰热闹，光作壁上观可不行，你邀请陈美去滑冰呀。

我不想动。陈美忽然冷了脸。

哪有这个道理，咱们才刚来，这就累了？章慧牵起陈美的手，来喝咖啡，不滑冰不是亏了。滑冰鞋我们都准备好了，你的是 37 码，玉郎的是 43 码。说着边拉着陈美走，边给郑家明使了个眼色。

黄玉郎还没动，郑家明踢了他一脚，你怎么回事？就不会主动一点？现在难得聚一次，你就这么不热情？

我不热情？你问问她陈美，我做得还不够？黄玉郎忽然变得激动，我升了职，加了薪，第一件事就是请她上城里最好的西餐厅，纽约餐厅吃饭。我还请西洋乐队为我们奏乐助兴，但她统统不领情——吃饭的时候冷着脸，对我爱理不理。送她回家后，我拿出准备好的耳坠送她，她根本就不看一眼。这个耳坠是我托了报馆主编老朱，回上海时特意去老凤祥买的。我虽赚钱不多，但我赚的钱都愿为她花……

这不是钱多寡的问题。郑家明不知该怎么说下去，他心里明白，陈美在意的根本不是玉郎是否有钱，而是他在为谁干活。郑家明当然也明白，玉郎不会为钱背弃自己的良知道义，报馆的一应报道仍旧如常。但一想到报馆老板现在换成了钟和夫，任是谁心里多少都有些疙瘩。何况是陈美这样爱憎分明的女子。可是，这些话，能对玉郎说吗？而陈美又能理解玉郎吗？

四个人终于在滑冰场滑上了旱冰。章慧在上海时常滑，陈美小时跟着父兄去过北平，在什刹海结冰的湖面上滑过冰刀，故两位女士都滑得不错。只是苦了郑家明和黄玉郎，两位男士个子高，又不熟练，滑起来甚是滑稽。章慧笑着摇头，对陈美说，帮帮那两个四肢不协调的家伙吧。陈美有些不乐意，但章慧已经将她拉到了黄玉郎的对面，她自己则牵起了郑家明的手。章慧拉着郑家明往前滑，两人回头，看见陈美教黄玉郎慢慢滑，于是相视一笑。郑家明眼看着离他俩远了，和章慧说起了自己心里的话。章慧听了起先没有回话，待滑了一圈后才停下来，转回身看玉郎和陈美。

希望我的担心不会成真……钟和夫接手报馆没那么简单，玉郎日后怕是无法独善其身。

郑家明手扶着围栏，没有回应章慧的话。天气虽冷，他的额头上却满是汗水。他招呼其他人都上二楼休息，刚落座大家就嚷着身子热，侍应适时地端上了冰镇橘子味汽水。章慧喝了一口，嘴里"哇"了一声，连说天冷喝冰汽水，真是别样的感受。郑家明摸着瓶身上的"欢乐"牌标签，说你身子受得了这冰汽水吗？我是怕你"亲戚"来了，喝了肚子疼。章慧一开始没明白，待看见陈美在一旁"吃吃"笑着，这才醒悟，怒骂郑家明说话不三不四，没个正经。她说着还要作势打郑家明，郑家明赶忙躲开，又连喝了几口汽水，嘴里说真怕你金刚怒目，让我喝口汽水压压惊。

章慧和陈美都被逗笑了。就在众人欢笑声中，黄玉郎忽然开口，你们还笑得出来？他又盯着郑家明说，球仔为什么去了上海？原因你自然懂，但问题是，躲得了一时，躲得过一世？那些浪人，在上海还少吗？就算是钟和夫，在上海产业也做得大，你是见识过的。要躲开这些人，可能吗？

玉郎，我不明白你在说什么。郑家明放下汽水瓶，点了根烟。

有些话，还需要我说破？凡走过必留下痕迹。况且是"杀人"这么大的事。

那你觉得，人该不该杀？

这不是我说了算。杀人简单，刀子一抹脖子，或是子弹一颗炸花了脑袋。可杀了人之后呢？黄玉郎身子往后面靠了靠，摘下眼镜擦了镜片，而后再重新戴上。报馆有个姓林的记者写了一篇报道，但被压下来了。"杀人"这事没这么简单，你郑家明一人之力肯定是无法摆平，这事好似大事化无，背后不知有多少人出了力。

黄玉郎，你究竟是什么意思？陈美平日里绝少生气，但这时却动了怒。你是站在哪一边，又是为谁说话？你是彻彻底底成了钟和夫豢养的家犬吗？都听他的话了？

陈美的话说得难听，但黄玉郎却没有恼怒，只是淡淡回应，整个事钟和夫没对报馆下任何要求，倒是你们陈家没少和他接触，试图摆平此事。

陈美愤而起身要走，但被章慧拉住了。章慧有些生气地对着郑家明和黄玉郎说，你们俩怕是脑子坏了吧？这是什么地方？楼下滑冰，楼上喝咖啡，人多嘴杂，你们说的这些事一点儿也不顾及周围？你们俩赶紧走，找其他地方去，别在这里坏了我和陈美的兴致。我们还要喝咖啡。

郑家明和黄玉郎听了，只好起身。两人走出雅伦咖啡室，里面的热闹被抛在了身后。两个人走在大街上，像是陌生人一般各自想着心事，各自走着路。郑家明扬手叫了街头的两台人力车，说去中山公园。到公园时已快傍晚，游人渐渐散去了。郑家明和黄玉郎默默走着，来到了一处公园湖畔的凉亭。黄玉郎从风衣内袋里掏出一个信封交给他。

你自己看吧。这是小林写的报道，对你和球仔做的事提出怀疑，更提到了陈三甲和"欢喜佛"死后没有太大动静，认为背后有人在用力……

我烧了？郑家明掏出防风打火机，将信封整个都烧了。接着火苗，他还点上了一根烟，而后在烧至尽头时，将灰烬抛向了湖面。你想从我这里得知什么"真相"？你不是都知道了。

我知道什么？当时你和球仔决定杀人，这么不考虑后果，事先告诉过我吗？我什么都是后知后觉。待陈三甲真被杀了，我以为城里会是一阵轩然大波，但没想到一下子就过去了。我当然不喜欢陈三甲这个人，但他这样一个有头有脸的"角头"死了，好像就是寻常的人，死就死了，没有一点动静。

依你的意思，寻常人死了，就像是湖上的涟漪，一下子就消失，这才是正常？而非显要人物，他们的死活就一点不重要？郑家明冷冷地回应，小晴这个苦命女子合该就是死，而且死在最年轻的时候？码头的那个兄弟，就该被撞死，死在家里小孩嗷嗷待哺、全家都等他买米下锅的时候？

你以为我不怜悯穷苦人？我们现在说的是陈三甲。我脑海中有无数个问号，你，郑家明，作为兄弟，是否应该坦诚以对？我把自己所知的，都告诉了你。

你的意思，是做等价交换？郑家明笑了笑。笑过之后，他双手插在裤袋，面向着寂寥的湖水。我不杀陈三甲，他日就是他杀我。这一路来，他如何对我，你最清楚。种种之因，陈三甲必须死。至于他死后，如何收场，我和球仔确实没顾忌太多。那日清香楼动手之后，我开始有些害怕……毕竟是第一次杀人……按照约定，我和球仔连夜赶往鼓浪屿，向章叔叔面告。他得知后，既惊讶又生气。

他当然会生气，"杀人"这么大的事，你以为是打野兔那么简单吗？

国民革命以来，章叔叔见过多少血雨腥风，"城头变幻大王旗"有之，"朋辈成新鬼"也有之，生逢乱世不要说他人，就是自己之生死，也常常不过是一瞬之间。杀该杀之人，事情就变得简单。章叔叔在意，倒不是杀人本身，而是在于我们没有提前和他商量。郑家明看着黄玉郎，陈三甲死不足惜，章叔叔担心的是日本人找凶手，最后找到我和球仔。

所以，你们商量出了脱身妙计……

你以为是诸葛亮给赵云锦囊妙计？都是章叔叔付出了代价。先是以业务开拓之名，安排球仔去上海。为了不使人有走得匆忙之嫌，还做足了"前戏"。请上海的傅老板假装发来电报，需要公司派可靠、勤力之人去经营纺纱出口生意。接到电报，章叔叔就顺理安排球仔乘船去往上海。球仔就暂时待在上海，避开风头。否则他与我都在厦门，目标太大。

那么你呢？如何安排？

我就麻烦多了。郑家明笑了起来，我在厦门城里好歹是个人物，又和陈三甲有过恩怨，嫌疑自然极大。章叔叔考虑过后，决定去找陈家。他带着我和陈广利父子见了面，直言说了我做的事，并提出为保我而可行的办法——兴盛公司再以抗日名义向福州新政府方面捐款三万美金，实质是资助蒋、蔡两位将军领导十九路军之用。同时，公司出让新加坡佳丽菠萝罐头代理权，让渡给陈家。

章老板损失太大了吧，这……

这还没完呢。陈广利、陈锋父子也得投桃报李呀。他们找到钟和夫，谈到请他接受警察署的调查结案，不再追究杀陈三甲和"欢喜佛"之事。条件则是，陈家的广利洋行开辟的东西两条内河航线，以低于市场价三成替钟和夫运送货物。此前，陈广利坚决不同意载送钟和夫的货，因其常常夹带私货，特别是大烟。同时，答应钟和夫，一旦新政府要在厦门进行军政改组，首要保护钟和夫的资产。

陈广利一心想把生意做大，这么个条件，他自身也损失不少。不过……黄玉郎话卡住了，停顿了片刻。想了想后，他突然看着郑家明，目光变得有些犀利。不过，我们已收到绝密线报，新政府在元月之内必然结束。蒋中正派出的戴老板，说动了十九路军副总参谋，将要倒戈。同时，他派中央军从江西往福建挺进包围，意图逼迫新政府投降。此绝密线报基本无误，钟和夫也知晓，那他怎么还会答应陈广利提出的第二个条件？

郑家明听了黄玉郎的话，心里大为吃惊。黄玉郎又追问了一句，陈广利父子不会也知道新政府要垮台了吧？

郑家明摇了摇头，他们还心心念念着要靠新政府行抗日之义，不会知道这令人灰心的消息。突然，他转过身，一字一句说，钟和夫这个老狐狸，会不会也是想除掉陈三甲？

这不可能吧？陈三甲是钟和夫的左膀右臂。黄玉郎先是否认，但很快他对自己前面的话又进行了否定——

这世上的事，有什么是不可能的呢？

第十六章

今年真是有趣了。

吃完饭走出"淑芬别墅"，天色已经晚透。章慧说了一句，她以为郑家明听到会有反应，但过了片刻却见他似乎并没有什么表示，于是轻轻咳嗽了一声。郑家明这才回过神，你说什么呢？今年有趣？他连问了两声，接着又做了否定回答：这年头谈不上有趣，甚至有些沉闷。我在想刚才吃饭，和章叔叔谈起福州事变失败，新政府倒了，前后连半年时间都不到，太过迅速。我满是内疚，不知道章叔叔能否明了。

明了什么？你何时变得那么婆婆妈妈。阿爸捐出去的钱，是早就谈好的，而且是为了抗战，有什么好后悔？蒋光鼐、蔡廷锴两位将军一心为民族，捐钱给十九路军并没有什么错。

但是，中华共和国就这么没了……

你是觉得阿爸捐了钱，新政府却垮了，他没有得到好处？我的老天，家国大事，又不是简单做生意，怎能计较太多个人得失？甚至还要做等价交换？如果做什么事非要讲个目的和回报，那嘉庚先生倾其所有兴资办学，最后弄得公司经营不下去，他不是太傻了吗？可嘉庚先生始终坚持自己理念不动摇，完全不计个人得失与自身荣华富贵。他的付出，并不求回报。

你有些误会我意思了。郑家明打了个呵欠。你说得太崇高义，我没想那么远。我是自己内疚，事情起因是我，如不是要请陈家出面谈拢钟和夫，章叔叔那钱也不用捐出去，还有代理权。

日本人内疚要剖腹自尽，你是否也要学他们呢？章慧白了郑家明一眼。那一段经历已经过去，就不要再去想了。既然做了，那就做了。只要是正确的事，就没有什么好后悔。

到底是不是"正确"……郑家明讲到这里，忽然把话收住了。章慧素来就见不得人犹犹豫豫的样子。而且，再退一步说，如果事件"不正确"，那不就等于郑家明承认当初不该如此？也间接说是章启智并不明智。郑家明意识到，如果自己真这样想，那就是"自打耳光"。

不知不觉，他俩已经走到番仔球场。透过隐约的路灯，可以看见球场入口处挂着一条横幅，上面写着"新春万国足球联欢赛"。郑家明一只手扒着铁门，透过缝隙看着球场内的草地，有些感慨地说，外面闹得满城风雨，这小岛上却还是"风景这边独好"。小岛上外国领事馆那么多，那些"高贵"的外国人闲得没事做就踢球。我们却为了吃饱肚子，整日奔波。而且还得确保"小命"活着。

他们能踢球，是因为他们的国家好；若他们国家不安定，处处受欺负，看他们还有心情玩这些球赛？章慧不以为然地说着。忽然又像是想起了什么，有些不乐意地推了郑家明，说来说去，都说到太平洋去了。出家门前，我说的那句话，你现在倒是反应过来没有？

那句话？哦，"今年真是有趣"。郑家明拍了下脑门，"哦"了一声，而后接着说，我不明白你意思。

讨厌！章慧生气地跺了下脚，大声冲着郑家明说，今天已经是农历大年二十九了，后天是大年初一，也是新历 2 月 14 日。2月 14 日，知道是什么意思了吗？

让我好好想一想，嗯，不知道。郑家明见章慧作势要打他，于是连忙笑着赔罪。我知道，我知道，是洋人的"情人节"。我们不过洋鬼子的节日，我们过"七夕节"。

你再胡说，我就真生气了！

郑家明见状赶忙拉住章慧，我都是在说笑呢。这么重要的日子，我怎么会不记得。我都想好了，到了这天，就正式向章叔叔……

啊，你疯了吗，不会是要提亲吧？不是？哦，那跟我阿爸说什么？

就说咱俩正式在一起了，是男女朋友。

这还用特别说吗？旁人都看得出来了吧。章慧又好气又好笑。阿爸铁定也是知道了，只是他历来就崇尚自由，由得我们罢了。你不用太在意，情人节那天要特别为我准备什么。我倒是希望你陪我去参加一场酒会，你做我的男伴，不然我一个人在酒会上太突兀。

我明白的。郑家明脸上露出了意味深长的笑。看来地下党员要和别人接头了。

章慧没有回应他的话，只浅浅一笑。她送他到了码头，坐上了最后一班渡轮。在"突突突"的马达声中，郑家明望着渡轮逐渐驶去，章慧站立的身姿越来越模糊，直至她连同整个岛屿都消失在夜幕中之后，他才持着船票坐回了前排的位子上。一阵疲乏慢慢涌了上来，郑家明有了些恍惚。突然，他好似看见了陈三甲的影子，他剃了个光头，但脸庞却还是原来的样子。他的脸就在前头晃来晃去，而且还对他露出了阴邪的微笑。

"嘟——"，汽笛响起，渡轮靠岸，郑家明这才彻底惊醒。他揉捏了下自己的双颊，直到确认还活在真实的人间，这才整了整衣服，踏上岸边。没走几步，忽然听见有人喊自己的名字，不用见人，他也知道，是黄玉郎。

新世界舞厅的门口打出了告示牌，写着"本舞厅即日起连休三天，年初二正常开门迎客，欢迎君来"。郑家明抬头见整座新世界娱乐场除了门口亮着灯之外，其余都无灯火，于是就对黄玉郎说，新世界今天就没开门了，你怎么还提来这里？随即又说，不知不觉，有差不多一年没来这里了吧？上次来，还是因为陈美生日呢，她办了个大派对，我们都来了。

可惜呀，欢聚太难，时光又匆匆。现在大家都各有心事，又四处飘零。

郑家明听了，笑出了声，你这话说得，像是《红楼梦》里黛玉姑娘的口气。咱们现在都还年轻着，不能这么颓唐。

黄玉郎没有马上回应他的话，先按了门房的电铃，很快就有人出来接应，恭敬地引着他们到了楼上的舞厅。两名穿马甲别领结的男侍应如常站在舞厅里，似乎专为等着黄玉郎和郑家明到来。郑家明觉得有些意外，黄玉郎来这里像是主人一般，难道新世界换老板了？这不可能呀，就算换老板也不会是玉郎吧？他只是《全闽新日报》的主编而已，一个报人，能有几多钱？

落座后，侍应端上了一瓶威士忌、两只玻璃杯和一支小冰桶。黄玉郎说他们自己来，让侍应打开留声机后就离开。留声机里传来的是美国大乐团录制的爵士乐，黄玉郎说唱片是百代公司在上海翻录的，质量还过得去，大家都放假了，现场音乐听不了，就听听唱片吧。郑家明点了点头，他原本就对音乐不热衷，再加上住在旧公寓里，房间狭小，放个硕大的留声机显然不合宜，所以平素听音乐就更少了。像黄玉郎这样热爱音乐，并且特别喜好爵士乐，还将赚来的薪水用来买很多好唱片，则更难以想象。

两人轻轻碰了碰玻璃杯，冰块在酒中摇晃，不规则地碰撞着杯壁。黄玉郎喝了口酒，笑了笑说，你说年二十九了，我们两个人坐着喝酒，无家无靠，是不是很可怜？其他人呢？球仔去往上海，起先是为了避一避，现在可好，事情做上手，听说傅老板那里留着他呢。章慧呢，毕竟还有阿爸，你们俩还没办好事，她自己又有心社会运动，明日如何真是不好说。

郑家明摇着玻璃杯，那么你呢？陈美那里，如何去解释？

解释什么？

解释这周遭一切呀。郑家明指着舞厅的四周，又指了指自己的耳朵。

黄玉郎轻轻一笑，新世界原来是独资，去年底原来老板转了部分股份给钟和夫。钟和夫说是为了有个招呼朋友的固定地方，他不参与经营，新世界原来是如何就是如何。朱主编爱到这里见客人，我不时跟他来，就和这里的总务经理熟识了。我和他说一声，单独开下舞厅也是正常。

正常？世上的事怕是没你说得那么轻松吧。郑家明放下玻璃杯，点了根烟，大拇指在额头划着。钟和夫是什么人，你铁定是清楚的。我是不希望见你陷进去……报馆换头家，你初心是为了做记者，你有你的坚持与原则，我也认同，没有劝拦你。可现在，你能说，你没和钟和夫越走越近？

世上的事，有的简单，有的也复杂。一时半会儿，三言两语无法说清的事，就先不说了。黄玉郎似乎并不急着向郑家明解释。他饮光了杯中的威士忌，尚未融化的冰块独留杯底。我今天特意在码头等你，是为着你的事而来。你先离开厦门吧。或者说，离开中国，回到南洋去。

这话说得太过突然，郑家明竟有些恍惚，他黄玉郎究竟是在认真说吗？他再次确认，黄玉郎除了嘴角有一丝的微笑之外，并无其他神色。黄玉郎接着说，你不用怀疑，我不是在说玩笑。陈三甲和欢喜佛的死，我们都低估了一件事——以为用钱可以摆平他们这些角头浪人，他们是爱钱，但他们也有家人兄弟，他们还讲个"面子"。陈三甲家里还有个弟弟，钟和夫把他招进了台湾公司代表处，暂时收得住。但欢喜佛就没那么好说话了，起先钟和夫以为多给条赚钱的生路就好，但他那帮在台北艋舺的手下还是不甘心，发誓要回唐山替老大报仇……那帮角头兄弟若是来了，目标就是冲着你，所以……

郑家明一直低着头，看着桌上已经见底的玻璃杯，你这些消息，是从哪里得来的？钟和夫那么"好心"，还让你转告我？

他话里有话，黄玉郎听出来了。钟和夫这个人怎么可能让郑家明有好日子过？陈家父子找到他说情，谈好所谓条件，但一有机会，他就翻脸不认人。他向来只选择对自己最有利，若是欢喜佛的角头兄弟寻仇杀了郑家明，正好落了个"借刀杀人"，他何乐不为？吃了上家，又吃下家，他做得出。

郑家明点了根烟，等着迟迟未回应的黄玉郎。良久，黄玉郎才缓缓开口，说来你不信，是你家兄弟，郑家驹让我转告你。我上面隔着朱文侯，又不跟着做生意，和钟和夫哪里有亲密的关系？我离他远着呢，他不会告诉我这些。是郑家驹找到我，和我说的。他最后说……不想把你死的消息带回南洋，已经死一个了，难道还要两个都死在异地他乡……家明，你在听吗？

郑家明起身，接过侍应递来的风衣，搭在肩上。他往门外走了两步，又停下来，回过身说，我坐渡轮回来的时候，打了个瞌睡，梦见了一个人和陈三甲很像。但他年轻，二十不到吧，而且理了个光头。你见过陈三甲的弟弟吗？

怎么可能。他在台北，我在厦门，我去哪里见他？

我梦见的这个人啊，他直勾勾看着我，像是一心要杀我。

第十七章

　　郑家明头一天晚上基本没睡，公寓里满是烟的味道。他听见敲门声，一时竟不明白是上午还是下午。章慧进了公寓，差点没被屋内的烟臭熏得吐出来。她皱着眉，捂着嘴，赶紧推开了窗户。听见郑家明带着抱歉的语气在解释，心里顿时来了气。一边收着书桌上的烟灰缸，一边说着，昨日你来我家拜年的时候，我就见你有些不对劲了，阿爸和你说话，你总是心不在焉的样子。我问你，你又不答。昨日下午你匆匆赶回来，我担心着你，给你公寓挂电话却没人接。我放心不下，就来看你。没想到，你这样糟蹋自己……

　　你这收拾得真是见效，屋里一下子清爽许多。我昨晚在外面散散心，买了酒回公寓喝，衣裳也没换。

　　郑家明没有顾忌，说着就脱下了内衣，打着赤膊。章慧见了急得低下头，看见椅背上挂着一件衬衣，于是抓起扔给了他。郑家明笑着接过衬衣穿好，又套上了一件黑色毛线衣。

　　你真是不要脸。

　　慢慢你就习惯啦。

　　章慧听了正要回他"流氓"，但一想骂了正中他的"下怀"，于是就转而问，你还没回答我刚才的话，为什么"心不在焉"？年二十九还吃了饭，怎么过了一天，就变样了？

　　郑家明看着章慧担心的脸庞，心里有些动念，但又想到那夜和黄玉郎说的话，他不确定是否应该原原本本告诉她。黄玉郎强调了一句，要郑家明不要连累身边的人，特别是章慧。从郑家明心底来说，他并不在意那些艋岬"来客"有多厉害，但他在意的是章慧不能受伤害。他想，回南洋也不是多了不得的事，他回也不成问题。但眼前，多了个章慧，去留就成了问题。况且，还有阿爸的那些心愿呢？他不敢再往深里想，见章慧拿起了书桌上的硬皮笔记本，他在心底低低叹了声。

这是我阿爸的本子，记了他自南洋而来后的所思所想。

哦，原来就是这本。章慧轻轻放下，又拿了起来，郑重地交还到郑家明手里。曾经听你提过，郑叔叔的遗物要好好保留着。

我昨晚又拿出来看了，边看边喝着威士忌，很快就醉了。郑家明将笔记本塞进书架顶上。说来真是惭愧，荣耀戏院收了后，我好像也没做什么正经事，不单没法重新收回华光戏院，反倒浑浑噩噩过着日子，还靠着兴盛公司出粮支钱给我度日。

你又不是白干活，不是也替公司做了许多事？太古洋行那里，鲁道夫就信得过你，我听阿爸说过了，但凡是用到洋行船运的事，都是你去跑的。章慧语气放软了，我知你心里着急，但急也没用。说句不好听的话，就算陈家现在愿意重新出让华光戏院了，你有能力接手吗？不过，目下和陈锋关系转好了很多，要他答应出让戏院，机会还是有的……

亲爱的章慧小姐，不用再说这些俗事了。郑家明忽然抱住了章慧，不容她拒绝。今天是西方的"情人节"，西风东渐，可不能忘了，我们也要有个仪式。

郑家明作势亲了她一口，但很快就被推开了。章慧咬着嘴唇，心跳加快了，但面上又要极力表现出平静。她的胸脯上下起伏着，嘴里说话也有些急促，我来也是说这个事。鲜花蜡烛还有红酒牛排就免了，你跟我去学校帮忙吧——大年初四"接神"！

大年初四是"接神日"，这里俗称"神落天"。按照习俗，当日各家各户都要在厅堂供奉牲礼、果品、甜食等，燃放爆竹、烧金纸、神马，恭恭敬敬地迎接诸神下凡，继续履行司掌人间善恶的职责。郑家明还在南洋时，每逢过年过节，当地侨民也会依照规矩，做足传统习俗。不因远在异地他乡而淡忘了这些习俗，反而是更加重视。初九拜天公、中元节祭祖、清明节扫墓等等，都是隆重的纪念，同乡会往往还会组织各家各户一起办习俗。

但我想不通的是，一个学校，做什么"接神"呢？在去博爱小学的路上，郑家明忍不住问章慧。

是为了做慈善活动呀。校董事会已经给商会去函，也在报纸上发了倡议书，请大家积极参加活动，每人认捐一件贡品，认捐的钱全部用作学校扩大招生，特别用于减免家庭贫困学生的学费，以及发放奖学金。

这个真是好啊！郑家明忍不住拍手叫好。这是做了大善事，博爱学校以国父中山先生"博爱"理想立校，看来真是做到了"幼吾幼以及人之幼"，不使一人失学。中国要不受欺辱，国人教育是顶重要的。

远远望去，已经能看见博爱小学操场上飘扬着的青天白日满地红旗。郑家明忽然心中一动，他拉着章慧站在了马路牙子边上。一边看着她，一边意味深长地问，章慧同志，"接神"活动怕是没那么简单吧？过往只见你默默普及教育知识，此举虽是义举，但有些热闹和张扬，我想这不是你的作风。如是平常，你也不愿如此"高调"吧？

章慧先是笑了笑，而后绕着郑家明转了个圈说，你真是机灵，看来组织上可以吸收你为一员？她立定后又仰着头看郑家明，压低了声音说，"接神"嘛，不单是有天上来的神明，还有人间的"神明"呀。他们从山间而来，从海上漂来，他们也要相聚。说明白了，人间的"神明"才能真正拯救百姓疾苦。

章慧含着笑，没有再说下去，但郑家明心中已知道了个大概。他虽不明白内里究竟为何，但他立正向章慧敬了个礼，我向你保证，一定努力配合你。章慧见了一惊，赶忙拉下他的手，你发神经了呀，这大街上的，被人瞧见了真是闹笑话了。郑家明就要笑出声了，出声前连忙掩住了嘴，又牵起了章慧的手往学校走去。

来到学校门口，这才看见停着一辆墨绿色的菲亚特 500 Topolino，这车小巧精致，少有人开。郑家明一见就明白了，是陈美来了。这车城里也就一辆，似乎是专为女子设计。过年前，陈锋特意托人从上海采购而来，专门送给陈美。

走入学校大门内，果然见着了陈美。已经有校工在忙着清扫操场，陈美穿着白色帆布运动鞋，卷着袖子，帮着捡拾一些杂物。天虽冷，但她干得额头直冒汗。她直起腰抹去汗珠，看见了郑家明和章慧，于是微笑着朝他们挥手。章慧快跑了几步过去，拉着陈美的手，有些抱歉地说，没想到你来得那么早，我们迟到了，让你忙个不停。

怎么会呢？春节都窝在家里，现在动动手脚，出出汗，挺好的呀。陈美又笑着说，再说了，"接神明"是做好事，你那天一提我就催着阿哥要来认捐贡品。阿哥认捐了一头全猪，出价一千元，支票我都带在身上了。

陈美说着就走到红案板边上，拿起放在桌上的坤包，从里头取出了一张支票交给章慧。章慧接到支票后，连声说"感谢"，并说要去把支票统一交给学校财务。留下郑家明和陈美，两人不知为何竟有些尴尬起来。陈美背着手，脚尖在地上轻轻划着，低垂的眼睑露出长长的睫毛。郑家明想到初见她时那副大小姐的模样，不想一晃就过去好几年了。虽然大家都成了好朋友，但彼此见面机会却不多。再加上黄玉郎的关系，他单独见到陈美更是少之又少了。

你在想什么呢？倒是陈美先开口了。近来可好？

　　没做多少正经事，就是东忙西忙。郑家明自嘲起来，自荣耀戏院收了之后，我这一两年好似真没做过什么正经的营生。还是章叔叔仁慈，收留了我，在公司给我按月出粮，否则我都要潦倒街头了。

　　郑家的少爷，怎么可能潦倒街头呢？这是说笑了。陈美笑了笑，而后又说，你看你的兄长，郑家驹，将生意做到这里之后，一天一天兴隆昌盛。听我哥提起，他新近开始进口洋布生意，自上海进货后运来我们这里，又分销到周边县市，影响越来越大。

　　不意外，他可是个赚钱的"奇才"。郑家明刚说完这句，忽然隐约觉得有些不对劲，洋布生意？你们陈家不是也在做这个？自我知道起，进口洋布就是你们做得最大。郑家驹如此一来，不是和你们正面竞争？

　　陈美微微一笑，说了句"做生意难免竞争"后就没再说下去。她好似轻描淡写，但郑家明却听出了另外的意思。陈美向来不提家里生意，但今天提起，说明洋布这块生意已经被挤占了不少。她又以为碍着和郑家驹的关系，不便和郑家明说透。但如此一来，却也让郑家明为难了，她说这话究竟是为何呢？难道是要自己去和郑家驹说，要他网开一面，手下留情，不要抢了陈家的生意？郑家明想到这里，马上又在心里否定，陈美不会不知道他与家驹间的关系，她怎么会有此想法呢？那她为何会提起这些？

　　你在想什么呢？是在想我刚才提的事吗？陈美莞尔一笑，你不用担心，这是家里的事，有阿爸和阿哥在顶着呢。我只是这么一说，你不用往心里去。

　　我真往心上去了，还想着要怎么办呢。既然你说无妨，那我也就只当听一听。郑家明跟着笑了笑，他虽这样说，可心里却有个预感，郑家驹生意做起来，日后和陈家、章家之间摩擦只会多，而不会少。矛盾不可避免，甚至可能加重。真要到不可收拾的地步，那自己该怎么办？虽然他和家驹间所谓血亲关系已经淡之又淡，可他终究是自己家人，真到了闹翻的时刻，他要站在哪边？

郑家明一时又觉得自己想太多了，杞人忧天么。他摇了摇头，不去想这些。耳边又忽然听到陈美说了一句，你有章慧，真是好。郑家明听着有些奇怪，朝陈美的目光看去，章慧挥着手走来了。郑家明打趣说，怎么不是"章慧有我真好"，而是我有章慧？陈美笑了，忽然又很认真地说，章慧姐姐人好，你要对她好。很多人愿意帮她，也想对她好呢。

哦，我怎么觉得话里有话。还有谁对她好呢？

我阿哥。紧张了吗？陈美笑出了声。章慧姐找到我阿哥，要他帮忙的事，他没怎么考虑就答应下来了。

"接神明"一般是初四晚上进行，直到初五凌晨。普通人家要郑重其事接神明，做生意的店家就更是在意了。春节店家不论是休市的还是开门的，到了这天都早早做了准备。白天就开始忙碌，在朝街的店铺门口摆八仙桌拼成的案桌，依次序摆上应季的柑橘、甘蔗等水果，红龟粿、碗糕等糕点，还有就是全鸡全鱼。案桌上摆得越丰富，越显示对天上神明到来的虔诚尊敬，希冀让神明把金银珠宝、健康财富带到家里来，在新的一年顺顺利利。

一个新式的学校，一个受过西式教育的校长，也想着搞"接神明"，这真是有些奇怪。更何况，这个校长不是别人，是章慧。当陈锋听完她的讲述后，心里很自然地浮出了疑惑。用人端了重新烧开的开水壶，但被陈锋喊下去了。他自己提起了开水壶，又泡过了一壶新茶。这泡茶是用了外省的碧螺春，茶叶舒展的瞬间飘起了淡雅的芬芳。

章慧小姐，你这么做的动机是为何？陈锋示意喝茶。我直接说了，你这背后怕是还有其他目的，不是如你口中所说，只是为了募捐做慈善吧？

接神明，做慈善助学活动，这是学校董事会定下的。目的单纯，这些倒是真的，陈锋兄不必怀疑。章慧抿了一口茶，轻轻放下茶杯。伯父和家父是多年相识的朋友，我与你也算是熟知，虽往来不热络，但知道彼此秉性。特别是经福州事变之后，我深感伯父及你都葆有一颗坚定抗日之心。

陈锋脸上不动声色，他从沙发上站起，背着手踱了两步。章慧小姐是第一次上我家来吧？多少年了，真是稀客。虽不是千载难逢，但也怕是有了这次，就没下回。你心里有话，还是直说了吧。你向来是个爽气的人，有话不会拐弯抹角。客厅里再无他人，尽管放心。

那我就说了。我有自闽赣山区而来的贵客，"接神明"当日初四上午到达厦门。稍事休息，当晚打算前往上海。因我知广利行初四晚有船起航，去往上海。因此，我想借你的船，搭载这位贵客。

陈锋听了嘴角微微一动，看着章慧。兴盛公司和太古行向来关系好，他们的船多的去上海，怎么不拜托他们？再者说，你的这位贵客好似挺特殊，竟然劳烦了你亲自来请托。闽赣山区……

他没有把话说尽，又重新坐回到了沙发上，心里飞速猜着——福州事变失败，十九路军被南京部队包围，并被赶出福建。蒋中正又趁此时机，继续派部队压上，持续盘亘在闽赣边界，一面确保蒋、蔡带领的十九路军不会反扑，另一面，也在山区实施"剿匪"，歼灭共产党武装。而后一个目的，也许才是蒋委员长最为在意的。陈锋想到此，心中已有数，脸上难得露出了一个微笑。

如果我没猜错，你的这位贵客，怕是共产党吧？而且是个顶重要的人物。而章慧小姐你自己，怕也不仅只是个小学校长吧？这两年来，我看你的一些做派，不断和劳工站在一起，你的身份恐怕很不简单。我替你担心呀，我能看出端倪，料想别人也会。

你再这样下去，本地政府和军警怕是不容你啊。

此处不留我，自有留我处。这不用你费心。章慧回以微笑。

这位贵客患了种奇怪的病，要前往上海治疗。他曾在苏联进修，精通密电代码，对破译日本人的密电很有办法。但他的情况，国军和日本人都得知了，都想把他抓住。所以，他必须在初四到达厦门后，尽快离开前往上海。但你也知道，事变失败之后，海军警备司令部加强了出港船只的检查，所有船无一幸免，唯有你们广利行，船只不受检查。因为陈伯父的面子在，而且也组织商会捐了不少钱给警备司令部吧。

陈锋歪头看了章慧一眼，脸上表情复杂起来。片刻后，他才开口，章慧小姐不怕我去检举告发？

你不会。章慧斩钉截铁。因为，我们目的都是为了对付日本人。

未必吧。陈锋目光锐利地看着章慧。这位贵客如是共产党，破译密电，也会用来反抗国军吧？

难道陈先生您，很在意南京的好与坏？

陈锋终于笑出了声。

初四清早，几声脆利的爆竹声响起，还躺在床上的郑家明睁开了眼睛，双手当枕垫在了脑袋下。他其实早早就醒来，只是未起身，照旧躺着想心事。黄玉郎那日在舞厅和他说的话，他听进了心底，但面上却仍是装作无事。昨日晚上，章慧在淑芬别墅请吃饭，黄玉郎和陈美都来了。吃饭前，郑家明还开玩笑说这"庆功宴"是否吃得太早了，学校"接神明"还没接到，反倒把"金童玉女"接到了。陈美听了有些尴尬，黄玉郎看了看她，欲言又止。吃完饭后，他们坐在客厅听留声机。中间趁着章慧和陈美都出去的空隙，黄玉郎问郑家明考虑如何了。郑家明苦笑了一声，然后指着周遭说，你的意思是要让我放弃这些，逃回南洋？

不要自作多情了。你就没有拥有过。黄玉郎冷笑回应。这几年，你都做了些什么？到头来，不是两手空空？

郑家明回想起玉郎说的话，又是叹息一声。他至今未和章慧提起黄玉郎和他说过的话。昨晚临走前，黄玉郎又提醒了，"欢喜佛"手下的艋岬帮不是吃素的，为了报仇什么都做得出。不要连累了身边的人，特别是章慧。你要对得起她，当年你走投无路的时候，是他们章家接纳了你。郑家明默默听着他的话，只在最后问，艋岬帮什么时候会来？黄玉郎摘下眼镜擦拭，笑了笑，你见过寻仇的，满世界和大家说什么时候动手？我能知晓他们有这个计划，已经很不容易。

公寓外又传来了"二踢腿"的炮仗声。初四接神明照例是要放鞭炮，但还不到时辰，这么早就开始点炮仗，估计是小孩子在闹着玩。郑家明下了床，推开窗台，果然见几个大男孩在街道上玩闹。沿街的店铺有些已经开门，店老板被炮仗声惊着，骂咧咧地说他们是疯了，在"起肖"。小孩子也不怕，笑着回应，今天接神明，骂人就破财，新年买卖包赔不赚。郑家明听了，不禁莞尔。门口忽然有人敲门，郑家明转身去开门，是一位穿绿制服的邮局职员。那职员说声新年好，然后从挎包掏出一张电报。

电报是四眼广东仔从香港拍来的。他从新加坡押货去往香港，卸货后船东说厦门急需一批医用棉纱，本港一家贸易公司接了单，船东就想马上去厦门，问广东仔是要留在香港，等着船返航接上，还是跟着一起去厦门，返航的时候就不用再进港，直接回航。广东仔没去过厦门，又多年没见郑家明了，于是就拍了个电报，告知在厦门停留一两日，相约一见。

广东仔全名是蔡忠禄，他爸爸从广东潮州下南洋，在新加坡生下了他。他爸对儿子的希望，完全就寄托在了给他取的名字上。蔡忠禄有次自嘲，我家"老豆"肯定是没想明白，都到南洋，化外之地了，怎么还有皇上呢？朝谁效忠？所以，我宁可你们叫我"广东仔"，不要全名。郑家明想到少年时的这一幕，开心地笑了。这么多年没见着南洋伙伴，如今真要见着人了，怎不高兴。

自己简单泡了一杯咖啡，吃了昨晚从章慧那里带回的糕点后，郑家明就出门了。到了博爱小学，远远就看见学校操场主席台上挂着横幅"博爱小学接神明助学慈善义捐"，主席台上摆了好几条长长的案桌，案桌上依习俗放着"接神明"用的应季鲜果、中式糕点、生熟红白肉等，每个贡品下都压着一张红字条，上面写着认捐的乡绅贤达或是公司行号，并注明认捐金额。最醒目的是案桌正中央，放着一个硕大的红色龟粿，龟寓意长寿健康，这么大的红龟，可谓是要期待这个主人长命百岁了。

笑什么呢？怎么都没见你严肃正经过，总是笑。天底下有那么好笑吗？

郑家明听见是章慧的声音，转过身，你见过寺庙里的弥勒佛吗？他整天也是笑呵呵，人间太多疾苦，不妨一笑了之。要不然，如何面对这世界的不堪？

又说东说西，没个正经。来，帮我把这个红纸压在红龟底下。要用糯糊粘着，这样才不会掉。章慧说着把一张红纸和一盒糯糊给了郑家明。今天接神明，人家捐的钱可是最多，必须尊重。

郑家明接过红纸一看，上面写着"陈董事长广利携全家及广利洋行上下恭迎各路神明，祈福国泰民安、财源广进，并义捐三千元以助学兴学，增进民智，强健体魄"。他忍不住"哇"了一声，要不要那么"隆重"呀，说了那么多的话。

章慧打了下他的手，你就少啰唆，有本事你也学人家捐那么多钱呀。

我就是没钱呀，但我有颗永远和你在一起的心。郑家明含情脉脉地看着章慧，被章慧狠狠捏了下手臂，痛得他连连叫苦，章慧小姐，你要把我捏伤，今天还怎么帮你做事呢？

　　我也不单指望着你，我还有其他人呢。章慧说着骄傲地白了郑家明一眼。喏，你看，黄玉郎和陈美也来了。

　　郑家明看去，黄玉郎和陈美肩并肩走着，陈美好似并没太排斥他了。这真是难得。郑家明又看了眼黄玉郎，朝他挥了挥手。黄玉郎也挥手，眼神里有着许多复杂的东西。郑家明深吸了一口气。章慧招呼着大家，帮忙做了些准备。中午过后，简单用了些点心，黄玉郎先告辞，说是要回报馆。陈美听了，幽幽地说，是去见钟和夫吧。

　　黄玉郎没有回应，朝郑家明使了个眼色。走到学校门外，黄玉郎待了片刻，这才开口，晚上钟和夫要我陪着一起来。他还说，艋岬帮已到了。

　　入夜后，参加义捐仪式的各界嘉宾陆续到来。来宾里有华人，也有西洋人。接神明是中国传统习俗，西洋人能来参加，除了对助学这样善举的肯定，很大层面也是看在博爱学校校长刘云来的面子。刘云来早年留学欧洲，交游广阔，一心兴学，大家对他很认可。

　　平素不热衷参加社会活动的章启智也来了。孙管家陪着他，章慧见了，拉着郑家明跑过去，章启智笑着说不用照应他，今晚事情多，忙去吧。章启智今晚能来，除了是素来支持教育的心愿使然，同时也是为着章慧。他清楚，虽有学校其他教工帮忙，但前前后后主导的是章慧。见章慧和郑家明走了，他才背过手，嘴角微微一笑。孙管家在一旁见了，也跟着笑说，大家都在传大小姐和郑少爷的好事呢，我说还早着呢，老爷还没点头。章启智笑了笑，我向来是主张民主，儿女婚恋自由，怎么由得我来决定？她喜欢的就好，我自然会祝福。

　　难得难得，启智兄竟然也参加义捐了。陈广利笑着出现在了面前，身边还带着陈锋。亲生女儿就是不一样，我看启智兄再忙也会出席参加，以示支持她。

广利兄见笑，小女第一次操办此类活动，经验不足，见谅见谅。

启智兄这就要折煞我了，将接神明与助学相结合，此想法新颖有特色，很是博得大家支持。你看今晚来宾，不论政治立场，不论国籍人种，什么人都有，应该说很成功。章慧贤侄女为此事很是用心，可见下了一番力气。陈广利说着拍了下身边陈锋的肩膀，我听说她还登门拜访了呢，不过不是来看我，是来找犬子，让我误以为，贤侄女和犬子之间，还有什么"好事"呢。

阿爸误会了，章慧来找我，是为了……义捐，要我帮帮忙。

帮忙可以，就别是什么大事。若是大事，那也得让章叔叔还有我知道呀。

就算他人，也能听出陈广利话里别的意思。章启智听他说得怪异，但又碍着大庭广众，不便细问，只能装作不明白，摇着头说，年轻人之间，能有什么大事。

年轻人才能弄出大事，"五四"那年，不也是年轻的大学生们闹起来的？

陈广利还要说下去，忽然后面有人叫了一声，转身看去，是钟和夫在叫他的名字。身边跟着一个胖胖的中年男人和一位年轻人。钟和夫和陈广利、章启智都打了招呼，接着介绍，这位是《全闽新日报》主编朱文侯，从上海延聘而来；另一位是黄玉郎，原就是日报记者，现在提为副主编，做得好，下一步就是主编了。

以前看过这位记者的报道，文风很犀利。近来不写稿了吗？陈广利笑了笑。

玉郎和小女他们是好朋友，倒是认识。章启智想要说下去，但又把话止住了。

早就听闻陈先生、章先生大名，平时也常听钟老板提起，今日相见很是荣幸。朱文侯伸出厚实的手，一一握了手。我呢，自上海来，希望借着《全闽新日报》认识更多在厦门的朋友。

　　钟和夫朝陈广利拱手，陈先生，我们借一步说话可好？和商会之间合作，想再和先生聊一聊。陈广利点了点头。其他人见了，也跟着走了。黄玉郎走了两步，又回过头。章启智叹了一声，玉郎，你和钟和夫走得太近，怕是不妥。我无权干涉你的自由，话我只能说到这里。

　　黄玉郎表情复杂地点了点头，而后才离开。孙管家趋前一步，低声在章启智身边说，老爷，他和大小姐、郑少爷仍然是来往密切。不知道黄记者，他是否会变？章启智听了，默不作声。正想着，主席台上的话筒响起声音，孙管家提醒章启智入座。刚坐下，陈广利也到了，坐在他旁边。刘云来站在立式话筒前，开始致辞，感谢众位嘉宾的到来，一起为助学兴学贡献自己的力量。听着刘云来的致辞，陈广利忽然往章启智身旁倾了倾，压低声说，钟和夫要我们商会同意，接纳会社为其中一员，同时约定进口同一货品，采购价格要经商会开会统一制定……

　　章启智听了皱起眉，大为惊讶地说，凭什么？

　　陈广利冷笑了一声，抖了抖长袍下摆，架起二郎腿。

　　章启智还想追问，但刘云来已经致辞完毕，紧接着就是唱名环节。章慧将一张张红纸递给刘云来，上面写了公司行号和个人姓名，以及认捐金额，刘云来就着红纸上的信息念出来。章启智默默在心底叹了口气。

　　郑家明坐在第二排最右边的位子，旁边空了两个座位。刘云来唱了几家行号的名后，黄玉郎和陈美才落座。他俩不知去说什么悄悄话了吧，郑家明正想和身边的黄玉郎开个玩笑，黄玉郎倒先开了口。他脸色平常地说，待会儿要是生事，你得赶紧保护章慧。郑家明心里想着，艋岬帮不至于这么胆大妄为吧？城里有头有脸的人都在场，他们敢冲进来？

　　正想着，忽然门口处传来一阵骚乱声，郑家明转头看去，一群身穿黑色短打衣的男子冲进了操场内。有人想拦，但被为首的一个中等身材的人推倒。操场上一时有些混乱，众人面面相觑。今晚是慈善助学，没有警察在场，谁也没料到会有这一幕。那位中等身材的男子跳上了主席台，一把拉开了刘云来，他一时没站稳，差点摔倒。幸好有章慧在主席台上，见状赶紧扶住了他。那位男子用手指弹了弹话筒，嗓音低沉。

兄弟们是从台湾艋舺来，过海不容易，十几个人浮浮沉沉了两三日。俗话说得好，冤有头，债有主。我们艋舺帮老大被人杀了，死在了这里。做兄弟的不报仇，那就没个"义"字。今天在场的，有我们要找的人，是个男人的就自己站出来，我们不为难其他人，要不然，在场的全都别想跑。

你们太放肆！当这里是你们家吗？当我们都不存在？

陈广利愤而站了出来，指着台上说话的那人。陈锋担心有事，挡在了陈广利面前，同时从腰间拔出了一把手枪。台上那人轻蔑一笑，手持两把枪，对准了陈锋。忽然艋舺帮有人叫嚷着，我发现他了，他在这里！话音才落，郑家明就看见三五名大汉冲着自己而来。黄玉郎赶紧推他一把，并大喊，快跑！郑家明这才反应过来，撞开那挡住去路的打头大汉，想往门外蹿。经这么一折腾，场上就大乱了，到处是惊呼声。郑家明还没跑到门口，就被一个人抓住了手。他正要使力，但回头才发现是陈锋。艋舺帮成员追了上来，门口又涌进了另一批人，和艋舺帮打了起来。郑家明有些眼熟，但混乱中又想不起何时见过。

快跟着我！陈锋抓着他的手腕，大声说，从西面走，那里有个小侧门！

出了侧门是一条小巷，一辆已启动的轿车正等在那里。陈锋推着郑家明上了轿车后座，自己坐进副驾驶座。他催促司机赶紧开车，去往码头。轿车上路后，郑家明才有些回过神——他这时才发现，后座上还有一人。那人脸色寡白，看上去身子极为虚弱。

第十八章

见到广东仔的那一刻，郑家明猛地抱住了他，差点还撞翻了他的眼镜。广东仔笑着，骂他说真是神经，这是抱女仔抱上瘾了，连男人也要抱？郑家明没有说话，只是将他抱得更紧。想到这么多年没见着南洋的旧友，想到这几年来离开南洋后发生的是是非非，又想到自己身将离开，心下感慨不免更是加深，眼眶也有了些许湿润。

拥抱许久后，郑家明这才松开手臂。陈锋护送他来，三人此刻都站在这艘南顺号货轮的甲板上。甲板上风大，陈锋扣紧了风衣扣子。他不带表情地说，我就送你到这里了。你的朋友正好来船，卸好货，跟船返回。越快走越好，今日如走不成，那就明早走。我会负责和其他船行协调，大船出行让你们走。

广东仔点了点头表示感谢。船东要我多谢陈先生，这批货是医用棉纱，原也不是什么要紧的货物，但多亏了你帮忙协调，船一靠岸就安排人将货卸好。

陈锋看了看四周，见无人才说，章慧要的这批货，她跟我说的时候我就觉得不妥。兴盛公司向来不做医用货品，怎么进这批货？医用棉纱落地后又要转运至闽赣交界一带，那里谁在活动？不是共产党还有谁？章慧动作太大，容易引起怀疑。所以，我顺道把她的这些事一并做了。

她的这些事……都未曾和我提起过。郑家明苦笑着开口。昨晚车里的那位兄弟，怕也是和她有关吧？

这个，你要自己去问她了。这些事她没和你提起，而你不是也没和她说，艋岬帮要来寻仇的事？陈锋嘴角忽然露出了一丝笑意。你们这是在互相保护？以为都不说，是为了彼此好，不想彼此遭受麻烦？

陈锋说完这些准备离开。郑家明还有些话想问他，但话到嘴边又觉得索然无味，因此没有开口。陈锋见了，对他说，艋岬帮寻仇是必定的，钟和夫这个老狐狸口头上答应的话，转个身就不认了。他自然以自己利益为考量。这次是坏事，但也不能说不是件好事。这位蔡忠禄先生，你在南洋时的旧友，能重新遇上就可算是件好事。你也正好可趁此机会，跟着他的船返回南洋。离开后，最好就不要再回来了。陈锋忽然笑出了声，你想想看，你自来厦门后，发生了多少事？波及多少身边人？你来时，我们不打不相识；你离开时，又是我送你上船。愿你南去不复还。

山水有相逢，相见必有期。何事都不能太绝对，是吧？

陈锋听了一愣，但过后才明白又是他惯用的消遣语气，于是也就没有太在意。他挥挥手，下了甲板。望着他消失的背影，郑家明掏出烟想点着，但火机打了几次都被风吹灭，广东仔打着了自己的火机，给他点上。

我这火机是美国货，去年有一次跟船去火奴鲁鲁，结识了当地的美国海军，他们送了个火机给我。广东仔也给自己点了根烟。从火奴鲁鲁走的那天，美国人告诉我，他们也正要开拔去往关岛轮训。这几年各国都有战火，美国虽未参战，但听那些美国人的意思，迟早也要投入战争。

一开战就有人流血受伤，医疗用品就不可少了。

广东仔笑了笑，我拍给你的电报没办法说清楚，这批医用棉纱不是我进的货，只是船东正好要来厦门，我就跟着来了。也因为跟船东熟悉了，所以到岸后也帮了些忙。这批货品，是兴盛公司进的货，但后来却是刚才那位陈先生把货接走了。陈先生看来和章慧小姐关系不错，这种事也愿意替她做了……

广东仔说到这里忽然停了，他似乎意识到自己有些话说多了，因为他见郑家明一直不吭声。他在心里想着，难不成和提到那位章慧小姐有关？他不太清楚他们三人之间的关系，于是有些不好意思地解释，家明，不要有什么想法，我只是随口说说，不要往心里去。

是你想多了。郑家明把烟头弹向海面，笑了笑。章慧身份特殊，她有些事不让我知道，可以理解。我有些累了，昨晚上待在广利行的仓库里，身边还有个不认识的病人，一晚上没睡好。我去船舱休息一会儿。

病人？

郑家明忍不住笑出了声，对着广东仔笑了笑，身在中国，你永远不知道下一秒会发生什么。

广东仔让厨房准备了几片面包和草莓酱，还上了一杯牛奶。厨子是个白俄，船上多的是又大又硬的列巴，白俄的意思，这种东西好保存又耐饿。郑家明用切成片的面包蘸了草莓酱，虽吃起来硬实，但配上牛奶，也是另有一番风味。待填饱肚子后，广东仔让出了自己的卧室，让郑家明在里面休息。他才躺下去，一阵浓烈的睡意袭来，眼睛闭上就睡着了。

睡梦里，他其实也睡得不踏实。又想起了昨晚的一幕幕。他几乎是被陈锋拖着上了车，待坐定后才觉得右臂生疼，一摸竟有些血。这才意识到，原来在艋岬帮一拥而上时，有人暗中用匕首划伤了自己的手臂。这一刀，怕是冲着拿性命来的，天大的幸运让自己躲过了。想想，真是有些后怕。一旁坐的那个看似生病重的男人，看了郑家明一眼，开口说他带的皮箱里有消炎药，放在后备厢里了。陈锋接过话，说车进了仓库再说，一时半会儿也不会死人，要死，早死了。

郑家明一直回味着这话。陈锋说得真是好极了。如果自己要死的话，那刚来厦门时，因为想要逃脱而被他陈家抓住，一顿暴打后就应该死了。到了后来，经营荣耀戏院，陈三甲屡次来闹事，他要稍微再发狠，自己也可能丢了性命。及至最后，下了杀陈三甲的心，朝他脑袋开上一枪时，其实也要料到自己难保同样有这一日。既然知道早晚一死，有何惧呢？

轿车直接进了广利行的仓库，陈锋的手下赶紧把仓库大门关上。司机先下了车，郑家明和那位病人还待在车里。陈锋扭过头说，李先生，一路舟车劳顿，原本晚上就要送你搭船去往上海，但轮船有些技术问题，正在抓紧检修，请稍待一阵，检修完毕就马上送你上船。想了想又补充了一句，晚上学校那里出了点事，章慧小姐可能不便再出现了。她现在要是离开学校，再来仓库看你，怕是容易引起不必要的麻烦。

那位李先生点了点头。郑家明想着陈锋的话，章慧如要来，竟不是看自己？这位李先生究竟是何人物？有多少事，自己不知道？下了车后，陈锋让人备好了行军床，让李先生躺着休息。他又从车后备厢里拿出了一个皮箱，里面放着几件换洗的衣裤之外，还有个小药箱子。药箱子里有些瓶装的西药片，还有包金疮药。郑家明见了，不免有些好笑，这位李先生是医生吗？中西药都有了，而且是个全科医生。陈锋看了他一眼，让他脱了外衣，又小心打开金疮药，将淡黄色的药粉洒在他的伤口上。看他细心的样子，郑家明忽然别有一番感触。

你那件血衣就不要了，我这里有套运动服，给你穿。陈锋从后备厢里拿出了天蓝色的运动服，扔给了郑家明。这是我平时备着，跑步时穿的。你先穿上。

陈锋说完就要走，郑家明见了急忙叫住他，嘴里说，现在是怎么回事？陈锋听了一愣，而后才明白。他看了眼已经入睡的李先生，而后将郑家明拉到了一边。我是按章慧说的，去把他接来。他昨日到的龙岩，今日下午到了集美，傍晚我安排汽艇把他接到了厦门岛内。他的身份，你想想，大概也能猜到。其他的，我想你要问章慧了。我要先走了，去外面探下风声。

我想请你帮个忙。郑家明慢慢地说，我有个南洋的朋友，跟着一艘船从香港来，船上的货是医用棉纱。请你打听一下，是否已经到岸了？

医用棉纱？陈锋听了，嘴角忽然有了笑意。那微笑复杂又神秘，又好似带着一丝嘲笑。郑家明感到一种深深的不安，好像这个世界要抛弃他，他跌落在深广的峡谷，一路往下坠，万分害怕却又怎么也开不了口。救命！一根救命的道索抛向自己，他猛地一把抓住——

他睁开眼，自己仍旧躺在船舱里。一只温润又微微有些凉意的手正抚摸着自己的脸颊。他觉得自己身子发烫，视线仍旧模糊。直至听到那个轻轻叫唤自己的声音，他才明白，那是爱人的手，是章慧。

上了甲板，才知道已经又是一个夜晚。从船头走向船尾，郑家明与章慧就这样无声地走着。两个人都不轻易开口，像是两军对峙，谁先开了第一枪，就是谁先挑起了战端。而他们两人，任谁都没有做好争吵的准备。

已经走了一圈。郑家明扶着栏杆，站在船尾不走了。他先服软了，和自己心爱的女人斗什么气呢？而且，又有什么好在意的呢？她自有自己的秘密吧。不可言说，即是不可言说。他就这样站着看章慧，虽什么话都没说，但好似又说了很多的话。章慧似乎也明白了他心底的话。

我应该什么话都和你说。但有时候我不说，只是因为不合适。风吹起了章慧的秀发，她将头发挽在了耳后。家明，你应该明白，我不单只是个小学校长……如果说得崇高一点，我还肩负其他使命。

我明白，我明白。郑家明连声说。停顿了片刻又说，我明白你向来有自己的信仰与追求。但我觉得，你可以向我说一些，我至少保证不会泄露你的"秘密"。而且，至少让我有心理准备，而不至于跟着陈锋上了车，突然发现车上还坐了个半死不活的"病人"。

章慧下意识地皱了眉头。她隐忍着，只是压低了声音说，怎么是"半死不活"呢？这样说一个患有重疾的病人，太过轻浮，太过……她说到此停住了话，深深吸了一口气。那位李先生，是我们党组织里非常优秀的电报专家，他是去年底自愿从上海来到我们这里的山区，为的是助力情报工作。但不想太过操累，又为了躲避国军的追剿，四处躲藏，以致感染上了败血症。他自己原来在北平协和大学就是学医的，没料想内脏受到了感染。组织上知晓后，安排他赶紧去往上海就医。我负责联系和护送他安全离港，去往上海。

郑家明紧紧握住了船尾的护栏，良久以后才松开。我明白了，章慧……医用棉纱、李先生、接神明，原来这些都碰在一起，并不是什么命运的偶然，无巧不成书啊，这一切的一切，都是你"设计"，哦，这样说又难听了，是你安排好的。所谓"接神明"，不过是个幌子，打着这个旗号，大家的目光都盯在那里，而你就可以暗地里按计划做事。真是好啊，而我就像个傻子，一无所知。

郑家明，你凭什么站在道德高地那样看待我？那么你呢？艋岬帮要来寻仇，黄玉郎是不是提醒过你？你是不是事前就知情？可你对我如实说过吗？

章慧这样说，并没有什么问题，郑家明一时也找不到什么辩护的话语。他再难以说出"为了不让她担心"的话，艋岬帮寻仇，没有告诉她实情，实际是置她在了更为危险的境地——接神明那晚，艋岬帮冲进学校，章慧心里没有任何准备。他转过身去看章慧，她面对着大海，双手抱在胸前，默然无语。他想要去抱她，却被躲开，她的脸上甚至还浮现了厌恶的表情。

我不求你原谅什么。我的话也许有些无知，也许有些幼稚，但我真正在意的是，你可以相信陈锋，委托陈锋帮你解决问题，为什么就不能想到我呢？

因为，他能真正帮到我。章慧终于面对着郑家明。接李先生，又协调这条船，广东仔和你尽快离港。这些他都可以做到。

谁说我要离开厦门了？郑家明忽然打断了章慧，语气变得有些激动。我不想离开这里，要我回哪里？

南洋。章慧异常冷静。艋岬帮来寻仇，不达目的他们会走吗？另外，我来见你之前，玉郎让我带个话——他说他不方便来。他说，陈三甲的阿弟，陈细甲，也来厦门了。陈三甲那些手下，又重新聚在了一起，一致要推他来当角头。和他们的这些恩恩怨怨，会没完没了。你若继续留着，不知还会卷进多少风波之中。

听到此，郑家明再也忍不住，将章慧紧紧抱在怀里。孤海上渔火点点，微微映照着他俩的脸庞。他深深地吻住了她，她不再躲避，也大胆迎了上去。那个夜晚，他们又来到了船舱之中，互相深入到彼此的肌肤、骨骼之中，又恨不得将彼此融化，变成唯一的血。

这一夜好漫长，却又好像很短暂。漫长到可以将一生留下，短暂又似乎转瞬即逝。他们约定，天亮以前不要哭泣。而天亮以后呢？就算哭了，另一人看不见，那也就当作没那么痛苦了吧。

轮船在圣约翰码头靠岸。郑家明走下舷梯，跨出最后一步的时候，脚一软差点跌倒。广东仔赶忙扶住了他，笑着说你这是"无颜见江东父老"吗？郑家明也笑了，拍着自己的大腿说，没用的家伙，胆小怕事，一回新加坡就露怯。广东仔听了这话转过身，将手里拿着的一顶白色草编礼帽戴在郑家明的头上，就你还胆小？给你一队人马，你怕是要当军阀了吧。

瞎说了，我现在逃回南洋，保命最重要了。郑家明看着码头上熙熙攘攘的人群，又有些意味深长地说，要是连南洋也待不下去了，那就真是没法了。

广东仔拍了拍郑家明的肩膀，车到山前必有路，别想这么多了。现下最重要的，是赶紧"医肚"。广东仔一扬手，示意郑家明往前走。在一座仓库前，他掀开了盖在轿车上的遮雨布，像是和老朋友打招呼一样，拍了拍轿车的引擎盖。家明，上车。

轿车驶离码头，往市中心开去。在一栋三层的骑楼前，车停了下来。郑家明看了看四周，虽在闹市中，但这栋骑楼却被大樟树隐没，一条小巷又隔绝了和大马路的直接交通，如果不是有人带路，一般人是很难找到这里。郑家明是暂时不能回"家"了，如果那个算是家的话。家里虽然还有阿公在，但爸妈都走了，他其实已经算是外人，郑家大概再无容留他立足的地方。

广东仔家里有个潮州师傅叫福伯，专门做饭菜。福伯起先跟着他阿爸，他阿爸得病走了，他就继续跟着少爷。广东仔边吃着福伯做的鱼生，边对郑家明说，福伯虽然是家里的工人，但我们都当他家里人一样看待的。小的时候你来我家里玩，也是见过的。他是不会对外说你在这里的，尽管放心。

我自然不会担心被人知道在你这里，我倒是担心给你带来麻烦。郑家明喝了一口亚洲啤酒，艋岬帮那些人，有日本的关系，眼线多，说不定哪天就寻到新加坡来了。到时候知道在你家里，你脱不了干系。

我们是兄弟，还讲这个？我本来还想选个日子，把阿喜、吉打、利亚德一起叫上，给你接风洗尘。但他们都在南洋各地跑，不好聚，另外又不想动静闹得太大，等过阵子看看情况再说。广东仔和郑家明碰了杯，一口将杯中酒闷了。再说，这里是新加坡，是英国人管辖，日本人不可能把手伸进这里吧。

郑家明笑了笑，不置可否。他在中国待了这几年，心中自然清楚，日本人什么事都能干出来。广东仔待在新加坡，看起来风调雨顺，没有这个感觉。但世上的事谁知道呢？也许某一天，日本人说来就来了呢。

哎，家明，我们今儿喝个痛快了。广东仔尝了一口潮州师傅刚端上来的砂锅鱼唇，忍不住叹道，靓！

思考了很久，郑家明最终还是决定先去找三姑。回来新加坡一趟不容易，无论如何是要见阿公一面的。但要见阿公，总是会被郑堂春知道。而在郑家明心里，他并不想和这位所谓的"大伯"还有任何的关联。所以，考虑再三，还是先去找三姑。

三姑很早就嫁出去了，广东仔对她的情况不熟悉。听了郑家明的话，他就有些奇怪，三姑现下算是你最亲的人了，怎么连去见她也要想来想去？

我们"家"就是个复杂又传奇的家。郑家明不无自嘲地说，三姑虽然对我很好，但凡事都是看她大哥眼色行事。连嫁给哪个男人，也是那位大哥做的决定。三姑丈这个人，在殖民局里谋个差事，人说不上好，也说不上坏。但由于我三姑她身体的原因，生不了孩子，所以总觉得对不起三姑丈，平时常常赔着小心，不敢惹他生气。我这个从小就经常闯祸的人，三姑丈见了心里就不太舒服……

广东仔听了，笑着说，那你还是乔装打扮一下出去吧。

依了他的话，郑家明出门前先贴上了假胡子，又戴上了墨镜。广东仔一看笑了，你现在化装易容倒是有经验了。郑家明戴上礼帽，嘴里没说什么，但心里又翻涌起了在厦门发生的事。章叔叔、孙管家、球仔，都还好吗？还有章慧，不知道她可都顺利？想到章慧，那晚手臂上留下的刀伤似乎又在作疼，虽然伤口已经结疤了。

三姑的家在新加坡河边上，是一栋自建的小洋楼。郑家明站在马路对面，望着小洋楼，心里有些复杂。这里商行众多，三姑家周围很热闹，但她偏又是喜欢安静的，这么多年了，真不知道她是怎么过来的。郑家明正要拿起烟抽，忽然看见铁门开了个不大的缝，一个身着及膝旗袍的中年女子走了出来。郑家明赶紧收好烟，跟在了她的后面，叫了一声，姑姑。

郑堂媛回头一看，眼前是个戴着墨镜、留着胡子的陌生男子，声音竟是熟悉的。她有些疑惑，郑家明这才摘下墨镜，笑着说，姑姑，你认不得我啦。

呀，是家明！郑堂媛拉着他的手，激动得好半天也没松开。走，我们往前走，街角有家咖啡厅，我们去那里坐着说话。进了咖啡厅，郑堂媛叫着侍应，两杯白咖啡，一杯加半奶、半糖给我，另一杯不加奶、不加糖给这位先生。

姑姑还记得我喝咖啡的习惯呢。郑家明笑了，不过在中国待久了，我也习惯加一两块方糖。姑姑，人都是会变的嘛。

郑堂媛看着郑家明，虽然和过去一样还是年轻，但现在的眼睛里，明显多了很多不一样的东西。侍应上了两杯咖啡，说了声"请慢用"后就走开了。郑堂媛边搅动着银边汤匙，边低着头说，家明，这几年，你过得怎样？

三言两语说不清，不过，总的来说还行。

那你还贴着胡子……郑堂媛没有把话说下去，但话里的意思却再明白不过了。郑堂媛从小坤包里掏出手绢，擦了擦眼角的泪花。这几年都没你的消息，我也一直没找到机会去见你，被家里绑住了。你不会怪姑姑吧？

哪里的话，姑姑，你这样说就见外啦。

你这次回来，都还顺利？是不是厦门那里出什么事了？

郑家明喝了口咖啡，还是原来的那个味道。他并不想让姑姑担心，但又不想太敷衍地随口回应，于是想了想后才说，姑姑，我在厦门发生了一些事，暂且回到南洋。这个您不用担心，我有一帮好兄弟，都能应付得了。姑姑，我们不聊这个了，我这次回来不容易，我，想见见阿公。阿公，他都还好吧？

听到郑家明提起，郑堂媛忽然像是想起了什么，我今天出门就是要去见你阿公的。一大早接到刘管家的电话，说是你阿公身体不舒服，我说前两天才见到的，身体没什么问题，怎么突然就不舒服了？刘管家在电话里支支吾吾，只说你阿公昨天去了趟华侨会，回来脸色就变了。我接到电话，匆匆忙忙就出门了，没想到遇见你。你跟我一起回家吧。

姑姑，我这个样子……

你不用担心，你大伯去印尼谈生意了，不在家里。

郑光元好像是一夜之间衰老的。他自认为经历六十余年的风风雨雨，这个世上再没什么能打垮他，就算是自己的亲生儿子郑堂秋走了，也没把他击倒。但那一天，当他在大街上被英国探长拦下来，公然要搜他身的时候，他感觉到了一种从未有过的恐惧感，就像是年幼时独自一人跟着同乡下南洋，海上掀起滔天风浪，木船随时都有可能倾覆，巨大的恐惧压迫着他。

他花了将近大半辈子，才把这种恐惧感深埋在内心深处。他咬牙吃苦，拼命赚钱，出人头地，慢慢不再恐惧了。但当众目睽睽之下，他面对那个英国佬的鹰钩鼻时，这样的恐惧感又一次涌现。而且涌现得异常强烈。英国佬恐吓他说，如被发现资助中国抗日政治势力，则马上被驱逐出境——不管你在这里多有钱，置办了多少产业，马上走人。新加坡的阳光炽烈炫目，郑光元只感到自己像是被扒光了衣服，丢在太阳底下暴晒。他遭遇了从未有过的羞辱，心底更是感到了刺骨寒冷的恐惧感，在那个当下，什么"太平绅士""女王勋章"都是"零",在英国探长的眼里,你就是个黑头发、黄皮肤、操着闽南话的下等人。

郑光元身上自然什么"罪证"都没有,英国探长没有收获,只好放了他。但临走时再次强调,或者说是威胁,如果不守规矩,后果自负。郑光元听到这句话,觉得真是莫大的讽刺,自己前半生辛辛苦苦赚钱,足额交税,热心殖民局建设,到头来竟然是被告诫自己要"守规矩"?他是自己一个人去的华侨会,没有人陪。他不知道自己是怎么回到家的,但一进家门就差点瘫软在地。家里用人赶忙去叫刘管家,搀扶着他进了卧室。

老爷自回来后就没再进食。

刘管家见了郑堂媛,很担心地说。说完又忍不住看了眼跟在郑堂媛后面的郑家明。郑堂媛装作没看见,只是往郑光元的卧室走去。郑光元的卧室在后院,他自己独立一栋平层房,房前种满了当地特有的胡姬花。房里有个用人随时听候差遣,郑堂媛让刘管家把用人带走,嘴里说,刘管家你也辛苦了,我和阿爸说几句话。刘管家应了一声,走前又回转头看了郑家明一眼。郑家明心里明白,只怕自己瞒不了多久。

进得房内,里面陈设还和郑家明走时差不多,只是地砖和家具显得老旧了,一如躺在床上的郑光元。郑家明看着阿公,一时有些恍惚,好似又回到了当年在鼓浪屿上,见着躺在病床上的阿爸的情景。

我说了没事,怎么又来?郑光元眼睛仍然闭着,声音虽然不高,但听得出语气里的不耐烦。英国人算得了什么,我什么大风大雨没见过。

阿爸,你看看这是谁。

阿公……

郑光元一惊,睁开眼见着一张有些陌生的脸,先是有些茫然,待认真瞧了,才认出是郑家明,手撑着床就要起来。郑家明赶忙扶着他，给他在后背垫上枕头。郑光元抓着郑家明的手，张张嘴却什么话也说不出。郑家明看着他，也是凝噎无语。

阿明啊，这几年，你究竟去了哪里？你怎么变得又瘦又黑了。

瘦归瘦，精骨肉。郑家明笑了笑。

阿爸，看见家明是高兴的事，怎么还哭了呢？

郑堂媛轻轻抹去了郑光元眼角的泪水，余光看见郑家明低过头，也悄悄擦了擦自己的眼角。郑堂媛心里百般滋味。阿爸走南闯北一辈子，向来是硬气得很，但今天却分明感觉到了他的无尽苍老。这固然是因为见着了家明的缘故，但与他受的羞辱也是有关吧。

家明，好孩子，你告诉阿公，你在国内都还好？

不能说很顺利，但总算是没出什么大错，否则也不可能来见阿公您啦。家明微微笑着，简略地说了回中国的经历。他提到了帮兴盛公司拿到砂糖代理权，重开荣耀戏院，结识了不少好朋友，但对于经历过的那些痛与苦，却只字不提。他心中其实也清楚，阿公是何等人物，怎会只听他话语里提到的好。但郑家明自己不说，阿公自然也不会去追问。

好孩子，阿公其他也不多问，就是想知道，你回来打算待多久。郑光元犹豫了一下，终究还是没忍住，叹了一声，我看见你这个样子，贴了胡子，我心里不好受。

会待一阵子，不过也不一定，看情况。

郑家明说完，屋里就又安静了下来，谁也不知下一句该说什么。郑堂媛想把话岔开，给郑光元倒了一杯茶，小心地问，阿爸，听刘管家说昨天出了些事？华侨会你也常去，怎么这次去了出来，会遇见英国人？

郑光元怒而拍了下床，而后又闭上眼，摇了摇头。荒唐透顶，奇耻大辱……自东三省沦陷后，关外孤儿孩童流离失所，华侨会发起赈济义捐，我收到消息，就想着去捐些钱，对国内略尽绵薄之力。但出了华侨会的大门，却让英国探长给拦下了，百般刁难，硬是要我承认和国内抗日力量有联系。

他们为何要这样做？

英国人说福建事变刚刚结束，虽然没成功，但目的之一就是要联合抗日。殖民地当局不想和日本人生事，说凡是和抗日有关的，统统不能在此地发生。你们说可笑不可笑？我不过是捐助受苦受难的孩童，就这个也不行？就招来殖民局的盘查！

郑光元说到此，悲愤不已。郑堂媛和郑家明默然无语，只能紧握着他的手，权作一种安慰。

家明，我们先走吧。让阿公多休息一下。郑堂媛收拾好心情，拉起了郑家明的手。下次再来看看阿公。

堂媛，我那三角柜的最后一格，上了锁的，你拿着我这串钥匙打开。临走前，郑光元很用力地交代郑堂媛。

下次，下次就不知道要什么时候了。郑家明心底这样说。他非常清楚，这里虽然曾是他的"家"，但他早已不能自由出入了。郑家明点点头，小心地扶阿公重新躺下。走到房门口，郑光元忽然叫住了郑家明。

家明，你阿爸走的时候，没有怨恨我这个当爸的吧？不待郑家明回答，郑光元低声接着说，堂秋很可怜，要怨要恨，等我也百年了之后，任由他说。

郑家明听到这里，眼泪夺眶而出。

第十九章

在广东仔的家里又待了两三个月。平日里，郑家明极少外出，偶尔看看报纸，对于本地消息并不在意，主要是留意中国发生的事。报纸上登载的消息，往往较事实发生已经滞后了一些时间，有时甚至已是一两个月前的旧闻了。郑家明拿着报纸，每每读完消息就会念起章慧。他自离开厦门后，就刻意断绝了与那里的联系。这不单是临走前陈锋对他的提醒，同时也是章慧特意交代的。

不能联系。真的，家明，不能再联系。至少是从现在开始这段时间里。因为，我们不知道，艋舺帮那些角头，为了寻仇，会做出什么事来。

章慧说的那些话又浮现在脑海里。可是，慧，这事什么时候是个尽头呢？郑家明无奈地叹气，他知道自己目下是安全了，可是，章慧那里呢？也能平安吗？

端午节一过，南洋的天气更加热了。广东仔出了趟海，从菲律宾到印尼走了一圈，然后回到新加坡。到家后，他神神秘秘地说，再过两天会有"喜事"，有大惊喜。郑家明初时还不明白，等到了那天，午觉睡醒后发现利亚德、阿喜、吉打峇峇竟然都到了，这才明白真如广东仔口中说的，是"大惊喜"！

你们怎都来了？郑家明忙着和大家打招呼，互相拥抱，拍着肩膀。我和广东仔提过了，现在大家都不太方便，先各忙各的。

明，你真是啰唆。利亚德是典型鬼佬性格，长得高高大大，一把就搂过郑家明。各忙各的，那就永远也没办法再聚啦。

利亚德说得对！好不容易我们见到了，你还婆婆妈妈，说些这么客套的话。阿喜拆开了一袋雪茄烟，大家都点上，哈瓦那来的好货。为了今天，我们可是都准备了很久。

吉打指了指门口叠放的两个木箱，从法国酒庄船运来的红酒，我们喝个够！

哎哟，这可难得了，我们的吉打耷耷向来是很少喝酒的呀。郑家明一边穿着衣服，一边和大家下楼。过去我还以为是因了穆斯林的缘故，后来广东仔还笑话我呢，说耷耷家里父系是咱们汉人，妈妈家里才是马来亚土著。也不是每个人都皈依了的。不过，话说回来，大家这么难得同时出现，定是有什么喜事吧？

广东仔招呼着大家在客厅落座，取出一个铁罐，来来来，我给大家泡水仙木枞。家明从厦门回来给我带的，南洋这里潮湿得很，不好保存，打算过几日就去请美国工程师来家里安装空调，这样就舒服多了。广东仔待水烧开后，稍缓了缓，而后才在茶盏上浇了水。茶香浓郁，好茶，好喝。

快别卖关子啦，到底是什么喜事？

家明你别急嘛，你看你就是这样，我们潮汕人要喝工夫茶的。你们闽南人，喝茶也是要慢慢喝。广东仔故意在吊胃口。好了好了，我说了，喜事就是吉打要结婚啦。这是他结婚前最后的疯狂！

吉打憨憨地摸了摸后脑勺，有些不好意思地说，下个月举行婚礼，我想说刚好可以趁着这个机会，邀大家聚聚。我可不是想给大家添麻烦的……

做兄弟的，怎可说"麻烦"两个字。要是"麻烦"，那我一路从厦门逃回这里，不是更麻烦广东仔。你看他，眉头皱了一下没有？郑家明一手夹着雪茄，一手搂着吉打的肩膀，结婚是人生大事，为你高兴，我的朋友，我的兄弟。你可是我们兄弟中最早结的，一定要好好庆祝。说起来，我们这人生婚姻大事，都进行得太晚了点吧。一转眼都要快三十了吧。

郑家明你别看我，我是"不婚"的。利亚德摸了摸自己毛茸茸的手臂。我这个你们口中的混血鬼佬，生下来阿爸就给了一笔钱，然后远走英国。我对婚姻是没有信心的。

万花丛中过，片叶不沾身。阿喜拍了拍自己精瘦的身体，不要担心我身体被掏空。我这也是没办法，南洋、美洲到处跑生意，没有时间去顾及这些。我哪里有办法被拴在一个地方？

不急不急，我家里还有大哥二哥，传宗接代靠他俩。阿爸不在了，阿妈催了几次，我兴趣寥寥。广东仔喝光了杯中的茶，又再喝了一杯。我不去想家庭那些的，阿爸向来只肯定大哥二哥，我自己出来做，当然要做得好。怎么做得好？就是多赚钱了。

你们都很有想法，我就没有了。吉打搓着厚实的手，我都是听家里安排。阿爸要我早成家，我也很想有自己的小家，只是一直没碰上合适的姑娘。如今遇上了，就在一起了，也很简单。

郑家明微微一笑，又搂紧了吉打，你是好样的！踏踏实实过日子，好好生活，比什么都重要。有的时候，我真是羡慕你们，你们无论怎样，都还有个家。我呢，阿妈早走了，阿爸也走了好多年了。这几年，又因了阿爸的缘故，回到中国，经历了一些事⋯⋯不提了不提了。喝茶，喝茶。

几个人听了他这些话，都沉默了起来。郑家明这么多年来经历了什么，他虽然没有言明，但大家多少也都知晓一些。个中滋味，唯有他自己最清楚，所有感受也只有他自己体会最深。所谓的"如人饮水，冷暖自知"即如此。他们是他最好的朋友兄弟，可是那一年他匆匆一别之后，竟相隔这么久才相见。这中间，山高路远，家明的消息绝少传来，就算知晓，也是鞭长莫及，临海北望也只能寄上一丝实际上并不起作用的挂念。

　　不说这些了，不说这些了！你们不用担心，也不要有什么愧疚啊。我自己要走的路，我自己会扛，你们不用担心。这是我命里的劫数，躲也躲不过。喝酒喝酒，今晚就是喝酒！

　　天未完全黑，大家就坐在一起喝酒吃肉了。福伯也兴致很好，做了好几道拿手菜，生炊龙虾、清蒸东星斑、明炉烧响螺、油泡象鼻蚌等等，各色菜式陆续端来，大家大快朵颐。福伯间中也会坐下来，陪着喝上几杯，兴致来了，还会唱上一段潮剧《陈三五娘》。潮汕话和闽南话大体相通，郑家明听到熟悉的语言，又不免想起厦门的那些人那些事。想得多了，心绪难以平复，于是借口要上卫生间，暂时离席。

　　从卫生间出来，郑家明慢慢走到了大门口。抬头朝天上望去，黑黝黝的夜空，月亮只是朦朦胧胧出现。他划亮了一根火柴，正要点烟，却发觉门外路上好似闪过了两三个人影。他心下觉得奇怪，待走出门外，左右张望，却又再不见任何一个人影。他折返进了屋里，心中隐约有了种异样的感觉。回到席间，广东仔问说怎么去了那么久？郑家明本想提起刚才的事，但见大家喝酒正在兴头，也就作罢了。

　　喝酒喝酒，我一杯你们三杯！郑家明笑着举起酒杯，心里想着，此地看来不能久留了。

　　第二天一早，吉打就要先赶回马来亚了。郑家明是历来睡得少，就算前一晚睡得迟，隔日一定也是早起。利亚德和阿喜也都醒了，他们酒量好，醒得也快。唯有广东仔，许是因为在他家里喝酒的缘故，他是主人，喝了很多酒，又加之酒量一般，于是就醉到醒不来。郑家明想了想，决定和利亚德、阿喜一起陪着送吉打到码头坐船。临走前，广东仔还半睡半醒地睁开眼说，家明，你要"化妆"了再出去。

　　郑家明想了想，只是戴上了墨镜和编织草帽。该来的总会来，再怎么遮掩，时间长了总会被人疑心。来到码头后，郑家明和其他三人说起了今后的打算，广东仔那里是不能再待下去了，他要自己出来找个房子租住，而且要租住得远离市中心。这么躲下去也不是办法，大不了就再回到厦门去。

利亚德、阿喜、吉打劝他再考虑清楚，毕竟这里还是英属殖民地，有洋人保护。回到中国，世道那么乱，怎么能待得久。

南洋就会是一处世外桃源？整个世界再这样下去，若是爆发世界战争，那任谁也不能幸免。郑家明双手插在裤袋里，日本人早就对马六甲感兴趣，总有一天会找上门来的。

众人听了也不作声。直到轮船响起汽笛声，大家才反应过来，要登船了，船要开了。吉打，你结婚的时候我们再来喝喜酒！

送走了吉打峇峇，虽然心里多少有些不舍，但很快又自我安慰：他马上就结婚了，到时候又能聚在一起喝酒。郑家明开着车，载着大家回广东仔的家。车刚停下，忽见大门敞开，里面悄无声息，连个人影也没瞧见。

先等等，有问题。郑家明拦住了正要往里走的阿喜。平日里我都是待在楼内，为了不让外人知晓，大门都是紧闭的。

利亚德和阿喜显然也觉察到了有些异常。正思量着要不要进去，忽然听见一阵急促的喊叫声，抬头看，福伯猛地出现在了二楼走廊上。郑家明还没开口喊他，他已先叫了起来。他脸上流着血，惊恐地朝着楼下的三人挥舞着手，嘴里哇哇叫着。郑家明暗叫一声"不好"，转身打开轿车后备厢，里面放着一柄双管猎枪。这是郑家明来了之后，广东仔特意备着的，就是担心万一出了事，可以拿来自卫。

郑家明抓着猎枪，冲在前面。后备厢里还有砍刀，利亚德和阿喜各拿了一把，跟着冲进了里面。才刚进到院子里，突然间"砰"的一声巨响，福伯竟然摔落在了地上。他后脑先着地，一摊血雾时从他后脑勺流出，不知生死。事情发生得太突然，郑家明有些懵了。还没待他反应过来，一伙皮肤黝黑、华人模样的男子冲下了楼，中间架着广东仔。广东仔被打得血肉模糊，眼睛肿得睁不开。郑家明怒了，举起猎枪对着那群人。利亚德和阿喜也举起了砍刀，怒对他们。

干你娘，你们快把人放了！

郑少爷，枪我们也有。

那群男子让了让，里面走出一个理着光头，身材高大、健壮结实的年轻男子。他撩开衣摆，快速地从腰间拔出两柄美制手枪，他的同伙跟着也拔出了自己身上备着的手枪。十几把手枪对着一柄猎枪，就像是一只小白兔进入了老虎群里，显得孤零零。郑家明无奈之下，只好放下了猎枪。他看着那个说话的光头男子，隐约觉得像是某个熟悉的人，但情势紧张，一时也容不得他多想。

你们是谁？你们想要干什么？

你当然不会认识我。但我想，我们应该见过面。光头男子面无表情，说话语气始终很平淡，带着一丝冷漠。在厦门的时候，我们见过面，但我想你应该想不起来了。

我管你见没见过面，快把广东仔放了。郑家明已然清楚，他们是冲着自己来的。你们要找的人是我，尽管冲着我来就好了。你们打伤我的兄弟，还害死了福伯，你们以为这里可以任由你们撒野？

那个老头是自己失足掉下去的。他趁我们不注意，跑了出来，你也看到了，他掉下去后，我们才出现。我们没在他身后。光头男子好像在讲一件平常的事。我陈细甲做人敢作敢当，是我干的我一口承下，跟我无关的，我不会认账。你的这个兄弟确实是我打的。我问他你去了哪里，他死活不开口，那没办法，我只好动拳头了。

郑家明再也忍不住了，大吼一声，扑上前去。飞起一脚要踢陈细甲，但他只略略一闪就避开了。郑家明回过身要挥拳，却被陈细甲抓住，他反应迅速，又快速地向陈细甲腰间重重踢了一脚。陈细甲吃痛，大怒之下抓起郑家明的手，整个人提起并摔在了地上。郑家明顿时感到好似五脏六腑都挪动了位置一般。

艋岬帮其他人见状也冲向了利亚德和阿喜。大概是担心误伤了自己人，或是怕引起外人的注意，他们并没有开枪。利亚德和阿喜于是挥舞着砍刀，逼着他们不能靠近。陈细甲回转身，躲过利亚德的刀锋，一拳将他撂倒在了地上。阿喜挥着砍刀猛扑过来，陈细甲轻轻避开，一个过肩摔，阿喜也躺在了地上。

把他们都带走。

你们远来是客，但现在是要反客为主，过江龙压地头蛇了？

门外传来了阵阵脚步声，院子里涌进了一大群人，有华人、印度人还有马来人。他们个个手里拿着蛇形刀。说话的那人声音好熟悉。郑家明挣扎着站起来，那人也走到了他的面前。

在要不要出手救郑家明的问题上，郑家驹有过犹豫。

那一夜在博爱学校举办的义捐活动，他虽远在香港没有参加，但很快就得知了情况。事后，钟和夫到了香港，在远东俱乐部的吧台边，他像是随意提起，说了那晚发生的事。他越是轻描淡写，越是说得好像与己无关，郑家驹就越觉得他和那晚的事脱不了关系。郑家驹听完，喝了一大口冰啤酒，而后才说，钟先生这样做是不是有点不够意思？钟和夫听了只是微笑，似乎还有点鼓励他说下去的意思。郑家驹于是不客气地继续说，我原来以为陈三甲被杀，事情已经过去了。你和陈家是达成共识了的，没想到台湾又来人了。

我也很无奈。谁叫陈三甲后继有人呢？哥哥倒下了，弟弟扑上来。他弟弟陈细甲，别看年龄小，但在艋岬帮里可是个不要命的狠人。欢喜佛是艋岬帮"三木堂"堂主，他死了，新堂主接任，他原来是教陈细甲功夫的老师。现在好了，陈细甲被新堂主推成了帮会里的"红棍"。

什么是"红棍"？

就是很能打。

钟先生告诉我这些，是为了什么？郑家驹警觉起来，没再问下去。不会是想告诉我，郑家明他被……

这个你放心，你家里的兄弟滑头厉害得很。那晚出事后，陈家的人保了他，隔天就离开厦门了。他离开厦门能去哪呢？钟和夫忽然笑了笑，我就是搞不懂你们中国人的思维了，明明关系就不怎么好，怎么陈锋还会帮了郑家明？是所谓"放下屠刀，立地成佛"，还是"苦海无边，回头是岸"？

郑家驹还想问些东西，但转念一想，并不太愿意让钟和夫觉得自己似乎在意郑家明的样子。他又让吧台给添了一杯啤酒，钟先生告诉我这些，其实能有什么意义呢？这个世界离了谁都是照样转动，我只在乎赚钱。

钟和夫照旧笑了笑，只不过，这次他竟然还笑出了声。他站起身，整理了下自己的西服。随从已经替他打开了俱乐部的门。钟和夫走了几步，又停了下来，背对着郑家驹说，公司做生意，是公；个人恩怨，是私。家驹君应当分得清楚。

郑家驹觉得他这句话有些摸不着头脑。他根本没有兴趣介入郑家明身上发生的那些"烂事"。但他虽这样想了，却拦不住钟和夫走前留下最后一句话：陈细甲带着人，去南洋了。

就是这句话，让郑家驹挣扎了很久。面对派人去搜寻到的信息，他犹豫了。救了郑家明，心有不甘；但如果不管不救，郑家明就死定了。郑家驹忍不住长叹一声。

你跟你阿爸一样，只会给我们郑家带来麻烦！

这是郑堂春对郑家明说的第一句话。郑家明已经很久没见过郑堂春了，虽然预想到了，他不会有什么好话，但没想到骂他也就算了，连他阿爸也拉上了。

你怎么说我都行，你说我阿爸干什么！他已经走了那么多年，我的事和他一点关系都没有，你为什么要提到他？

这个时候，你想当孝子了？郑堂春冷笑了一声，你当年在南洋风花雪月，挥霍无度的时候，可曾想过你的阿爸？怎么，他现在人不在了，你反倒替他着急了？在意他的名声了？你阿爸做的荒唐事还少？他在厦门做的那些生意，亏了就找家里，当家里是银行，随便怎么拿都可以？

那是我自己的钱，我怎么给，那是我自己的事！

郑光元在郑堂媛的搀扶下，慢慢走近了郑家客厅。他拄着拐杖，用力地点着地板。他说得急了，不住地喘着粗气。郑堂媛赶忙扶着他落座，刘管家也奉上了一杯热茶。客厅里顿时没人说话。郑家明看着四周，忽然觉得这里好陌生。郑堂春、郑家驹、郑堂媛，乃至阿公郑光元，好似一下子变得不认识了。郑家明不住地在心里问着自己，这是我从小生活过的地方吗？这些人都是我的亲人吗？可要说熟悉，却怎么都变得模糊起来了？

郑堂春使了个眼色，让刘管家先下去了。他的手指在椅子扶手上点了点，看着郑光元，待他不那么激动了，这才缓缓开了口。阿爸，你说给钱是自己的事，但我请问你，这个家到现在，是谁在撑着？你早年间做的那些营生，金铺、米行、木材，到现在还能维持着，你以为靠的是谁？我为这个家赚了多少？可郑堂秋呢？哦，我这里辛辛苦苦赚钱，钱都进了家里的账上，他那里爱开戏院就开戏院，亏了就从家里拿钱，像话吗？

郑家明只觉得好笑，郑堂春说这话骗骗不知情的外人还好。之前就是公司和家里账目不清，阿公的积蓄都被挪作公司所用了。阿公给阿爸的钱，那是阿公自己的，他心甘情愿。哦，他郑堂春说这话什么意思？难不成是要阿公什么钱都不能用，都要用作公司的经营？哪里有这个道理！但郑家明只是把这些话说在心里，他也懒得去争辩。阿爸都走了，说再多也是枉然。

郑堂春见郑家明嘴角带着嘲讽的笑意，顿时就怒了。他强忍着，冷冷地说，郑家明，你不要太得意了。家驹能救得了你一次，难道能救你一世？你自己在外面闯了大祸，就想逃回南洋，让家里人给你善后？

我从来没有这个意思！郑家明站了起来，家驹救我，我感谢他。但我自己做下的事，铁定是自己担着，我从未想过把你们牵连进来。我回到新加坡，整日都是深居简出，偶尔几次外出，都是小心翼翼，生怕被人发现。

世上的事有这么简单？你回到新加坡，偷偷地来见阿公，你以为我们会不知道？郑堂春意有所指地看了郑堂媛一眼。

家明也是我们郑家人，他来见阿公一面，怎么就不行了？郑堂媛壮着胆子，顶了郑堂春一言。这么多年没见了，又得知阿公生病，来看望一下不是人之常情？

郑堂春皱起眉头，这个平时格外听话的阿妹，今天像是故意要为难他。但他也顾不得去深究，转而对着郑家驹说，家驹，你就一五一十地告诉你阿公，为着郑家明这个逆子，你都费了多少心血。

郑家驹自然明白郑堂春的用意，阿爸的意思再明显不过，就是要逼得郑家明承认自己牵累了家里。虽是如此，但郑家驹清楚，阿爸的话过头了，有些言过其实——虽是有血缘关系的兄弟，但这种"兄弟"关系也只是停在口头上，他怎么会对郑家明多上心呢？他照实说了，郑家明虽然惹了不少麻烦，但那多是他自己的事，我对他做的事根本不在意。他走他的路，我过我的桥。我只是不愿见到，他若是被艋舺帮的人杀了，新闻报纸又大做文章，说什么新加坡郑家血案淋漓，因此辱没了我们郑家的名声。

辱没名声？那我倒要问问你了，郑家大少爷，你和日本人做的那些生意，难道就是光彩之至？

哼，早知道你会这样阴损我，我就不管你的死活了。要不是我的眼线，哪里会从艋岬帮上岸的第一天就知道？若不是我的手下日夜跟踪，哪里知道他们要找到你？陈细甲他们是带着枪来的，那是以命相拼。你不要不知道好歹！

听了郑家驹的话，郑家明忽然笑出了声，你真是太不了解我。我虽命贱，但硬骨头还是有的，在厦门做下的事，我一早就决定自己承担后果。陈细甲若真抓住我，要做掉我，那也是我命里逃不过，我不会眨一下眼睛。我虽不是什么大善人，但原则还是有的，那就是不和日本人做生意。我没那么轻贱！

你说的是什么鬼话？郑家驹也猛地站起了身，怒视着郑家明。生意这个东西，低买高卖、有求必应，我和日本人做生意，哪里管得了他拿那些钢材做何用。你哪只手见到我杀人放火了？我手上有像你一样，沾上人血吗？

我手上的血，都是应杀之人的血。我不会去干伤害无辜的恶行！

你住口！这里容得了你胡说八道吗？你再胡说下去，我现在就把你推出去，让你横尸街头……

郑堂春，你给我闭嘴！

郑光元忽然大声呵斥，激动得不住敲着拐杖。郑堂媛见状，赶忙轻抚着他的背，劝慰他不要动怒。郑光元嘴里说着，我还没死，你们就想闹得天翻地覆是不是？一家人，动不动就要把人杀了，这还是人话吗？郑堂春，家明无论如何都是我们郑家的人，他被歹人害了，你们心里就过意得去？郑家驹，日本人狼子野心，你难道会不知道？我前些日子受到英国人的羞辱，还不是日本人造成的？说到这里，郑光元有些累了，稍稍停顿了片刻，而后才对着郑家明开口，家明呐，家里委实经不起折腾。我看，你也还是离开这里吧。离开南洋，如无必要，就不要再回来了吧……

听了这话，郑家明忽然感到从未有过的心酸。他还要说些什么，但郑堂媛已经走了过去，牵着他的手，走出了客厅。郑家明回头望了一眼，郑光元背对着他坐着，佝偻的背影显得异常苍老。郑堂媛轻轻说，走吧，别再回头了。这个牛皮信封你收着，里面有一张汇丰银行的支票。那天去探望你阿公，他让我拿的，并交代你离开南洋时交给你。阿公的意思，你阿爸没给你留下什么东西，这就算是阿公给你留下的一点遗产吧。

郑家明手里握着信封，感觉有千斤的重量。

才走出大门，刘管家就在身后将门掩上了。郑家明抽着烟，泪水止不住地落下。这泪水是伤感，也是悔恨。他明白，躲得了一时躲不了一世，他怀揣侥幸，以为隐居于新加坡自不会被发现。或者说不会那么容易、那么快就被发现。很显然，他错了——福伯无端断送了性命，广东仔受重伤，利亚德和阿喜也无奈地赶紧逃离新加坡。而且，在很长一段时间内，利亚德和阿喜都不敢再踏足这里了。

夜里开始下起了雨。起先是细雨，接着就越下越大，密不透风的雨幕，好似不想留给人间一丝希望。郑家明被雨淋了个透。广东仔家是不能去了，只能去找家旅店将就住一晚。等到天一亮，就去买船票。

上车。

郑家明走在大街上，忽然有人在叫自己。郑家驹开着车，停在了他的身边。郑家明想了想，拉开车门，坐进副驾驶座。郑家驹斜眼看了看郑家明，而后才说，你很"享受"自己这个样子吗？

你有话直说，有屁快放。

本本分分做生意，赚钱过生活，难道你就不想吗？你自己想想，这几年来，蹚了多少浑水？

郑家明心想，这世道，难道一句简单的"蹚浑水"就可以打发得了吗？独善其身，明哲保身，能做到吗？无端被牵累到无妄之灾，这种事还少吗？就说阿公，他只因为故土家园义捐，就遭英国人羞辱，这算什么？算了，和他讲这么多做什么呢？

你和日本人走得近，正是春风得意，你哪里能体会到别人的心情。郑家明忽然笑了，我竟然会和你说这些，也真是可笑。你的眼里只有生意，恐怕放个西施在你面前，你也不会眨眼吧？

你不要拿话来刺我，我好得很，我能干我所想干的，买我所想买的。我很快活，用不着你来评价我过得好与不好。

那还有什么好说的。

郑家明说着就要拉开车门，但被郑家驹叫住了。他慢慢转过身，嘴角有些皮笑肉不笑地动了动，明天你准备去哪里？

回厦门咯。横竖是一刀，早晚都要面对。

我给你一个建议，不要回厦门，去上海，章慧在那里。还有个忠告，中国人俚语说的，胳膊拧不过大腿，日本人我们是斗不过的。

你怎么知道章慧在上海？是不是章家出什么事了。郑家明忽然紧张起来，赶忙抓住了郑家驹的胳膊。你快告诉我，你都知道些什么？

郑家驹冷冷地拨开郑家明的手，全身湿透，把我衣服也弄湿了。你自己去上海，自然会知晓一切。这是最后一次了，如果不是念在多少还有手足之情，任你生任你死，我都不会眨一下眼。

郑家明看了郑家驹一眼，拉开了车门。郑家驹看着郑家明的背影消失在雨幕中，感叹了一声。他不确定，这一声叹，究竟是为了谁，又是为了什么。

第二十章

上海的四季是截然分明的。章慧站在暂住的公寓露台上，推开窗户，看着公寓楼底下来来往往的人们。现在已经是九月初了，上海的凉意一日胜过一日。

章慧掰着手指头，算着离开厦门到底有几个月了。这一晃，小半年也快过去了。不知道阿爸身体如何？他在厦门一切都还好？她总觉得对阿爸有着深深的歉意。虽然阿爸从来不准她讲这样的话，但她心中明白，阿爸为了她，担了多大的压力。章慧苦笑着摇了摇头，现时的心境真是跟往日不一样了。在过去，这种愧疚都是三言两语打发了，她并未真切体会阿爸的处境。而如今，却有了切身的体会——接转"李先生"一事，事后想来真是像在悬崖边上走钢丝，她自己冒着巨大的风险不说，于阿爸而言，同样是危险之事。

傍晚的风吹起，一阵又一阵。章慧走进屋里，披上一件薄外套。书桌上放着几本闲书，还有杂志，章慧随手翻了翻又放下了。过去念书时总觉得上海这也好那也好，到处都很繁华，单单文化生活就丰富得不得了。但现在，不要说书本了，就算是绘声绘色的电影，也吸引不了她的兴趣。公寓楼在霞飞路上，交通方便，但她极少外出，整日里经常就是一个人。她刚到上海时，苏环球也还在，球仔说要照料大小姐，但被她嗔笑了一番：你照料我什么呢？是日常的梳洗打扮，还是衣裳浆洗，你这个大男人怎能做得来我的事？苏环球当时被闹了个脸红，章慧说从小一起长大，你还不明白我吗？我向来独立惯了，不需要人照料。你找个合适时间，还是回厦门吧，阿爸那里需要你。过不多久，苏环球托傅家声打探了厦门的情况，回复说目前看来平复了很多，艋岬帮和陈细甲也不见活动的影子，他这才收拾了行李和章慧话别回了厦门。

章慧虽说不要人照料，但日常吃饭还是个问题。于是傅家声请了个不住家的老妈子，白日里头替章慧买菜烧饭。章慧曾经婉拒过，傅家声却意味深长地说，我救了这个老妈子儿子的命，她是只管做家务，什么话都不会对外说。现在特殊时期，你尽量不要外出露面，等过了这段时间再说。

傅家声说等过了这段时间，却也没言明到底是过多久。章慧刚回到上海，傅家声就和她说了这样的话，转眼间已过去这么久，也不知道何时是个尽头。而她自己也清楚，因为不方便常常出去，所以各种信息也无法打探得到，或是打探得完整。她也没法去找上级组织，接转"李先生"一事也不知后续如何。这种事本可以请傅家声帮忙打听，他是十里洋场的闻人，打听人是小事情。但章慧很快又否定了自己的这个想法，不是信不过傅家声——是不想让他为难。他始终是在黑白两道上行走，与共产党素无瓜葛。

不露面，接下去该怎么办，没个头绪；但要是经常露面，用不了多久，在上海的台湾人和日本浪人就会发现。他们自然会将这个消息透露给艋岬帮。艋岬帮找上我，可最终目标还是郑家明，他们想从我这里找到他的线索。可我也很想知道，家明他现在究竟在哪里？过得到底好还是不好？自他远渡南洋后，我也很久没有他的消息了。他还会回来吗？

如果回来，我可能会问他：会不会后悔当初？章慧想到了郑家明那常带着不以为然微笑的嘴角。他一定会回答：不会后悔。就像他曾经问过我的，问我是否会后悔加入共产党，而我也坚决地回答他：不后悔。

　　吃完老妈子烧的晚饭，章慧留她稍坐了坐，闲话了一番家常。老妈子是从宁波乡下来的，说一口土话，好在章慧在上海待得久了，大致听得明白，也大概能说个齐整。老妈子的话并不多，很多时候只是微笑着听章慧讲些话。起先章慧也不过问她家里人现况如何，后来就问到傅家声救她儿子的事。老妈子一下子变得有些凝重，过了一会儿才说，傅老爷是我们的救命恩人。我那个傻小子，从乡下跑来上海，本来在工厂做工，后来去租界参加什么游行抗议，被租界巡捕抓住关了起来。我们和傅老爷有一点亲戚关系，我家里的男人去请托了他，他出面才把孩子给救出来。

　　他游行抗议什么呢？

　　我一个乡下人，也不太清楚。只是听说好像是有一间英国人的工厂，给工人的钱少了，我家孩子听了就坐不住，组织了人去游行，还要罢工。章小姐，你说我的孩子是不是多管闲事？

　　可如果大家都只顾着自己，这个社会还有什么正义可言？

　　章小姐，你是富裕人家，不愁吃喝。我们是贫苦人家出来的，老板给工做，付钱给我们，我们三餐有的吃就很不错了。扣点钱总比没工做好。

　　听了这话，章慧忽然有些语塞。老妈子的话从逻辑上来看，好像并没有什么错。但细究起来，却很值得说道。如果永远做社会旁观者，那么当大火烧上自身的时候，还会有人来相救吗？如果工作只是为了解决温饱，那不是一生都在生死线上挣扎？如果哪一天资本家什么工作都不给，钱也不给了，那不就是死路一条？难道穷人的命，都是那一群资本家说了算？

　　可是，深入说这些，又有什么作用呢？能说谁对谁错吗？现在看来，好像是不能。真理掌握在少数人手中，但如果真理不被绝大多数的人所接受，那真理的真正价值又该如何体现呢？章慧心想，要依靠人的自我觉醒，真是太难了。

章小姐，要是没啥事体，我就先走了。天也黑了，回家路上还要遇到巡捕，要是"红头阿三"，啰啰唆唆要问个半天。

老妈子的话把章慧的思绪拉了回来。她笑了笑，从钱夹子里掏出一张十元钞票，塞到老妈子的手里，让她平时给自己买点好吃的。老妈子千道谢万道谢，握着章慧的手直说是好人。章慧正想说没什么的，门外响起了敲门声。这么晚了会是谁？老妈子也觉得奇怪，先隔着门问了一声，听到敲门的人问："章小姐在吗？"原来是傅家声来了，于是赶忙把门打开。

傅老爷，章慧小姐在里屋呢。我先走了，今晚章小姐不见外，留我聊了天，还给了我钱呢。

傅家声微笑着点了点头。章慧走过来，朝门口张望了一下，而后才把门关上。

章小姐警觉性还是很高呀！

章慧轻轻一笑，傅叔叔这么晚来，没带随从，难道是警觉性低了？

傅家声哈哈大笑，说随从都在公寓楼底下等着，跟着上来反倒扎眼，凭空惹来别人关注。说完他喝了口章慧递上的茶，意有所指地继续说，台湾人、日本浪人虽然挺烦人，但我傅家声也不是怕他们，不会那么小心在意。章慧，让你这段时间都待在这里，几乎是足不出户，真是为难你了。

傅叔叔说这话真是见外了。我来上海，说得实际些，就是"避难"了。傅叔叔为我担着风险，我感激还来不及呢。

不足为道，不足为道。傅家声摆了摆手，我傅家声在江湖上行走这么多年了，保护一两个人还是不成问题的。不过，最近我的手下确实有得到风声，艋岬帮托人在上海打探你的消息。

我当时走得大意了……

这也怪不得你，艋岬帮有心要查你的动向，总是能查出来的。不过，艋岬帮也算不得什么，在我傅某人眼里，也就是个走江湖的帮派罢了。

章慧听了这话，心中一动。她隐约听出了傅家声话里的其他意思。傅家声大概认为，虽然避风头是应该的，但她并未直接与艋岬帮有矛盾冲突，何至于要那么小心提防着？有他傅家声在，艋岬帮在上海滩也绝不敢随便造次。而她避走上海另一个原因，自然是为着"李先生"。但这个原因，她有自己的考虑，不愿随便说出口。

章慧喝了一口茶，慢慢地说，傅叔叔，您是不是听到其他什么风声了？我可以很坦诚地告诉您，有些事我并没有说，不是我有意隐瞒，只是关系重大，而我也不愿再牵累您。

傅家声微笑着摇了摇头，你太看低你傅叔叔了。我是那种趋利避害之徒吗？我想令尊和我应该一样，对于认定的人，就愿意肝胆相照。你不用担心牵累到我，乱世之下，有谁能明哲保身？傅家声说完从内袋里掏出一张薄纸，递给了章慧，上面写着"莫听穿林打叶声，何妨吟啸且徐行"。章慧见了，赶忙抬起头，傅叔叔，这是谁给您的？

一位自称是姓李的先生找到我，给了我这张纸。傅家声敲了敲桌子，他说要见你，还说只有通过我，才能见到你。我问他为何会找到我，他只笑笑，说将这张纸给你，你就都明白了。

章慧看着这张纸，心中又是高兴又是担心。高兴的是，李先生看来恢复得不错，自己费尽心思送他到上海，算是成功了；担心的是，既然李先生能够找到傅家声，那说明自己托庇于他的事，也是无法再隐瞒下去了。下一步要如何走，就看傅家声以及她自己的智慧了。

章慧，你不用想太多。傅家声似乎明白了她的心事，你就先决定，是否见这位李先生吧？

虹口公园出了西门，是一条不大的马路，马路的尽头有一家名叫"沪文"的小书店。书店分了两层，实际上是只用到了二楼，一楼门脸儿小小的，放个"新到书目"的告示牌子就把门面给挤满了。

章慧到的时候，看见二楼窗户已经打开了半扇。章慧下了车，让司机先回去。司机有些犯难，说傅老板特意交代，要在这里等您。章慧朝四周望了望，笑着说，这条马路小得几乎就像弄堂，傅老板这么一辆黑亮的车停在这里，不是扎眼得很？司机听闻此，这才明白。章慧接着告诉他，自己会在一个小时后出来，请他到时再把车开来。

待司机把车开走了，章慧这才上了二楼。书店四壁都立满了书架，一个穿白衣服的年轻伙计在叠放摆弄着书籍，对于章慧的到来只看了一眼，并没有表示出想要接待的意愿。章慧莞尔一笑，忽然听到有人叫自己的名字，她往后一看，李先生正坐在窗台边的竹椅上。

李先生，久违了。

是啊，章小姐，有段时间了。

隔着一个小圆桌，章慧坐在了李先生的对面，心情抑制不住的激动。李先生仍然戴着一副黑框眼镜，头发似乎更长了些，但整个人却远比那天所见好多了，脸上带着浅浅的笑意，读书人的气质灿然在他的身上。

来，这是我刚沏的西湖龙井。李先生将一个玻璃杯推到章慧面前，龙井浮沉在水里，绿意盎然。这个地方很僻静，书店老板开了很多年了，我做学生的时候，经常来这里看书。这里不用担心，有什么话尽管说。

章慧朝那位年轻伙计望了望，他继续埋头整理着书籍，嘴里还低声哼唱着不知名的沪上流行曲子。章慧喝了一口茶，李先生，是如何知道我来了上海？又是如何找到我的？

我到上海后休养了一阵，后来听闻了在厦门发生的事。我担心你受到影响，通过联系，请闽南区委的同志打听你的消息，这才知道你已离开了厦门。我料想你去其他城市也不太合适，还是回上海。于是慢慢通过别人了解，你当初来上海时得到上海滩闻人傅家声的帮助，所以顺着这线索，就找到了你。

章慧点了点头，李先生，年初接到组织上的安排，要将您安全送离厦门到上海，说实话，事情来得有些突然。就是对于李先生您，我只知道您是密电专家，其他的信息一无所知。我猜想，可能"李先生"这个称呼，也不是真实的吧。

李先生笑了笑，我们做革命工作，四海为家，四海之内又皆是兄弟，相逢从来不必曾相识。那天你安排我上了陈锋的车，我们分别之际，我见你脸上隐约有忧色，似乎对革命工作的复杂和艰巨有些焦虑。我那时就和你说了：莫听穿林打叶声，何妨吟啸且徐行。今天我还是同样的意思想向你表达，既然选择了革命的道路，那就义无反顾走下去。也许昨天你是遇见了李先生，那么明天或许就会遇见赵先生，我们党的工作，从来就是一位接着一位干下去的。

"党的工作"，章慧默念着李先生说的这四个字。她缓缓地说，当年我离开上海前往厦门开展地下工作，是我的入党介绍同志告知组织对我的工作安排。因为隐蔽需要，我从来不知道也不过问，我的上级组织和领导是谁。我只是接受了任务，去往厦门开展革命宣传工作，时刻等待组织的召唤。我也只是知道，在党需要我的时候，我绝对义不容辞。

我们都是一样。李先生点了点头，我从苏联学成归来后，一直就配合着组织开展秘密工作，哪里有需要我就去哪里。

听到这里，章慧似乎意识到了什么，抬起头说，李先生，我想你这次找到我，不只是见我一面而已吧？如果我猜得没错，您的身份，也不仅只是密报专家吧？

李先生点了点头，有些事，我觉得你会是最好的人选。

第二十一章

　　见了李先生第二天，章慧主动给傅家声挂了电话。傅家声好像已经料到了章慧会打来电话，颇为平静地说，你在公寓里待得也闷了，我们去吃顿法国餐，我知道有家法国餐厅就在霞飞路上——你不用担心，老板名叫雷诺，欧战爆发就来了上海，我和他知根知底。

　　这家名叫"彩虹"的法国餐厅，里面装修得并不华丽，但有种厚重感。雷诺五十岁上下，身材瘦削，鼻子高挺，话语不多。见了傅家声和章慧，只微笑点点头，就亲自引着他们坐在角落里的一处餐桌前。雷诺很优雅地拉了椅子，请章慧入座，并用流利的中文说，餐厅外面挂了"包场"牌子，中午不会有人来打扰了，两位慢慢品尝菜肴。

　　傅家声点头表示感谢，并将桌上小竹篮里的餐前面包推到了章慧的面前，这里的面包烤得顶好，蒜香恰到好处，不浓也不淡。

　　章慧笑着点了点头，并没有伸手去拿，而是起身接过侍应端来的咖啡壶，给傅家声倒了杯热咖啡。她自己也倒了一杯，喝上一口后说，傅叔叔在十里洋场真是吃得开，这家法国餐厅的菜可是不时上《申报》的，中午时分却能为了您而不开放，也是很难得了。

　　这些都是别人卖我傅某人几分薄面。和雷诺又是相识于微，算是患难之交，所以但凡谈些私人的话，他都会预留空间。傅家声微微抿了一口咖啡，我和你父亲，也是如此。他有托付，或是只要和他有关的事，我都会上心。况且，是因了章慧你，你可是他的宝贝女儿。若换作旁人，我虽有急公好义之德，也不会那么投入。人呢，也是要学会审时度势。

章慧说了声感谢，就低头默默喝着咖啡。她隐约感觉到了些话外的意思，但这层意思，她目下又无法确认。忽然听到傅家声问了一句"昨天和那位李先生相见，都还顺利？"她放下杯子，从容地说，傅叔叔，讲实话，李先生不单是"赤化分子"，而且极度危险。他的能力，对共产党而言，是幸事；但对国民政府、殖民当局而言，却不啻是个定时炸弹。傅叔叔在上海滩经营多年，想来政商关系都已非常熟悉，如果因我而有为难您的地方，还请尽管说，我能够理解。

傅家声看着章慧，忽然笑出了声。他摇了摇头说，套句杜丽娘的话，你也忒把我傅某人看轻了。我是看着你长大的，你躲在上海，我岂有不理会的？我又岂会在意可能存在的风险？我傅某人做了，也就做了，绝没有后悔或者犹豫这样的说法。

傅叔叔，这些我都明白的。章慧在考虑着要如何回复才妥当。思考了一阵后才开口，傅叔叔，我逃到上海来最主要的原因，想来您是最清楚。傅叔叔，我对您一直很崇敬，您对我们家真是帮助太多了。傅叔叔，您让我把话讲完……躲得过初一，躲不过十五。上海并不是长留之地，况且，在见了李先生之后，我更要尽快回厦门了。

如此也好。

傅家声这样回答。他并没有虚情假意的客套，他了解章慧。更重要的是，凭着和章家的世交情谊，他无须虚假地故作姿态。章慧早日离开上海，是不得已，但又势在必行。说完这句后，餐厅里一时没了声音。过了片刻，厨房门开了，雷诺亲自推了餐车而来，两个铮亮的保温盖罩住了主菜西冷牛排。傅家声似乎想到什么事，从西装上衣口袋里拿出两张票。

差点忘了这事。"大光明"戏院后天要上演一出明星公司的新戏，叫作《再会摩登女郎》。女主演么，想来你认识——郑家瑛。

和家瑛相处的时间算起来并不算太长。

章慧坐在公寓沙发上，翻看着一叠报纸杂志，心里顿时有了些愧疚。她来上海这么久了，竟没想过主动留意家瑛的消息。刚到上海时，迫于环境骤变，她不敢去找家瑛；但如今眼看着就要离开了，也没再想起要去见一见。当然，章慧的顾虑不是没有缘由的，她知道家瑛和自己不一样，不愿因了自己的缘故使家瑛受到牵累。

又是"牵累"！想到这里，章慧苦笑地摇了摇头。她继续翻看着那些过刊，尤其是留意《影讯》《电影世界》《影迷》等杂志，想找到和郑家瑛有关的消息，却是寥寥。偶尔出现"郑家瑛"的名字，也是为数不多的几部电影的女配角，在版面不起眼的位置上。倒是"陈奇"的名字不时出现，明星公司的电影，不少都是他写的剧本。直到翻开最近一段时间的报刊，这才发现明星公司有部新片，片名叫《再会摩登女郎》，报道云：首次起用非著名女影星郑家瑛小姐，担纲主演都市爱情影片，据闻乃知名编剧陈奇先生极力推荐出演。

章慧翻看完这些过刊，起身去卧室打开了行李箱子，在行李箱的夹层有个小本子。她打开小本子，翻了几页，找到了郑家瑛的名字，上面写着她的住址。天黑之后，吃过老妈子烧的菜，她给出租车公司挂了个电话，叫了一部车径直开往贵州路。到了路口，又特意让司机从"明星影片公司"门口经过。

小姐是要来看明星的吧？但是这个时间，你是见不到什么明星的，除非是在拍夜戏。司机停在了一处公寓楼前，接过章慧递来的车资后说。章慧闻言莞尔一笑，点头以示谢意。待司机开车走后，她四下里张望了一番，然后才走进了公寓楼里。公寓楼底层有个白胡子的印度老人在看门，但他明显睡着了，以致章慧进来，他也不知道。章慧坐上电梯，直到八楼，敲响了四号的房间。过了片刻，只听见里面的人应了一声，随后打开了木门。

开门的是郑家瑛。她一见到章慧，一时没反应过来，待认出来之后，高兴地几乎尖叫起来。章慧笑了笑，手指搭在唇上，示意郑家瑛小声些。郑家瑛连连点头，并把章慧让进了屋里。

章慧姐，你怎么来上海了？你来多久了？怎么没有提前和我们说一声呀。

我们？章慧有些疑惑，待看到郑家瑛身后走出来一位戴着黑框眼镜，双眼有神，中长头发的年轻男子时，她才明白了几分。她微笑着伸出手，想来你就是那位"陈奇"先生吧？当初家瑛匆匆逃到上海来，陈美说去找她二哥，让他多关照一些。这些年来，家瑛真是麻烦你了。

不麻烦，能帮就自然帮了。陈奇笑了笑，给章慧让座。我在煮黑咖啡，我去给你和家瑛倒一杯。

章慧微笑表示"感谢"。她看着陈奇走进厨房，这屋里气氛就像是一对年轻夫妇在过日子。郑家瑛和陈奇也算是"摩登人士"了，照着这个情形，定然是经了自由恋爱，而后又未正式结婚而生活在一起。章慧却也不以为意，拉着郑家瑛的手，左看右看她的脸。郑家瑛以为自己脸上有异物，章慧笑了起来，我就是好好看看你，看你成为大明星之后，有什么变化？

章慧姐笑话我呢。我不是什么大明星，只是一般演员。

那可"不一般"。别人给了我电影票，让我去看一个优秀演员的电影——《再会摩登女郎》。

有人给你票？哦，我知道了，是不是傅老板给你的？电影是明星公司拍的，傅老板也投了钱进去，他真是个好人呢。我刚来上海时，有去找过他，后来因为忙着学习、拍戏，顾不得再去找他。但他却记下了我。

先喝口咖啡吧。陈奇端了两杯咖啡出来。我写了剧本《再会摩登女郎》，属意就是让家瑛担纲主角，但公司老板一直犹豫。后来有次在酒会上，遇到傅老板，我提到了这件事，没想到他立马就开口答应了。他说是你章慧的好朋友，能帮的一定帮。

章慧边听边喝着咖啡，心里自然感谢傅叔叔的美意。当她听到最后一句，抬头笑着说，陈奇先生，看来你也帮了家瑛不少。

陈奇看了眼郑家瑛，家瑛忽然瞪了他一下，意思是让他不要乱说话。但他笑了笑，开口说，越帮就越离不开了……我写剧本，拍的时候经常会需要些演员，我就介绍她去，家瑛呢对任何角色都不会排斥，这就帮了我很多忙。有的时候演员忙起来，等不到他们踪影，就请家瑛帮忙，来出演一个角色。

章慧听了笑出声来。这个陈家的二少爷，全然不似那位不苟言笑的大少爷陈锋，生性活泼多了。他带着幽默，似乎有些郑家明的影子，但认真想了想，又很快否定了这样的看法。陈奇明显斯文多了，说的话是会让人会心一笑；而那个郑家明，则是"滑头"得很，有的时候满嘴跑火车，花言巧语！

章慧姐，你还好吗？

哦，抱歉，我刚才走神了。

章慧姐，你是一个人来的上海？我哥哥呢？

郑家明回了南洋。章慧脸色变得沉重，慢慢讲了这两年来大家的遭遇。只不过，她隐去了自己的一些情况。这个考虑倒不是出于信任和保密的原因，而是这些情况太过复杂，不是一时半会能够解释清楚。陈奇是聪明人，心下有些明白了——和家明兄素未谋面，但常听家瑛提起，他向来做事率直正义，因此愤而做了伤天害理的陈三甲，不得已逃往南洋。但章慧姐，您来到上海，原因怕是要复杂得多？

　　章慧笑了笑，低头喝着咖啡不语。郑家瑛胳膊肘捅了陈奇的腰，你就是好奇，像个三岁的孩子问东问西，问这么多做什么？章慧姐独自一人来到上海，必定有重要的缘由。

　　没办法，我这是编剧的臭毛病，总是喜欢"打破砂锅——问到底"。

　　陈奇倒不以为意，"爽快"地接受郑家瑛的指责。章慧自然知道陈奇并没有什么坏心眼，他不遮遮挡挡，反倒让她觉得可以接受。章慧放下杯子说，陈奇，你们陈家三兄妹都是好样的，我和陈锋、陈美都熟悉，只是你早年就来到了上海，我虽后来也到上海念书，但我们之间没有什么接触。如果有印象，那还是我们小时候吧，阿爸带着我们见过面。人的成长，必定和他的经历有关。我不了解你的过去，所以不好妄加揣测。但以我所了解的，明星公司拍过的影戏在中国很独特，像《时代的儿女》就很具代表性，和那些惯常风花雪月的影戏有很大区别。

　　郑家瑛和陈奇听章慧提到这部电影，心中就明白了许多。《时代的儿女》是明星公司在去年底公映的电影，片子主要描写当时的学生生活、社会生活，从都市经济崩溃，反映了帝国主义侵略等。按照报纸评论来说，是带有进步意义的左翼电影。

　　《时代的儿女》是李萍倩老师编剧并导演。他是公司资深导演了，而且还是我在公司附属电影学校上课时的授课老师。郑家瑛看了看陈奇，接着对章慧说，奇哥是为我写的《再会摩登女郎》，公司一边在拍进步电影，一边也在拍一些都市电影。之前我一直就没有机会出演主角。这次，真的非常感谢奇哥为我争取到这个机会。

　　和我说"感谢"的话，那不是很奇怪。陈奇搂了搂郑家瑛的肩，笑了笑说，客观来说，上海能人太多了，两家大的电影公司，"明星"和"天一"，优秀的演员不少，家瑛一个不是在中国长大的姑娘，要学习的东西很多，她要在影坛崭露头角还是不太容易的。

陈奇这番话让郑家瑛不禁湿了眼眶。章慧在心里感叹，她一个从"他乡"而来的女子，为了追逐心中的电影梦，在上海滩不知吃了多少苦。一时大家都无言，还是郑家瑛开了口。她抹去眼角的泪花，嘴角露出微笑，不用再说我啦。章慧姐，今天见上面了，咱们就有更多机会相聚了。

明天你的大电影，我会去捧场的，但我可能就是在戏院的一角默默观看，公开场合下我不便露面。还请你能见谅。章慧缓缓地说，今日一面，已是难得。过不多久，我就又要回厦门了。

啊，为什么这么快又回厦门？

就如同你有"电影梦"，我也有我想要追求的梦想。章慧又牵过郑家瑛的手，很诚恳地看了看她和陈奇，电影不仅是娱乐工具，非常时期，它还是战斗的武器。淞沪抗战爆发，你们公司就拍摄了《抗日血战》《上海之战》，在激起民族气节上起到了很好的作用。而这些意味着什么，想来你们都清楚明白。

郑家瑛和陈奇对视了一眼，而后轻轻点了点头。

第二十二章

为了不必要的麻烦，郑家明自南洋溯海北上，只到了香港就靠岸。他在香港岛内找了间小旅社，在旅社里窝了两天，见没有什么异常，这才离开香港，沿着内陆继续北上。离开南洋时，他已经知道在郑家驹的活动下，殖民地当局把陈细甲一伙儿驱逐出境了。但担心仍被尾随，所以他是偷偷离开新加坡的，一路上也是小心谨慎。

离开香港后，郑家明先到了广州，接着又辗转到武汉，船走长江继续东行。越靠近上海，他心里的阴影又慢慢浮了上来。他此行目的，是为着章慧而来。她当下可好？是否还在上海？音讯全无，她处境之好坏，他全然无从知晓。而且，最让他不安的是，既然连郑家驹都知道章慧在上海，那么对于其他人，例如陈细甲，他自然也会探听得知。陈细甲如要为难章慧，原因只有一个，就是因他郑家明而起。

长江客轮断开层层江水，黄浊的浪花在船头翻滚，不断涌起又消退，如此反复。郑家明站在船头甲板上，若有所思地看着远方。再过一天就到达上海了。转念一想，傅家声在上海滩，是举足轻重的闻人大亨，章慧到了上海，自然会去找他，身家安全也许不用那么担心。只是，她为何离开厦门，去往上海？郑家明心中猜测了无数种可能，始终没有答案。唯有见到她，才知晓吧。

郑家明正要转身离开，忽然听见一声沉闷的鸣笛声。一艘挂着米字旗的灰色军舰缓缓从客轮一侧穿过。郑家明身边有个乘客说，又是英国人的军舰，在这长江上巡弋，如入无人之境。另一个乘客不以为然地说，你是头一次见到吧？开放五口通商后，长江上英国人的军舰就没有离开过。英国人倒算了，真正担心的是日本人呐。

怎么说？日本人也要打进来了？

咳咳咳，小点声。日本人的军舰就堵在长江口，什么时候内陆也像东三省一样，被开了第一枪，那小日本的军舰，不得一艘艘开进来……

越往北，气候越凉。进入九月初，晨起的时候，郑家明已经感到有些浓厚的凉意了。他离开新加坡时轻装上阵，行李一拎就走了，行李箱里只有几件换洗的内衣裤，还有就是短袖衣裳，连件长袖的衣服都没有。原想从南洋到上海不用耗时那么久，但走走停停，竟已走了快个把月了。

上岸后，郑家明包了辆黄包车，拉了他往就近的小旅社跑去。郑家明说越便宜越好，黄包车师傅见他一脸疲惫，胡子拉碴，兼着一身不应季的穿着，以为是逃难来的，嘴里叫声"好"，拉着他七拐八拐到了一处弄堂的深处。郑家明下车一看，一块木质的招牌上写着"如家旅社"，挂在了一处人家的门口。这旅社小得不能再小，一楼就只摆了张桌子，一个胖胖的、烫着卷发的上海阿姨懒洋洋地坐着。

客房在楼上，通铺一晚两角，单间半圆。

那就单间吧。

喏，钥匙在这里，侬自己上去，阿拉没得闲。有事自己下来说。

这位阿姨，我身上没个合体的衣服，这里有十块银圆，劳烦你帮忙买几件应季的长袖衫裤给我。

那上海阿姨见钱眼开。郑家明又先付了两日的费用，她立马笑得眼睛眯成了线，喜滋滋地说待会儿就去前街郭裁缝那里。比照老板的身量，买几件现成的。郑家明道了谢，沿着吱吱作响的木楼梯往上走。单间里黑乎乎的，被子像是发了霉。好在有半个露台。他站在露台上往外一看，周围静得像是无人区。这里好，没人来。郑家明打了个哈欠，在船上没睡上个安稳觉，现在终于可以好好休息一下了。他进到屋里，关好窗户，就着薄被子，迷迷糊糊就睡着了。

在梦里，他睡得并不踏实。总感觉有人在向他急匆匆地跑来，他焦急地等待着，可那人虽然跑得很快，却又像是始终到不了跟前。他想追上前去，可脚却像是被钉在了地上，怎么也动不了。他浑身冒汗，手脚冰冷，正在此时，那个模糊的人影像一道闪电，猛然出现在他的眼前。"球仔！"郑家明惊叫了一声，他从梦里惊醒过来。他擦去额头的大汗，心里忽然有了不好的预感：苏环球怎么样了？怎么会梦到他？他的脸色看上去不好，不会是家里出什么事了吧？

郑家明下床，随意套上了皮鞋，走到了窗台边上。掏出烟点了，却始终没有抽。那次从厦门离开，走得匆匆，也没和球仔说上话，一眨眼就这么过了大半年了，他那里可还好？他又一想，刚才自己心里的想法，出现了"家里"两个字，这几乎是下意识的想法。难道自己已经把厦门，把章叔叔他们一家，当作了自己的家一样了吗？

"咚咚咚"，有人敲门。郑家明收起思绪，打开门一看，是旅社的上海阿姨，她笑脸盈盈，眼睛眯成了一条线。她将手里提着的纸袋晃了晃，嘴里说，这位先生，你要的衣裳我都给你买好了。两件棉质的白衬衫，两条黑西装裤，外加一件开司米的薄外套。我和郭裁缝说了你的样子，他说最好再搭配一件薄外套，上海的夜晨发凉，有件开司米保暖又轻薄，很好的嘞。

哦，谢谢你阿姨。

不客气，不客气，拿了你的钱，要替你把事情办好的呀。本来是不该吵醒你的，但我要换班了，又见天色要暗下来，担心你呀睡过头，所以就来敲门了。你看看这身衣裳，不合适的话，明天跟我说，我给你换去。

郑家明回头看了眼窗外，果然夜色降临。等上海阿姨走后，他将那支烟抽完，然后才起身去浴室洗了个澡。这个单间一切很陈旧，唯一的优点是有个独立的浴室。郑家明舒舒服服冲了澡，穿上新衣裳，觉得很合身。出门前想了想，还是随手拿起了那件薄外套。走到旅社门口，才发觉肚子已经饿得空荡荡。问了前台的伙计，说现在过了饭点，这一带本也没什么人，沿街的小吃店大都关门了。只在巷子口有个老师傅，挑了馄饨摊子，卖些消夜。郑家明见门外飘了雨，又向前台借把伞，道了谢后才走出旅社。

走到巷子口果然见有个馄饨摊子，郑家明赶紧点了份大碗的馄饨充饥。一碗馄饨下去，五脏六腑都舒坦了。他付了钱，又走到了大路上，扬手叫了一辆黄包车。跟黄包车师傅说去公共租界，黄包车师傅见路途远有的赚，爽快地答应了一声，拉起郑家明就跑。郑家明坐在车里，轻轻地拉下了挡帘。

到了公共租界，郑家明指了个地方，黄包车师傅说那里可是好地方，都住着富贵人家，有的别墅比法租界里的还好看哩。黄包车师傅拉着郑家明到了一座暗红色带大院子的别墅门前，嘴里说先生，到了。

郑家明多付了钱，黄包车师傅千道谢万感恩。郑家明笑了笑，说这不足为道。黄包车师傅随口接应说，我一看先生您就是大方人。能来找傅老板的人，都是非富即贵，都是大善人。郑家明觉得有趣，问他怎么知道这是谁的家？黄包车师傅笑了起来，说上海滩谁人不知傅老板的名头？他的别墅看上去没有旁边其他的大，但听说里面才是好，设计师请的是美国人，用的材料都是从美国进口的，在上海滩不能说第一，但总是能排上名叫上号的。郑家明点了点头，待黄包车走远了，这才走到大门前，摁响了电铃。片刻之后，一个声音从电铃旁的扩音器里传出来，问来的是什么人。郑家明说请和傅老板通报一声，就说一位从厦门来的旧友，前来拜访。

扩音器里说"稍等"，待过了一阵，有个管家模样的人带着一名用人打开了大门。原来是郑先生！久违了久违了，老爷正好在家，请进请进。

傅家声坐在客厅沙发上，正陶醉在留声机里梅老板的《贵妃醉酒》。一旁坐着姨太太，轻轻揉着他的胳膊。管家叫了一声老爷，傅家声这才睁开眼睛。

郑先生，真是稀客呀，傅家声使了个眼色，姨太太识趣地走了。真是不好意思，这张唱片是百代公司熟人送的，音色质量真可算是上乘，我听得入迷了，不知道郑先生平常是否听京戏？

傅叔叔，您客气了，还是叫我"家明"吧。郑家明笑了笑，听京戏这个雅好，我可消受不起。不过，我有个小妹妹，她倒喜欢听。她呀，喜欢音乐、影戏这些艺术的东西，为此还不惜从南洋跑到上海这里来。

管家端来了泡好的碧螺春，放好茶后退出了客厅，并将折叠的屏风拉开，挡在了客厅的门口。傅家声请郑家明先喝茶，而后自己也端着茶，边喝边说，跑来上海，家明，你身边的人，来到上海滩可不止一位吧。

郑家明是历经风雨的人，但听到他这么说，还是抑不住有些激动。他略带冲动地说，傅叔叔，你是不是见过她了？她现在好吗？我想马上见到她……

家明，你先不急。傅家声又喝了口茶，章慧这个孩子，现在挺好，不用太担心。但她来之前也没消息，清明过后突然来的，来了就找到我了。她说得不多，我也没多问，但她有困难，提出来要在上海躲一阵，我自然没有二话，帮她做了安排。

真是多谢傅叔叔……

你谢我做什么呢？我和章慧阿爸的交情摆在那里，我把她当作侄女对待，何来感谢？傅家声笑出了声，前几年刚认识你们俩，好像还在斗嘴，这会儿见了，倒是很不一样了。

郑家明也跟着笑了，脸颊竟然不自觉地有些热了。他心里忽然闪过一个念头，若是多年前那个混迹江湖，灯红酒绿过活的自己，看到如今的自己，会不会也觉得诧异和难以置信！

那么，章慧她一切可好？

我给她安排了住处，在霞飞路上的一处公寓，不会有人知道。我能理解你的心情，但也不着急一时半会儿要见。你现在去，岂不是打扰她的好梦了。傅家声微笑着说完，而后慢慢收起了笑容。家明，之前发生的事，我多少也清楚了。你们都有自己的思想，我作为过来人，本来是不好多说。但我内心里总想和你们亲近，为了你们好，所以想说说。

郑家明点了点头，并没有直接开口回应。傅家声心中有了分寸，明白这番话只能简单说了，点到即止，不可说得太多。他想了想，说，若是江湖上的事，难免打打杀杀，不过是见些血罢了。只不过，有些人走江湖，拉上官府，根本不理所谓江湖道义，到时候吃亏的往往是自己。傅家声说到这里停住了，将杯中的碧螺春一饮而尽，而后才将话说完。现在中国的局势，你待了几年自然也明白了。世道乱，最乱的就是政治，而政治又直接和军事联系在一起，政治角力，讲的是实力。譬如蒋中正，他背后有江浙沪大商人，又有英美势力，所以北伐胜利，从民国十七年至今，已维系了七年时间。而有些政治势力，看起来理想崇高，但实在力量过于弱小，难以成事啊。

听到此，郑家明心中已然明白傅家声的意思。他的话里，提到了自己和章慧。郑家明心想，自己是不足为道的，关键是章慧。而章慧，大概也是傅家声关心的真正所在吧。只不过，可能这些话，他觉得不便对章慧直接说，只得通过自己转述给她。郑家明笑了笑，谢谢傅叔叔的一番话，我虽然读的中国历史书不多，但我隐约记得一句话"楚虽三户，亡秦必楚"。不知道，这话说得准确不准确？

傅家声先是愣了一下，但他立时反应过来，脸上带着笑意说，理想的更高级，就成了"信仰"。我的话就不多说了，今晚的话就到这道屏风，出了屏风就不作数。明晚你再去找章慧吧。我有个晚宴要参加，就不过去了，安排管家送你去。如不嫌弃，今晚就住在我这儿，家里客房都是收拾好的。

说完，傅家声欠欠身子，离开了客厅。郑家明回味着刚才和他的对话，似乎有些无法描述的感觉。

这日是中秋节。章慧前一晚已经交代了老妈子，中秋夜给她放假，不用来公寓烧菜做饭。老妈子犹豫着，章慧笑说，你以为我就是个从小娇生惯养，什么活儿都不会做的人吗？您老人家不用担心我，尽管去和家里人团聚。老妈子乐得答应，但临走前还是不忘交代说，菜市场在路尾的岔巷子口，那里人多，小姐要多注意。章慧嘴里说没事，但第二日还是早早地上了街，去往菜市场选菜。

李先生来找过章慧后，她即知道上海也须离开了。章慧盘算着再过几日，趁着"双十节"前，搭船回厦门。想到此，她的脚步又轻盈了许多。清晨虽然凉意十足，心里却是暖融融的。她打算在早市上买些当季的螃蟹还有"上海青"，自己在家里煮来吃。和小贩谈好了价钱，拿着东西正准备转身走，忽然觉得不远处有两个人好像在看着自己。她偷偷用余光一瞄，是两个戴鸭舌帽，穿着蓝色便装的男子，心里顿时有些不好的预感。她将买好的食物放在了小贩那里，并说待会儿有两个戴鸭舌帽的年轻人会经过，他俩很讨厌，是家里派来暗中"保护"我的，你就将这些东西都转交给他俩。我呢，继续去前面逛逛，正好可以躲开他俩。

章慧说话的语气满是娇嗔，扮相又像极了上海富家小姐的样子，那小贩听了脸上堆着笑说，小姐放心好了，电影里经常这样演的，我一定帮忙——只要小姐今后还多多来我这里买东西。章慧说那是自然，说着已走到小贩身后，旋即消失在市场里。她边走心里还边觉得好笑，都知道是"戏"了，难道还是真的？

从菜市场钻出来就是大马路，听着路上车来车往嘈杂的声音，章慧这时才开始紧张起来。她万万没想到，已经在上海躲这么久了，竟然还有人跟踪自己？而盯梢的人，又是谁呢？他们又为何而来？他们能跟踪自己到了菜市场，那么显然也知道了自己的公寓。他们或许是去了公寓，发现自己不在，而后四处寻找，这才找到自己的吧。万幸一早出了门，但这样看来，公寓是无论如何不能再回去了。

那该去哪里？

早上出门，以为买些菜就回公寓，身上只带了个小坤包，除此之外，别无他物。去找傅叔叔吗？可知道自己住所的人，屈指可数，她不敢往深里去想。她深深呼吸了一口气，将肩上的薄丝巾裹在了头上，叫住了一辆黄包车：师傅，去往虹口公园。她才坐上黄包车，师傅正要起脚，却忽然被人拦下了。她心底暗叫一声不好，一个穿着白色衬衣，戴着墨镜的男子做了个"请"的手势，章小姐，你要躲到哪里去呢？请跟我们走一趟，协助做个调查吧。

你们要干什么？这里是租界地带，你们不是租界警察，无权管辖！

章小姐这话就难听了，什么叫"无权"？我不过是请你协助而已。

墨镜男子说着已经伸出手要拉章慧了，他身旁的另一个矮个男子也准备要动手了。就在这时，只听得两声"哎哟"的惊呼，墨镜男子和矮个男子同时弯下腰，一个手拿着粗木棍，古铜色皮肤的年轻男子叫了一声：章慧，快走！

原来是郑家明！她又惊又喜，但她来不及细问，赶紧跳下黄包车，跟着郑家明往里弄跑去。章慧辨明了方向，对郑家明说只往东面跑。郑家明牵着她的手，在上海滩那如迷宫般的巷陌里弄中跑着。章慧有时抬起头，望着郑家明的后背，心想着这一切难道是在做梦吗？

这不是梦！这一切都是真的！你是真实的，我也是真实的，你摸摸看我的脸。

郑家明托起了章慧的手，让她在自己的脸颊慢慢地摩挲着。

家明，你瘦了。

郑家明看着章慧，心头有无数的话在缠绕，就像奔流的海水忽然涌起，堆积在喉间，却又不知该如何疏导。章慧落下了热泪，他不敢也掉下泪，怕她哭得更厉害。于是紧紧抱住了她，轻吻着她，吻去她脸上种种的不堪。

良久，两个人才慢慢松开了。郑家明拉着章慧的手，让她坐在了屋子里唯一的椅子上，自己则靠在了窗台边。章慧看着旅社里的摆设，嘴里说着，躲在这里，应该不会再被人找到了吧？

待久了，总有一天会被人知晓。郑家明笑了笑。世上的事，有时逃不过一个"无常"，什么都可能发生，是不是？

章慧也跟着笑了，你这是唯心论，好像这个世界神秘不可知。不过，也是你心细了，否则我当时整个心绪都乱了，居然就想往虹口公园去。

任谁遇到今天的情况，都很难做到镇静。郑家明想了想说，去往虹口公园的路上，我就在想哪里会是安全的？路上你提到那间书店，我想你在上海几乎都不在外面活动，但只要你去过的地方，想必别人也能知道，因此，我就在想应该去别人不知道的地方，不能让人料到你的行踪了。

家明，我心里有些话，不知道是否合适说。章慧犹豫了一下，在上海，唯有傅叔叔，他知道我住那里。霞飞路上的公寓，还是他安排我住下的……

我昨晚就是住在他那里，傅先生没有问题的。郑家明提起电壶，往搪瓷杯里倒了开水，并放在了章慧的手里。原本是安排让我今晚来见你，但我实在想早一些见到你，于是一早就离开了傅公馆，自己一个人摸着道找到了你住的公寓楼。但到了你楼下，见有两三个男子围绕在门口，心里就隐约觉得有些情况。我装作路人经过，听他们聊着什么"没有找到，四处找找"的话，心下就明白，你可能有情况。但想着那些人还在等着，你应当不会走远，于是就在附近找你，就怕你出什么事。天可怜见，终于还是让我遇上了，否则后果不堪设想。

章慧手握着搪瓷杯，缓缓地喝了一口。如果和傅叔叔无关，那么为什么我住那儿，会被发现？李先生？不可能的，他不会……

哪位李先生？郑家明没等章慧回答，心中就已清楚，是那晚和他同在仓库的男子，章慧的"同志"。你在上海见过他？

就在不久前。当时，李先生还是通过傅叔叔找到了我。

那么，会不会是组织遭到破坏？但是，那些抓你的人，究竟是谁呢？他们的目的是什么？郑家明将章慧手里握着的搪瓷杯拿走，握住了她的双手。我在南洋待了一阵，后来艋岬帮、陈细甲还是找上了门。这中间的经过，我以后慢慢和你说。他们在新加坡闹了一场，我又待不下去了，临走前，郑家驹找到我，要我去上海找你。但他没告诉我原因。

有些事，总要付出一些"代价"，甚至是流血，甚至是生命。章慧轻声说。

　　天空飘起了细雨，郑家明压低了巴拿马草帽。天色渐暗，路灯逐一亮起，他靠在一处电线杆旁，望着不远处的傅公馆。公馆大门紧闭，郑家明看了腕表，已经是七点。看来，傅家声要等完全入夜了才外出。他又想起了章慧说的话，而助学义捐之夜的情景又浮现在了他的眼前。那夜他负伤离去，在陈锋的帮助下，匆匆离开厦门。离去前，他和章慧见了一面。在风雨飘摇之际，他们才刚刚完全走进彼此，却又马上面临着分别。他走之后，艋岬帮在钟和夫的撑腰下，试图找章慧的麻烦。但凭着章启智的能量，还有陈广利、陈锋父子的关系，彼时艋岬帮等人也无可奈何。章启智明白，他们是不会死心的，于是半劝半警醒章慧，除了教书，不要再踏足和共产党有关的事，不要再宣扬那些"理想主义"了。

　　但这怎么可能？郑家明笑了，他想起章慧那有时倔强得令人"咬牙切齿"的目光。章慧认定了的事，一定会坚持到底。她组织开设的劳工讲习班还在继续，她还在为着组织的发展奔走忙碌。终于，在鼓浪屿虎巷八号的一栋楼房里，国民党派出的军警抓住了正在讲习班授课的章慧。政府检控她犯了"危害民国治安罪"，要将她"绳之以法"。章启智不得不找了陈家，在陈广利的活动下，将她暂时保释出来。虽是保释，却还有被判刑的可能。章启智和陈广利商量之后，决定让陈锋安排章慧偷偷离开厦门。不知道章启智付出了多少"代价"，才使得章慧脱离了困境。郑家明听了章慧的讲述之后，问她，选择了这条道路，让你阿爸陷入困境，你就不会后悔吗？章慧听后愣了片刻，她想了很久后反问说，你觉得我们还有其他更好的道路吗？

　　我们？郑家明听到这个词的时候，心中有些难以言说的震动。这是不是代表着，他自己和章慧，成了同样的人？郑家明长出了一口气。章慧最后说，也许冥冥中有些注定的意味，那栋八号楼，当年是省委机关所在，国民党曾经在那里抓捕了省委的主要同志。有的被押往南京就义，有的，则在厦门禾山就义。

不能再想下去了。郑家明摇了摇头，抽了根烟。才抽到一半，公馆的大门打开了，一辆墨绿色轿车驶了出来。他左右张望了一下，见没有什么异常，于是快步赶了上去，在轿车将要转向的时候，拦在了车头。车停了下来，他快走到了后座，敲了敲车窗。傅家声见是他，赶忙招手，快上车。

家明，你跑去哪儿了？我让管家在等你，还说等你回来，好载你去霞飞路。我又打了电话给章慧，可电话没人听。等到下午，我让管家悄悄去了霞飞路，他说公寓楼下有些怪异……

傅先生，你真的不知道？

知道什么？傅家声觉得有些奇怪，郑家明的问话没头没尾。郑家明不说话，只是看着他。傅家声心中一动，掸了掸衣服袖子上的毛线，淡淡地说，你有话不妨直说，我傅某人虽不是什么大英雄，但行事做派从来就是大大方方，明人不做暗事。

郑家明笑了笑，我当然清楚傅先生的为人，也敬重得很，只是事出突然，我和章慧这一天"亡命"上海滩，实在是脑子也有些糊涂了。说完，他稍停顿了一下，将后座与前座间的小挡板拉上，并将这一日和章慧所遇到的事讲了个大概。只不过，他最后略去了和章慧待在旅社的情况。

傅先生，事情的经过就是如此了。说句不好的话，我和章慧今天有可能就"命丧"黄浦江了。

着实危险得很。傅家声叹了一声，而后又想了想，嘴角有些冷笑，依着你先前的语气，大概是怀疑我告的密？

我若是怀疑傅先生，还会来找你吗？只是，事出突然，向来都无事，也不会被人发现，怎么今天就出了状况？

看来真是"好人难做"。傅家声苦笑着摇头，先不论我和章慧阿爸之间的恩情，就算是我傅某人行走江湖多年，何时不是把"义"字摆在前头？早前我安排那位李先生和章慧见面，你可知道我担了多少的风险？

想来也是，如果傅先生要出手，何必要等到现在。郑家明听他提到了"李先生"，于是又接着说，知道章慧住所的，除了傅先生，就只有李先生。可李先生断然不会出卖了章慧。不过可笑的是，我们到现在也不知道抓章慧那些人的真实身份。还有，他们为何来抓章慧？

傅家声忽然想到了什么，他敲了敲小挡板，让司机将车停靠在路边。他开门下车，郑家明不明白他要做什么，也跟着下了车。傅家声来回走了几步，我大概想明白了……前几日，我在一场聚会中结识了一位"蓝衣社"的人，他大概是很受戴老板的器重，那天喝多了酒，经不住旁人的阿谀，夸口说沪上好几起中共地下党组织的破获，都跟他有关。他说抓住了一位密电专家，审问中共的密电体系，这个专家也是骨头硬，死活不开口。但他安排手下四处活动，顺着这条线又抓了不少外围的人，同时又收买了不少的耳目，伺机要铺开大网……

这么说来，那位密电专家，就可能是李先生了！

哎。傅家声重重叹了一声。当时那个场合，我听到这话，心中就叫了声"不好"。但碍着人多，又不好多问。待事后想去找蓝衣社的人打探，却又觉得太过唐突，徒增他人的怀疑。

如此说来，那又会是谁出卖了章慧？

我给章慧请了个老妈子。这个老妈子还有个儿子……妈的，小赤佬，最后还是当了"二五仔"！

傅家声没有说下去，郑家明也没有追问下去。他略带焦虑地说，傅先生，目下最紧急的，怕是要赶紧离开上海。我虽不清楚李先生曾和章慧说过什么，或是交代过什么，但她现在无疑是危险的，蓝衣社的人追得紧……

就算没有"蓝衣社"，我今天急着找你们，也是要你们赶紧回厦门。傅家声缓缓地说，中午接到兴盛公司拍来的电报，上面说，公司出了点状况，启智先生住进了医院。

啊！郑家明惊呼了一声，章叔叔他，他怎么了？

具体情况我也不太明了。但我想，公司拍紧急电报来，想必事情已是颇为危急。我已让人去安排航船，一待见到你们，马上就登船离沪。

郑家明心中说不出的感慨。他想了想后说，傅先生，这一路，多亏您了。章慧在上海的一切都是您照料着，找不着她，"蓝衣社"的人想必也会来"麻烦"您，请您也多加小心。

这些不妨事。我素来和地下党没有瓜葛，我出于江湖道义，帮助朋友，这无可厚非。只不过，我也有几句话要说。也请你带给章慧。傅家声背过身，缓缓地说，我傅家声向来把"忠义"看得比命还重要。但现今中国形势，想来你也清楚。我不党不群，但在这十里洋场之地，我也得八面玲珑，处好各方势力。章慧也好，李先生也罢，乃至整个共产党，我敬佩他们对理念信仰的追求，但我始终有实业要经营，我不能为此付出所有这一切。

傅家声的话只说到此，意思却很明白了。郑家明默默点了点头，轻声说，傅先生，绿水过青山，我们就此别过。

第二十三章

从上海离港，傅家声安排的是自家公司的货船，船长和大副的休息室都让了出来，一间给章慧，一间给郑家明。郑家明心想这其实是多此一举，他大可和章慧共处一室。但转念也明白，这是傅家声心细，于是也就顺着这样的安排。至于章慧，根本没有在意这些，只是担心着家里的情况。她不时问郑家明，家里应该没事吧？阿爸没出事吧？郑家明只得安慰她，没事的，章叔叔一辈子都是做好事，他不会有事的。

郑家明和章慧都清楚，谁也不晓得厦门的情况，只是互相间的慰藉罢了。上船前，船长亲自站在舷梯旁迎接，告诉他俩，傅老板吩咐过的，必定安全送他们到达目的地。货船漏夜装货，翌日清早就出发。郑家明和章慧道了谢，而后在船长带领下入了休息室。休息室卧床很小，仅容一人睡用。郑家明看了竟然一笑，对章慧说，看来老天不让我们同床共眠。章慧没心思开玩笑，只狠狠捏了郑家明胳膊，痛得他龇牙咧嘴。两人用过餐，吃了点干面包配鲜奶，又聊了一下，正准备各自回舱房休息，没料到傅家声的管家匆匆而来。管家身后，还跟着两个人——郑家瑛和陈奇。

郑家明乍然见到家瑛，心中欣喜不已，抱了抱她，嘴里又不住地说，小妹，你怎么来了？你可又变瘦啦，不过看起来更漂亮了！

瘦就证明我有用功拍戏呀。郑家瑛抿嘴笑了，而且，瘦了上镜才好看呢，你说是不是，陈导演？

郑家明这才注意到家瑛身后还有一位年轻男子。他看着陈奇，嘴里问着，请问这位尊姓大名？

尊姓大名？你何时这么客气了。章慧也忍不住笑了，能跟你的小妹在一起的，会是谁呀？算起来，他们家跟你也是"老熟人"了。

我想想，哦，我明白了！郑家明笑着看了下郑家瑛，又打量了陈奇一番，原来你就是陈家的"二兄弟"，陈锋的弟弟，陈美的二哥。家瑛来到上海，可是多亏了你呀！

陈奇笑了笑，和郑家明握了握手，家瑛她底子好，加上自己的努力，所以能够走上演员这条道路。她立志要当个好演员，不是那种一闪而过的明星，走的路会稍微艰难些。不过，"天公疼憨人"，家瑛这几年下来，积累了不少经验，就在前几日，她主演的大电影终于上映了。

是吗？真是可惜，我们没法看到了。郑家明遗憾地摇摇头，你看我们现在正准备回厦门呢。

二哥，你回去之后，可以再把戏院的生意做起来。到时候就可以从明星公司引进我主演的电影啦！

郑家明淡淡笑了笑，我和你章慧姐，这次历经波折，可是出逃而来的。返回厦门，前路如何，还不得而知呢。

家明哥不用担心，回厦门后可去找我大哥，他这个人虽然不太好说话，但是正义之心还是有的……

你放心，我会去找他的。郑家明笑出了声，我和他是不打不相识，过去恨得不行，现在又"离不开"了。

听了他的话，众人都会意地笑了笑。笑过之后，郑家瑛才开了口，郑重地说，今天来是傅叔叔安排的，他说思前想后，还是决定告诉我们实情，并安排我们来做话别。这一去，又不知何时能够再见到二哥和章慧姐。所以，我和陈奇决定，无论如何要来送你们。

江湖路远，人生反复，柳暗花明不可知。

陈奇跟着说了这句，就像在念剧本中的台词一般。郑家明看了他一眼，细细琢磨了一晚。

货船清晨出港，傍晚即到了宁波。宁波还有一批货要上船，郑家明思考了一阵，和章慧说从宁波下船，住一夜，而后自宁波到福州。到了福州后，他先走陆路到厦门。章慧开始不同意，但郑家明耐心地劝她，急也急不得，目下上海的抓捕危险尚未解除，厦门情况又不明了，贸然回去，恐怕不利。莫若他先回去，先探明情况——他一个人先回去，处理事务也比较灵活。

郑家明没有把话说透，但内里的意思却是若有凶险，他自己一人担着就好，免得章慧也出事。章慧自然明白他的用心，想拒绝也不会有结果，只得答应郑家明的安排。

回厦门坐的是长途汽车，一路上颠簸得厉害，郑家明窝在车里直想吐。路上听到有乘客提起，后日即是"双十节"，赶着去厦门看看热闹。又有人说，听说厦门市政处已经开始筹备，上报南京内政部等待批准建市。什么"建市"？那人只好解释，南京那里向来是按省、县管理，这次厦门要成为全福建首个设立"市政府"的，厦门也就正式成为"厦门市"。那之前不都是叫"厦门市"？谁叫厦门经济好，交通好，又有南洋侨客，叫着叫着就变成了"市"。只是这次要成真了。

郑家明听着乘客们的谈话，心情有些复杂。自己从南洋来，从未想过人生会在厦门发生巨大转折，更想不到自身命运会和厦门，或者说和中国，产生如此紧密联系。这是他五年前根本想象不到的。他闭上眼睛，思绪飘了很远。

到达厦门已是夜晚。郑家明特意将卷起的衣袖放下，压低了帽檐，叫了辆黄包车来到了兴盛公司。他并没有直奔鼓浪屿的章家。苏环球平时就住宿在公司里，章启智有意要为他安排居所，但他说公司就是自己家，在里头吃喝拉撒睡都方便。章启智听他这样说，也就由得他。

郑家明见顶楼灯暗着，心中就有了数。他绕到公司楼后面，从安全梯上到顶楼。他轻轻敲了敲木门，隔了很久才听到里屋声音传来，问是谁。郑家明压低声音说，是我，家明。木门打开了个缝，苏环球露出半个脑袋，确定是郑家明后，这才赶紧把门打开，让郑家明进屋。

球仔！

家明！

苏环球放下手里握着的一柄斧子，而后和郑家明紧紧抱在了一起。苏环球激动得身子在发抖，却又极力克制着。郑家明清楚苏环球的脾性，也知道他经历过许多风雨，像今天这样几近失态，可见他这次受了多大的刺激，又是遭遇多大的困厄。

球仔，我们好好说。郑家明看了眼放在地上的斧子，还有人要对付我们？艋岬帮还没死心？

艋岬帮不会死心的，但这次却不是因了他们。苏环球长叹了一口气，我们真正要提防谁，心里也没有个底。所有一切，都是我们的猜测。对了，你怎么回来了？我听说了艋岬帮和陈细甲去新加坡找你的事，但他们好像没有得逞。后来就不知道怎样了，你一切可好？

我后来去了上海，并找着了章慧。

大小姐！她还好吗？公司给傅先生拍了电报，她收到了吧？

收到电报了，我和她一起回来，我先到厦门，她还在福州待着。这中间的曲折，也不是一时半会儿能说得清楚。我们担心的是电报里说的，家里怎么了？

苏环球不禁眼眶红了。他尽力克制着自己，擦了一把双眼，我们边走边说。老爷他，他还在医院里，昏迷不醒……

什么！

去往鼓浪屿的固定轮渡早已停航，若非是自家拥有汽轮，出入鼓浪屿就有诸多不便。章家的汽轮已经停靠在码头，郑家明和苏环球匆忙上了船，苏环球甩开牵引绳，驾着船往鼓浪屿去。路上，郑家明已经听苏环球简略说了事情的始末。原来八月初，建源公司传出消息，称有意再释放一家砂糖代理权。当时收到消息，兴盛公司内部并未在意，章启智还以为时局不稳，这个消息恐怕是讹传。后来陆续有消息传出，原来建源公司进行了改组，黄达民竟然不再担任董事会主席，董事会改选他的堂弟黄达增担任。而黄达增这个人，往好的说，是"有为"；往不好的说，是"大胆"。他向来反感原来黄达民的做派，提出公司要扩大营收，势必要积极释放代理权——中国那么大，一家代理怎么够？

最早砂糖代理就是兴盛公司，只是后来落到了钟和夫的手里。章启智听到建源公司传出的消息，不能说不心动，因为砂糖代理的高利润摆在那里。建源公司的砂糖甜度高，适宜保存，很受市场欢迎。特别是他了解到，钟和夫只走华南和华东市场，东北和西北均未涉及，而后者恰恰是兴盛公司的机会。也因此，在公司开了会之后，章启智决定亲自跑一趟香港，和黄达增谈一谈。原本苏环球要跟着去，但章启智说公司这里离不开他，留下来也可以帮着孙管家。

老爷说，香港他很熟悉了，就没带随从，自己一个人搭船去了香港。苏环球开着汽轮，望着前方漆黑的海浪。老爷去了香港，拍回电报说一切顺利，很快就和建源公司谈妥了代理事宜。但没想到黄达增非常心急，说有一批货放在仓库久了，急着发出去，给了很低的折扣。老爷估计了情况，只好让我们联系好船家，在香港装好砂糖北上。谁想到，就在船要进厦门湾时，一艘日本军舰擦过货船，不仅把整船的货倾翻在了海里，而且还导致老爷落了水……

怎么会这样！郑家明紧握着拳头。那章叔叔现在情况如何？如果只是落水，救得及时应当……

最可恨的是那些撞人的日本鬼子！他们眼睁睁看着船上的人落水，却不施救，反倒开走了。后来是巡逻的国军海警经过，将老爷等人救起。只是老爷年纪本就大了，落水时间一长，又加上受了刺激，救上岸后虽马上送去了救世医院，马彼得医生全力救治，但老爷一直发烧昏迷，至今未见好转。

郑家明心里像是被揪起，日本人是不是故意的？是不是有意要这么做？

日本鬼子口口声声说不知道，只是意外。他们说是急着去宁波演习，不小心剐蹭到的！我们没有证据，可左右联系起来看，事情绝没有像他们说的那样简单。出事之后，孙管家交代公司上下，务必要小心，就怕鬼子又要对我们动手！

动手？他们目的是什么？郑家明想了想，这一前一后，让我想到了一个人。

在见到章启智的那一刻，郑家明忽然有一阵眩晕，好像记忆里的过往又再次出现。章启智穿着蓝白相间的条纹病服，脸色寡白，眼眶深陷，干瘦的身子躺在病床上，一如当年自己的阿爸那般。郑家明心中有了不祥的感觉，只是他尽力去打消这个念头。

章叔叔。郑家明轻声呼唤了几次，章启智并没有什么反应，只是眼皮好像稍微跳了跳。病房里昏暗的灯光，让郑家明以为是自己的幻觉。他使劲揉了揉自己的眼睛。肩膀被人拍了拍，他转过身，是马彼得医生。苏环球去喊了他来。

马彼得示意郑家明到走廊外，自己反身关上了病房的木门。郑家明抓着马彼得的手，急着问，马医生，章叔叔的情况严重吗？球仔说已经躺了好一段时间了，如果病情不见好转，怎么不送他去上海？马医生，不要误会，不是说您的医术不好，而是上海毕竟是东亚第一城市，治疗手段先进。

明，你先不要这么激动。马彼得无奈地看了眼苏环球，他会意后掰开了郑家明紧紧握着马彼得的手。启智在海水里浸泡太久了，上岸后就得了肺炎。肺炎发展很快，现在已经是重症，照 X 光片，左右双肺都有炎症。我们一直给他用抗生素，这药我们是从香港买的，备用量有限，为了治好病，之前有想过送他去上海治疗，那里药品和治疗条件等等，都会比我们这里好——这些我当然知道。

可问题是没办法送老爷去上海啊！苏环球接着话说，马医生一直给用着抗生素，开始还不错，后来打再多针也不管用了，老爷一直就昏迷不醒。我们也商量着要不要送去上海，可老爷这身子根本经不起折腾，坐飞机，坐船，这半路上万一……

马彼得叹了口气，不知道上帝是如何安排世界的好坏？为什么好人就要受到这样折磨，坏人却可以无法无天？明，看到启智这个模样，我就想到了你的阿爸。当初，你阿爸也是这样躺在医院里，直到生命终点……

我不要，我不要什么生命终点！郑家明忽然大喊，马医生，求求你再想想办法。我从南洋来到中国，遭遇不知多少困难，都是章叔叔出手相助，我情愿代替他去死！

孩子，你的心情我能理解，但请别说这样的傻话了。马彼得意味深长地说，启智最放心不下的是谁？他万一遭受不幸了，谁还能再在这个世界保护他最关心的人？还有兴盛公司，上上下下这么多人。现在，还有很多人在看着你呢。

马彼得说完这些，就不再开口。他明白郑家明是个聪明人，自然懂得他话里的意思。马彼得叮嘱了苏环球一句，要他照管好郑家明，而后自己先离开了。郑家明握紧拳头，重重敲了下走廊的立柱。他想了想，而后交代苏环球，让他去福州接章慧，用最快的速度赶回厦门。而他自己，则有些事还得要处理。

苏环球答应了一声，但过了一会儿，又对郑家明说，日本人现在势力更大了，到处都有他们的人，我们下一步该怎么办？

郑家明并没有接过苏环球的话，只是最后问了一句，玉郎，他现在如何？

他，听说现在是"一支笔"。嗯，时时和鬼子混在一块。

郑家明轻轻点了点头。

隔日就是"双十节"。这天，满街骑楼上万国旗帜飘扬。骑楼立柱上一般插了两面旗帜，一面是"青天白日满地红"，另一面则是其他国家国旗。郑家明坐在黄包车里，沿街看过去，"膏丸"旗居多。郑家明心里叹了口气，这情势看来好不到哪里去了。他是一大早从鼓浪屿坐渡轮到了厦门岛。他听了孙和顺的意见，暂时就住在了淑芬别墅里，孙和顺的意思，章老爷住在医院里，家里急需有个能做决定的人。郑家明想着章慧就算回来了，怕也是无心顾及家里，他自然要多帮着一些。

黄包车路过华光戏院，郑家明让师傅跑得慢些，自己拉开帘子往外看，戏院大门紧闭。前后一年时间都不到，怎么好像是过了一个世纪那么漫长？郑家明摇了摇头，戏院看上去像是歇业已久，陈锋到底在做些什么呢？黄包车师傅问郑家明，先生，这下可跑快些？再慢，待会儿有庆祝游行的队伍，警察一封路，这车可就跑不了了。我倒没事，就怕耽误了先生您办大事。郑家明笑了笑，你哪里见得我是要去办大事？黄包车师傅跟着回答，瞧先生这身打扮，穿着白西服，系着黑领带，看着就像是南洋来的侨客，不是做大生意，就是要去政府办的庆祝"双十节"纪念会。郑家明说我可和政府没关系，你这次可看走眼了。黄包车师傅咧开嘴笑了，马有失蹄，我拉客阅人无数，有看走眼那也是正常。郑家明觉得这师傅说话怪有趣，正好瞥见路边有豆花摊，想着早晨匆匆出来，也有些渴了，于是叫停了黄包车，说一起吃碗豆花，我请。

黄包车师傅也是个随性的人，听了郑家明的话，应了声好，也不客气，端起碗和郑家明一起喝着豆花。郑家明喝了几口，问黄包车师傅，近来市内看影戏的人可还多？我刚才路过，瞧见华光戏院都关着门。黄包车师傅吞下最后一口豆花，抹了抹嘴，看，怎么不看？世道越乱，越要看！平时吃不起的、穿不起的，躲在影院里，看着影戏可就都能实现了。只是现在大家选择多了，像是先生这样从南洋回来的，不单是一场电影就完事了，还要约人喝茶喝咖啡，休闲娱乐一条龙。新世界就是这样，大家也爱往那里去。至于先生说到的华光戏院，人家也没心思做吧，那陈家估计也看不上这戏院的生意。郑家明说，那不是可惜了，这戏院看着气派得很。黄包车师傅说那是当然，想当年刚兴建的时候，是一位姓郑的南洋老板，花了多少心血在里头，甚至说后来把自己的命也搭进去了。

郑家明听了心里有些难受，他很快付了豆花钱后说，时间不早了，我们走吧。黄包车师傅也是灵活，随即马上拉起车杆，嘴里还说着，风水轮流转，往后的事谁知道呢。郑家明听了他这句话，心里有些别样的感觉。

过没多久就到了"祥和别墅"。郑家明下了黄包车，付了车钱，待黄包车走远了，这才站定在别墅门口细细看着，内心瞬间波澜起伏。当年第一次到这座别墅，受到的屈辱至今难忘。可谁想到，多年过去，现如今自己不单算是"和解"了那段过去，而且要和这家人联起手来了。虽然还不清楚陈锋的态度如何，但他预料陈锋会和自己站在一起。

郑家明正准备按电铃，别墅大门却缓缓打开，陈锋走了出来。郑家明见了，想起那晚他将自己救走，心内涌起了一些感慨，但脸上仍只是微笑，朝陈锋拱了拱手。陈锋的脸好像更黑了，难得的是，表情没像过去那么冷傲，反倒是显得有些疲惫和消沉。一开始，郑家明以为是自己的错觉，当和陈锋走在中山公园内，一番交谈之后，他才确定，这并不是错觉。

陈少爷这么好的雅兴，我们俩还在公园里散步？

公园离家里不远，有空我就常来这里走走。陈锋穿了件白衬衫，一条背带夹起笔挺的西裤。他停住脚步，挽起衣袖，另外，你对别墅那儿，印象不是不好？

郑家明一愣，接着才明白陈锋话里的意思。他笑了笑，那时我初来厦门，不熟悉中国的"风土人情"，原来以为是讲仁义礼智信，没想到却是"谁拳头大谁说话"。

难道过去不是这样？难道那些洋鬼子们不是这样？

你这个人啊，没有点幽默的细胞，说几句玩笑都不得。这和你弟弟陈奇就差多了，陈奇兄弟多么开朗的一个人。对了，陈美现在如何？我以为今天到你家里，还能见到她。

拜你所赐……陈锋忽然脱口而出，郑家明奇怪地看了他一眼。陈锋也觉察到有些不合宜，陈美的情况，怎么能"赖在"郑家明身上呢？陈锋心底叹息一声，但面上却绝不显露。陈美很好，也和你无关。她最近寻了个事做，在教会学校教小朋友弹钢琴……你的"好"兄弟黄玉郎一直喜欢她，追求她。

这个我知道的。我还没离开厦门前，玉郎就常常约着陈美。不过，玉郎现在和日本人走得紧，我不好说什么……

什么不好说？他就是当日本人走狗罢了。陈锋动了怒，脸上现了愤懑之情。他现在已被提任《全闽新日报》的主编，谁提的？还不是钟和夫。他在报纸上为日本鬼子侵略杀人美化，为日本鬼子做生意发横财唱赞歌，听说还跟着钟和夫一起做生意！一个人，怎么可以寡廉鲜耻到这个地步？再想想过去，怎么没过几年，态度竟然转变这么快？

虽然一早郑家明已听苏环球说过，对黄玉郎的变化有所心理准备。但听了陈锋的话后，他还是感到强烈的震惊。陈锋接触的人显然比球仔他们多，因此也更了解实情。他难过地摇了摇头，震惊之余，他又有了更深的担忧——陈美，她和黄玉郎是否在一起？

大概是预料到了郑家明的担忧，陈锋重重地叹息了一声，脸上现出了复杂的表情。陈锋找到一张长椅，慢慢坐了下去。良久，才开口说，陈美，她太不容易了，她是为了我们这个家才这么做的。

你到底在说什么？讲清楚一些！郑家明不理解，向来是疼爱自己妹妹的陈锋，为何会说出如此沉重的话。到底陈美经历了什么？黄玉郎又对她做了什么？

黄玉郎并没有强来，而是我们……推着陈美这么做了。哎！陈锋捂着脸，一时语塞。我们广利洋行，遭遇了极大的困难。

还不到一年的时间，形势居然已经发生如此巨大的变化。在某些方面，譬如生意场上，甚至可以说是"恶劣"。当然，这样的恶劣是相对而言的，对于钟和夫来说，则是"优异"。在与陈锋见过面交谈之后，郑家明的心情变得越发沉重。

回到兴盛公司，郑家明给孙管家挂了电话，他晚上不回别墅，就待在公司里。球仔去接章慧回来，天明应当就能到达了。救世医院那里如有情况请随时联系。挂完电话，交代好之后，他就上了公司天台。"双十节"这天的晚霞绚烂得有些让人生疑，好似这霞光不该出现在人间天际。不过一旦看久了，就不免让人觉得有些头晕，就像被泼过鲜血一般。郑家明望着天空好一阵，忽然觉得有些反胃恶心，干呕却只呕出酸水，没有其他任何东西。郑家明喘了口气，抹了抹嘴角，心里明白他是因为从早上吃了那碗豆花之后，就再也没有进食任何食物。不过，自己好像也无任何的食欲。

郑家明点了根烟，慢慢在天台上走着。陈锋的话其实已经表述得很清楚：在厦门，或者说是东南沿海，钟和夫手里的大和物产株式会社几乎占据了所有赚钱的生意。郑家明狠狠吸了一口烟，还是太小看他了，不单是东南沿海吧，听陈锋的意思，钟和夫通过控股、参股等多种形式，从南到北，不知把生意做了多大。他靠的是什么？说起来是很简单的一句话，靠日本军部的撑腰。但实际上却远比这个复杂了。即以航线为例，那日陈细甲和艋岬帮大闹义捐现场之后，原本常驻在基隆的日本海军又派遣了一艘"横滨"驱逐舰前来，在厦门湾一带巡弋。日军还在《全闽新日报》上发出告示，信誓旦旦说是为保护日侨和日商合法利益。但实际上呢？驱逐舰发射鱼雷，射中了一艘小货轮，称这艘货轮误入他们的演习区域，依规要予以警示驱逐。

"警示驱逐"就直接发射鱼雷吗？他日本人又是依的哪国的规哪国的法？陈锋在说起这段的时候，愤怒异常。陈锋的情绪波动，让郑家明感到有些意外。更意外的，还在陈锋后面的叙述。原来被击中的货轮是要走高雄和基隆航线，但钟和夫意欲独占此条航线，因此依靠和日本海军的关系，授意日军故意对那艘货轮发射鱼雷。事件发生后，货轮公司找到警备司令部，但国军却回复说他们只能做海岸巡逻，日军在外海的举动他们无能为力。

这是什么屁话！当时郑家明忍不住怒骂，驱逐舰停泊在厦门湾，那里能算是外海吗？郑家明现在想来，又觉得骂了也是白骂，鬼子的霸道明摆在那里，实力不如人，怎么大声都没用。关键是要有力量啊。郑家明踩灭了烟，缓缓靠在天台栏杆上。钟和夫不单是在航线上有野心，除了英商"太古"等少数航运公司之外，但凡那些中国的、小型航运公司，在市场上都被他驱逐殆尽。而且，他还想要垄断输华重要物资的市场，像南洋货物，他就想独霸，要想进口，都要通过他的株式会社。

钟和夫有那么大能耐？郑家明忍不住皱了眉头，他一个人冒口再大，但也得有个限度呀，他一个人能干得了那么多事？

陈锋没有直接回答他的话，只是颇具深意地看着他。郑家明霎时想到了，钟和夫是有很多帮手的。从陈三甲到陈细甲，再到黄玉郎，再再到郑家驹等等。尤其是郑家驹吧，凭着他广阔的南洋人脉资源，不知为钟和夫带来了多少的利益。一想到这里，郑家明又觉得阵阵心痛，他想到了躺在床上衰老的阿公。他的样子，是谁造成的？谁是真正的"祸害"？难道郑家驹心里不清楚吗？不，他清楚，只是他选择了无视。或者说，他选择了自欺欺人。

还有像是砂糖代理权，其实也是钟和夫做的手脚，要引得章叔叔上当……我们也是后来才知晓，想要劝阻章叔叔去香港，为时已晚。陈锋不无懊恼地埋怨。郑家明听了，心里难受得就像压着千斤巨石，喘不出，又吸不进气。陈锋说，长此下去，整个厦门，将成为他钟和夫的禁脔，予取予夺！

你阿爸，他怎么看待钟和夫的作为？

自福建事变失败后，阿爸他消沉了很多。广利洋行名义上还是我阿爸做主，但实际都由我接手了。可是，生意弄成这样，好像走到了悬崖，前面没有路了。

郑家明听陈锋这样说，心里忽然有个念头。你弟弟，陈奇，我在上海临走前见了他一面，他说了一句"柳暗花明不可知"。你想想看，钟和夫还有什么生意是没做的？或是他不感兴趣的。

戏院。

郑家明想到那时他和陈锋几乎异口同声说出这个词，不禁会心一笑。他正要再点根烟，忽然一个公司伙计匆匆跑了上来，郑少爷，孙管家从救世医院打来电话，急急地叫你过去。

郑家明心中一沉，应了一声。他一边小跑下楼，一边交代，大小姐和球仔清早会回来。你先提前安排好车船，一待他们到了，就让他们坐车到码头，搭船离开。注意要安排妥当，找熟悉的人，不能急，不要有纰漏。

第二十四章

天忽然下起了大雨，像是要洗刷全世界的悲伤。但悲伤怎么能被洗尽呢？郑家明站在救世医院二楼的走廊外，看着接天无缝的雨帘，长叹了一声。孙和顺则朝着病房方向张望着。马彼得医生带着护士长，轻轻掩上病房木门，退到了走廊上。郑家明和孙和顺见了，赶忙走上前去。不待他俩开口，马彼得摇了摇头。

马医生，老爷他，是熬不过这关了？

今晚还是你来探望他，发现情况不对的，你们要做好心理准备。

马医生，章叔叔他一直处在半昏迷状态，不是说他的状况时好时坏？

要命的就是这点。好的时候，身子还能动一动；坏的时候，不单是昏迷，就怕身子吃不消，状况急转直下。今晚孙管家发现异常，启智兄开始抽搐，之前拍过 X 光片，我怀疑，他在落水时脑部受到过创伤。昏迷这么久，全身生理功能紊乱，肌体免疫系统能力严重下降，状况很不乐观。

啊，这可怎么办？马医生，求求您救救老爷啊！

从一开始，送到医院来，启智兄状况就很不好了。他能撑到现在，足见意志力顽强，也可算是一个奇迹了……我，和医院其他医生都已经尽力了。马彼得拍了拍孙和顺的肩膀，黯然地离去。走了几步又停了下来，看着郑家明问，章慧什么时候能来？还可见见启智兄最后一面。他现在硬撑着，恐怕就是为了等她。

郑家明默默点了点头，寻了走廊上的一张长椅子坐下。落座的那刻，他感到了前所未有的无力。多年前，他从南洋赶来见阿爸最后一面的情景，又浮现在眼前。难道记忆又要重演一次？再经历一次痛苦？他想自己一个人安静待着，让孙管家先回家里做些准备。这句话不好说明了，但实际上就是让孙管家为章启智的身后事做些准备。孙管家眼里含着泪，低着头离开。郑家明望着他离去的背影，觉得向来高大的孙管家，此刻却显得如此羸弱不堪。

郑家明在走廊上待了一夜。马彼得不时到病房查看，见了他的样子，担心他先倒下，于是就劝慰几句。但郑家明苦涩地笑了笑，摇头说自己没事。马彼得还想再劝，但又想到他是靠着章启智才有了第二次生命，他与启智之间早已情如父子，因此也就不再相劝，只是让护士长带了条毛毯，盖在了他的身上。

一场秋雨一场凉。入了十月中，夜里已是微寒如凉水。

是啊，不是有句话么，"天凉好个秋"——可这秋怎么能"好"呢？

夜里，郑家明迷迷糊糊地睡着了，过去的人事就像放影戏一般，一幅幅地进入他的梦里。他挣扎过，难受过，也试着妥协。当他从睡梦中醒来时，依稀已是天亮时分。他睁开双眼，首先映入眼里的是章慧。她的目光里，怎么也是那么沉重而悲伤？他站起身，不管不顾地将她紧紧搂在了怀里。这一刻，他觉得必须守护在她的身边，就算粉身碎骨也不怕。

你终于来了。

我来了……我见过阿爸了。见你睡着了，我们没有把你叫醒。

球仔呢？

他在病房里，他让我出来和你说说话。他担心我会受不了，可我坚强着呢。你说是不是，家明？

谁说不是呢？章叔叔他没事，他那么好，会挺过来的。

郑家明一边说着，一边亲吻了章慧的额头。章慧抬起了头，郑家明捧着她的脸，清楚地看见了她眼里噙着的泪花，他感到心如刀割。苏环球急匆匆地从病房出来，小跑着来说，老爷动了下身子，好像有话要说。郑家明赶忙和章慧往病房里跑去，跑着的时候，郑家明牵着章慧的手，生怕她一个不小心就走失了一样。

章启智像是已经燃到尽头的蜡炬，只剩最后一粒火苗在亮着微光。他形容枯槁，双颊没有了血肉，久未梳理的毛发从下巴处倔强而出，和头上的白发，互相呼应。章启智微微睁开双眼，似乎在模糊中努力确认着眼前人儿的样子。没有人能够感知到章启智此刻心中的所思与所想。或许，他已什么都没有再想了。时间如此漫长，岁月折磨人心。他到了该走的时候了。

可以去找心底挂念着的淑芬了吧。

章慧紧紧抓着阿爸的手。他的手微凉，眼角滚落了一行热泪。好似在说，往后的日子里，女儿呐，你只能自己走了。他慢慢松开了握紧的手。章慧一声惊呼，她觉得自己好似被全世界抛弃了，置身在黑茫茫的宇宙之中。

章启智是受过西式教育的，同时又依着他素来淡然的秉性，操办他的身后事显得低调而朴素。不搞法事道场那一套，不做出殡游街。虽如此，章启智过世的消息还是很快传开了，很多和章启智生前有来往，受过他帮助的，都纷纷提出要来祭吊。至少要来上炷香，或者敬献帛金。面对这一情况，孙和顺和章慧商量，章家在"淑芬别墅"设置了吊唁堂。依着人情世故，给大家提供个上香的地方，致赠的帛金，章慧一开始是不收的，但经孙和顺劝说，才点头答应。

老爷一生行善，亲朋故友聊表心意，让他们了了此愿吧。

孙和顺跟着章启智多年，常在场面上行走，人面熟，因此就由他来出面接应。苏环球跟着料理丧事一应事体，凡有采购支出，都由他操办。郑家明要陪着章慧，但被她婉拒了。她说自己想单独陪着阿爸过完最后一程，再说现在公司里也需要人，你还是去公司吧。郑家明知道她的心境，于是也就不再说什么，离开了"淑芬别墅"。

走出别墅，见门口立着牌子，上面写着"章府治丧"四个白底黑色大字。

来到兴盛公司，他找来公司会计，问了这段时间以来的经营情况。会计拿出往来账本，说这一年来生意情况都不理想，特别是章总经理出事之后，公司经营无人打理，很多事情没有他点头，都开展不了。会计很着急，但郑家明知道这也是没有办法，回了他一句，先出去吧，让他想想。郑家明坐在总经理室内，望着厚厚的账本，又只能发呆。到如今这个境地，他又能做些什么呢？翻看账本的时候，他隐隐有着不安，就像预感到一场疾风骤雨将要降临。

这个预感随着陈锋的登门拜访得到了印证。

傍晚时分，郑家明和陈锋坐在沙发上，各自抽着烟，没有开口说话。公司伙计端来的两杯热茶，等到热气冒完了，陈锋掐灭了烟，坐直了身子，阿爸让我来帮个忙，说没想到章叔叔走得那么快。他俩一辈子斗斗和和，关系不能说很好，也不能说坏。章叔叔走了，阿爸很难过。他大概也是想到了自己，在如今这个世道，独善其身怕是没可能了。

我代章慧先谢过陈家的好意。郑家明也坐正了身子，你怕是还有什么话说？

你一回来，消息很快就传开了；这次章慧又出头露面，大家更是知道了。当初你俩都是因事逃离，现在回来，就有人不高兴了。陈细甲第一个要提防着，还有他背后的钟和夫，至于章慧，更要提防国民党党部的那些人，她要有丝毫动作，"蓝衣社"的人马上就会寻着来，将她抓了。

依你的看法，要如何才能过得这关？

必要时，不得不做出牺牲了。好像是为了加重语气，陈锋又再强调了一次，做出"牺牲"。

虽没有言明，但郑家明心中隐约明白了一些。

陈美原本也要跟着来，但我跟她说再挑其他合适的日子。陈锋自顾自地说，她近来身体有些不适，时常感冒，去医院看医生的次数就像吃饭一般多。我平时没得空，黄玉郎接她去看病的次数多。另外呢，黄玉郎和我说，要正式向陈美求婚了。

郑家明听到这里，不知为何在心底长长地叹息一声。

入夜后，陈锋跟着郑家明来到了"淑芬别墅"。自章慧离开厦门后，这是头次与她相见。他内心泛起波澜，但又不能多有表示和流露心境，只能紧紧握住了她的手。

章慧似乎整个人瘦了一圈，眉眼间是她强忍克制却又呼之欲出的悲痛。头发也长了些，原本利落的齐耳秀发被收拢，贴着两鬓往耳后方向收着，并扎了个小小的发髻。一件黑色的薄开司米线衣穿在身上，显得更加瘦弱。陈锋不忍看她的样子，松开了手，站到另一边。郑家明的手轻轻搭在她的肩膀，让她坐在椅子上。别墅大厅里设了祭奠灵堂，但并没有一般人家做白事时满堂的花圈或是水幡，只在厅堂北面摆了长条梨花木桌，上面放着章启智的黑白肖像照，并一块灵牌，写着"故显考章启智府君之位"。桌上还供着一处香炉，为吊祭敬香之用。

厅堂上还挂着一副挽联：

　　一生磊落，学以致用，与民谋利；终身光明，追求实业，为国兴邦。

这副挽联是陈广利得知章启智亡故后写下的。大概是因为想到了自己这大半生和章启智的来往，又或者是由彼联想到自身的遭际，因此在写下这副挽联时，陈广利是颇为激动的，握着毛笔的手都在颤抖。不少人送了挽联到章府，但最后章慧和郑家明一致选用了陈广利这副挽联悬挂在厅堂上。

章慧，我阿爸不忍见到故友仙逝，托我致上最沉重的哀思和纪念。陈锋上完香后，对着章慧说。章叔叔一生为人正派，毫无私心，他必是去往西天极乐。你自己，也要多保重。郑家明和我说过了，这一年间奔波辗转，你也是不容易。

谢谢陈叔叔关心。章慧嘴角勉强挤出了一丝微笑。阿爸这样走，是突遭横难，太突然了，我一开始接受不了，但幸好有你们帮着我。

章慧说到这里时，特意又抬头看了看，郑家明也看着她，轻轻握着她的手。

大小姐，家明，哦，陈先生。苏环球急匆匆跑来，门外来了几个人。是钟和夫、陈细甲，还有玉郎。

他们来做什么？郑家明松开章慧的手，赶忙问。他们敢来闹事？

孙管家在前门招应着，我赶紧跑了进来。他们说是要来祭吊老爷。大小姐，这该怎么办？

来的都是客。章慧整了整头发，人家有心，我们总不能把人挡在门外。

钟和夫到了之后，说的第一句话就是，"怎么把我们挡在了门外呢？"他微笑着对章慧点了点头，按照我的理解，中国人都是好客的，开门不打笑脸人，我们这么诚心上门要给章先生送别，想来章小姐也是理解的吧。

诚心？郑家明在心底冷笑，祭吊有大晚上的上门吗？他钟和夫难道不知道中国人的风俗？而且，面对着章叔叔的灵位，钟和夫脸上带着笑意，这是什么意思！郑家明抑制不住心头的怒火，以为钟和夫来就是为了新仇旧恨，今晚要一笔了结，于是就要冲上前去质问。但章慧拦下了他。

钟先生要是来吊祭我阿爸，这份"情"我领了。我听孙管家说你们还送了唁金和水幡，这些我们都不收的，谢谢你们的好意。章慧直视着钟和夫，我阿爸走得突然，这里面太多的曲折，我们一时弄不清楚，但我想天下总有正义，有人想一手遮天，怕是不会得逞。

你们中国人就是能说，话里有话，顾左右而言他的功夫着实厉害。钟和夫戴着白手套，从长案上抽了三支香。陈细甲阴沉着脸，用军用防风打火机替钟和风点着了香火。钟和夫接过香，插在了香炉里，双手合十拜了拜。上完香后，他拍了拍手，看了看自己身后的人，微笑着说，不知道章小姐嘴里"有人"的说法，是包括谁呢？

谁做过肮脏的事，谁心里清楚得很。

那么你"郑先生"就很干净了？陈细甲忽然出声，直勾勾看着郑家明。那眼神里充满了阴邪的意味。杀了人，拍拍屁股走人了？天底下有这么简单的事？

陈细甲说着就朝郑家明走去。郑家明一时没有反应过来，那日在新加坡被艋岬帮找上门的情景，一下子浮现在了脑海里。他清楚陈细甲这个人，比他哥哥陈三甲还要来得癫狂，更加没有理智可言。他担心陈细甲真要在今晚闹事——门外还有陈细甲带来的人马在候着。陈细甲走到一半被拦下了。黄玉郎拦下了他。

细甲，不要胡闹。

陈细甲忽然笑出了声，摸了摸自己剃得发青的头皮。黄先生太小看我了，我还是懂规矩的。再者说了，真要"胡闹"，那还是现在这个样子？

黄玉郎拉住了陈细甲，还想再劝几句。但章慧开了口，钟先生，各位，今天已经太晚了，请回吧。天太晚，怕海上起风，大家都不得好过。

章先生有你这样的女儿，也是福分。他虽然走了，但看来你也能撑起"兴盛"。钟和夫拱手做了个告辞，走了几步又停了下来，笑了笑。不过，章慧小姐，佛家讲"无常"，能撑多久谁也不知道，是不是？说不定，明天就倒了？告辞，诸位。

钟和夫带着陈细甲离开了厅堂。黄玉郎走前，欲言又止。他看了看郑家明，但终究只是摇了摇头走开。郑家明从他的目光里读出了很多复杂的意味，可实际是如何，唯有黄玉郎自己心中才清楚。厅堂里一下子安静了下来。一阵难熬的静默过后，陈锋缓缓地开口了。刚才他一直没有出声，只是冷眼旁观着。

两害相权取其轻。家明，你和章慧要尽早做决定了。

在要不要请公司伙计吃散伙饭的问题上，孙和顺和章慧有了争执。可以说，这是孙和顺第一次，也可能是唯一一次的争执。他是看着章慧长大的，他自己是抱定了终身不娶的态度，也不在意他人的眼光，因此向来是把章慧当作自己的女儿看待。虽然他嘴里还叫着"大小姐"。他像宠爱自家女儿一样，尽心照顾着章慧。从小，但凡她有什么要求，他总会答应。但这次争执，他显然是不想再顺着她的意。

大小姐，如果请吃散伙饭的钱都没有的话，我自己来出。

孙管家，这和有没有钱是没有关系的，就算我们章家再不济，请一顿饭的钱还是有的。

那为什么，我们东家就不能做个东，给大家最后送行？

这是因为……

章慧说到这里已经讲不下去。郑家明接过话，章慧是怕触景伤怀。大伙过去都是跟着章叔叔打拼的，如今章叔叔不在了，公司解散了，他们也要各奔东西，章慧是受不了这个。孙管家，你还不了解她吗？她看起来坚强，实际上心却软得很。孙和顺有些呆呆地望着章慧，片刻之后才饱含着泪花转身离去。章慧一时也忍不住，倒在了郑家明的怀里。郑家明搂着她的肩膀，明显发现她瘦了许多。他搂紧了章慧，指着夜空中被浮云遮蔽的月亮说，浮云总会散去，月亮终会露出她皎洁的脸。章慧微微一笑，你现在讲话，很有文学气息了。

想到前日的这些情景，章慧倚靠在自己卧室的床上，会心地笑了笑。又是一个夜晚，她不知道是否还会再次失眠。如今，失眠已经成了一个常态，往往身子明明已经很累乏了，但躺在床上却迟迟无法入睡，莫名的鸣叫一直萦绕在耳畔。家明去做公司善后，不能陪在她的身边。实际上，他已经陪伴她很长时间了。章慧也清楚，家明还有必须要去做的事，不能将他拴在身边。但在又一个天黑之夜，她还是想念着他。是那种强烈的安全感的依靠。再试试吧，今晚一定要睡着。明日"三七"结束，还有好多事要等着自己去做呢。章慧刚拉灭的台灯，"咚咚咚"，卧房门外忽然传来了轻扣的声音。

大小姐，您睡了吗？

这么晚了，孙管家有事吗？

家门外有人来访。我说您已睡下了，但她自报家门说是"文安"，你交代过的，要是她登门就要即刻告诉你。我不敢拖延，只得来敲门了。

快请她到书房里。

刘慈安是第一次来到鼓浪屿，也是第一次上"淑芬别墅"。来之前，她在周边的漳州城里待了一阵。她看到了报纸上关于章启智过世，以及兴盛公司转让的消息。她本想再过一段时间去找章慧，担心她要处理家事，不想增添她的烦扰。可实在是有工作在身，和章慧见过之后，她又需赶赴上海。

　　进入淑芬别墅，院子里最引人注目的，就是一座德式喷泉。到了晚上，这座喷泉还在流淌着，大理石堆砌而成的喷泉基座，显得沉稳又不失高贵。刘慈安一边走着，一边心想，对于章慧这样的出身，能够不以浮世享乐为先，而是坚持理想信念，实在很难得。而这，也恰恰证明我没有看错人。

　　刘慈安和章慧相见之后，双手紧紧相握，两个人久久不能言语，眼眶都已泛起泪花。在松开了拥抱之后，刘慈安又牵起了章慧的手，轻轻叹息了一声。她长章慧两岁，两人虽是同学，但在念书的时候，她总是像大姐一样关心她。刘慈安原本想说些安慰她的话，可话到嘴边，又觉得面对至亲的离去，再怎么安慰的话都显得有些无力，只好又把话放下了。她轻拍了下章慧的手背，良久才说，你要多保重。

　　章慧点了点头，又问，我们有多久没见过面了？

　　那一年在上海，刘慈安匆匆找到章慧，迫于形势紧张，她作为章慧的入党介绍人，又是校党支部书记，向章慧交代了组织的安排之后，就赶去了武汉。而后，又因为革命工作的需要，在川陕间奔走。于是，这几年中，情同姐妹的两个人，各自天涯，各自演绎着命运的轨迹。

　　章慧，你在厦门期间开展的活动宣传，为争取劳工支持起到了很好的作用。

　　听到这样的肯定，章慧有些不好意思地笑了。在他人面前，章慧总是一副风风火火，能够独当一面的形象。可面对刘慈安，这位引导她走向革命道路的大姐面前，她就像个小妹，含蓄而内敛多了。

　　慈安姐，我真没想到你会在这个时候来。孙管家说"文安"，我知道那是你的笔名，只会在掩饰身份时使用。我想你深夜来访，怕是有什么紧急的重要事情？

　　李先生的事，你知道了吗？我知道了你这几年来的一些情况，也知道你这一年又去了上海。想必，李先生你已见到了。但后来国民党"蓝衣社"搜捕我们地下党，李先生不幸被捕。

我走之前，听一位叔叔说了……但也仅是知道被抓了，不知道李先生后来如何了？有李先生的消息吗？

李先生至今下落不明，他是我们党内不可多得的密电专家，倘若敌人无法从他那里得到有价值的情报，恐怕就……

啊！章慧听了，忍不住失声。她和李先生虽仅见过两面，但他温文亲切，常常使人有着如沐春风的感觉。他像是一位长辈，又像是一位可亲的朋友，他对自己期望的话语，又在耳畔响起。李先生这么好的人，可不能遭到不幸……

章慧在心底祈祷着，可自己也清楚，恐怕事情向着最坏的方向去了。她捂住了脸庞，无声地落下泪。这段时间，她似乎变得软弱多了。阿爸的过世，她一直强忍着，但到了此刻，好像所有的重压都倒向了自己身上——她有些不能自持。

我知道，你也很不容易，坚强点。我是说，我们都要坚强些。因为，明天的路还很长。

听了这话，章慧似乎意识到了什么，她抹去脸上的泪痕，让自己平静下来。慈安这一晚的突然出现，绝不是为了叙旧那么简单吧。她看着刘慈安，坚定地说，路在我们的脚下，是前进还是原地不动，甚至是后退，全在我们的认识里。

刘慈安微笑着点头。我在七月间接到中央的通知，要我重新前往上海。那个时候，我正在西安，为成立陕甘晋省委的事奔忙，但上海组织遭到严重破坏，李先生也在之前遭到不幸，我必须要去往白区，和中央安排的其他同志接头，一并将上海的地下工作再组织起来，着手成立上海临时中央局。我在七月末离开西安，八月中旬到了广州。在那里，有关负责同志找到我，和我提到了一个人。这个人，虽然不是靠着武力烧杀掠夺，但是危害却更甚于这些。

哦，这个人是谁？

这个人，你应当很熟悉了，钟和夫。

书房里的钟敲响了十二记，章慧这才意识到，原来夜已经这么深了。

章慧有早起的习惯，就算是前一晚睡得迟了，隔日一早约莫六点左右的光景依然会醒来。但和刘慈安相见的这一晚，注定是不寻常的一晚。这一晚，章慧几乎就没睡着，只在天亮前稍稍眯了眼，睡了个囫囵觉。因为，刘慈安和她说的那番话，让她激动，也带来未知的担忧。

窗外的斑文鸟一声鸣叫，章慧睁开了双眼。她略略梳妆，下楼却见到一个人躺在客厅沙发上，心中微微吃惊，细细一看，原来是郑家明。郑家明和衣躺着，样子有些滑稽，章慧见了又好笑又很不舍。这个傻子，定是工作完赶回来的，这么疲劳还折腾回来，怎么就不在对岸休息呢？那里又不是没有他的公寓。但看见沙发旁的长条茶几上放着一盒点心，心里似乎又明白了些什么。

她轻轻走到沙发边，不忍吵醒他。

嗯，你醒了呀。郑家明揉着眼睛坐起了身。你在这里站了多久？

也没多久。

你又不是没见过我的睡姿……郑家明试图说句玩笑话，来缓和连日来的沉重。他以为章慧又是思念阿爸而睡不着。但这句话一出口他就后悔了，而且是深深后悔。这样的话，对仍在丧亲悲痛中的章慧而言，不啻是刺耳的。他有些紧张地解释，不好意思，我不是那个意思。

那究竟是什么意思？章慧淡淡一笑，款款坐在了郑家明的身边。公司里的事，都要你辛苦打理了。

不辛苦，这是我应该做的。当年若不是章叔叔，我这身臭皮囊都不知道要沦落到哪里。公司那里，球仔还在最后守着。业务是早就移交了，至于公司的楼房，后日地契签完，就都转到大和……哎，不说这些了，我昨晚见了家新开的点心铺子，那里居然有卖酥皮蛋挞。店老板是半个葡萄牙人，我一吃还真是正宗。我打包了一盒，本想趁着蛋挞热着送给你，但这家店不外送，公司里又没其他伙计可以叫了。所以，只好等事情忙完了，我再赶着来，你快尝尝。

我还没刷牙。

哦，那嘴巴是会有点臭，你快去洗漱呀。

不急，等个人一起吃。来，我和你介绍，这是我在上海时的同学，刘慈安。对外，我们叫她"文安"。

你好，家明。刘慈安微笑着下了楼梯。昨晚章慧一直提起你，要多谢你这些年一直在帮她。

章慧这么厉害，我能帮的也不多。她教人念书识字，大人小孩都教，这些我就不行。还有些事，我就更不行了。郑家明没有把后一句话说明，但听的人心里大概都清楚他指的是哪些事。慈安小姐，我倒是经常听章慧提起你，说你是大姐，心细照顾人，不怕困难。

慈安姐的优点可多着呢，何止这些。

哎，平素像个大姐的章慧女士，在慈安面前，倒像是个小妹妹了。

她确实比我小呀。刘慈安笑了笑。

慈安姐，别和他说话了，他有时说起话来没个正经，也是烦躁得很。不过，他今天做了件好事，带了盒蛋挞来。我们早餐有这个配，真是不错。

我来冲咖啡。这些咖啡豆来自巴西，我自己手磨的。

吃罢早餐，郑家明叫了辆车在轮渡码头等着，他们过海到了对岸。刘慈安不能久待，明天就要离开前往上海，所以章慧就提议带她在厦门市区里转一转。汽车载着他们，从码头出发，沿着鹭江道，再北行往厦禾路，接上市区内第一条马路开元路，一直到了大同路。刘慈安一路看来，赞叹道，市政规划合理，和其他有名的城市相比，要整齐得多。郑家明笑着回应，说毕竟厦门华侨多，他们从南洋回来，不仅带来资金，还把先进理念带了回来。市政局建设开元路，华侨沿街建楼买楼，都做成了骑楼的样子，上面住人，下面开店做生意，一举两得，繁华得很。刘慈安点了点头，又看了一眼章慧说，看来厦门明年设立市，既顺理成章，又箭在弦上。

　　郑家明听了这话，忽然觉得有些特别的含义。但这层意思，太过深层，他并不是很清楚。不过，他觉得章慧自然是懂的。因为，他见章慧轻轻点了点头。郑家明没有问，只是透过车里后视镜向后座瞄了一眼。

　　车停在兴盛公司门口。下车后，章慧从下往上细细打量了一番大楼。再过两日，连这里都要成为脑海里的记忆了。她有些忍不住，怕被人看出失态，只好赶紧收回目光，把头扭向一边。郑家明看在眼里，什么也没说，只是做了个手势，请刘慈安和章慧往楼里走。

　　刚要起脚，苏环球倒先走了出来，手里还拿着一封红红的请柬帖子。

　　大小姐、家明，刚才有人送帖子来。是黄玉郎和陈美要订婚了。

第二十五章

这一年的冬天似乎比以往来得更早。厦门的冬天，或者说是南方的冬天，历时很短暂。常常是冷几天，气温又上扬。对于来自终年潮湿闷热的南洋的郑家明而言，刚开始还不习惯厦门的冷，但后来也慢慢适应了。而且，这里的冷，并不像东北那样，漫长而令人绝望。

有时间的话，真想去东北感受下那里的寒冬。郑家明呵了下自己的双手，从公寓露台走进了屋里。早晨的冷意清脆而直接，已经进入十二月，寒冷的意味比往年浓烈。他给自己冲调了一杯白咖啡，目光又投向了放在书桌上的请帖。大红的请帖，原本应当显示着喜庆，但在郑家明看来，却显得尴尬甚而有些惋叹。黄玉郎和陈美，终究会走到这一步的。郑家明心里其实很清楚，因此，当他从苏环球手里接过请帖的时候，没有像章慧那样表现出强烈的吃惊。从他回到厦门，见了陈锋之后，就已经预感到了这个结果。

广利洋行原本盈利丰厚的进口日用品生意，被大和株式会社一步步蚕食。为了抢占广利洋行的市场，大和株式会社无所不用。譬如进口军服铜扣一项生意，大和以不计成本的方式，大幅降价，销往内陆各派系军队。广利洋行如与其打价格战，则毫无利润空间，待要从银行贷款补充现金流，又遭银行拒绝。过去相熟的银行都不敢再出面借款，私底下问了，银行才隐约透露这是来自日本人的压力。这压力具体来自谁，究竟是谁人作梗，明眼人都知晓。

就像孔雀没了漂亮的羽毛，老虎没了威猛的爪牙，面对营收不断下滑的现况，陈广利茶饭不思，昼夜不寐，天天在家里唉声叹气。怎么办？陈家要指望三个子女，陈锋为维系公司日常已经耗尽心力，陈奇远在上海，即使回来他也无能为力，只有陈美了。她虽最小，却唯有靠她拯救了。她将周围的丕变看在眼里，心里清楚自己该做些什么。

她和黄玉郎说，要他去向钟和夫求情，不再为难我们陈家。陈锋说这句话的时候，捂着脸，颤抖着声音。

郑家明回想起这一幕，忍不住叹息一声。陈锋这样一个铁打似的男人，为着自己的妹妹要做出如斯"牺牲"，痛恨着自己的无力和无奈。郑家明打开请帖，轻轻一张纸，却好像有千斤重量。

"黄玉郎先生、陈美小姐假中山路广益酒家行订婚吉礼，诚请莅临。"

黄玉郎已无父无母，原本请帖中应是至亲发出的请邀，则变为直接书写两位新人的姓名。这也随了黄玉郎的意思，因为陈美的至亲还在。黄玉郎对陈美的好，对陈美的爱恋，这是大家都看得见。但于郑家明而言，他心底能感受到陈美对于自己的那份不可言表的感情，他自然不会对她有任何非分之想，只不过，她终是嫁与黄玉郎，这让他不免黯然心痛。如果是过去的黄玉郎，倒也是很好；只是现在的他，变得如此复杂。和钟和夫走在一起，这是玉郎自己的选择。倘若，这一切都没发生呢？倘若，玉郎还是原来的玉郎呢？

"咚咚咚"，门外响起了敲门声。郑家明打开门，门外站着陈美，而他手里则还拿着红色的请帖。郑家明乍一见到陈美，意外得有些说不出话；而陈美，看到郑家明手里的请帖，也是无言以对。片刻之后，郑家明才反应过来，两个人都站在门口，显然有些不合适。

快请进，陈美，你可是稀客。家里乱糟糟的，都没怎么收拾。随便坐，我给你冲杯热咖啡。

谢谢。我还担心你不在。陈美坐在书桌边的靠背椅上。她轻轻解开系在脖子上的丝巾，却也不把丝巾放回哑红色的小坤包，而只是卷在一只手里，另一只手则抚摸着。我事先问了球仔，以为你现下都住在鼓浪屿上，怕是不方便。

郑家明正往瓷杯里放下一块方糖，听了这话，心里顿了下。这有什么不方便……章慧基本都在家里，家里遇了这些变故，她也不像过去那样爱往外跑了。郑家明笑了笑，她现在"文静"了些。回来好几个月了，我们都没怎么见面呢。

没有合适的机会吧。陈美微微一笑，球仔说你这段时间在厦门忙，住公寓居多。所以，我就来登门打扰了。

这么客气。你越打扰，我们才越高兴呢。

郑家明是说习惯了，用了"我们"，自然是包含了章慧在内。但陈美听在耳里，自然也明白了，他和章慧如今形同一人，是连在一起了。而不久之后，自己也将与玉郎连在一起，这是好是坏，或是就那样了，不好不坏？陈美自己也没有答案，只是内心中忽然闪过这些念头，让她竟有了些懊恼甚至无奈，自己何时变得如此敏感呢？郑家明见她不说话了，以为是自己的话轻佻了，于是想开口解释，却又转念，彼此间往来少了，这是客观的存在，也是不得已的原因，多做解释又有何益？

嗯，这咖啡真好，味道醇又不滑腻。陈美赞了一声。接下去，你们有什么打算？球仔说你还想再做戏院生意？

目前的境地，想来你也是清楚的。郑家明将靠街的窗户推开，点了根烟。钟和夫是无论如何不会放过我们的。不论是为了钱，还是为了性命……要待下去，只能先跟钟和夫"和解"。说

"和解"也是太过文雅，其实就是要买个平安。我找过你大哥陈锋，我们交流过，为了让钟和夫不为难我们，只能做出让步……

家明，你和章慧姐，何止是"让步"。陈美叹了口气。所以，你们就将兴盛公司整个转让给了大和。兴盛，可是章叔叔一辈子的心血。

除此以外，暂时没有其他更好的办法。

那为什么不走呢？章叔叔已仙逝，你和章慧姐可以离开这里，去往上海，上海不行就北平，或者香港，南洋……

陈细甲那么"挂念"我，找我找得那么辛苦，连我躲在新加坡也找得到，我们又能躲得了多久多远？躲始终不是个办法。况且，我们必须留在厦门。

必须？你和章慧姐都有必须留在厦门的理由？先不说你，我知道章慧姐被迫去往上海，是她在从事着地下工作，现在又回来，不是暴露自己……

章慧她，也是多亏了你的哥哥陈锋。靠着他的关系，在国民党内部进行了疏通……也是费了好大的劲。郑家明说得有些断续，他被陈美这么一反问，立马意识到自己的话讲得有些快了。并不是有意要对陈美隐瞒，只是因为他自己清楚，他和章慧将要进行的事情，无比艰巨且危险。他自觉并没有必要将陈美牵累其中。他想了想，笑着说，戏院呀，我这是又回到了原点。也许是天注定，其他什么也干不了，只能重新接回阿爸的事业咯。陈锋不收转让费，无偿将华光戏院转回给我。这真是天意。

我已经听大哥说起了。想来，这段时间你应该就是在忙着重整戏院吧。

郑家明伸了伸腰，夸张地说，累得我老腰都快断了，心想着还要找个正骨师傅给推拿一番。玩笑过后，郑家明点了点已搁在桌上的请帖。他知道，"黄玉郎"始终是绕不开的。近来，也见过玉郎。公司转给大和，让陈细甲这条疯狗不闹事，也是通过玉郎去和钟和夫谈的。当然，主要是陈锋和玉郎见面。说实话，我也不知道该如何面对黄玉郎才合适。毕竟，很多事都变了……但不论怎样，他喜欢你，这是一直不变的。今后，你和玉郎还有很长的路要走。

今后。对，还有"今后"！陈美的情绪忽然变得激动起来，对，他是一直喜欢我，对我好，可是这又有什么意义？一个人变了，变得面目全非，变得寡廉鲜耻，就算他对我再好，又能改变什么？但我能有其他选择吗？家明，你告诉我，今后我该怎么办？

陈美说到这里，再也说不下去，止不住地流泪。她试图将泪水止住，可每次抹去，眼眶里又再次充盈了泪水。她像是将累积的所有情绪倾倒出来，不论是悲伤、无奈还是迷茫，再也抑制不住了。郑家明看着她颤抖的肩膀，沉沉地叹息了一声，轻轻抱了抱她的肩膀。陈美却忍不住一下子倒在了郑家明的怀里，紧紧抱住了他。郑家明敞开双臂，一时也不知道该怎么办才好。

忽然有人敲了下门，紧接着又旋开了门把。陈美听到声音，松开了手，并不停地抹拭着脸上的泪。郑家明刚要起身，门已被推开，章慧走了进来。她见到陈美，显然有些意外。

家明，哦，陈美，你也在。

章慧姐，很久不见了。不好意思，待得有些久了，我还有事就先走了。找个机会，我们再聚吧。

陈美抓起坤包，低着头匆匆走出了房门。郑家明和章慧看着空荡荡的过道，都有些不知该怎么开口。章慧弯腰从地上拾起了丝巾，放在了桌上。

走得这么急，丝巾都忘了。

她一早就来了，说了许多的话，到最后说到黄玉郎，她就忍不住了。

我明白的。今天先不说这个，我们去戏院。球仔和我一起来的，上岸后就先赶去戏院了，我来找你一起去。

郑家明点了点头，轻轻握了握章慧的手。章慧微微笑了。

华光戏院的大门正对着大街，大门敞开着，想来是许久没人打理的缘故，所以看上去很是萧索。戏院外墙上有电影海报栏，郑家明细看了下，都是些老片子的海报。最近的一张海报，也只是阮玲玉主演的《小玩意》。电影是默片，现在大家都热衷看有声电影了。郑家明暗自叹了口气，章慧挽住了他的胳膊。

陈锋说得没错，他们刚开始接过戏院，是带着要对阿爸所谓的"过错"，进行惩罚。他们并不指望靠戏院生意赚钱。

这世上，做任何事都得靠着志趣和坚持。陈家是要做大生意的，又比较关心政治，放在华光戏院这里的精力，自然是少之又少了，慢慢地，戏院就荒废了。

现在他们重新把戏院转到我的名下，就好像是天注定，我是离不开阿爸的关注了。

子承父业，自古皆然。你有了经营荣耀戏院的经验，做起华光来，想必也不会太过困难。

困难倒不担心。只是，我们还要实现更大的目标。

郑家明说到这里就没再继续，他看着章慧，两人心领神会地笑了。

大小姐，家明。

苏环球和一位五十开外的人从戏院里走了出来。因为背光的缘故，郑家明一时没看清那个人的脸。待走到前面了，他才看清，原来是老吴。郑家明见了他有些激动，老吴也是如此，两个人紧紧握住了手。

郑先生，终于见到你了！

老吴，别来无恙啊？自荣耀戏院解散之后，我们就一直没再见过面了。

是啊，这些年来，大家都不容易。

　　老吴，生活上可还行？你家孩子是否回到厦门？

　　听了这句问话，老吴脸色微微一变，有些踌躇不知该如何回答。郑家明也察觉到老吴细微的变化。他没有等老吴回答，自己接着说，我请球仔去找你，为着就是要请你出山。华光戏院停了许久，我现在接过手，就想把它重整起来。老吴你管理戏院经验丰富，我还是请你来掌管戏院的财务，不知可否？

　　郑先生这样说就客气了，您能想到我，这是我求之不得。自从荣耀戏院走了之后，我也就没再怎么干活，也找不到合适的事情做。平时就靠着过去的一点积蓄，还有些公司行号到了年中或是年关，忙不过来，偶尔我被请去帮着做账。

　　郑家明点了点头，请你来到华光，接着要忙的事情就多了，你就要多辛苦了。章慧见大家在门口站得久了，就说都往戏院里头去看看。球仔说戏院还没怎么清理，只是顶楼总经理办公室稍稍弄干净了些，要不就上去再说。大家听了，觉得这个提议好，就一起往戏院里走去。戏院的电梯停了，大家只能走楼梯上五楼。

　　走着走着，郑家明心情就变得有些激动。他自南洋来到厦门这么久，不知是出于怯情，又或者其他什么原因，他并没有真正进入到华光里头。更不要说像现在这样细细观察着戏院的样子。这是座五层楼的大戏院，有八百个座位，比荣耀戏院多了近三百个。这五层楼除开大厅之外，三楼还有几个小包间。四楼设了咖啡厅，当时郑堂秋起意在戏院里设咖啡厅，为观影的人提供休闲的场所，也算是开了先河。

　　在五楼办公室，郑家明推开了两扇窗户，清风从窗外吹拂进来。郑家明有些贪婪地呼吸这清新的空气。他的脑海里又浮现阿爸临走前的样子。他好像知晓了郑家明将要做的事业，眼神中流露出了欣慰的目光。但对郑家明来说，他的心情却是复杂着的。他想，若是阿爸在天有灵，知道了自己重开戏院另有他图的话，那阿爸会是怎样的心情呢？

第二十六章

华光戏院重新营业了。没有大张旗鼓，也没有张灯结彩。经过整饬之后，华光戏院在平安夜这天，再一次上映电影。厦门此地是华洋杂处，受了西洋的影响，圣诞节不单是西洋人要过，而且一些中国人也会在平安夜到教堂，唱颂祈祷。应该是为了配合这样的节日氛围，因此这天上映的电影中就有《起立欢呼》。片子是二十世纪福克斯公司出品的，不是最新的电影，但好在里面有唱歌跳舞，最最难得的是有个小童星，秀兰·邓波儿。

郑家明是通过原来的关系，找到了福克斯公司在上海的代表处，用不到新片上映时三分之一的价钱，买下了放映拷贝。《起立欢呼》虽然不是新片，但因为片子内容好，又和圣诞节的气氛吻合，因此第一天开门，票房居然有近一千元。华光重新营业，在事先没做广告的前提下，票房能有这样表现，实属难得。本地的报纸反应还是很迅速，《江声报》隔日就做了报道，标题取的是：

华光戏院重回影坛，往日风华有望再现

郑家明正看着报纸，见到这条标题，原本搁在办公桌上的脚立马放了下来。章慧在一旁剥橘子，见了他的反应，嗔骂他是大白天见鬼了吗？

还真是见鬼了。《江声报》报社其实离我们华光很近，几乎可以说是邻居。他们要写这报道，也不事先来问问我？什么叫"希冀"？他们有问过我吗？他们哪只耳朵听到了我说，希望是再现戏院荣光？

人家是合理推测，这也要大惊小怪的？章慧将剥好的橘子分了一半，递到郑家明手里。我们还要感谢人家呢，算是无偿做了广告。戏院现在连广告钱都难出了。章慧说到此，停了下，又稍微把声音放小了些，我们重开戏院，尽管最后目的不是为了赚钱，但影响还是需要的。戏院影响大了，我们的计划才好实施。

郑家明嘴里"嗯"了一声，吃着橘子又翻看桌子上的其他报纸。咦，《全闽新日报》，给了半个版的祝贺！

祝贺什么？

祝贺戏院重新开门！章慧，你看看这报纸，用了几乎半个横版的广告呀。

郑家明把报纸摊开，章慧凑过去看，《全闽新日报》在第二版刊登了祝贺华光戏院重新开门的庆贺广告，落款写的是日报社恭祝。这其实已经很明显了。郑家明和章慧互看了一眼，心里都明白这是谁做的。

黄玉郎。

郑家明想到上周前，在他与陈美订婚宴上的交谈。去参加订婚宴，定然是会遇到钟和夫、陈细甲等人。郑家明起先有些犹豫，但章慧说没什么好怕的，躲得过初一十五，躲不过一世。况且，最后我们都得面对他们。去了广益酒店，郑家明和章慧见黄玉郎和陈美在忙着招呼客人，于是就自己找了个僻静的位子坐了。不过，再怎么僻静，当陈细甲陪着钟和夫进来的时候，他俩还是被发现了。钟和夫不失礼貌地微微点了点头，陈细甲就没那么文明了，狠狠地盯着他俩。订婚宴开始前，原本一直忙着招呼客人的黄玉郎走了过来，朝郑家明和章慧笑了笑，正要说话，却被人叫住了，要去招呼警备区司令。黄玉郎抱歉地拱手，说等方便的时候，我和陈美去你的戏院看戏。

这也好呀，省下了费用。黄主编这么客气，那我们就"笑纳"了。

郑家明笑了笑，他没想到，黄玉郎可不单是在报纸上恭祝一下那么简单。到了晚上，他又和陈美来了戏院，看了一场《起立欢呼》。郑家明在办公室收拾东西，准备陪章慧一起回鼓浪屿。为了戏院，已经连着好几天没回鼓浪屿了，郑家明无所谓，随便在办公室里打个地铺，或者是回公寓去休息。但章慧不一样，毕竟是女性，日常生活还是有所不便。他俩正要走，老吴上楼来了，说刚才在大厅查票，认出了黄玉郎先生和陈美小姐，他们买了票进场看影戏呢。现下快结束，我就上来和郑先生说一声。

哦，来华光也没事先打个招呼。郑家明嘴里说着，转念又一想，打招呼好像也没什么必要。难道是要自己来接待吗？黄玉郎和陈美本性上都不是喜欢来事的人，况且，现在彼此之间的关系，也不似过去，说挂个电话或是托个口信那么简单。来者都是客，况且还是我们的"衣食父母"，我们下去见见吧。

坐电梯下的时候，章慧低声说，怕不是有事，特意登门拜访？

郑家明摇了摇头，我也不晓得，也许是我们想多了，他们就是来看场影戏罢了。毕竟，邓波儿那么可爱的小女孩，谁不喜欢她的笑容。

下得楼来，《起立欢呼》刚好结束放映，大厅门被打开，观众们鱼贯而出。郑家明和章慧站在扶手楼梯的台阶上，居高看着。大厅可容纳七百多个观众，从今晚上座率来看，几乎达到了八成，是很可观的上座情况。因此，走出的观众也多了不少。待都走得差不多了，郑家明才看见黄玉郎和陈美走了出来。他俩一个前一个后，陈美落后了黄玉郎半步。也不知是因为出场不便，还是故意如此。

玉郎、陈美。

郑家明牵着章慧的手，走了过去。黄玉郎和陈美也站定，回了声招呼。黄玉郎也牵过陈美的手，但陈美似乎挣扎了一下，想要脱开。郑家明看到了这个小细节，但只装作没看见，脸上始终挂着微笑。互相打过招呼之后，气氛竟忽地有些尴尬。郑家明呵呵笑了一声，说大厅外面冷，我们别干站着，去楼上喝杯咖啡吧？两位如果没什么事的话。

也好，外面天冷。黄玉郎转过头问，陈美，你觉得可好？

今晚是你提议来的，你决定就好了。陈美轻声地回应，顺势脱开了黄玉郎牵着的手。她说话时微微低垂着眼帘，似乎谁也没看。这个样子，看起来让人觉得有些可怜。

黄玉郎眉头皱了下，正准备开口，章慧牵起了陈美的手，微笑着说，上楼去吧，戏院快打烊了，咖啡厅里没有其他客人了，我们可敞开来说话。

到了三楼咖啡厅，郑家明让侍应先下班，他自己来冲泡咖啡。咖啡冲好，章慧端着托盘，上面放着咖啡壶、四个杯子还有方糖和一小瓶鲜奶。章慧给杯子都倒上了咖啡，说要加鲜奶和方糖就按个人口味。

郑家明先端起了杯子，这杯就当作酒，敬祝你们订婚快乐。那天订婚宴上人比较多，我和章慧见不太方便，走得匆忙，也没来得及向你们祝贺。

黄玉郎也举起了杯，有心就好了，你们能来，我和陈美心里已经很高兴了。

陈美嘴角微微一动，嗯，来日方长，谢谢你们能来。

黄玉郎啜了口咖啡，然后看了看郑家明和章慧，你们今后就准备只做戏院的生意了？

郑家明笑了笑，没有先开口。章慧调整了自己的坐姿，双手交叉着放在腿上。她也跟着一笑，玉郎有什么话，不妨就直接说了吧。我们也不是刚认识，不用藏着掖着。

　　我以为，章慧想着要东山再起吧？抱歉，我用这个成语，似乎不太恰当。因为，毕竟"兴盛公司"是你阿爸一手打造，公司转给他人了，你与公司之间谈不上"东山再起"。公司是你阿爸的事业，你就不想着再把生意做起来？黄玉郎摘下眼镜，从自己穿的西服上衣口袋里掏出手帕，轻轻擦拭着镜片。至于家明，作为兄弟，如果你还把我当兄弟的话。不要以为今天《起立欢呼》来看的人不少，但你心里应该清楚，这是圣诞效应罢了；现下市内再加上鼓浪屿，开戏院的不下十家，蛋糕就是那么大，你能切走多少？再者，荣耀收盘以后，你也久未涉足戏院生意，这市场怕不是你当年的样子了。又或者，黄玉郎戴上眼镜，看着郑家明，嘴角一笑，项庄舞剑，意在沛公。开戏院不是家明兄的真正目的？

　　这话怎讲？郑家明不急不慢地掏出烟，先向黄玉郎递了过去，他稍微有些犹豫，但还是抽出了一根。郑家明点了根烟，看着黄玉郎说，华光戏院原本就是先父的事业，他这一生没干成什么惊天动地的大事，只心心念念戏院。蒙陈美哥哥陈锋不计较，将戏院重新转予我，我继承先父事业，这总说得过去吧？

　　真正做戏院，也没人能说得上什么，就怕别有所图。黄玉郎身子往前倾，定定地看着郑家明，我今天来也想把话和你说清楚——也当作我们曾经兄弟一场，最后的忠告。不要以为，钟和夫接了兴盛公司，就真会放过你！我说句难听的话，钟和夫对兴盛公司那点钱，根本没有放在眼里。他的真正目的，想来你也能料到，就是要垄断东南市场。我能说通钟和夫一次，但不能保证说通下一次。

　　那么，依你黄玉郎的高见，我该怎么办？郑家明笑了笑，好像我左也不是，右也不是，横竖都是走不通，只有"死路一条"？不如，你给指条"康庄大道"？

黄玉郎，你够了！你处处在仰仗着钟和夫的鼻息，难道他一个人想要只手遮天？你离开了钟和夫，就不能堂堂正正，挺直腰杆做人吗？

我说郑家明，你倒急了，你急什么呀？黄玉郎冷笑一声，还轮不上你来插话。郑家明，你不是还有个堂兄，他和钟和夫走得近。

郑家明想了想，你的意思，是让我学郑家驹，或者是学你，投靠钟和夫？

黄玉郎听了这话，放下脸上的表情，双手插在裤袋里，没再做声响。陈美急得站起身，就要离开，但被黄玉郎一把抓住了手腕。老公都还没走，你走什么？

你放开我！

黄玉郎也站起身，一把甩开陈美的手腕。这世上的门都是打开的，谁也没有阻挡你的路。你陈美喜欢我也好，厌恶我也罢，我并不强求，你要离开我尽管离开。黄玉郎说完整理了下西裤的裤线，将有些褶皱的地方弄平整。不过，我要再提醒你一次，你已不再是当年的陈家大小姐了。姑且不论是不是我的"合法"未婚妻，就算是你陈家，还有没有这个实力让你继续当大小姐，这点你应该比我们在座的都清楚。

黄玉郎，你太无赖了！没想到你竟然会变成这个样子！章慧将陈美拉在自己身后，怒视着他。这个世界，不是你黄玉郎，也不是钟和夫的天下，邪不胜正，你们不要太得意！

这当然不是钟和夫和我两个人的天下，但中国之大，谁能逃得过日本人的控制？黄玉郎轻哼了一声，人贵有自知之明，该做的该说的，就到今天为止。往后，我黄玉郎不会再念所谓旧情，希望你们心中有数。

陈美哭出了声，夺门而出。黄玉郎看着她的背影，眼中闪现一丝令人不寒而栗的目光。他朝郑家明和章慧最后看了一眼，也离开了咖啡厅。在一片寂静之中，郑家明好像感到了全身的血液激烈地奔涌，一颗心脏似乎将要跳出胸腔。

又到旧历年的最后一天，郑家明在除夕这天中午和大伙儿吃了顿饭。吃完饭，章慧还给大家都发了红包，说明天大年初一，过大年戏院连着停业三天，大家趁这个机会好好休息。戏院自去年底筹划着重开，人手方面主要是原来华光的老员工，戏院虽停了好久，但有些老员工一听要重开，马上又聚拢了过来。其中还有个别员工，甚至是当年跟着郑堂秋的。还有些员工来自荣耀。荣耀的老员工是老吴出面去张罗来的，戏院重开后，他也是里外奔忙着，为郑家明分担了不少工作。因此，老吴可谓"劳苦功高"，在中午的酒席上被大伙儿敬了不少酒，他也是高兴，来者不拒，最后喝得酩酊大醉。郑家明吩咐下去，几个年轻的小伙子抬着他到了楼上，在休息室里直睡到人家吃年夜饭，开始放了"二踢腿"。

年夜饭是回到"淑芬别墅"吃的。孙和顺和苏环球在别墅里等着，要是依了往年的习惯，章启智会让孙和顺在别墅里张灯结彩，家里的每个人，包括用人什么的，个个都兴高采烈，等着章老爷请大家一起吃年夜饭，发红包。可今年和往年不一样了，原因大家都清楚，"淑芬别墅"里再无老东家了。今年年夜饭还有个令人伤感的原因，那就是孙和顺要告老回乡了。

孙管家，今天吃年夜饭，我们慢慢吃，慢慢聊，我还是那个意见，希望您能收回决定，仍然留在家里。

大小姐，谢谢你这么照顾我，看得起我孙某人。在席上，章慧坚持让孙和顺坐了上位，说今晚他是主角。孙和顺先端起一杯红葡萄酒，一饮而尽。今天这日子，算来已是民国二十四年了。二十四年了，连厦门都要设立正式市府建制了，你说这时间快不快？民国初年，我就跟着老爷，原来是打算一辈子就为章家、为老爷卖命，没想到啊，世事弄人，反倒是老爷先走了一步……我呐，自老爷走后就一直自责，当初为什么就不能坚持一点，不让老爷亲自跟船呢？

这怨不得你，孙管家。章慧插上了一句话。依着大家现在都清楚的缘故，迟早日本人都会算计到我阿爸、我们兴盛公司头上。

话是这么说，但老爷走了，我真的很难过。我一生未娶妻生子，原以为就要在"淑芬别墅"这里了却余生，但章先生一走，其他人我不知道，我就好像没有了主心骨，若是继续留在章家，整个人都不在状态，我没法静下心。况且，大小姐和郑家明相好，两个人为人处世都是得人赞誉，我不在章家，两位想来都能承受暴风骤雨了。这个世界，终归是你们的，包括球仔。我已心生疲倦，也已打定主意。

章慧的眼眶早已充盈着泪花，她强忍着，想要继续劝，但孙和顺微笑着摆了摆手。郑家明心下明白，对章慧使了个眼色，要她一同举起酒杯，孙管家，别的话也不多说了，一切尽在这杯酒里了。孙和顺抹去了眼角的泪水，将酒一饮而尽，转头又拍了拍苏环球的肩膀，球仔，接下去大小姐就要靠你了。说句实在话，你的命是老爷给的，对大小姐务必以命相保，记住了！

只要我苏环球在的一天，就必定不会让大小姐受委屈！

郑先生，有些话，临走前我还是想说一说，若是有所得罪，还请你见谅。

孙管家说这话就客气了，我郑家明这一生行事有时不顾忌，若有做不对的地方，你尽管说。

郑先生言重了，你是真性情的汉子，无所谓对与错。孙和顺看了一眼章慧，目光变得温柔。郑先生，五年前你自南洋来，一到厦门就和我们章家结缘。你和大小姐之间，也算是一段难得的缘分。老爷现下不在了，但我想他在天之灵，定是想看到大小姐有个好归宿。我冒昧地说一句，待一切安定下来，你和大小姐还是早日结秦晋之好。

这个是自然。郑家明笑着说，等我攒够聘金，马上就娶。

真是厚脸皮，我说了就一定嫁你吗？

我们是天造地设的一对，对不对，孙管家？

孙和顺微笑着不语，自顾喝了杯酒，而后语气慢慢地变得凝重。现在的世道，变化太快，很多思想在我看来，不能理解，但我也不会去评论太多。但对于章家，对于大小姐，我这辈子就是讲个"忠"字，实际点说就是要保平安。郑先生，你有颗正义的心，这很好，但我说句不那么好听的话，为着以后和大小姐平平安安在一起，行事方面不能太过莽撞了，有时还是要收着一点好。还有大小姐，这里都是自家人，我就打开天窗说亮话，共产党的思想是好，可国民党、日本人都要杀共产党，那得有多危险。还有，共产党要革有钱人的命……

孙管家，实情不是这样，现今报纸宣传是把共产党妖魔化了……

章慧还要继续解释，但被郑家明拦了下来，今晚是除夕夜，我们不说这些。说了太复杂，一时半会儿也解释不清楚。我呢先"壮着胆子"替章慧说句话，她是念过书、见过世面的女子，孙管家你就放心让她去追逐自己的事业吧！至于我呢，按照《史记》里说的那样，是有"刺客"的影子，行侠义之风，世有不平事，我自然会站出来，大吼一声。但我也明白，为了好好跟章慧在一起，日后再遇着"不平事"，我会多用这里，少用这个。

郑家明指了指自己的脑袋，又按下了自己的拳头，这个含义很明白：他是说要多用智慧，少用武力。郑家明说着还看了眼苏环球，苏环球憨憨地笑了笑，没说什么。孙和顺听着郑家明的话，知道他是在宽慰自己，他其实也明白的，在现今乱世里，客客气气不会有好结果，软弱就会被欺负。有的时候，人是身不由己，能有什么结果，谁也无法预料。就像郑家明，他哪里会料到，自己来到厦门，会遇上陈三甲，又哪里会预料到，自己竟会"大胆"到结果了陈三甲的命。

罢了罢了，说再多，只是徒增年轻人的反感。孙和顺在心里默念着，不再言语。众人也不说话，各自怀着心事。此时，岛上渐次响起了爆竹声，大家走到小院里，仰望天空，璀璨的烟花在空中绽放。

一年又一年，新桃换旧符，明日如何我们谁也无法预料。但是，我们可以展望，可以有希望！章慧望着漫天的烟花，轻声说出了这段话。郑家明微笑着牵起她的手，将她搂在怀里。章慧看了看他，也笑了笑。他们心中比谁都清楚，这新的一年，对于他们的命运而言，将会产生如何深远的影响。

第二十七章

　　旧历新年三天休息一过完，郑家明就早早来到华光戏院。其实前一天他就已经在戏院忙着，员工还没归来，他自己动手，该打扫的打扫，该收拾的收拾。章慧从鼓浪屿来，带了家里炸好的海蛎饼、虾饼和萝卜糕，见郑家明在冬天里还汗流浃背的样子，心疼不已。嘴里却埋怨他，放假前才打扫的卫生，不过是三天时间，哪里还要再收拾，这不是白辛苦么。郑家明笑笑说，干净总是好的，就像厦门港有些街道，卸货装货不注意整洁卫生，平时我们不都不乐意去。戏院干净了，别人才会安心来看戏。

　　郑家明前一晚待在了公寓，一早醒来给章慧买了豆浆油条，章慧还在睡梦中，不忍吵醒她，留下便条让她自己吃早餐就离开了公寓。去往华光的路上，行人稀少，年的味道还在空气中弥漫，那过年独有的硫黄味似乎挥散不去，无时无刻不在提醒着人们，现在是中国人一年中最重要的节日。郑家明从小在新加坡，过旧历新年也是隆重的，家里阿公会组织大家祭祖，还会给晚辈发压岁钱。旧日的情景又浮现在眼前，这是他过去记忆中难得的温情，想到此，嘴角不禁有了微笑。

　　快到华光的时候，身后有两个人匆匆经过，耳听得他们讲，别的报社不报，我们《江声报》是要报道的，抽大烟吃白粉，害得倾家荡产，又要卖妻鬻子，逼得老婆带着一双儿女自尽……

　　这两人走得匆忙，没注意到郑家明。他倒是听到他俩的议论，认真看了看，这才认出是隔壁《江声报》的两位记者。一位姓叶，一位姓杨。两位记者年轻，常常去戏院看影戏，一来二去也有了点头之交。郑家明追了上去，喊住他俩，叶记者、杨记者，过年好啊，这么早就去报馆，怕是有什么大消息？

不是大消息，是人伦惨剧！叶记者个子不高，但是讲话语速很快，义愤填膺地说，昨天禾山那里有一户人家，妈妈加上两个孩子，在家里自尽而死！原因是那户人家的男人，抽了"贵利来"烟馆的大烟，欠了一屁股债，还不起钱又还想继续抽大烟，于是就和烟馆的老板画下契约，要把自己的老婆和两个孩子都卖了！他老婆得知消息，呼天抢地，怕是不忍孩子跟着继续受苦，就在家里烧炭，三个人活活中毒死了！

啊！郑家明叫了一声，紧接着又问，你们刚才说别的报社不报道？

《全闽新日报》不报啊。这条消息原本是"日报"的记者最先得知的，但后来报馆不让他报，他气不过，偷偷告诉我们了……杨记者说到一半就停了，大概是有所顾忌，郑老板，这背后的曲折就不多说了，我们赶着回去写稿编排，报纸出街后你再细看。

杨记者说完就拉着叶记者走了，郑家明又气愤又心酸，大过年的，出现这样的惨剧，一个家庭就如此毁了。更无辜的是那两个未成年的孩子，因了大人的不幸而死。是谁一手造成的？郑家明忽然有了种很不好的预感，他大概有了些模糊的影子。

这个影子越来越清晰。

下午，他到了禾山，稍一打听，别人就指向了惨遭不幸的那家人的房子。说的人不住摇头，天杀的那个男人，自己混账就算了还让老婆孩子跟着一起死，还算是人吗？郑家明走到那户人家房子前，那与其说是房子，不如说就是一个养牲口的圈子。黄泥糊就的外墙，屋顶是茅草层叠而成，闽南地方雨多，一到落雨天，雨水打在地上，滚起尘泥，哪里能住人？房子旁边就是一座猪圈，人畜杂居，一到夏天，这样的卫生状况可想而知。

郑家明走入房内，这里已经不能用家徒四壁来形容。一件像样的家具都没有，就连睡觉用的床，都只是一张木板放在几块叠好的砖头上。郑家明忍不住摇头叹气，如此穷困的家庭，全中国恐怕还有很多很多。他们的命运如何改变？能有办法改变吗？他退了出来，又找个人问了，说这家人的白事怎么操办？那人听了倒笑起来，家里都这样还能操办什么白事？家里男人早已不知去向，有可能抽大烟死在后山里了。里长见没办法，总归是同宗乡亲，就和宗族里商量，将死的母子三个人抬到了祠堂里，靠着宗亲支持简简单单把丧事办了——说是简单办丧事，那还是好听的说法，其实就是找个地方，准备把尸体埋了，连个棺木都没有。

郑家明踏入宗祠，大厅里整齐摆放着三具用白布裹着的尸体。一大两小。郑家明乍一见到这样的场景，竟然有了些恍惚。他揉了揉眼睛，意识里有些模糊的那个影子，又更清楚了一些。一位里长模样的人走了过来，见他面生，就问他有何贵干？郑家明定了定神，说听闻了禾山这里发生的惨事，心有不忍，特意过来看看。他说着拿出了些钱，给这三个往生者置办棺木吧，太可怜了。

离开禾山的时候，苏环球开了车在大道上等着。

打听到了，"贵利来"开了好几家烟馆，老板都是一个人，陈细甲。

听到苏环球这样说，郑家明心底的那个人影终于彻底清晰了。车行驶在土路上，扬起层层尘土。行到半路，郑家明问苏环球，联系上陈锋没有？知道他去了哪里？苏环球说，陈锋去收购烟叶了。

陈锋这一趟出来约莫有小半个月了。到了年关，平常人家里都在洗涮，贴春联，准备过新年了。陈锋在漳州、龙岩等地奔走，过年气氛日益强烈，心中的愤懑就越积越多。这样的愤懑在除夕夜，达到了顶峰。住在龙岩下辖的永定县城里，家家户户都在喝着小酒，放着鞭炮，可他只得和洋行副理曹德忠两个人窝在同惠旅社里吃着牛肉罐头。他素来是不动声色的人，但想着除夕夜本是与亲人在家团圆的好日子，他却被人"糟践"，远在他乡奔波心中的怒火忽地爆发了。

他将筷子甩在桌上，活了这么多年，从来没受过这样的气！

曹德忠比陈锋大那么一两岁，赔着小心地说，大少爷，这山区的路难走，我们下午才到了永定县城，这城里也就同惠旅社这家像点样，结果住进来也是清汤寡水的。您又不让去找杨先生，否则他家那德式别墅，在那里吃的、住的，铁定是不差。

不要再说这些了。这趟出来本来就是迫不得已，没和人事先打招呼，怎么好意思就住进人家里？再说，今天大过年，别人都是一家人一起过年守岁的，我们去是什么意思？陈锋看着曹德忠那因休息不足而浮肿的脸，心中的气也就消了一些。他本就善于控制情绪，很快脸上又沉静下来，冷笑了一声，这个钟和夫，突然对烟叶生意感兴趣，莫不是想搞什么花样？

曹德忠摇了摇头，这单生意来得稀奇意外，但表面来看，钟和夫没什么异常，咱们每到一处产烟的地方，敲定了烟叶量，给他拍了电报，他马上就派陈细甲带钱过来付款。

没那么简单吧。陈锋自言自语说了一句，起身推开客房的木门，站在走廊上，望着天空中不时划过的烟花。采购烟叶这件事，起头就怪异得很。半个月前他在洋行里，陈细甲忽然大喇喇地来，还带了封信。信是钟和夫写的，大致说他目下都在台湾和上海之间跑动，较少联系。此番写信，是要陈锋帮忙去省内产烟地收购烟叶。还说每到一处，谈妥了就拍个电报到大和会社，陈细甲就会带着现金过来，由他亲自将钱给对方老板。

这里有个大问题。陈锋忽然像是意识到了什么。福建多地产烟，特别是永定，乾隆年间还进贡过烟丝，乾隆帝赐这茶为"烟魁"。即使如此，福建绝大多数地方种的烟叶还是"晒烟"，非市面上那些外国商人卖的卷烟烟丝。钟和夫要这些未加工的烟叶，所为何来？再者，为什么不能通过支票的方式付款？非得几经曲折，先和陈细甲联系，让他带上大量的现金，直接付现金的方式购买？

陈锋裹紧了衣服，走进屋内。他问曹德忠，省内种植烟草的县有几个？

约莫三十来个，只是我们这次只能走厦门周边，最远就是永定这里。永定烟叶最好，收购完成后我们就回去了。

本地烟叶主要用途是什么？

初期是用作药材的，后来就是晒黄烟，多有做成土烟的。我们刚去的漳州，有本地商人开始自组小型烟草公司，做成外售香烟。曹德忠犹豫了一下，而后才说，大少爷，我看这事做了也就做了，别再多想了吧。钟和夫找上咱们，主要也是因为咱们广利行在省内人脉丰沛，他要收购烟叶必定得通过我们，才能又快又好收购到。

我不得不起疑心呀。陈锋落座，依旧坐得笔直。一来广利行素来不做烟叶生意，联络那些烟叶商也是通过曹德忠你在省内的关系，间接认识。二来，也是最为关键的，钟和夫突然做这事，行事又如此古怪，难保他背后没有什么目的……

哎，大少爷，如今这态势。睡吧，早点休息，明天是大年初一，已经约了永定烟叶商，去往城郊的仓库看货。

隔日起了大早。永定城不大，陈锋和曹德忠踩着前一晚的爆竹烟花纸屑，一路直奔城郊。远远见到两个人在一处仓库前等着。曹德忠走前一步，介绍彼此，这位是我们广利洋行的少东家陈锋；这位是永定有名的烟叶商林志平。林志平身边跟着一个年轻人，当是他带来的手下。陈锋和林志平互相拱手，寒暄了几句之后，林志平就叫身边的年轻人去把仓库的门打开了。

陈先生，你们这个时节来收购烟叶，只能是一些去年的陈叶了。新鲜度比不上今年新叶，但我保证味道还是很醇厚。我们这个仓库通风，不潮湿。林志平又指了指不远处，那里就是码头，沿着河北上，运送烟叶交通也是便利的。

林志平陪着陈锋走入仓库，一股香醇未加烘烤的原味扑面而来。陈锋朝四周张望，仓库是做了挑高处理，储放的烟叶整齐码放在横木格之上，离地约有三尺。林志平解释，这样是为了防止受潮，同时兼防止虫蚊老鼠。仓库里忽然响起了几声猫叫，林志平笑了起来，说为了防止老鼠，仓库里是不放灭鼠药的，只是养了两只猫。平时仓库有个乡下的亲戚在看着，遇着年节，让他回家过年了。

林先生，这么多的烟叶，都是做外售？

过去是这样的。咱们这里烟叶历来产得多，烟草最早是下南洋的先民从吕宋带来种植的。听老一辈说，万历年间就开始种植了。向来种得多，外销江西、湖南、浙江等地。从去年开始，我和省内其他烟叶商有过交流，稍稍做了转变，想自己开办烟草公司。收购来的好烟草，留下一些，做自己牌子的卷烟。

哦，就像厦门的英美烟草公司，还有南洋的兄弟烟草公司？

对的！南洋兄弟烟草公司的"红双喜"，向来好抽。我打算也做个牌子，叫作"乘风"，取了乘风破浪的好兆头。去年试验，打算今年就全面推开。林志平穿着西装，松开了上衣的扣子，有些意气风发地说，我们这里的烟叶叫作"烟魁"，生产出来的卷烟肯定受欢迎！对了，陈先生这次是打算采购多少烟叶？

全部。

忽然听到仓库外有人低沉地说了一声，众人都觉得颇为意外，纷纷转过身去，只见一个身材健硕的年轻男子，穿着一身黑西服，身后还跟着两个马仔模样的人，不急不缓地走了进来。陈锋见了，心底暗自一动，但脸上却依旧没有什么变化。林志平见这人面生，就那么大喇喇走进自己的仓库，使个眼色让手下赶人。

林老板，我来送钱的。怎么，要把我挡在门外？陈老板是不是要介绍一下？

他是大和株式会社的人，名叫陈细甲。陈锋冷着一张脸，这次在省内采购烟叶，就是他们的生意，我不过是来跑腿。

能劳动陈大少爷亲自跑腿，我们也感到很荣幸。陈细甲摸着自己的光脑袋，听不出他话里的意思，究竟是肯定还是讽刺。喂，还不赶紧把钱拿出来？

陈细甲提高了音量，身后的两个马仔赶忙将携带的两个小行李箱打开，放在了一个空格子架上。行李箱装了满满的钞票。陈细甲说，钱我们都备好了。原本都是陈老板拍电报回去，我们赶过来给钱。因为林老板这里的是"烟魁"。钟先生说这次全是法币，就是因为"烟魁"质量很好，用这些法币采购全部烟叶，足够了吧？

哪里冒出的全部？陈锋见林志平有些不好开口，于是冷冷地说，来之前不是说了采购一吨就行？都采购完了，林老板这里以后还怎么做事业？

陈锋原本想提林志平想自己做卷烟，但觉得不妥，于是话说到一半就转了弯，换了一种说法。陈细甲听后，咧嘴一笑，林老板的"事业"跟我有什么关系？这是钟先生交代我的，我只是照办。今天是年初一，大家和和气气生财。

林志平有些生气，哪里有这么霸道的买卖？我不卖了，不卖了！我宁愿不要你这法币，我也不卖了！我又不是穷得揭不开锅。我这些烟叶都留给自己。

都留给自己抽？那不是会抽死？

陈细甲平静地说，手下两个马仔倒笑了。林志平的手下见状气不过，想要上前去理论，但被陈锋给拦下了。他刚才暗中观察了，陈细甲和他的两个马仔，腰间鼓胀，像是手枪的轮廓。他们什么事都做得出来。陈锋对曹德忠耳语了几句，曹德忠听了后将林志平请到了一边，低声交谈。陈锋看着林志平的脸色越来越难看，心里觉得很对不住他。虽然霸道的是陈细甲，但陈锋觉得自己难脱关系，因为毕竟是自己先找上他的。

陈锋想了想，走到了陈细甲的面前，直视着他的眼睛说，林老板这里，我们会劝他。但有句话我要警告你，凡事收敛一点，不要做得太过分。

陈细甲忽然笑出了声，因为很少笑，这样的笑声对他而言显得非常怪异。他也看着陈锋，你们也好意思说"收敛"？广利洋行发家的时候，怎么没想过收敛？你陈锋做生意发大财的时候，怎么没想过收敛？还有，你那个疯狗一样的朋友，郑家明，害死我大哥的时候，有想过"收敛"？

陈细甲颠倒了逻辑关系。不是郑家明不收敛，害死了陈三甲；而是陈三甲太过猖狂，不得不死。但陈锋明白，没有必要再说那么多了，多说是浪费口水，他板起面孔，钟和夫要我帮忙的事，我已经全部做了。

嘿嘿。陈细甲诡异地哼了两声，而后带着马仔走了。下午"烟魁"全部装船，走水路马上运走。陈锋看着陈细甲离去，而后也走到了仓库门口。此刻，旧历新年的第一天，按照中国人的传统，理当是万象更新的第一天。但天空却下起了微微细雨，天色阴沉，山区的寒意一阵接一阵袭来。陈锋深深吸了一口气，在当时，他必定没有料到，这不过是钟和夫他们将逼向绝境的开始。

第二十八章

一得知陈锋回到了厦门，郑家明就打算登门拜访。但约了几次，陈府都推说暂时不得空。苏环球和曹德忠有些旧交情，他特意跑去找曹德忠问究竟有何不方便。开始时曹德忠不愿明说，但苏环球几番追问，又说今时不同往日，郑家明和陈锋的关系早就不同过去，陈家大公子还出手大力帮了郑大少爷一把，有什么不能开口说的。曹德忠长叹了一口气，忽然掩面而泣，说了一句"我们被钟和夫这个老贼给狠狠坑了"！

苏环球从曹德忠那里探知了事情的大概经过后，就急匆匆赶去华光戏院。郑家明和章慧都在华光，听完苏环球的话，两个人互相看了一眼。章慧幽幽地说，没想到钟和夫这么快就对陈锋动手了。郑家明点了点头，从另一方面来说，钟和夫干下这事，对我们拉上陈锋，也许还能起到"加码"的作用。两个人稍微商量了一下，知道陈锋都在广利洋行待着，于是也没预约，就直接去了。曹德忠认得郑家明，原本还想再推脱，说有客人来访，陈锋不便露面。但郑家明笑了笑，说无事不登三宝殿，老话说得好，哪有赶走笑脸人的？曹德忠只得引着郑家明和章慧上了楼，还没到总经理办公室，就听见有人在大声争执着。

才到门口，忽然有人气冲冲地推开门，差点打到了走在前面的曹德忠。曹德忠赶紧往后退了一步，对着那人说，林老板，这整件事确实和我们广利洋行没关系，我们家大少爷也没想过存心骗你，若是真要骗你，我们早就躲得远远的了，也不会还留在这里等着和你见面，和你解释。

还解释个屁！林志平听了，又是暴跳如雷。你们这是合起伙来骗我！你们给的法币，除了上面一层是真的，下面全是假钞。我们信得过你们，没有验钞，等年过完了，将钱存在交通银行，这才发现全是假钞。我现在整个仓库的烟叶都没了，收到的钱还都是假钞！你们怎么能这么无耻？我不认识什么大和会社，更不认识什么钟和夫，我只知道，是你曹德忠的关系，我才见了你的东家陈锋，才听了你的话把所有顶级"烟魁"都卖了！

林老板，请再听我一句，我们也是受害人，这次外出采购烟叶，钟和夫都是假手我们行事，我们其实只是居中联系，钱、货我们一点都没有沾到……

放你娘的狗屁！

林志平还要骂下去，但被身后的陈锋挡住了。他摆了摆手，林老板，这整件事我刚才已经和你解释过了，你信也罢不信也罢，事情都已经这样发生了。若是想解决，请给我们一定时间。说实话，这段时间，不单是你，还有其他烟叶商找上门。我陈锋也不再多说什么，就一句：无论怎样，你们的损失我都会负责，你可以放心。

放什么心？说不定你就逃走了，我去哪里找你？

我陈锋不是那样的人！陈锋也怒了，我们陈家做了多少年生意，你听过我们失信于人吗？我陈锋行事也没那么下贱，你也太把我看轻了！我话不多说，你要认为继续吵下去有意义，你就继续吵吧。

林志平又要发作，但曹德忠赶紧赔不是，他见了境况心里明白再吵下去确是无益，只得一边怀着愤懑，一边叹着气离开。陈锋这时才像泄了气的球一般，异常沮丧。也没和郑家明打招呼，就自顾进了办公室。曹德忠无奈地摇摇头，做了个请进的手势，而后将门关上，走下了楼梯。

陈锋的样子和平时大不一样。再没有像平时那样挺直了腰杆，头发变得凌乱，胡子拉碴，整个人显得分外低落。他也没说看座，只看了郑家明和章慧一眼，而后自顾坐在沙发里，慢慢点了根烟。郑家明沉默了一阵，见章慧点了点头，于是就开口说，今天来，我们有话就直说了。钟和夫给假钞这个事，不是一天两天，也不单你是受害人，遭受损失的人很多。而且，受害最深的，还是普通百姓。

你们一早就知道钟和夫用假钞？你们从哪里知道的？怎么没和我说起？

我们也是去年底才知道。章慧想了想该如何措辞。这件事涉及我当下的身份，有时候不便明说。

你的身份……陈锋急醒，马上就领悟，你是地下党！

去年底，有位党内同志找到了我，告诉我去年开始在部分苏区还有白区，发现了假钞。这些假钞面值不大，来源又多，因此开始没有引起太大注意。但后来苏区假钞逐渐增多，原本苏区经济就比较脆弱，都是普通手工业，百姓受影响很大。组织上经过调查，发现这些假钞由上海带进来的，有人专门持了这种货币，进入苏区进行采买交易，小宗的是土特产等，大宗的还有一些生铁、煤矿。

为了隐蔽，假钞也不是直接从上海带到苏区，而是采取迂回曲折的方式。郑家明补充说，假钞从上海出发，一路南下，最后到了福建境内。由福建境内的闽西苏区为出口，再陆续进入内陆，比如湘鄂川、陕甘等地。还有些扩散到了周边地区。

啊！竟然有这样的事！陈锋忽地站了起来，怎么我都不知道？我还以为这是我广利洋行第一次碰到。

因为假钞不在厦门流通呀。兔子不吃窝边草。还有，郑家明也站起了身，看着陈锋，你和苏区的人有来往吗？没有吧。你也很少去往那里。再加上，这些日子来的遭遇，你哪里还有心情去了解外面发生的事？大和株式会社，或者说明白一点，钟和夫，先是吃了我们兴盛，下一步就是要吃了广利。

我明白了！陈锋愤怒地在屋内来回走着。这假钞分明就是从钟和夫那个王八蛋手里流出的。这从头到尾都是钟和夫在搞鬼，他是要置我，置我们广利洋行于死地。一方面，他几乎是空手套白狼，每次交易都让陈细甲带上假钞，直接就将烟叶买走；另一方面，那些烟叶商根本就不认识钟和夫，他们统统是由我们广利洋行出面联系的。等他们发现拿到的是假钞，就找上门了！

事情大体上弄清楚了。但有个地方我还不明白。章慧想了想，接着说，钟和夫前面还算是谨慎，怎么这次自己公开出手？而且假钞面额巨大，还采购的是烟叶？他大和株式会社好像从来没做这个方面的生意？

我知道为什么！知道假钞来历，我心底的疑惑也得到了解释。陈锋冷冷地说，钟和夫这个人，野心大得很，什么都想要。他这是为了不给中国烟草商活路，他要自己做卷烟。

章慧点了点头，近来有听闻省内烟草商准备自己生产卷烟，钟和夫这样做，是一条活路都不给我们中国商人啊。

司马昭之心，路人皆知。陈锋忽然想到了什么，克制住了自己的激动，冷静地坐回到了沙发上。你们二位来找我，怕是有其他目的吧？

郑家明也坐回到了椅子上，嘿嘿一笑，而后脸色郑重起来。我们认为，钟和夫不能再留了。郑家明随手又做了个刀斩的动作，章慧也跟着朝陈锋点了点头。这个时候，陈锋明显感觉到了自己的心跳加快。

二月二这天，郑家明去波士顿美发室剪了头发。原本章慧也要跟着一起去，但家里有个远房亲戚来，说是过年没来走动，心下过意不去，于是特意选了个日子来。郑家明说你这头秀发最近有点乱，要不我回来用火钳帮你夹一下？章慧瞪目怅怒，快滚吧你，现在谁还用火钳？"波士顿"的蒸汽烫发机是从美国买来的，先进得很。章慧催促他快点走，晚点她也要去戏院。走的时候，章慧特意看了下挂历，时间越来越近了，家瑛那儿到现在还没动静。

郑家明边走边说，岂止家瑛，陈锋更是无声无息，他不会把我们"卖"了吧。他虽是说笑，但在路上还是隐隐有了担心，自上次见他已快一个月，陈锋再没主动联系过他和章慧。在是否做掉钟和夫这件事上，需要陈锋的表态支持。而且，不能再拖下去了——天长节和厦门设市成立的日子越来越近了。

心里这样想着，不一会儿就到了波士顿美发室。阿虾师傅见是熟客来了，很是热情招呼，郑先生，还是按照老规矩？郑家明笑了，听了阿虾的安排，先在茶歇区坐着休息，今天来剪发的人多，不过阿虾的手艺好又快，很快就会轮到他。美发室里大家在说笑着，不时还有女士盈盈的笑声，郑家明没太在意，坐了下来喝茶。他刚拿起一份报纸，忽听得有女士谈到了陈美，他不禁竖起了耳朵。

哎，原来陈家的三小姐，大家都认识的吧？原来顶风光的，开着绿色小车，像个冰雪美人一样不理别人的。现在怎么样知道吧？我有个朋友，在中山医院看神经专科的，说是陈家小姐去他那里拿药。

什么病呢？

还能什么病，就是脑子有问题了呗。

怎么会这样？记得去年她才和人订婚的，那个男的，叫什么来着……

叫黄玉郎。

对对对，年轻有为，而且还是《全闽新日报》的总编呢。

岂止呢，听说还是日本人手下的红人。就是这个男的，听他家里的用人说，他经常打骂陈家小姐呢，不让她外出，见她和男的说话，就立马发火……

啪，突然传来一记沉闷的拍桌子声。风言风语，乱嚼舌头，口舌长脓包，毒发而死啊！

大家转而看，是郑家明在说话。美发室里有认得郑家明的，见了他吐吐舌头，不禁压低了声音，又小声地说起话来。郑家明气得咬着牙，他知道嘴巴长在别人脸上，但就是心中有气，气不过旁人对陈美的诋毁。但另一面，他又不禁有着深深的隐忧，久未见到陈美，难道她的境况真落到如此地步？他不敢多想，翻开报纸，一看却是《全闽新日报》。他胡乱翻着，在第二版，忽然看到一则新闻，"广利洋行向花旗银行借贷大笔现金"。郑家明快速看了一遍后迅速起身，对阿虾说改日再剪发后就匆匆离去了。

郑家明扬手叫了辆黄包车，说去华光戏院。路上，郑家明看着车外的行人，脸上露出了愁容。快到华光了，远远地望见一个熟悉的身影，他赶忙叫停了黄包车，自己跳下车往那个人奔去。

陈美，你怎么一个人在这儿？怎么不进戏院里？球仔在里面呢。

家明，我，我只是出来随便走走，透透气。

陈美头发有些凌乱，早春的天气，还是有些寒冷，但她却只穿了家居的薄长衣。郑家明见了一阵心疼，赶忙脱下自己的夹克衫，套在了她的身上。陈美低着头，不敢看郑家明，只说，家明，你现在有空吗？能不能陪我走走？

郑家明点了点头。他想了想，没有陪着她往大马路上走，只是往戏院旁的一处小巷子走去。走到一半，陈美忽然停住了脚步，抬起头看着郑家明，你是不是也听到了什么流言蜚语？为什么不向着人多的地方走，为什么要走到这条小巷子里来？我们有什么见不得人的地方吗？

我倒不是怕了黄玉郎。郑家明笑了一声，近来我在忙着戏院的事，外面流传着什么胡言乱语，我都当作在放狗屁，你哪有什么问题，你好得很！

你不是怕了他，那为什么不敢和我一起出现在众人面前？

陈美还在纠缠这个问题，郑家明有些无奈地叹了口气。只是在心底叹气。他缓缓地说，我说过不是怕玉郎。我们身正不怕影子斜，怕什么呢？只是，有些人是病态的，特别是黄玉郎，他无端猜测，疑神疑鬼，我担心他找到借口来害你。陈美，现在的情势，我们一时还无法扳倒他。这点，请你理解……

我理解你们，可谁又来理解我呢？陈美忽然变得激动起来，家里被大和逼得无路可走了，我要出来，要求黄玉郎去说情，留下生路；你和章慧，得罪了钟和夫，我要出来，又要通过黄玉郎去求情；现在广利洋行被坑了，用了假钞，还是要我出来，再一次请求黄玉郎，去找花旗银行贷款出来还烟叶商的钱。

陈美，我知道你很不容易，你受了太多委屈……

不，不，家明，我不是要来诉说委屈的，我也没有责怪你。我既然选择了这条路，我没有什么可后悔和埋怨的。只是，没有人能帮我，每天待在那个人的家里，像被囚禁的犯人，没有一点自由，没有人能陪着我，没有人能接近我，更加没有人会理解我。家明，你不明白那个人有多病态，我真的活得好辛苦。

陈美说完这些话，已是泪流满面。郑家明一时语塞，他非常能理解陈美心中的苦。他亦暗暗自责，为了那个目的，是否让陈美做出了太多的牺牲？虽然，这样的牺牲，绝非是他，或者包括章慧、陈锋在内的所有人心中之真实所愿。看着陈美无助哭泣的样子，他也动了情，想要搂住她的肩膀安慰。他刚这样一想，陈美忽然就扑了上来，抱住了郑家明，而后又抬起头将唇紧紧地贴住了他，近似疯狂一般地亲吻着他。郑家明头脑有些空白，不知该如何是好。

巷子深处有户人家推开了大门，郑家明先将头仰起。

家明……

巷子口，章慧忽然出现并叫了一声。她看着眼前的景象，一时无法理解和接受。郑家明和陈美松开了拥抱。陈美脸变得通红，有些不知所措地站着。

你们，你们这是在干什么！

黄玉郎不知何时也出现了。春日的光照在他金丝边的眼镜上，显得异常清冷。陈美见到他，像只被老鹰抓住受了惊的兔子，脸色又变成了寡白。她像失去了魂魄般，走出了巷子。黄玉郎也跟着她离去，临走前，他不忘回过头，阴冷地看了郑家明一眼。此时的郑家明，心中只有两个字"天意"。

不解释一下吗？

回到戏院，章慧终于忍不住，停下来质问郑家明。

郑家明站在戏院门口，呆呆地仰望着，空中有一只落单的大雁，悲伤地划过天空。过了好一会儿他才说，离群的大雁，还能活下来吗？

一周后，传来了陈美吞食鸦片自尽的消息。

第二十九章

　　陈锋整个人变得有些呆滞了。原本挺直的腰，现在微微伛偻，旁人看得出他在努力，不让自己看起来那么软弱，并一直试图像过去那样精神挺拔，但实际上却毫无效果。反倒由于他努力做到坚强的样子，看起来是那么不正常，以致旁人觉得他可怜又可笑。陈锋何尝不知道外人的目光，可他没有其他选择了，也没有更好的办法。陈广利得知陈美的死，一下子就傻了，整日自言自语，说些"都是自己的错"之类的话，已经陷于疯癫；广利洋行不能垮，多少人等着看笑话，特别是陈细甲。

　　但陈细甲毕竟不是他的哥哥陈三甲。他不会幸灾乐祸，也不会洋洋自得。他依旧是僵硬得发冷的表情，"贵利来"伙计说她自己找上门来的，要了三大块鸦片膏，送上门来的买卖，我们能不做？

　　什么买卖？那是一条人命！

　　陈锋挥着拳头冲上去，陈细甲一晃头躲过了，不料陈锋一记重拳打在了他的肚子上。陈细甲一声低呼，捂着肚子退到了一边。陈细甲的手下见了一拥而上，围着陈锋拳打脚踢。陈锋虽是在保定军官学校念过书，学过格斗术，但一个人怎能抵得过众人？眼看他就要支撑不住了，郑家明和苏环球冲了进来，苏环球先用蛮力挤开了众人，扶起陈锋保护着。郑家明举起一把手枪，黑洞洞的枪口对着其余人。

　　谁想先死的，往前一步。

陈细甲冷笑了一声，啐了口唾沫，奇怪了，还有人赶着来送死，干你娘！

陈细甲的手下叫嚣着，要往前冲，但碍于郑家明的枪口，又有些却步。郑家明看了眼直不起腰的陈锋，又看了眼陈细甲，心中微微有些发紧。他是临时抓了手枪来，以备万一，没想到事情真到了不可收拾的地步，他原本想掏出枪来吓退陈细甲的手下。但若这些艋岬帮的马仔，听了陈细甲这个角头的话，都冲上来的话，子弹怎么也不够用。况且，能不能开枪，还另说。

这时，一队着黑装的警察涌进店里，解救了郑家明等人的危急。带队的是刘署长，来之前郑家明没忘嘱咐老吴给警局挂电话，请刘署长带人来一趟"贵利来"。刘署长似乎又胖了些，穿着新制的警服，因为服装紧的缘故，整个人看起来臃肿不少。刘署长走到郑家明面前，压低了他手里的枪，而后又朝陈细甲摆了摆手。

陈兄弟，叫你的人都退下吧。陈家老爷子退了后，陈锋就是商会的会长，把他打成这样像什么话？在场的各位呢，我刘某人都认识，就当给个面子，今天不闹事了。设立新市政府时间就快到了，上头要我治理社会公安，大家别闹事，闹事就让我刘某人难做了。

我没有闹事的意思，今天是这个人先找上门的。陈细甲指了指陈锋，接着又马上指向郑家明，他跟着也来，年初好像还关心过禾山社死去的那母子三人，想干什么呢？是不是想像对付我大哥一样，一刀了结我？

郑家明笑了笑，我是比较好奇，看你们兄弟俩最后是不是一样的命。

好了好了，大家都少说两句，都散了吧。厦门设市，又加上天长节，日子喜庆，咱们这里可不能闹得不愉快。要是见血，就更不好了。刘署长意味深长地说了最后一句话。

出了门，走到马路边上，陈锋就拒绝了别人的搀扶。苏环球见他走路还有点摇晃，想要再扶一把，但被郑家明拉住了。郑家明心里清楚，陈锋这么骄傲又要强的人，今天这顿在"贵利来"的被打，对他的侮辱，简直就是要了他的命。

可当见到陈奇的时候，陈锋却再也忍不住了，当着众人的面，号啕大哭。他一边哭，一边说，要是我的死能够换回小妹的命，那么我情愿自己死一百遍，一千遍。

陈奇见到陈锋的样子，原本心中的愤怒也只得暂时按下。他和郑家瑛准备从上海回来的前一天，听到了陈美的死讯。他一开始还不相信，和家里联系，只联系上了曹德忠。他追问说，这是真的吗？怎么可能？曹德忠无奈地回复他，小姐已经走了三天了，还没入土，等着你回来。陈奇听了，呆若木鸡。他怎么也不相信，好端端的一个人就这么走了？陈美订婚，他因在塞北赶着拍风光片无法回来，心里歉疚得很。没想到，他回来了，收到的却是这个噩耗！

你这个大哥怎么当的？是你，是陈家害死了小妹！生意做不下去了，偏偏让她"出头"，去帮你们求情？你们这是拿她的命换来的！陈奇向来言语不多，温文儒雅，但这次真是暴跳如雷。他的吼叫声几乎响彻了整个华光戏院。幸好这是中午，戏院没有观众，戏院员工也还没到位。郑家明他们都在经理办公室里，郑家瑛噙着泪水，又不知该劝还是让陈奇自己平静下来。

哎。陈奇长叹了一声，从刚才的暴怒缓缓转入平静。又能怪谁呢？我们都有责任。小妹已经死了，人死哪里还可以复活？我若早些日子下定决心，早点回来，和她谈一谈，她心里大概就不会那么痛，也许就不会绝望到去寻绝路？家瑛，你说，我说得对吗？

郑家瑛忍着哭，走过去握住了陈奇的手，拉着他坐了下来。章慧和郑家明低声说了几句，和苏环球走出经理室去准备中午的用餐。陈锋用手背抹去了脸上的泪痕，走到窗台边，背对着大家。郑家明默默抽起了烟，他内心的痛不亚于任何人，但这样的痛他只有自己默默承受，他告诉自己绝不能倒下去。陈奇说的那些话，他很能理解，但现实如此，去责怪任何一个人，或者由任何一个人来承担责任，都显得苍白无意义。郑家明将门关上了。

陈奇、家瑛，要你们回来拍一部电影，这并不容易。郑家明看了一眼陈锋，他依然背对着。这并不是普通的一部电影，你们心里也明白，拍这部电影的真实目的是什么。不论这个目的最后实现与否，对你们的从影之路都会是极大的影响。我、章慧和陈锋，对这个事商量过很久，实在不得已，唯有你们才是靠得住的。

我和陈奇犹豫，倒不是担心是否对我们的事业有影响。郑家瑛一边说，一边摘下自己的帽子，脱下自己的外套，挂在了衣帽架上。她和陈奇清早到港，按照事先约好的先到华光，但来了后才听章慧说，郑家明和陈锋可能出事了。她着急得坐立难安，慌忙进了室内，衣帽都没脱。我们犹豫，是担心拍的电影分量不够重，到时候钟和夫他们不来看……

他必须要来。这个我们会想办法。郑家明抽着烟说，不用担心"分量"重不重的问题，做这个事极为冒险，若不是自己人，我们也不可能起这个心。我们怎么可能放心其他人来拍这部戏？就算他是大导演、大明星，可我们信不过呀。陈锋，你说几句话吧。

我会以商会的名义，投拍这部电影，当作是给天长节和厦门设市的献礼庆祝之用。钟和夫是日本人，和军方关系那么密切，又加上他是设市筹备委员会的委员，没有理由拒绝来看电影。

等他来看电影了，我们就有机会了。

为什么不考虑在平常时间动手？

他那么狡猾，出入都有保镖护卫着，而且他在沿海一带到处活动，没有固定在一个地方，捉摸不到他何时会在厦门。另外，郑家明停了下来，忽然冷笑了一声，在那样"隆重"的节日里，又是在众人面前，若是动了手，那影响就更大了。而这，也正是章慧想要的效果。

话音才落，章慧和苏环球提着饭菜盒子推开了门。章慧说，我们准备了些吃的，老吴又去街面上买了些熟食卤料，都快下午一点了，大家将就吃些东西吧。章慧边说，边招呼着大家坐下来吃饭。郑家明将办公桌稍微收拾了一下，大家就着桌子坐下。郑家明没见着老吴，于是问章慧，她给大家发着筷子，我叫了，他说有些累了，回家去休息一下。

郑家明点了点头，看着对面的陈锋说，难得老吴那么忠心。今天是他经过"贵利来"，看见你在里头，担心会出事，于是就跑回来告诉我。我带着球仔赶去，又让他赶紧去找刘署长。他这一把年纪了，真是辛苦了。算了，先不说了，大家吃饭。

听了郑家明的招呼，大家才开始端起碗筷吃着饭菜。陈锋拿起筷子，又轻轻放下了。郑家明原想劝劝，章慧朝他轻轻摇了摇头，他只好作罢。陈锋默不出声，看着大家将要吃完，这才缓缓开口，原本应当忍下来，不能去找陈细甲，因为很容易就打草惊蛇，也不能再获得钟和夫的信任，之前所做的计划就会前功尽弃。但陈美是我的至亲啊。我没法再忍……我找人打听到的，小妹那天去"贵利来"，精神恍惚，向店里的人要鸦片膏。陈细甲撞见了，也没多问就直接给了。

人渣！郑家明怒道，陈细甲给陈美鸦片，就是盼着出事，他这就是冲着我们来的！

章慧按住了郑家明的拳头，起身将办公室的门关好，又将落地窗帘给拉上。她脸色严肃地说，今天陈奇和家瑛刚到港，我们就聚到了一起，目的只有一个——除去钟和夫。我是受组织安排，必须要除去这个危害苏区经济的阴险之徒。但这个计划充满风险，诸位请考虑清楚，是否明确加入？如觉得没有把握，现在可以退出。

陈奇看了郑家瑛一眼，她点了点头说，我代陈奇把话说了。所谓个人电影事业，和民族前途相比较，实在太过渺小。倘若能用电影为民族做些贡献，那是最好的结果。我自到上海，与陈奇在"明星"公司，我们拍摄不少进步电影，关注的就绝不仅仅是个人电影事业了。如今，又因了陈美的死，更加坚定了我们的信念。

在所不惜。陈锋吐出了四个字。

除去人渣，关键要靠这里。郑家明指了指自己的脑袋，尽量避免无谓的牺牲。我们是"玉"，人渣是"石"，可不能"玉石俱焚"。

谷雨这天，天空洋洋洒洒下着大雨。有一行人来到了鸿山的私人墓地。他们撑着黑色的伞，捧着花束，在一座新立的墓碑前驻足许久。雨稍歇之后，他们依次将手中的花束放在了墓碑前。墓碑上画着红色十字架，一位正当年华的年轻女子照片镶嵌在墓碑当中。她恬静的表情，好像在表达着对这个世界的美好追求。

钟声响起，已经过了十二点，黄玉郎仍在报馆总编室里待着。他感觉到了胃一阵又一阵的疼痛，这是在提醒他，一整天都没有进食了。这样的状态已经持续了一段时间。他似乎有意用自戕的形式，找回内心的一点平衡，或者说是弥补愧疚。虽然他知道，这实在是无聊与无用。

他又看了眼竖在桌上的相框，眼泪开始打转，他不忍再看，将相框背面扣在了桌上。今天又会是个失眠夜吗？黄玉郎心里开始焦虑起来，不愿再继续想下去，于是胡乱抓起了桌上的几份报纸，匆匆扫过一眼。那几份报纸都发了条消息，大意都是在说商会为了庆祝天长节，以及厦门设市，特意出资邀请上海"明星"公司导演陈奇先生，知名演员郑家瑛小姐，前来厦门拍摄故事长片。电影片名叫作《和睦一家人》，讲的是一名从日本东京帝国大学毕业的学生，在父亲的帮助下，来厦门开办一家汽水厂。在经营过程中，认识了一位美丽的中国姑娘，两人自由恋爱，结成了眷属，最后成了和睦一家人。

黄玉郎放下报纸，思考着《全闽新日报》是否要报道这个消息。这当口，钟和夫忽然出现在了总编室里。跟在他后面的，是已将头皮刮得铁青的陈细甲。黄玉郎见了赶忙要起身，钟和夫微笑着摆手示意他坐下，身后的陈细甲上前一步，将一个点心盒子放在了他的办公桌上并打开了盖子。

听说你最近茶饭不思，我给你带了一点日本的和果子。中午在杭州，我让一位相熟的太太做的，下午坐飞机来，还新鲜着呢。钟和夫说着落座，拍了拍衣服上的灰尘。曾厝垵机场条件一般，进城的道路坑坑洼洼，费了一些时间。还好细甲车技好，坐在车上也不致头晕。

和果子点心盒已经打开，黄玉郎只得拿起一块慢慢咀嚼，谢谢钟先生关心。从去年底到今天，这才是第一次见到您。钟先生这次来厦门，打算待多久？

会待上一段时间。来，细甲，你也来尝尝。钟和夫自己也尝了一块，还喝了一杯黄玉郎泡的铁观音。中国人在唐朝的时候，说喝茶是"吃茶"，茶道是很盛行的，后来传到了日本，这才有了日本的抹茶。茶道在日本得到了传扬，反倒中国茶道没落下去了，所谓抹茶更是无人提起了。所以说，文化有先有后，落后的文化总要被先进的文化吃掉。

钟先生的话有些深奥了，我不太懂。黄玉郎淡淡一笑。

你这么聪明的人，又念过大学，怎么会不明白这其中的道理？钟和夫微微探过身子，四月就快到了，厦门也将随之设市。

这么重要的港口城市，怎么能由南京政府来管？我们赚钱是一方面，但也不能离了政治。厦门设市，我们必定要占一席之位，甚或是占据主导。

黄玉郎听了，脑海里飞速地推测着：根据他所掌握的情况，设市之后，先行成立市政管理委员会，因厦门及鼓浪屿多有外商，因此委员会组成必定是由多国人士组成。而市长虽是由省政府提名任命，但初期实权却在市政管理委员会手中，委员会将可影响省政府任命决定。由此，委员会作用毋庸赘言。换句话说，钟和夫的目的是……

钟先生是要准备当委员会主任。陈细甲面无表情地看着黄玉郎，我们艋岬帮，上上下下都是听钟先生的。

这一来，黑白两道，钟和夫都掌握了。黄玉郎暗暗吃了一惊，钟和夫此举，意在当未来厦门的"太上皇"。过去，他躲在暗处，出钱支持政府头面人物；现在，他要由暗到明，直接掌控全市了。黄玉郎脸上不动声色，钟先生告诉我这番，是对我的信任，不知道您要我做些什么？

钟和夫似笑非笑地看着黄玉郎，玉郎君，我见你为可造之才，所以多看你一眼。你毕竟和你阿爸不同，你始终是在台湾受过我们大日本帝国的教育。而且，最重要的是，你有一颗向上的心，不会接受别人对你的轻视。话说回来，我看好你，接下来就要看你的表现了。尊夫人的过世，我也很遗憾，但换个角度来看，未尝不是好事。这是不是也意味着，你可以和过去彻底断绝关系了。

钟先生的话是客气了，我没那么文明，要我说就是，别他妈的干吃里爬外的勾当！我们对广利洋行做的事，要你横插一脚！听了那个死去女人的话，替陈锋做担保，找花旗银行借钱，你就是我们台湾人说的"二五仔"！

陈细甲冷笑一声，黄玉郎看他的样子，好像又看见了陈三甲。这个时刻，他和他的哥哥，是何其相似。陈细甲看着他，目露凶光。黄玉郎不禁打了个冷颤。他刚要开口为自己辩解，钟和夫微微一笑，不在意地摆了摆手。他似随意地将桌上倒扣的相框翻了过来，相框里是陈美和黄玉郎的合照。他俩在照相馆拍的订婚照。两个人依偎在一起，陈美穿着剪裁得体的旗袍，黄玉郎则穿着白色西服。

郎才女貌，不错不错，但人死不能复活，我们都要向前看，你说是不是，玉郎君？钟和夫又将相框扣回在了桌上，原本是想借着这次采购烟叶，把广利洋行弄垮。至少也要让陈锋做不了商会会长。但他没倒，可惜了，可惜了。

钟先生，我知道了。黄玉郎站了起来。

嗯，中国人有个词语，叫作"明白人"。报纸由你来管，我是放心的。今后还要发挥更大的作用，多做宣传。钟和夫也跟着起身，刚准备离开，又把目光停在了桌上的报纸上，《和睦一家人》，拍电影？陈奇、郑家瑛……

陈奇是陈锋的二弟，郑家瑛是郑家明的堂妹。陈细甲跟着回答。

商会庆祝天长节和厦门设市，他们这是做什么文章呢？陈锋还有钱有精力做这事？钟和夫摸了摸他标志性的两撇胡子，真是"有趣"了。

钟先生，我们报纸不会报道这个消息。

不，这是好事，尽管报道。钟和夫笑了笑，营造中日和睦，他们可真是有心。

八洲庵的拿手菜是天妇罗，这种炸物做得酥嫩又不会油腻，吃的时候再配上土瓶蒸，食客们最喜欢这样搭配。《全闽新日报》对这家日料店做了好几次报道，八洲庵也凭着口碑和宣传，博得了许多在厦日本人的喜爱。也因此，尽管厦门这里饭馆总是有旧的关，新的开，但八洲庵的生意却总是很好。尤其到周六，更是食客满盈，难求一位。不少老食客循着惯例，周六晚早早就到了八洲庵门口，却没想到店外挂上了"包场之夜，恕不接待"。有人叫嚷，谁这么大面子，竟然包场了，有不愤的，嘴里骂着要冲进去，但门口立马站出两个彪悍的男子，挡在了他们的面前。有认识的偷偷拉了同伴赶紧走人——陈细甲的手下，还不赶紧走。

在店里正中央的戏台上，两名歌舞伎涂着白色的脸妆，正在轻歌曼舞。钟和夫一边吃着天妇罗，一边津津有味地观看着表演。陈细甲站立在一旁，微微低着头，也不看表演，只是不时朝店里周围看一看。一段表演结束之后，钟和夫轻轻鼓掌，陈细甲挥了挥手，两名歌舞伎躬腰退了下去。钟和夫看了陈细甲一眼，让他也入座。

细甲，你辛苦了。钟和夫抿了一口清酒，每次看到你就会想起你的哥哥，真是可惜了。不过不要紧，我让你来中国，你以后一定会做得比三甲更好。

陈细甲一口喝光杯里的清酒，低着头说，钟先生，您对那些中国人太客气了，按我的看法，直接把他们杀了，如果光明正大不行，那就暗杀。

钟和夫哑然失笑，杀人还有光明正大的？杀人很简单，一粒子弹就够了。我们皇军在战场上杀的中国人还少？但他们繁殖能力很强，怎么杀也杀不尽。战场上杀人还可以，但生意场上杀人，不是解决问题的办法。真正的办法，是要用商业的手段，彻底打垮他们，让他们再无钱可赚。使用伪钞，不就是个好办法？

可惜最后被黄玉郎坏了事……

钟和夫摆手，陈氏家族经营广利洋行几十年，是百足之虫，没有那么容易一下子就垮了。就算不通过玉郎，我想他们也可以有其他渠道筹钱。你看，看着他们被耍得团团转，不是比一刀杀了他们有趣？此外，我现在正是用人的时候，玉郎那里你也不用多有怨言。我相信陈美的死，对他的触动会很大。往后他若真还有二心，再处理不迟。现在最紧要的，是我需要你们在厦门团结。

钟先生，有个问题，不知能不能讲？

不必拘束。

那我说了。现在大和会社经营遍布中国，从南到北，从东到西，钟先生您大半时间也是在上海等地，为何偏偏还对厦门这座城市感兴趣？陈细甲担心自己说得不够明白，于是解释，钟先生，您何必在意什么市政委员会？这么个小地方，钟先生您的事业现在都已做到南洋了。

金钱和政治，两个都要。我是把厦门当作"试验田"。要控制中国，不能把人都给杀了，所以还是要靠管理。一方面，我靠市场垄断；另一方面，通过在每个城市设立市政委员会，实质上掌握该市的实权，所谓国民政府就被架空。不单是委员会，我还要把陈锋的商会会长一职夺过来。当然，我既已是委员会主任，就不当商会会长。但会长一职，必定是我们的人担任。黑道这里，又有你细甲。如此一来，照此套路，中国大小城市自上而下，不都是由我们掌握了？这比杀人好吧？把人杀光了，把东西都抢光了，那还拿什么来支持大日本帝国的伟大事业？

钟和夫几乎和盘托出了自己的想法，陈细甲内心跳得厉害，他清楚，钟和夫的计划若是得以实现，那产生的影响完全不可想象。而到那个时候，他陈细甲就可带着艋岬帮，在全中国横行。陈细甲有些激动，但他不善言辞，于是就给钟和夫的酒杯倒上了清酒，接着举起酒杯，钟先生，请受我这一杯！

钟和夫笑了笑，将杯中酒一饮而尽。喝完酒，他仍举着杯子，像是在问，又像是在自言自语，天长节是庆祝昭和天皇陛下诞辰，拍摄电影献礼，这是想干什么？细甲，你安排人去看看，他们这"戏"要怎么拍。

厦门正式设市时间是新历四月一日，归属省政府直辖管理。天长节则是在新历四月二十九日，星期一。如果电影《和睦一家人》要作为献礼上映，只能是在这个时间段之中。郑家明提议电影首映时间在四月二十八日，恰在天长节前一天，又逢星期日，时间较为合适。这个提议得到了众人的认可。但如此一来，留给拍电影的时间就不多，满打满算，也不到两个月的时间。这其中除去拍摄，还要留时间去上海做剪辑。陈奇作为导演，电影能否顺利上映的全部压力，就落在了他的肩上。

三月四日这天，陈奇要的拍摄器材，摄影机、灯光、轨道等陆续运抵厦门码头。陈锋安排曹德忠带人，去往码头将这些设备装在卡车上拉走，并马上赶赴外景拍摄地——美丰客栈。这场戏说的是男主角第一天来到厦门，入住在了美丰客栈内。男主角村上隆，是在上海的日本人，自己开了一家寿司店，但兴趣却在演戏。他是陈奇的旧相识，平时会在陈奇导演的戏里本色演出。陈奇邀请他来拍戏，虽是远在厦门，但一想到能当上男主角，马上就应承了下来。村上隆和其他工作人员早几日来到了厦门，也恰是住在美丰客栈里。

终于开拍了，时间真是太紧了。

郑家明手握着方向盘，看着载满器具的卡车开走，幽幽地吐出一句。他开着车，副驾驶位坐着章慧。一早郑家明就开着车来到了码头，将车停在了一个不起眼的地方。他想尽量避开旁人的目光，不想让人知道自己介入电影。特别是对于陈细甲，郑家明不愿他对自己介入电影有过多的猜想。

家明，你觉得能顺利拍完吗？章慧不放心地问。

从技术上来说，问题不大。这次是做有声电影，过去是蜡盘发声，需要后期刻录，成本虽然低但效果很不好。这次是直接在胶片上录制声音，放映时声音和画面能够做到同步。亨生电影公司自己研制了这套设备，陈奇认识亨生公司的老板，用最低的价格向他租赁。《和睦一家人》在有声方面，一定能做到让人惊艳。至于剧本，陈奇能编能导，他可边拍边写剧本，这些都难不倒他。

如果技术上不存在问题，那么电影上映，"邀请"的客人是否确定出席……

这就要看我们下的功夫是否到位啦。

郑家明笑着说，但很快脸色沉了下来，就像请客吃饭，主人弄了个满汉全席，客人们没来，那菜也是白上了。他把这样的忧虑也和陈锋说了。彼时，两个人站在美丰客栈对面的五层小洋楼天台上。两个人都在一边抽着烟，一边看着美丰客栈门口拍戏的人群。因为拍戏是件稀罕事，因此门口围了很多人在看。陈锋已经和刘署长打过招呼，派出了一支警察小队在现场维持秩序。但警察明显人手不够，还好苏环球带了些生面孔的工人，也当作是看客，但实际上是暗中维持着，一旦有唐突的看客要走进镜头里，这些假扮的工人就会将那些人给挤走。

球仔辛苦了。还是你想得周到，若是再请码头工会组织人员在现场，那就脱不了和你的关系了。喏，你看那里，陈锋指了指拍摄现场不远处，有两个戴着草帽，着黑布衫的男子，假装抽烟，却不时朝看热闹的人群张望着。这一看，就是陈细甲的手下呀。

我想得周到，也得是能做得到。这还多亏了章慧，过去她办的劳工培训班，发展了一些可靠的劳工朋友。这些人有的后来去了福州，她就让苏环球找到他们，让他们来厦门。

章慧，真是不简单。

郑家明笑了笑，深深吸了一口烟，然后将烟踩灭。他转过身，看了眼陈锋，请柬你做好了吗？准备什么时候送给钟和夫？有把握他会接受吗？

陈锋也将烟掐灭，站直了身子，电影今天正式开机了，明日就去送请柬。你听说了吗，你的堂兄弟——郑家驹这两日也会来厦门——。

哦？郑家明疑惑地发出了一声。

约好的时间一拖再拖。原本约了是上午十点在大和会社见面，陈锋早早就到那里等着，但负责接待的一位襄理却说钟先生去了鼓浪屿，和工部局的几位董事见面，并请陈锋下午再来。到了下午，又说钟先生临时去了市政府，市政委员会开筹备会议，请陈锋稍等。这一稍等，就到了傍晚。

陈锋君，让你久等了。在襄理的陪同下，钟和夫走进了会客室。小林襄理，怎么连茶也没泡？这哪里是待客之道。算了，给我们都泡杯咖啡吧。

襄理连声答应着退出了会客室并关上门。钟和夫也不落座，径直走到了窗台边上。陈锋君，不过久等也没关系，我这里风景还是很好的。你看，站在这里可以眺望海港，可以看到鹭江上往来航行的船只，多么美妙！厦门此地真是好，有良港、有实业，又有广大的海外侨胞。说到侨胞，下午开市政筹备会议，我还在会上特意感谢了他们，早在十五年前，就是南洋侨胞首先开发建设现代化的厦门。他们有功劳。

开元路、大同路，沿街既做生意又住家的骑楼，还有，他们也带来了外汇。这些钱对促进厦门，乃至闽南经济发展，很重要。陈锋见迟迟未入正题，只得也这样附和着。他始终沉得住气，脸上并无任何不耐烦的神情。

过去是这样，但今后就要有所不同了。钟和夫转过身，面对着陈锋，厦门设市之后，若我主导市政委员会，将用日本经验，进一步开发厦门。毕竟，你要明白，我国自明治维新之后，现代化发展冠绝亚洲。就算在全世界而言，也不遑多让。

陈锋听了心中一惊，什么叫"主导"？钟和夫这样毫无遮掩地说出这番话，说明他心底对此事已是十足的把握。若市政委员会真由他来主导，则对于全市民众而言，不啻是个灾难。陈锋快速地平复了内心，将一直放在桌上的请柬拿起，恭敬地呈给钟和夫，若真能运用先进经验，则必将促进本地更大发展。此值天皇陛下天长节到来，以及厦门设市纪念，由我牵头，以商会名义投资拍摄一部电影《和睦一家人》，为热烈庆祝这重要的历史性时刻。电影将于四月二十八日晚在华光戏院上映。钟先生在本地声名显著，在商界、政界、军界具有重要影响，因此特邀请您届时莅临参加！

钟和夫瞄了一眼请柬，并不接过，你放在桌上吧。他摸着自己的两撇小胡子，笑了笑说，陈锋君有此美意，真是值得赞赏。只是，拍戏不赚钱，你这真正目的是为何？你们中国人讲，打开天窗说亮话。年初采买茶叶之事，你全然不记仇？陈细甲给你假钞，你欣然接受这样的结果，而且还为我们尊敬的天皇陛下献礼？

陈锋早已料到钟和夫会这样说。他心中清楚，面对钟和夫这样的"老手"，说得再多或是解释得再多，其实效果也有限。而过度表忠心，更会引起他的怀疑。于是，陈锋微微一笑，将请柬重新放回在桌上，陈细甲，或者说是钟先生，你们的手段很厉害。步步紧逼，单烟叶一事，就让我背负巨债，信誉扫地。我只想做生意，我也不想把命都断送了。厦门设市，是重要转折点，我还想好好活着。《和睦一家人》不敢说真能做到"和睦"，但至少是我的"投名状"……只求钟先生能留一条生路。

哈哈哈。钟和夫大笑了起来，笑过之后才慢慢说，你倒是说得坦白。他捏起桌上的请柬，甩在了陈锋的脚下，事情我知道了，是否会去，到时候再说。

陈锋自离开大和会社，回到家后就一直待在书房里，一整天也没怎么吃东西，坐着坐着竟昏昏沉沉睡去了。管家敲了敲门，大少爷醒了，刚才有人递了个名帖，说是有位浙江来的戴先生在鼓浪屿金瓜楼等您。

戴先生？陈锋疑惑地接过名帖，打开一看，上面还有两句话：蓝天碧地同好恶，袍泽足履共四海。他默念了一遍，忽然想到了什么，急忙叫管家备车去往码头。到了码头又赶忙上了已安排好的渡轮过海，等到了金瓜楼前，已是深夜。门口有穿中山装的男子放哨，陈锋表明了身份后，那人领着他上了三楼的一个房间内，并对他说请稍等，戴先生即刻就来。陈锋坐定后，内心竟有些激动。但他很快安静下来，静静地等待着。片刻之后，一位梳着背头，精干老练的中年男子走进了房间。陈锋立马起身，站得笔直。

坐，不用拘束。一看你这姿势，就知道你没白在保定军校待过。

戴先生，我万万没想到会是您。早听说过您，但一直无缘相见。陈锋虽已坐下，但还是挺直了腰杆。不知道戴先生深夜召唤，为着何事？

你说话直接不客套，连寒暄的话也省了，还真是有军人作风。戴先生淡淡一笑，你看了名帖，就知道我是谁了？

蓝天碧地同好恶，袍泽足履共四海。这两句话取首字，合在一起就是"蓝袍"。袍即衣，"蓝衣"者，为我党内精英分子。戴先生是蓝衣社"十三太保"之一，名闻遐迩。

呵呵，太知名，对我们这种人而言，未必是好事了。戴先生目光忽然闪过一丝荫翳，深夜找你，你就不怕？

我自忖行事，对得起天地良心，更对得起党国，没有什么好怕的。

戴先生冷笑了一声，这么自信？可福建事变发生，十九路军行分裂之举，你和令尊怎么还支持？

　　军校一日，效忠终身。我虽后来从商，但此训条，终身不忘。但我效忠，并不是愚忠。蔡廷锴、蒋光鼐举十九路军之力，联合其他各界力量，发动福建事变，最根本目的是为了联合抗日，恕我直言，政府在面对日本鬼子之时，太过软弱。

　　委员长说攘外必先安内，看来很多人还是不理解啊。戴先生摇了摇头，面对强大数倍于我们的日本人，一味蛮干反抗，如何能胜得了？若国内不统一，则如何共同对外敌？

　　戴先生，这些因果颠倒了吧。面对民族生死存亡，各界必定会联合在一起；而非先要求各界都听话了，然后再一致对外。试问，若外敌将我民族倾覆，那还谈什么国内安定？不过，我们当时目的很简单，只是单纯支持蔡、蒋两位将军抗日之义举。我们其实也是知道成功胜算不大，但还是去做，只是感觉颇有意义。但后来戴先生很清楚，您亲自来到鼓浪屿策反十九路军内部，事变很快就平息。

　　那么，你这是有恨我的意思了？

　　陈锋这时忽然笑了，接着又摇了摇头，并未多做解释。戴先生摸了摸油亮头发，身子往椅背靠了靠，你的好朋友，章慧，早在上海她就是我们"蓝衣社"想要的人，她逃回了厦门，为何你又疏通关系，让她摆脱我们"蓝衣社"的抓捕？

　　政治理念或有不同，但做人的情分却是相同。况且，她对日本人的态度，与我相同……说到这里，陈锋忽然有所惊觉，戴先生这次来，莫非是要去抓她？

　　你觉得，她值得我亲自动手吗？戴先生的目光忽然变得咄咄逼人，倘若我真要抓她，你可否给个不抓的理由？

　　戴先生，恕我现在不能明说，但我可以发誓，她于我帮助甚大。

　　帮助？呵呵，难道帮你拍电影吗？我来之前，听说了你要拍部电影，庆祝天长节，之前还有些讶异你转变倒也真快……戴先生说到这里忽然就停了，他好像明白了些什么，于是站起身，幽幽一笑，若日本人真当上市政委员会的主任，往后引发效仿，则举国上下还怎能安宁？但此类反对，南京方面并不能直接言明拒绝，该怎么办，就看你这样的党国精英的表现了。祝你，和你的朋友顺利。

戴先生临走前拍了拍陈锋的肩膀，我等你的好消息。党国迫切需要你这样的人才，若是事成，你可考虑。

陈锋忽然觉得肩膀上被压上了千斤的重量。

"改编法国大文豪雨果名著《悲惨世界》，与美同步上映"

《悲惨世界》的海报高高挂在华光戏院的外墙上，海报上的宣传口号格外引人注意。电影是 20 世纪福克斯公司拍摄，由联美公司负责发行。出品发行都是属于美国八大电影公司，郑家明得到《悲惨世界》要上映的消息，立马给上海的代理人拍了电报，想要与美国同步上映此片。联美公司代理人有些不解，带着电影拷贝来的时候，还问郑家明，秀兰·邓波儿正当时，有《小上校》《卷毛头》等喜剧片可供选，为何偏要《悲惨世界》？此片上映，票房不如喜剧片来得好呀。

郑家明笑着说，歌舞升平太久，大家要看点悲剧，警醒自我呀。联美公司代理人丈二和尚——摸不着头脑。因为相熟，于是笑骂郑家明真是"有病"。说郑家明有病的，不单是联美公司代理人，还有郑家驹。当郑家驹听完郑家明的一番叙述之后，嘴里脱口而出的，也是这句话：你真是有病。

郑家驹为继续扩大南洋贸易出口，在厦门多待了一阵。钟和夫约他来厦门，商量事情完毕后，又留他下来，说厦门将要设市，届时成立市政委员会，请他参加观礼。一想到要在厦门待上个把月，郑家驹心里虽不是十分乐意，但钟和夫开口了，他也只得答应。钟和夫似乎看出了他的心思，笑着对他说钱是赚不完的，我现在给你赚的还不够多？况且，你可趁此机会多了解中国，未来市场肯定在此。你虽是华侨，但却从未在中国长期生活，每次来都是匆匆忙忙，我这个日本人都比你更了解中国。再和你的兄弟郑家明对比，那你就差更多了，他一待就是好几年，都完全融入了。

怎么能把我和郑家明相比？郑家驹对钟和夫的说法很不以为然，郑家明能成什么事呢？就是开开戏院？他知道郑家明重新接过了华光戏院，这也算是继承了阿爸的遗志吧。郑家驹想到"遗志"，不知为何就有些心酸。但这种心酸也只是一闪而过，他没有那么多时间去想太多。虽是留在中国，但他也没有只待在厦门，常常是在周边地区行走，考察是否有商机。再来就是去往香港，两地之间奔走，处理一些生意之事。他虽知郑家明也在厦门，自己却没有想见他的意思。日常一忙起来，他更是忘了厦门还有一位和自己有血亲关系的人。直到那天，他看到报纸，登载郑家瑛要在厦门拍戏的报道，他万分意外之余，脑海里第一个想到的念头就是——这会不会又是郑家明搞的事？

他跑去华光找郑家明。那天正是《悲惨世界》上映的日子，郑家明、章慧等人在戏院外看着海报挂上去，郑家驹见了郑家明，冷着脸，只说有话想谈。郑家明笑了笑，交代了章慧几句，而后就引着郑家驹上了总经理室。坐定之后，郑家明要给郑家驹泡咖啡，但被他手一挥拦住了，没工夫和你闲聊。我以为你之前事情平息了，重新开起了戏院，虽然是个小生意，但好歹也算是有正经事做了。现下，你又另唱一出新戏——家瑛来厦门拍戏是什么意思？你这么做是为了什么？

郑家明给郑家驹递烟，被他嫌弃地看了一眼。郑家明"嘿嘿"一笑，自顾将烟点了。他跷起二郎腿，你怎么就认定，家瑛拍戏和我有关？

　　这个还要多说吗？别人不知道，难道我还不懂？家瑛跑去上海，这里面没有你的帮助，能成吗？外人只道是一个南洋女孩子，独自跑到上海打拼，从跑龙套到成为女主角，很感人的故事，是不是？可我知道，当初家瑛逃到中国来，如没有你，她有办法实现自己的梦想？

　　你也说了，这是"梦想"，一个人实现自己的梦想，不好吗？郑家明看着郑家驹，今日家瑛的成就，你说心里话，会不为她高兴？你就乐意看她年纪轻轻嫁给那个权贵，生儿育女，在南洋终老？

　　郑家驹一时语塞。他心里是极疼爱这个妹妹的，从小就保护着她，不让她受任何的委屈。当初阿爸要让家瑛嫁人，家驹心中虽不愿意，但却没有在阿爸面前为家瑛说上一句话。家瑛逃到厦门，郑家明帮助她到了上海，他心中甚至隐隐还有些感动。当然，郑家驹不会在口头上对郑家明表示赞赏，他转而说，陈锋以商会名义，邀请家瑛来拍戏，报纸上说是为庆祝天长节和厦门设市，这样的说法，骗骗不知情的人倒也算了，于我，怎么可能相信？陈锋竟然有那么大的转变？

　　世间的事，说不清道不明呀。

　　你少跟我嬉皮笑脸。陈锋怎么拍，我根本不在意，也不想理会。我只担心家瑛。为什么偏是她来拍？陈锋想借这电影，做什么？若是坏事，家瑛受到牵累，我一定找你算账！

　　郑老板，对我说话，语气非得要这么不客气吗？不能礼貌一点？郑家明熄灭了烟，平静地说，你不来找我，我也打算去找你的。

　　郑家驹冷笑了一声，果然。

　　郑家明起身，将办公室的门重新关好，而后靠在办公桌前，看着郑家驹说，我只问你两个问题，这两年来，你和钟和夫做生意，明面上似乎赚了钱，但心里都是乐意的？哎，你先别急，让我把话说完。先不和我说什么"赚到钱就好"之类的话。你郑家大少爷向来心气高，看人脸色的感觉，你心里喜欢？再有，你认为钟和夫就非常乐意与你做生意，让你赚到钱？他看中你什么？无非是郑家多年来在南洋的丰沛人脉和生意资源，他切入南洋市场，找你合作最快捷省力，但你想一想，他要一旦把南洋的生意做熟了，还不一脚把你踢开。

生意历来就是这样，有分有合，天下哪有合作一辈子的生意。

怕就怕，还合作的时候，就给你下阴招。郑家明从桌上抽出一份报纸，递给了郑家驹。陈锋向花旗银行贷款，原因是什么，想来你肯定清楚。钟和夫这个老贼，今天敢用"伪钞"企图搞垮广利洋行，那么明天？会不会用其他方式，也来搞垮你？你想没想过这个问题。

郑家驹一愣，旋即又嘴硬地说，赚钱还是赔钱，都我承担了，不用你担心。

郑家明笑了笑，将报纸重新放回桌上。他脸上的笑容慢慢消失，再说第二个问题，阿公现在瘫痪在床，是谁造成的？和谁有关？民族大义，看似很遥远，但却近在眼前。家驹，我们虽是在南洋生南洋长，但我们从哪里来，我们的根在哪，这个你应当是很清楚。不能再说我们只做生意的话了——是否助纣为虐，其实，就在一念之间。

你到底有什么目的，尽快说。不用再绕着弯子了，我没有那么多时间。

除掉钟和夫。

第三十章

自明治维新以来，日本借鉴西洋先进政治经济与技术经验，致力发展社会，成效显著。独乐乐，不如众乐乐，日本不欲独享进步之成果，出于推动亚洲进步，实现东亚共荣圈之愿望，积极在东亚传播自身经验。远至热河，近至台湾，都在推行日本经验，当地焕然一新，社会得以迅速发展。

今钟和夫先生来到东南沿海，创立大和株式会社，借助商业力量，积极开发厦门城市建设。举凡从罐头、火柴、烟叶等民生物资，再到钢铁、造船、建造等重要物资，钟和夫先生无不举全力在厦门发展。今日，钟和夫先生又欲以大连之建设经验，在原荣耀戏院周边一带，建设日本风格建筑，即为更进一步深耕城市。钟和夫先生着意厦门城市发展，借厦门设市之良好契机，更有意带领市政委员会，立志将厦门打造如上海之远东举足轻重地位城市……

钟和夫默念着《全闽新日报》上的社论，脸上会心一笑。他站在从太古行转让而来并整修一新的"亚细亚"号轮船船头甲板上。阳光灿烂，大海闪耀着波光，周边一片开阔，他的心情好极了。他将报纸还给站在一旁的黄玉郎，玉郎君做得不错。近来在报纸上宣传到位，营造很好的氛围，值得肯定。

多谢钟先生肯定。黄玉郎说得很恭敬，钟先生接任市政委员会首职，我们报纸必定全力以赴，务必达成目标。

幸亏你"醒悟"得不算太晚。陈细甲从后面走了上来，略带不屑地说。

钟和夫大笑了起来，细甲，你和你的哥哥大不同。三甲君很好，就是说话有时太狂，不太动脑子；而你，虽然年纪小，但却肯动脑子，知道不是单靠拳头，还要靠脑袋。中国人讲"上兵伐谋"，出手动广利洋行，用"伪钞"的方法就是你提议。而且你还不放心别人，每次都自己提"钱"去给陈锋，有勇有谋！

黄玉郎听了心中一惊，原来"伪钞"之事，其肇始竟是陈细甲。那么，日后陈细甲还会做出什么样疯狂的事来，简直无法想象。比之于陈三甲，有过之而无不及。黄玉郎握紧了手中抓着的报纸。黄玉郎想着心事，久久不说话。钟和夫余光瞥了眼黄玉郎，玉郎君，话藏在心里可不好啊。黄玉郎赶紧摇头，钟先生，我没有想藏着话，只是在想如何让《全闽新日报》有更大的作用。

你有心了。钟和夫转过身，之前所说电影《和睦一家人》之事如何？

我们报馆进行了持续报道。不单报道电影拍摄进展，还采访了电影的导演、主演，接下来……

钟和夫挥了下手，似乎并没有太大兴趣听下去。他微微皱着眉头，在甲板上踱着步。船上水手在甲板上支起了一把遮阳伞，摆上桌椅，并端来了用玻璃瓶装着的沙士 Sarsae 饮料。沙士不是普通汽水，加了南美的草药，钟和夫喜欢喝这种饮料，特意让人从上海带来厦门。钟和夫坐下，慢慢喝了一口沙士，手里把弄着半透明的玻璃瓶，人心就像这玻璃瓶，不装沙士，就是全透明，但没有人能将自己的"心"完全掩盖；若是将沙士装满，就完全不透明，人好像也很难做，你把自己都包裹起来了，他人不知你的想法，也无法和你交流；所以呢，人心大抵都像这半瓶沙士，一半透明，一半看不清。

钟先生，这是指陈锋拍电影之事吧？陈细甲反应很快，不单是拍，还邀请钟先生去参加电影首映。首映是在华光戏院，戏院是谁的？郑家明。郑家明的相好又是章慧。把这几个人连在一起，必定没有什么好事。

好事坏事？不是有句话，福祸相依吗？世上的事，难说纯粹的坏，纯粹的好吧。钟和夫放下玻璃瓶，看着黄玉郎，玉郎君，你认为我该不该去参加这个电影首映？

黄玉郎并没有马上回答。他扬了扬手上的报纸，这部电影在本地拍摄，反响还是很大。报纸长篇累牍报道，电影上映后必定也会有很大影响。客观而言，市民对我们日本影响还是有很大的戒备心理。如果能借电影上映之契机，宣扬中日友好，则在精神层面可以打消市民一些顾虑，至少可以营造一定的良好氛围。

钟和夫点了点头，而后刻意压低了声音，这次市政委员会推选人员，在我主导下，几乎都由亲日人士组成。不要说中国，连英美等所谓西洋国家，都无人进入此委员会。

黄玉郎听了之后，心中一震，这也就意味着，日后厦门市政将完全由日本，或与日本有关的人士组成。他心情有些复杂，但嘴里还是说，如此一来，借电影宣扬中日和睦，似乎就更有必要了。钟先生参加首映礼，似乎是个较好的机会……

中国人都很狡猾，你难道不知道？陈细甲冷冷地说，陈锋、郑家明，再加上那个女人，我没有一个信得过。陈锋来表忠心？我也不相信。我的建议，钟先生不用去参加那个活动，所谓营造气氛，无所谓的。

还是有所谓。钟和夫摘下眼镜，揉了揉眼睛，一开始，就算虚情假意，也是需要。再者，有个难以拒绝的理由……郑家驹来找过我，他有意出任商会下届会长。

听此，黄玉郎与陈细甲同时惊了一下。

郑家驹意图扩大闽南及台湾市场，打算以厦门为据点进行辐射。他在南洋的资源，还有些可利用，与中国联系，可扩大经营。他答应，一旦当上商会会长，将更深入配合我之经营。钟和夫手指在椅把上轻轻敲着，我已出任市政委委会主任，为免落口实，暂时不可出任商会会长一职。待日后机会成熟，自然要把郑家驹踢走，但现在还不到时候。

但是，钟先生，陈锋这么一邀请，就去参加电影首映了？我总觉得有些不安。

那就要做到让我们自己安心呐。钟和夫阴冷一笑，不是不报，时候未到。待委员会一切运作顺当了，郑家明、陈锋之流，统统要抹去。

抹去。听到这两个字，黄玉郎忽然觉得像是掉进了冰窖之中。他感觉到，一种无可抗拒的力量将他裹挟进了不见底的深渊。

海上的风，开始猛烈地刮起。

华光戏院用了一周的时间，将戏院里外进行了清扫。《和睦一家人》的海报早早就已经挂在了戏院的外墙上，那一面海报请了鼓浪屿美术学校的三个美术师傅，足足画了三天才画好。在海报里，郑家瑛半依靠在村上隆身上，两人宁静地望着远方，背景则是鹭江道一带。郑家瑛的面容颇具现代气息，人又长得高挑，要搭配她有些困难。幸好村上隆有着普通日本人难得的颀长身材，衬得起她。

海报刚挂起来的时候，凡路过的市民不免都驻足观看。一边看还一边评论着，这电影就拍完了？不会拍出来不好看吧？话音才落，人群里就一阵哄笑。又有人说，电影首映不开放给普通市民？那给谁看呢？还能给谁看，就是给那些日本人还有他们养的狗……话还没说完，就被身边的人打断了，你小声点吧，乱说话，小心把你抓起来。还有愤愤不平的，说华光戏院怎么这么没骨气，居然放这个电影？有稍微了解郑家明的，也不禁有些疑惑，他和陈家大少爷，跟那个姓钟的，还有艋岬帮的角头，不对头呀。怎么转变得这么快？

哪有人是不变的？当今世界，谁拳头大谁就有理。"九一八事变"以后，哎，这世道，也是一天不如一天了。

人们的议论不是没有传到郑家明的耳朵里。苏环球才从码头匆匆赶回来，就跟着郑家明和章慧往顶楼走去。郑家明问，都顺利离港了吧？苏环球说，都乘船走了。我一早就已安排好了，让码头的弟兄们小心将摄影器材搬上船走。只不过，弟兄们都有些议论，说怎么会拍这么一部电影。郑家明听了，和章慧互看了一眼，而后站在了顶楼中央。他往上看，那里是五年前重新修建的顶棚，当时情景依然历历在目。

有人不理解，这是正常的。我们不能多做解释，即使我们做的是正义之事。章慧安慰道，我们问心无愧就好，受些委屈罢了。

再过两天就都结束了。郑家明意味深长地说了一句，但旋即又自我否定，笑着说，结束又是全新的开始，人嘛，不都是如此，旧的不去新的不来。

章慧和苏环球心下明白，都不禁莞尔。章慧见郑家明看着顶棚，知道他心中有着不舍，家明，这个做法几乎是"玉石俱焚"，这戏院毕竟凝结着你阿爸毕生的心血，你要不要再考虑考虑？

郑家明摇了摇头，还考虑什么呢？没有其他更好的办法了。其实我们心里都清楚。

章慧只得点了点头。钟和夫答应来参加电影首映，但他显然不会这么轻易而来。他让陈细甲给陈锋带话，华光戏院里所有闲杂人等都不得出现。即除了受邀请的嘉宾之外，其他人都不得出现。而这些受邀嘉宾，都得提前由钟和夫指定——都是亲日人士，人员选了一遍又一遍，最终确定的嘉宾是所谓亲日圈的"核心"。但戏院总要有人维持秩序，确保正常运行吧？陈细甲回应得很决绝，不行。提前打扫好戏院卫生，布置好戏院，首映前后不过两个小时，一个晚上的时间。二十八日晚上，戏院原有工作人员都不要来了。除了郑家明。他来做什么？来放映电影啊。

陈细甲要带艋岬帮的人来，我去打听了，他们这段时间都在练枪。他们明显要加强安全保卫，我一手难敌众掌。叫上弟兄们，他们没有枪，根本也抵挡不住艋岬帮。苏环球摇头，陈细甲传话过来，他会带一队人马过来。一队究竟是多少？我们也不知道。

章慧有些无奈，我原本向组织上请缨，在现场将钟和夫击毙。但他这样安排现场，要下手的机会太渺茫。陈锋那里，国民党方面目前也不想和日本人正面树敌，"蓝衣社"不介入。

那就只能靠我们了。郑家明笑了笑，天将降大任于斯人也，我们就是"斯人"。慢慢地，他脸上的表情又变得凝重，章慧接到密电，钟和夫邀请来的嘉宾，都是市政委员会的成员，这些人员都是亲日分子。在钟和夫如此警惕的情况下，我们只能选择"玉石俱焚"。况且，只有这样，才能形成巨大影响，除了震慑日本人，更是要冲击冲击那些想要卖国求荣的人的心理！

卖国求荣。章慧笑了笑，你现在已是"他乡是故乡"了？

这里一直都是我的故乡，只不过，过去我曾离去；而现在，我回来了，我亦不再是客人。既然是故乡，自然看不得别人破坏她的美丽了。

郑家明的话虽简短，却说得真挚，章慧忍不住湿了眼眶。苏环球内心激动，紧紧握住了拳头。郑家明双手插在口袋里，边走边看着四周，阿爸，你不会怪我吧？不会怪的，我相信若你在天有灵，也会理解支持的。

我说下情况吧。泥水师傅来看过了，当初是顶棚的这个位置塌陷……

苏环球在说着，郑家明一边听着，一边思绪却飘远了。他好像漂洋过海又回到了南洋，回到了他的小时候。阿爸曾经牵着他的手，带他在沙滩上走着。阿爸在落日的余晖中，指着北方说，我们从那里来，那个远方。

临出发前，黄玉郎得到了记者的消息，《和睦一家人》的导演主演都不在厦门，他们已经回上海了。黄玉郎追问原因，记者说经过了解，电影杀青之后导演即解散了剧组，并带主演返回上海进行后期剪辑。后制完成之后，明星公司安排新片开拍，导演和主演均参与新片拍摄，因拍摄周期短，故无法返回厦门参加首映。黄玉郎听后，心底隐约有种不安的预感。但他自己也不明白的是，在大和株式会社大楼门前，见到钟和夫之时，鬼使神差地竟没将这个信息告诉他。

前往华光戏院的路上，钟和夫坐在车里，似有意无意地问黄玉郎，可听到电影的什么消息？黄玉郎微微一怔，但很快镇定地反问，钟先生有听到什么消息吗？坐在前排副驾驶座的陈细甲从鼻孔里哼了一声，电影导演和主演都不来了，你做报纸的居然都不懂？钟和夫淡淡地说，该不会是懂了，却不说吧。黄玉郎无奈地摊开手，面对着钟和夫说，钟先生若是这样怀疑我，我也无话可说。钟和夫忽然笑了，玉郎君脸色都变了，不用着急，我不会怀疑你，我不是曹孟德，疑人不用嘛。黄玉郎连着点头，头皮却一阵发麻。

到了华光戏院，陈锋、郑家明，还有一众被邀请的嘉宾都在门口等着。钟和夫下车，嘉宾们都赶上前去迎接。大家都明白，能否出任市政委员会委员之职，全掌握在钟和夫的手里。钟和夫借着厦门设市这个契机，能够主导市政委员会的筹备，这就说明了他的过人之处。还没来之前，陈锋和郑家明就听见这些嘉宾在议论，说钟和夫不单是在日本，就是在南京政府那里，也是很有影响的，不得不让人臣服呀。郑家明听了心底一声冷笑，他看一眼陈锋，但他好像并未受影响，脸上并没有太多的情绪显露。郑家明跟自己开起了玩笑，好好跟人家学吧，泰山崩于前而面不改色。

钟和夫微笑呼应着嘉宾们，在众人或谄媚或感激或惧怕的追捧之中，钟和夫感觉到了从未有过的舒畅。他似乎颇为享受这样的气氛。他和嘉宾们打招呼，同时看见了不动声色的陈锋和郑家明。他看了一眼，陈锋和郑家明随即走上前去。

钟先生，欢迎您的到来。

陈锋君，还有家明君，两位年轻人不简单呀。钟和夫笑了笑，你们其他人先进去，我和这两位年轻才俊先聊一聊。

其他嘉宾见钟和夫这样说了，开始走向戏院里。这些人约莫十来位，加上钟和夫等人，也才二十个人左右。但郑家明再看了看，随着陈细甲一个扬手，从后面跟来的卡车上，陆续下来了约莫二十个身穿黑衣的艋岬帮徒。这些黑衣人一半跟着走进了戏院里，另一半则留在戏院外。陈细甲看着黑衣人全进了戏院，这才转过身，冷冷地盯着郑家明。郑家明笑了笑，把视线收回放在了钟和夫的身上。

警察我也信不过，还是得靠细甲的手下。当然，不是怀疑你们两位年轻人有什么坏念头，只是让他们也来看看电影，放松身心。钟和夫悠然地说，你们拍这部电影，又举办首映，不明内情的人看了，不免都有些雾里看花的感觉。有些人还在议论，你们这是在做什么？转变性情了吗？还是迫于我的压力？我都回应告诉他们，没有，都是你们的自愿行为，对不对？

请钟先生放心，就像我之前和您说的，这都是我的自愿。天下之势，顺之者昌。这些道理，我们都明白的。陈锋平静地回说，并看了眼郑家明，选在华光，那是因为熟悉，此地也方便。

哈哈，你们可真有趣，也是没有骨气。钟和夫还是带笑意，陈锋君被我们摆了一道，差点破产，竟然不怪罪于我，还要来出"投名状"？至于家明君，听说你早年来厦门，被陈家人狠狠羞辱，现在也不计前嫌……哎，不过这也许是你们的优点，识时务者为俊杰。就像玉郎君，是不是？

黄玉郎被点到名，支吾着说不出话，最后只得含混地说，谢谢钟先生赏识。

钟和夫大笑起来，笑得有些夸张，几乎要把眼泪笑出来了。陈细甲却对着郑家明，逼上前去，冷冷地说，钟先生大度，但我不一样，你记着我这句话。

郑家明淡淡一笑，怎么会记不住？永远记在脑子里，而且包括陈三甲。

陈细甲听了勃然大怒，眼看就要发作，这时一辆轿车又开到了门口，并按响了喇叭。郑家驹从车里走了出来。他边走边说，钟先生，怎么大家还不进去？

年轻人血气方刚，在闹着玩呢。钟和夫脸上收起了笑意，挥了挥手，都进去吧。把该办的事都办了，以后的事，以后再说。

黄玉郎经过郑家明时，两人对视了一眼。但很快，黄玉郎就收回了视线。郑家明在心中轻叹了一声。

因为人数不多，所有来宾都集中在了戏院大厅的正中央。座位前方空了几个位置，黑衣艋岬帮徒则围绕坐着。大厅前的舞台上方挂着一条横幅"电影《和睦一家人》庆祝天长节暨厦门设市纪念活动"。舞台上立着一个话筒，待钟和夫等人都坐定之后，一直等在舞台内侧的女司仪走了出来，笑盈盈地走到话筒前。钟和夫见了，笑着问陈锋，看来今天你们的人都出来了？陈锋语气平缓地回应，这么意义重大的活动，请个女士主持，比较得体。

女司仪站定，开口说，今天很荣幸，借电影《和睦一家人》首映契机，各位有志于建设厦门，促进中日友好关系的先进贤人都聚于此。正如活动主题所言，此次是为纪念天长节，以及为厦门设市而献礼。此次活动意义重大，必将在本地史册上留下浓重一笔。下面，我们有请大和株式会社社长，同时也将是我们市政委员会主任钟和夫先生上台，为本次活动致辞。

在众人掌声中，钟和夫走上了台，缓缓开口说，谢谢到场诸君。今天来到这个场合，我的内心既激动又感慨。激动是因为，看见这么多有志于中日友好的人士，大家聚在一起，内心始终是彼此相向的。这点让我很感动，同时也觉得，今后厦门市政发展，有诸位齐心，必定能顺利推动。就像郑家驹先生，他将接任商会一职，我想以后，将会有更多人才为中日友好的关系而努力。感慨则是因为我来中国已很久，这么多年来，在日本政府和中国人民的帮助之下，我能够将事业越做越大，将影响扩大，这着实让我感慨良多。不论怎么说，激动或者感慨，都让我们在今晚归于《和睦一家人》这部电影，让大家沉浸在光影塑造的中日友好之世界中。

钟和夫致辞完毕，戏院内响起了热烈的掌声。但因为人数不多，而大厅又空旷，因此这样的掌声在郑家明听来格外的刺耳和怪异。郑家明心想，这大概也会是章慧和陈锋的感觉吧。电影开始放映，郑家明的手心却开始出汗。待电影放到一半，见钟和夫等都被电影吸引之后，他起身向郑家驹走去，并在他耳边说了一句话。郑家驹随即起身，跟他往大厅外走。郑家明在前面走着，路过黄玉郎时，想要和他说些什么，但黄玉郎似乎读出了他眼睛里的意味，不知为何他竟然轻轻摇了摇头。郑家明不知该说些什么，只得回应他点头，而后毅然朝外走去。

郑家明领着郑家驹来到戏院洗手间，苏环球已经等着里头。在确认无旁人之后，苏环球打开了一扇隐藏的暗门，他对着郑家驹说，从这里走吧，我会带你到码头。

待会儿要发生的事，就与你无关了。郑家明说着，又露出了惯常的微笑。

郑家驹点了点头，才要迈出暗门，忽然回过头来，你呢？今晚的事情发生后，你要何去何从？

这里有广袤的土地，每个地方都是我的家，自然有留我之地。

郑家驹听后不再说话，准备要走，但洗手间的门被猛地冲破。陈细甲提着枪，走了进来。他冷着脸说，我就知道没这么便宜的好事。郑家驹是你郑家明的兄弟，我见他离开，跟着来，果然见到了你们的"勾当"，今晚你们一个都逃不了！

陈细甲话音刚落，举着枪就要朝郑家明开枪，苏环球见了，一把推开了郑家明，自己却中了枪。郑家明赶紧大喊，郑家驹，你快走！郑家明边说，边将郑家驹推到暗门外并关上。陈细甲朝着门连开几枪，但已无济于事。他大怒，就要朝郑家明开枪，但苏环球猛地跳起，紧紧抱住了陈细甲，同时拔出匕首，扎进了陈细甲的腰。

家明，快走，快去，不然就前功尽弃了！

郑家明心里明白，强忍着泪水，先赶往放映室，一脚将放映机踢翻。电影银幕上的画面顿时变得倾斜。这是个信号，在众人还在不解之时，陈锋和章慧赶紧从侧门跑出，并将门从外牢牢锁上。钟和夫站起身，见陈细甲等人都不在，心里叫声不好，赶紧让艋舺帮徒去找。但大厅的正门、侧门皆已打不开。众人一阵惊呼，黄玉郎却恍惚地坐在椅子上不动，嘴角尝到了苦涩的味道。

突然，戏院顶棚猛地砸下，戏院内顿时鬼哭狼嚎。放映室内倾倒的放映机电线触碰出火花，点着了一旁堆积如山的胶片，瞬间燃起大火……

一年后的清明节。

天上落着小雨，一位老人一手撑着油布伞，一手牵着一位小女孩，慢慢地走在街道上。走到一片废墟的地方，老人慢慢停下了脚步。废墟断井颓垣，黝黑的残梁还表明这里曾经燃起的烈火。但受灾的，也只是这座废墟，旁边的楼房并没有受到影响。一个稚嫩的童声忽然响起。

阿公，你不是说起火了，会烧了旁边很多东西吗？怎么这里没有烧到？

说明这个火有"想法"，有人安排好了，只烧坏人吧。老人笑了。

阿公，谁是坏人呀？

就是当时坐在这里看影戏，不安好心的人呀。

影戏！阿公，你原来也是在戏院做工，是不是这里呀？

是呀，也是在这里。老人百感交集，过去，阿公和一群很好的人在一起。

那后来这些人呢？

有的，去了天上；有的，穿上蓝色衣服，做了神枪手；还有的，远走他乡，去了一个很神圣的地方。

很神圣的地方？是哪里呀？

延安。老人复又牵了女孩的手，微笑着说，我们走吧。

那他们还会回来吗？小女孩又问。

会的，也许要很多年以后了。

老人牵着小女孩，临走前，最后回望了一眼那座曾经灯火灿烂的戏院。他在想，很多年以后，如果那些英雄们回来，这里应当已大变样了吧。他们会不会在问路的时候，遇着孩童被笑问，客从何处来？这些英雄们也许会微笑着回答孩童们，我们从很远的地方回来，我们的心始终在这里。

在故园。

2018 年 4 月 2 日起　笔
2019 年 8 月 20 日第一稿
2020 年 1 月 28 日第二稿
2020 年 3 月 2 日终　稿